취선
醉船

장혜영
장편소설

어문학사

목차

1장 시놉시스 ... 6

2장 기획안 ... 58

3장 촬영 ... 108

4장 촬영 중단 ... 150

5장 촬영 재개 ... 192

6장 촬영 종료 ... 234

7장 재회 ... 274

8장 결혼 ... 312

9장 죽음의 파티 ... 338

10장 대본 창작 ... 378

에필로그 ... 392

작가의 말 ... 405

1장
시놉시스

1

요트를 바다에 띄웠으나 드라마 촬영은 중단되었다.

지병환이 조연출 설계영을 돌아보며 이유를 물었다.

"어떻게 된 거야?"

"피디님, 요트에 기름이 없어요."

설계영이 그 고운 얼굴에 양미간을 찌푸리며 두 팔을 벌렸다.

"그럼, 기름을 주입해야지."

"안 됩니다, 피디님. 기름값이 너무 비싸요. 리터당 17만 원이나 해요."

배선주 작가가 계영이 앞에 나서며 대신 이유를 설명했다.

"헐, 리터당 1,700원이 아니야? 나 어제도 금방 주유소에 들러 기름을 넣었는데."

"아침 뉴스 못 봤나요? 오늘부터 유가가 폭등한다는."

"그럼, 어떡해? 촬영 여기서 접을 거야? 170만 원이라도 넣어야잖아."

"제작비가 워낙 팍팍해서……."

조연출 김진웅이 손으로 뒤통수를 긁적거린다.

"저한테 아이디어가 있긴 한데요."

배선주가 의기양양해하며 가는 어깨를 으쓱했다. 여자가 너무 말랐다.

"무슨 아이디언데? 뜸들이지 말고 빨리 말해. 제사 떡이 다 쉬잖아."

"지금 액체 중에 가장 싼 건 물을 내놓고 술밖에 없어요."

"뭐래, 이 미친년아! 기름 대신 알코올을 요트에 넣는다고?!"

"안 될 거 뭐예요. 아무 걸 넣으나 요트가 작동만 하면 될 거잖아요."

"너, 아침에 정신머리 집에다 두고 나왔어? 왜, 영혼 없는 개소리를 해!"

키다리인 지병환은 말상에 성성이처럼 긴 팔을 허공에 휙 내저었다. 그러나 벌써 조난선이 어딘가에서 소주 통을 들고 와 요트 기름 탱크에 알코올을 부어 넣기 시작했다. 그 요트는 원래 동물학자인 드라마 주인공의 부친이 서해안 주변 무인도의 조류나 곤충들을 조사 연구하느라 사비로 장만한 것이다. 그런데 연로하자 연구를 그만두고 요트를 아들에게 물려주었다. 주인공은 그 요트로 주변 섬을 돌아다니며 자신의 개인 유튜브 방송에 무인도를 소개하는 데 이용했다. 그리고 심심하면 취업 대기중인 그는 요트를 타고 바다 소풍도 하고 무인도에 들어가 혼술도 마셨다. 오늘은 바로 바다 소풍을 나가는 주인공 신을 촬영하는 날이었다.

"이 미친년들아! 배에 술을 퍼 넣으면 항해라도 한다디? 저것들을 새끼라고 거느리고 무슨 드라마를 찍는다고……."

지병환은 구경거리라도 생긴 듯 빙 둘러서서 술을 부어 넣는 조난선을 신기하게 지켜보는 스태프를 내려다보며 어이가 없어 욕설을 퍼부었다. 또 속이 언짢아지며 헛구역질이 나고 토할 것만 같았다.

그러나 놀랍게도 요트가 부르릉~ 시동이 걸렸다.

"뭐야, 정말 되는 거야!"

지병환은 사람들을 헤집고 안으로 들어갔다.

"봐요, 엔진이 작동하잖아요. 빨리 배우분을 모셔 와요."

배선주가 번갯불에 콩 닦아 먹을 것처럼 볶아댄다.

"그래, 움직인다면 촬영을 시작해야지. 그런데 배 작가, 정말 괜찮겠지?"

"괜찮을 거예요. 어차피 별 할 일도 없이 배가 바다로 나가기만 하면 되잖아요."

"그러다가 바다 가운데서 파도를 만나거나 갑자기 멈춰 서기라도 하면 어떡해?"

"침몰하겠죠."

"뭐, 침몰! 그 불길한 말을 함부로 지껄인 년이 누구야?"

화가 나서 홱 고개를 돌려보니 언덕 위에서 키가 자그마하고 몸집이 통통하며 눈에 근시 안경을 건 조난선이 그를 빤히 내려다본다.

"야, 너 불길하게 왜 그런 단어를 혓바닥에 올리고 지랄이야!"

"그게 뭐 어때서요? 원래 침몰이란 단어는 운행, 정박 뭐 이런 단어들처럼 배의 운명과 연결된 게 아닌가요."

아무튼 조난선은 여자가 좀 까칠한 데가 있다. 지병환은 그냥 한 번 찍 흘겨보고 말았다.

"자자, 모두 자기 위치로. 카메라 감독님과 오디오 감독님은 어선에 오르세요."

다행히도 카메라가 설치될 어선은 어부가 사용하던 기름이 남아있었다.

그런데 촬영을 금방 시작했는데 잠잠하던 날씨가 갑자기 돌변했다. 서쪽 하늘로부터 뜻하지 않은 강풍이 불어왔던 것이다. 거세찬 해풍에 요트가 나뭇잎처럼 망망대해에서 이리저리 떠돌아다녔다. 게다가 엎친 데 덮친 격으로 배가 술에 취했는지 선체가 좌우로 흔들거렸다. 파도를 타고 선수船首가 하늘로 높이 솟아올랐다가는 취객처럼 위험천만하게 허망 아래로 곤두박질했다.

"야, 배가 술에 취했어. 비틀거리며 주사 부리잖아."

지병환은 요트 위에서 두려움에 질려 밑바닥에 납작 엎드린 배우가 걱정되어 소리쳤다.

"스톱! 촬영 중단해. 배가 당장 전복될 것 같아."

요트는 다시 바람에 밀려 치솟아 오르는 파도를 타고 높이 솟아올랐다가 아래로 내리꽂힌다. 그러나 이번에는 충격을 버텨내지 못하고 선체가 뒤집어지며 물속으로 침몰했다.

"배가 침몰했어! 배가 뒤집혔다고……."

"마이 갓! 정말 장관이에요! 판타스틱해요. 카메라 감독님 뭐하세요. 이 장면 촬영하지 않으시고."

어느새 어선에 탄 조난선이 환호성을 지르며 박수까지 쳐댄다.

"야, 너 이 미친년, 사람이 죽는데……."

"사람은 사는 모습만 멋진 줄 알았는데 죽는 장면은 더 멋지네요!"
미친 조난선은 황홀함에 입을 다물지 못한다…….

'스톱'이라는 자신의 외침 소리에 놀라 눈을 떠보니 꿈이었다. 시계를 보니 7시 40분 고개를 막 톺아오르고 있었다. 늦었다. 어떻게 된 셈인지 요즘은 매일 늦잠이다. 출근이고 뭐고 다 때려치우고 그냥 드러누워 한 잠 더 자고 싶었지만 싫은 대로 침대에서 일어났다. 어쩌라고 때도 아닌데 아래가 뻣뻣해지고 팬티가 불룩 솟아올라 왔다. 소변이 마려운가. 이게 아침이면 꼭 고개를 쳐들고 말썽이다. 화장실에 들어갔다. 팬티를 내리니 그놈이 무섭게 성이 나 시퍼렇다.

어제 술을 너무 많이 마셨나? 아니면 옆에 앉았던 배선주의 불룩한 가슴을 언뜻 본 기억 때문인가. 여자가 몸은 말랐는데 가슴은 유난히 크다. 안에 뽕이라도 밀어 넣었나. 아니면 가슴 성형이라도 했나. 그놈이 뭐가 불만인지 잔뜩 오기를 부리며 오줌 줄기가 분수처럼 세차게 뿜어나갔다. 변기라도 구멍을 뚫을 기세다.

"야, 이 미친놈아, 좀 살살해라. 그거 아무것도 아니야. 변기야."

이상한 게 달려서 신경 쓰이게 하고 불안하게 만든다. 시도 때도 없이 자기를 과시한다. 나를 이리저리 휘둘러댄다.

아침밥을 먹을 시간이 없다. 아니, 조반을 먹기가 싫었다. 어제저녁 과음 때문인지 입안이 소태처럼 쓰고 속이 쓰리다. 술이 이렇게 힘든데 술이 없으면 죽을 것만 같다. 잔을 들면 다신 안 마신다하고 잔을 놓으면 금방 그립다. 아무 데서라도 한잔 걸치고 들어와야 가방을 소파에 내던지고 그대로 침대에 너부러지면 날이 밝는다. 힘들이지 않고 그냥 살아지는 시간이다. 아침에 화장실에 가보고서야 퀴퀴한 분비물 냄새로 밤새 오바이트했음을 짐작한다.

그냥 냉장고에서 우유를 꺼내 컵에 따라 몇 모금 마시고는 밖으로 나왔다. 차에 올라 시동을 걸고서야 휴대폰을 두고 나왔음을 알고 차에서 내려 다시 집으로 들어갔다. 휴대폰을 주머니에 집어넣으며 미친놈! 하고 중얼거렸다. 정신은 두고 가지 않는 게 신기하다. 만일 그렇다면 거리에도 사무실에도 영혼 없는 인간들이 넘쳐날 것이다. 물론 정신도 알코올에 팔아버릴 때가 많았다. 그리고는 육체만 박제 동물처럼 시커먼 밤거리를 어슬렁어슬렁 쏘다닌다. 유령처럼.

회의실에는 직원들이 모두 출근해 그가 나오기를 기다리고 있다.

"미안, 그럼, 회의 시작해 볼까? 누구부터 발언할래? 조난선."

"저부터요? 선주 선배부터 말씀하세요."

조 작가는 신심이 없는지 배선주한테 기회를 넘긴다. 그녀는 언제나 그렇게 줄나고 자신감이 없다. 그런데 꿈에서는 어떻게 그런 과단성을 보였지? 그리고 "침몰"도 배의 운명이라던 그녀의 꿈속에서의 말이 떠올랐다. 오늘 미팅은 어느 작가의 대본아이디어가 지병환이한테 호감을 주는가 하는 걸 결정한다. 성격이 활달한 배선주는 차례진 기회를 사양할 사람이 아니다.

"난 연쇄살인 사건을 줄거리로 대본을 작성하려고요. 요즘 대세잖아요. 경찰, 검찰, 수사, 잔인한 범죄 뭐 이런 것들은 다 시청률을 올리는 제조기가 아닌가요."

그러자 너도나도 자신의 구상을 털어놓았다.

"전 로맨스가 좋을 것 같아요. 여자 하나가 남자 셋을 번갈아 사랑하는 이야기는 어때요? 스릴 있고 충격적이지 않나요?"

"그 소재는 너무 진부해. 요즘 뜨는 웹 소설을 각색하면 히트 칠 것 같아요."

"전 오히려 최근 사회적으로 이슈인 언론 개혁 같은 주제로 대본을 쓰고 싶습니다."

"넌, 조난선 말해봐."

조난선은 습관적으로 한참 뜸을 들이고 나서야 조용히 입을 열었다. 소심해선지 그가 더 왜소해 보인다.

"난 소설을 각색하는 게 어떨까 생각하지만……."

"됐어. 각자 아이디어는 충분한 것 같아. 그러니까 내일 안에 자신이 쓸 대본 내용과 등장인물 표를 작성한 시놉시스를 나한테 바치도록 해. 내가 보고 최종 결정할 거니까."

그러나 그건 그저 형식적 절차일 따름이었다. 병환은 벌써 배선주의 연쇄살인에 관한 대본을 마음속으로 점찍어 놓고 있었다. 그것은 그의 생각이기도 했다. 그러나 대본을 쓰면 항상 무게 있고 의미심장한 작품을 만들어 내는 조난선이 마음에 걸렸다. 그녀와 협력하여 실패한 드라마는 거의 없었다. 그런데 이번에는 웬일인지 배선주의 아이디어에 끌린다. 그 자신도 솔직히 연쇄살인을 다룬 드라마를 제작하고 싶은지가 오래된다. 그러나 연쇄살인 드라마는 현재도 방영 중인 방송사가 있는 만큼 겹치는 소재이기도 하다는 것이 꺼림하다. 조난선의 소설 각색 아이디어도 기대는 되지만 그녀의 글은 항상 너무 진지하고 무겁고 깊은 게 탈이다. 게다가 스토리 전개가 느리고 게으르다. 세부에 너무 집착한다.

저녁에 퇴근하자 지병환은 차에 앉아 잠시 갈 곳을 고민했다. 집에 가기는 싫었다. 가보았자 휑뎅그렁한 방 안에 그 혼자일 것이다. 오늘은 이른바 '불타는 금요일'이다. 불금인데 어디 가서 한 주 동안 쌓인 스트레스를 활활 태워버리자. 집에 가면 벌써 한 달 넘게 본 데리다의 '그라마톨로지'가 테이블 위에 누워서 그를 멀뚱멀뚱 기다리고 있을 것이다. 문장이 너무 어려워 몇 번이나 팽개쳤다가 다시 집어 든 책이다. 그 책 밑에는 하루키의 '기사단장 죽이기'가 깔려있고 또 그 밑에는 최근 인기가 높은 만화책이 있다. 오늘은 다 싫다. 그것들의 질척거리는 유혹에서 확 벗어나고 싶다. 이럴 줄 알았다면 배선주가 한잔하러 가자고 제안할 때 말없이 따라갔을 걸 하는 뒤늦은 후회도 들었다. 그냥 나 이래 보여도 잘나가는 피디야. 허구한 날 작가들과 어울려 술이나 마시는 별볼일없는 한가한 사람이 아니라고. 나 바빠, 이런 이미지를 보이고 싶어서 거절했었다.

지병환은 스마트폰을 꺼내 늦게나마 배선주에게 전화를 걸까 망설이다가 결국은 자존심에 걸려 포기했다. 벼룩도 낯짝이 있다고 명색이 피디인데 존심조차 없다면 말도 안 된다.

문득 아주, 우연하게 그의 뇌리에 천한생의 얼굴이 떠올랐다. 그러자 그림자처럼 백수아의 곰 같은 미련퉁이 모습도 오버랩된다. 그들은 다 대학 동기다. 천한생은 일간지 기자고 백수아는 웹툰 작가다. 그들을 불러내 무료하고 적적하고 심심한 금요일 밤의 무심함을 달래보자…….

조금 뒤 그들 셋은 이태원 경리단길 어귀에서 만났다. 천한생은 자신의 고물 같은 중고차를 덜덜덜 끌고 왔고 백수아는 택시를 타고 왔다. 백수아는 택시에서 내리자마자 숨이 차서 헐떡거린다.

"야, 니들 다 죽지 않고 여전히 멀쩡하네."

지병환이 먼저 알은체했다.

"개새끼, 그럼, 넌 내가 죽는 게 소원이냐!"

천한생은 유난히 큰 성성이 코를 벌름거리며 지병환을 흘겨본다.

"안 그래도 난 겨울이 아니라 여름에 하면했다 봄에 살아나고 싶어."

백수아는 육중한 바디를 굵은 두 다리로 간신히 운반하며 그들 뒤에서 경리단 오르막길을 헐떡거리며 올라갔다. 보행로가 좁아서 그녀를 지나가는 젊은이들은 차도에 잠시 비켜서야만 했다.

"난 존재 자체가 민폐야. 웹툰만 아니면 사람들을 위해 죽어줘야 하는데…….",

"그래서 네가 그린 웹툰 주인공들은 다 날씬한 아가씨들뿐이잖아."

"난 나 같은 거인을 생산한 울 엄마의 위대한 번식력에 가끔씩 탄복해."

"웹툰이 죽고 사는 문제와 무슨 상관이 있어. 핑계 대지 말고 죽고 싶으면 그냥 죽어. 어쩌면 세상이 더 잘 돌아갈지도 몰라. 이 길도 시원하게 뚫리고."

천한생이 백수아의 무쇠 주먹을 피해 한 걸음 앞으로 달아나며 비아냥거린다.

"야, 이 개자식아! 너 누나한테 버릇없이 아무 개소리나 지껄일래!"

백수아가 때리려고 권투 장갑을 낀 것만큼 둔중한 주먹을 부르쥐고 천한생의 뒤를 추격하다가 숨이 차 포기했다.

"정말 살고 싶지 않다. 여기 주저앉아 그냥 죽어버리고 싶다."

"그것도 민폐야. 환경미화원 아저씨들만 죽어날 거잖아."

"저 개새끼가, 돼지 주둥이를 확 그냥!"

지병환은 그들의 악의 없는 말다툼을 들으며 왜 이렇게들 시시하게 사는지 이해가 안 되었다. 이러려고 사는 게 저 거창한 인생인가. 그들의 대화는 농담인 것 같았지만 진심처럼 들렸다. 솔직히 그 역시 별로 살고 싶은 생각은 간절하지 않았다. 드라마를 기획한다고 하지만 그게 사는 것과 무슨 상관인가. 드라마는 드라마대로 돌아가고 그는 그대로 길거리에서 밤의 어둠 속을 헤맨다. 그리고 이게 내 인생과 무슨 연관이 있는가. 반드시 이렇게 살아야만 하는 이유라도 있는가. 집에 가도 그렇고 이렇게 경리단길을 쏘다녀도 달라지는 건 아무것도 없다.

술상을 마주하고 빙 둘러앉았다. 거의 매일 저녁마다 마시는 술이다. 그런데도 싫지 않다. 사람들도 질리고 직장도 진저리 나고 상사도 밉고 살기도 싫은데 유독 이놈만 싫지 않은 일이 이상하다. 꿈에서는 마술처럼 알코올을 넣은 요트가 움직였고 취해서 비틀거렸었다. 배도 그러하니 아마도 술이 인간의 몸에 들어가 비틀거리고 오바이트하는 것은 좋아서일 것이다.

"야, 지 피디. 너 새 드라마 기획한다며? 무슨 내용인데? 결정 났어?"
천한생이 술을 들이켤 때마다 소처럼 큰 코를 벌름거리며 물었다.
"아니, 작가들더러 시놉시스를 써오라고 시켰어."
"짜증나게 시놉시스요 뭐요 할 것 없이 내 웹툰이나 각색해라."
백수아가 그 큰 배에 술 백 병을 쏟아 부을 듯한 맹렬한 기세로 맥주를 연거푸 흡입했다. 저러고는 또 새벽에는 오바이트하고 무슨 약인가를 한 줌이나 먹으며 난리 부르스를 떨 것이다.
"난 만화, 웹툰에 이제 질렸어. 그 정지된 동작, 조각상 같은 불변하는 표정 고정된 외모도 싫고 천편일률적인 캐릭터들의 八자형 남자 머리 스타일과 V자형 여자 턱선 스타일도 질려. 10대들이나 좋아하는 거잖아."
"너 스물여덟 살에 벌써 인생 다 산 사람처럼 왜 그래? 늙다리라도 된 거야?"
"웹툰이고 나발이고 요즘 사회적인 이슈인 언론 개혁 주제나 다뤄봐."
"그건 더 싫어. 정치한다는 기성세대의 그 꼰대 이미지가 구역질 나. 그리고 그것 땜에 드라마를 진영 논리의 쟁탈전 진흙탕에 빠뜨리고 싶지도 않고."
"그럼, 도대체 무슨 주제로 기획할 건데? 또 로맨스 드라마를 잡을 거야? 먼저 드라마도 로맨슨데 흥행에 실패했잖아?"
"이번에는 연쇄살인을 다룬 드라마를 해보려고."
"연쇄살인? 왜, 갑자기 누군가를 죽이고 싶어지기라도 한 거야?"

모두들 취해서 이리저리 비틀거리고 손발이 허우적거리고 술잔이 달깍거리고 목청이 높아졌다. 입에서 나가는 아무 말이나 다 했다. 이제야 사는 맛이 난다.

술이 없는 인생은 너무 시큰둥해! 음악이 없는 영화 같아.

"야, 이 말 대가리야. 드라마고 글래머고 다 집어치우고 나한테 방송사 작가들 중 괜찮은 여자나 하나 소개해 주라. 나도 부모가 준 남자의 거시기를 한번 써보고 죽어야잖아."

천한생이 다 마신 맥주잔을 테이블에 탕 내려놓으며 손가락으로 병환을 가리켰다.

"개새끼, 까짓 썩은 나무뿌리 같은 걸 갖고 대한민국 아가씨들한테 나대려고. 그거 잘 되나 나한테 한번 써먹으려고 했었잖아. 또 누굴 넘봐. 나도 여자야."

백수아가 의자에서 일어나다가 비대한 몸의 균형이 무너지며 다시 풀썩 주저앉는다. 그러나 의자가 뒤로 넘어지며 그대로 땅바닥에 나뒹굴었다.

"웃기지 마. 네까짓 게 다 여자야. 살찐 멧돼지지."

"개새끼, 코끼리 코를 가진 주제에 누굴 비웃어. 코만 컸지 정작 커야 할 놈은 콩알만 한 새끼."

그렇게 아슬아슬한 험담이 오갔지만 그건 술만 마시면 예사롭게 주고받는 일상 대화라 누구도 상처받거나 가슴에 새겨두지 않았다. 알코올에 다 희석되었다.

"알았어. 설계영이라고 있는데 내가 한번 말해볼게."

"잘생겼어? 젖이 커?"

"야, 너 이 색광 같은 새끼!"

2

배선주의 주량은 본인도 확실하게 모른다. 그날 기분에 따라 달랐다. 장소, 분위기, 안주, 술 종류, 컨디션에 따라 주량도 변했다. 많이 마실 때는 소주 열 병도 무난하지만 생각이 없으면 아예 입에 대지 않았다. 그런데 오늘 배선주는 이상하게 술이 당겼다. 그녀는 고깃집 테이블에 빙 둘러앉은 조난선과 설계영을 향해 술잔을 높이 쳐들었다.

"언니, 난선아, 마셔요. 우리 오늘 배 터지게 마시고 죽어요."

조난선은 말없이 술잔을 부딪쳤고 조연출 설계영은 초장부터 흥분한 후배를 의아한 시선으로 바라본다.

"오늘로 인생 종치는 거야? 내일은 안 살 거야?"

"나한텐 내일은 없어요. 오늘 하루뿐이에요."

배선주는 마시는 대신 그냥 술잔을 들어 입안에 통째로 털어 넣었다. 그래야 마신 것 같다.

"너한텐 내일이 없구나. 나한텐 어제가 없어."

"어제, 과거요? 과거는 오늘을 만든 장본인인데 없을 수가 없죠. 선배 벌써 취했네."

"과거는 나를 물고 늘어져 못살게만 굴잖아. 툭하면 훈계나 하고. 그래서 싫어. 그 과거를 지배하는 엄마, 아빠도."

"난 오늘이 싫어요."

문득 조난선이 나직하게 혼잣말처럼 대화에 살짝 낀다.

"오늘이 싫다고? 야, 너 미쳤어! 오늘이 싫다며 왜 여기서 술 마셔?"

"싫으니까. 술로 영혼을 취하게 하려고요."

"술에 영혼이 취한다? 그럼, 오늘이 사라지기라도 해?"

"적어도 모르게 지나가겠죠."

"오늘이 싫으면 죽어야지 별 수 있어."

"먼저 술에 정신부터 죽이고요."

"술에 죽는다, 그런 정신 상태에서 소설을 각색하겠다고 한 거야? 무슨 소설을 선택했는데?"

"이름 없는 작가예요. 죽음에 대한 고민……."

"헐, 깜놀! 하필이면 그런 걸 선택했어? 차라리 작가 때려치우지. 선주, 네가 쓴다는 연쇄살인은 줄거리가 뭐야?"

"지금까지 어느 방송사 범죄 드라마에서도 시도하지 못했던 연쇄살인."

배선주는 젓가락으로 맥주병 뚜껑을 뻥! 따며 으스댄다. 언제나 조난선과는 달리 자신만만하다.

"그러니까 그게 뭐냐고? 달라봤자 사람 죽이는 거잖아. 살인 과정, 수사 절차 뭐 이런 거 아니겠어."

"아직은 거기까지밖에 나도 몰라요."

"내가 단언컨대 너희 둘 다 그 말 대가리한테 퇴짜 맞을 거야."

"그 영혼 없는 장승같은 새끼 이름은 왜 꺼내요. 재수 없게. 볼 때마다 미친 야생말이 생각나요. 그 새끼 전봇대처럼 키만 껑충했지 머리는 쑥대밭이라고요."

"지 피디말에 왜 갑자기 흥분하고 그래? 누가 뭐랬어."

"아니, 그렇다는 얘기예요. 낙방해도 괜찮아요. 얻어걸리려고 하는 거 아니에요."

"그럼, 낙방 맞으려고 하는 거야?"

"그냥 살아있으니까, 직업이 작가니까, 뭐라도 해야 하니까요. 그거라도 해야 벌어서 먹고살 수 있잖아요."

"넌 사는 게 그렇게도 의욕이 없어?"

"왜 없어요."

"그게 뭔데?"

"여기 이렇게 버젓이 있잖아요."

배선주는 맥주잔을 허공에 높이 쳐들고 흔들었다. 술이 넘쳐 팔을 타고 줄줄 흘러내렸다. 피 같다.

"술?! 너 술 때문에 살아?"

"언니도, 난선이도 다 이것 땜에 여기 모인 거 아니었어요?"

"이년아! 어떻게 사람 사는 이유가 고작 술 때문이야. 그렇게 술이 좋으면 어서 처마셔."

"자 아가씨들, 모두 처마십시다. 인생을 몽롱한 곳으로 실어다 주는 마술 같은 술을!"

세 여자는 웃고 떠들고, 일어났다 앉았다 수다를 떨며 식당을 세 곳이나 옮기며 술에 푹 절도록 실컷 마시고서야 갈라졌다. 각자 택시를 잡았다. 술이 들어가야 사는 냄새가 난다. PC방 가서 컵라면으로 대충 요기하며 게임에 몰두하고 영화관에 가서 최신 개봉 영화를 보며 감성에 젖어 웃고 울고 하는 것도 나쁘진 않지만 걸을 때 노면이 배의 갑판처럼 좌우로 흔들거리고 도로변의 아파트들이 가운데로 넘어지고 자동차들이 아스팔트 위에서 굼벵이처럼 벌벌 기어다니는 것처럼 비정상으로 보이는 취중의 순간이 가장 행복했다. 평소 대단하던 세상천지가 내 앞에 와서 개처럼 납작 엎드린다. 배선주는 기사에게 집 주소를 알려주고는 뒷좌석에 활개를 뻗고 너부러졌다.

"하여간 요즘 애들은 못 말려. 밥 대신 술만 퍼마시고 사는지 원. 아가씨, 좌석에 오바이트 하면 안 돼요."

기사 아저씨는 중얼거리며 후시경으로 셔츠 단추가 두 개나 열린 채 잠든 배선주의 빵처럼 부푼 가슴을 흘끔거렸다. 가슴을 키워준 브래지어가 훤히 드러나 있다. 그놈의 술이라고 욕하지만 그래도 그 덕에 늘그막에 젊은 여자의 속살도 가끔씩 눈요기할 수 있다. 여자 손님은 저렇게 대취하면 택시 기사가 모텔로 업고 들어가 잘까 봐 두렵지도 않은 모양이다. 기사는 한 손으로 자신의 사타구니를 슬쩍 만져보았다. 나이가 들었지만 아직은 쓸 만하다. 마른 나무뿌리 같은 것이 옷을 쳐들고 불룩하다. 기사는 자신의 나이를 원망하며 크게 숨을 들이 쉬었다. 열 살만 젊었어도 저년을 가만두지 않았을 것이다. 사람이 양심이라는 게 있고 법이라는 게 있기를 다행이다.

배선주는 기사가 불러서야 잠에서 깨어났다. 일어나려니 속이 메스껍고 구토가 발작했다. 그러나 참고 요금을 결산한 뒤 택시에서 내렸다. 동네는 새벽어둠에 잠긴 채 어두컴컴했다. 몇 개의 방범등만 도깨비불처럼 음산하게 껌벅거린다. 다 개좆같다. 그녀는 어깨에서 가방을 벗어 손으로 끈을 잡고 빙빙 휘두르며 노래를 불렀다. BTS의 '디오니소스' 노래를 흥얼거리며 비틀비틀 오르막길을 올라갔다.

노래를 하다가 배선주는 문득 지병환의 얼굴이 떠올랐다. 그 새끼, 왜 뜬금없이 내 머릿속에 제멋대로 들어오는 거야. 영혼 없는 장승 같은 새끼가! 피디면 다야. 우리가 뭐 말 대가리가 기르는 똥개들이라도 돼.

그렇게 횡설수설 중얼거리며 골목길에서 비틀거리는데 갑자기 어느 집 철 대문 앞에 술 취한 중년의 남자가 두더지처럼 엎드려 있는 꼬락서니가 어슴푸레 보였다.

"어, 이게 뭐야. 취객 아냐, 주정뱅이잖아."

남자는 얼굴을 자신이 오바이트한 분비물 위에 틀어박은 채 잠들어 있었다. 그녀만 취한 게 아니라 세상이 다 취했다. 사내는 아마도 대문 앞이 자기 집 방인 줄 알고 드러누운 모양이다. 거기 비하면 배선주 자기는 술에 취해도 필름은 끊어지지 않았다. 개새끼, 혼자 잘 놀고 자빠졌어, 하고 그냥 지나가려다가 그래도 사람이 양심이라는 게 있어서 다시 휘청거리며 돌아섰다.

"이봐요, 밖에서 자면 입 비뚤어져요. 집에 들어가 자요."

남자가 잠이 깊이 들었는지 반응이 없다. 그녀는 가까이 다가가 허리를 굽히고 귓전에 대고 같은 말을 반복했다. 그러자 사내가 으응~ 하고 눈을 비스듬히 뜨며 고개를 쳐든다. 얼굴에 술안주 찌꺼기들이 데룽데룽 매달려 있다. 고약한 냄새가 울컥 올라와 배선주는 급히 허리를 폈으나 균형을 잃고 선 자리에서 두어 번 비틀거렸다. 게슴츠레한 눈으로 그녀를 쳐다보던 남자가 다시 고개를 떨어뜨렸다.

"씨발년, 상관이 뭔데 지랄이야. 나랑 하면 또 몰라도. 이년아, 나랑 섹스하자."

혀가 꼬인 소리를 하면서 한 팔을 쳐들어 손으로 그녀의 바짓가랑이를 움켜잡았다.

"야, 이 새끼야! 이거 놔. 감히 선의를 악의로 받아들여. 구둣발로 콱 짓밟아 버리기 전에 놓지 못해!"

배선주는 순간 이 인간을 밟아 죽이고 싶은 충동을 느꼈다. 그래서 구두를 신은 오른발을 높이 쳐들었다. 이대로 머리통을 짓이기면…….

"어머, 아가씨. 죄송해요. 우리 집 아저씨가 많이 취하셨나 봐요."

그때 문밖의 떠들썩한 소리를 들었는지 대문이 덜커덩 열리더니 젊은 여자가 나왔다.

"술도 쌀 썩은 물이지 이게 무슨 추태예요. 어서 일어나 안으로 들어가요."

여자가 막무가내로 남자의 팔을 잡아 일으켰다.

"자기가 나더러 밖에서 뒤지라고 문을 걸어 잠갔잖아."

"호호호, 여보, 당신 취해서 아무 말이나 하네요. 아가씨, 감사해요."

배선주는 씁쓸하게 돌아섰다. 저 남자처럼 술에 꽐라되지 않은 모습을 보이려고 걸음을 똑바로 걸으려고 했지만 그럴수록 몸이 더 휘청거렸다.

내일부터 당장 술을 끊어야겠어. 사람이 아니라 개가 되잖아.

"아가씨, 조심하세요. 밤길에."

네년도 술 처마셨네, 하는 욕일 것이다. 조심은 개뿔! 네 남자나 잘 건사해.

집 안에 들어오니 끓는 가마 속 같다. 가방을 아무 데나 내던지고 에어컨부터 켰다. 그리고 그대로 소파에 털썩 주저앉아 총 맞은 병사처럼 장엄하게 옆으로 쓰러졌다. 그러나 장엄이고 나발이고 갑자기 속에서 욱하고 뭔가가 올려 밀었다. 그녀는 허둥지둥 일어나 화장실로 들어갔다. 문을 열자마자 손으로 틀어막고 있던 분비물이 왈칵 쏟아져 나왔다. 바닥에서부터 줄줄 흘리며 변기까지 접근하자 죄인처럼 무릎을 털썩 꿇고 위장 바닥까지 말끔하게 털어내기 시작했다. 고기, 채소, 소주, 맥주, 커피…… 되는 대로 쑤셔 넣었던 온갖 음식물들이 폭포처럼 쏟아져 나왔다. 사는 게 고통스럽다는 말은 배선주에게는 술 마시는 게 고통스럽다는 의미다. 그런데도 이 술을 끊어버리지 못하고 있다. '금주' 그 말은 배선주에게 '죽음'과 동의어다. 술이 없는 삶은 우리가 아는 인생이 아니다. 삶에 부대껴 똥꼬, 거지가 된 정신을 알코올에 불려놓을 때가 가장 자유롭고 행복하다. 그러니까 음주의 고통은 결국 행복인 셈이다. 눈물이 쏟아지고 콧물이 질질 흘러내렸다. 구멍마다 더러운 배수구가 되는 지금 사람의 형상이 아니다. 똥개도 그녀보다는 깔끔할 것이다. 그래서 뭐가 어쨌다는 건가. 지 피디, 조 작가, 설계영도 모조리 말아서 토해버렸다. 그것들 다시는 보고 싶지 않다. 그들은 그냥 술 마실 때만 필요한 존재들이다. 술병, 술잔, 안주, 젓가락 같은…….

선주는 한참 난리를 떨고 나서야 옷을 벗고 침대에 올라갔다. 그건 그냥 취침 전의 성스러운 통과의례일 따름이다. 그녀는 술에 취하면 옷을 바나나 껍질처럼 홀랑 벗어던지는 습관이 있다. 그러지 않으면 열통이 터져서였다. 잠옷, 그런 건 다 쓰레기통에 버려라. 자리에 누워 눈을 감았으나 아직도 뭔가 몸에 걸쳐져 있는 느낌이다. 그녀는 눈을 감은 채 그것을 벗으려고 했다. 그러나 어찌나 찰싹 달라붙었는지 벗겨지지 않았다.

이게 뭐야? 왜 이렇게 죄어들어.

눈을 뜨고 일어나 앉아 몸을 내려다보았다. 하얀 피부뿐이다.

헐, 존나, 피부였던 거야! 미친 거야, 취한 거야.

그것을 벗으려고 손가락으로 집어 뜯어 피부가 까졌다. 배선주는 다시 침대에 벌렁 드러누웠다. 그런데 이번엔 무언가 무거운 것이 온몸을 지지누르고 있었다. 이불일 거라 생각하고 발로 차 던졌으나 이불은 덮은 적도 없었다. 그런데도 가슴이 답답하다. 알코올 때문인가. 선주는 모로 돌아누웠다. 그리고 두 손으로 자신의 유방을 움켜잡았다. 이걸 쥔다고 법에도 걸리지 않는다. 내 거니까. 잘 뜬 익반죽처럼 푹신푹신하다. 그렇게 가슴을 껴안으면 외롭지 않았다. 누군가 나를 안아주는 것 같다. 어린아이가 가슴을 부여잡은 것 같기도 하고 엄마 품에 안긴 것 같기도 하여 편안했다.

개새끼! 못생긴 기린 같은 새끼!

배선주는 그렇게 자신의 가슴을 부여안고 죄 없는 지병환을 욕하며 알코올의 혈액이 출렁이는 수면의 깊숙한 바다 속으로 빠져들어 갔다…….

배선주는 이튿날 아침 10시가 넘어서야 일어났다. 잠을 깬 것이 아니라 소변이 마려워서였다. 화장실에 들어서던 그녀는 안에 가득 찬 악취에 비명을 지르며 손으로 코를 싸쥐었다. 지난밤 통과의례 하느라 오바이트한 분비물이 타일 바닥에 줄을 지어 늘어서 있다.

오우, 마이 갓! 똥보다 더 더러워!

배선주는 홀랑 벗은 채 짐승처럼 샤워기를 들고 오물을 씻어냈다. 술은 지친 영혼을 시원하고 통쾌하게 그녀를 태워주는데 육신은 걸레로 만들어버린다. 술은 영혼과 친하고 육체와 엇선다.

소변을 본다고 변기에 앉았는데 뜬금없이 싸개가 나갔다. 방귀에 똥물에 대변 찌꺼기가 마구 뒤섞여 요란하게 방출되며 또다시 화장실 안에 구린내가 진동했다. 그녀는 연신 물을 내렸다. 지난밤 여기저기서 아무거나 되는 대로 처먹어서 속탈을 만난 모양이다. 알코올은 정신은 천당에 모시고 육신은 시궁창에 처박아 버린다. 이럴 때는 다시 술을 입에 대지 않겠다고 다짐한다. 그러나 그 결심은 저녁이 되면 안개처럼 가뭇없이 사라지고 다시 어슬렁어슬렁 술집으로 들어간다. 그런 게 삶이니까.

위장에 남은 걸 쫙 털어내고 나니 이번엔 속이 쓰리다. 화장실에서 나와 냉장고 문을 열자 첫눈에 보이는 것이 캔맥주다. 금방 그 저주로운 '금주' 두 글자를 겨우 머릿속에 떠올렸는데 또 마시고 싶다. 그러나 오늘은 참아야 한다. 시놉시스를 써야 한다. 작성해서 그 말 대가리 피디한테 제출해야 한다. 선주는 아래 칸에서 우유를 꺼내 컵에 따른 다음 프랑스산 초콜릿 두 조각을 들고 테이블로 걸어갔다.

"야, 너 그렇게 약처럼 처먹다가 조만간 뼈만 남아. 말라 죽는다고."

어느 날 이 집에 와서 술을 마신 다음 아침에 이것만 먹는 그녀를 보고 설계영이 은근히 걱정했다.

"해골이 돼도 괜찮아, 여자는 이것만 크면 되니까."

"유방만 커서 뭐해. 면봉이 될 거니?"

배선주는 생각했다. 너처럼 가슴이 납작하면 여자가 아니지. 허벅지나 굵어 뭐해. 기둥이 될 것도 아니잖아.

이상하게 다이어트가 효과를 보는지 몸매는 말라가는데 유방은 전혀 줄어들지 않아 선주는 다행으로 생각했다. 저녁에 잘 때면 그걸 스스로 주무르고 움켜쥐고 자서인지도 모른다. 그 기린 같이 멍청한 자식의 시선이 회의 도중에 우연히 선주의 풍만한 가슴을 스쳐갈 때면 그녀는 눈살을 찌푸리곤 했다.

뭘 봐. 미투 몰라.

그 미련한 놈도 남자라고 이게 탐난 모양이다. 요즘 미투 때문인지 남자들은 다 쫄고 얼어있다. 여자를 만나면 질겁하여 시선이 허공에서 둥둥 떠다닌다. 수컷들은 원래 사냥개 후손들인데 똥개가 돼가고 있다.

테이블에 와서 노트북을 켰다. 켜지는 동안 초콜릿을 물고 우유를 한 모금 마신 후 고개를 쳐들고 앞을 보았다. 테이블 왼쪽에 편백 나무 화분이 놓여있다. 며칠 물을 주지 않아 잎이 다 축 처지고 끝이 말라들고 있었다. 주인이 술을 마시느라 화분이 물을 마시지 못해 초췌해진 것이다. 그 화분은 이 집에 세들 때 부모님이 사준 것이다. 굴광성, 굴수성, 굴전성, 굴습성을 고려하여 화분 방향을 돌려주고 물을 줘야 하는 관리에 웬만한 시간과 정성이 필요해 거부감이 들었지만 아빠는 피톤치드 발산이 가장 많은 나무이고 향기까지 좋다며 고집을 부렸다.

"그거 자연에서 살아야 할 식물인데 왜 집 안에 가둬 넣으려고 해요?"

"너랑 친구하라고. 너 혼자잖아."

"나도 이 집구석이 답답한데 애라고 그 좁아터진 화분 통이 답답하지 않겠어요. 더구나 어두컴컴한 집구석에서."

"답답할 게 뭐 있냐. 물만 잘 주면 무럭무럭 클 건데."

그래서 처음 한동안은 이틀에 한 번씩 명심해서 물을 주었다. 그러나 시간이 지날수록 물을 주는 간격이 벌어졌다. 그러다가 이제는 주인의 관심에서 아예 멀어져 목말라 있다. 햇빛을 따라 한쪽으로만 가지가 뻗으며 처음의 반듯하던 균형도 보기 흉하게 기울어졌다.

"너도 참 안쓰럽다. 어쩜 내가 꼭 네 신세 같으냐."

배선주의 시선은 화분을 넘어 창밖으로 흘러갔다. 마당에는 그녀의 허리통만큼 굵은 나무 한 그루가 서있다. 그 나무는 이 건물이 지어질 때 심은 것인지 수령이 오래된 모습이다. 저 나무는 저렇게 시원하게 밖에서 자라는데 넌 이 어둡고 답답한 집 안에서 수돗물을 마시며 고통스럽게 살고 있구나. 게다가 너를 위해서 사는 게 아니라 나를 위해서 억울한 고통을 감수해야 하는구나.

물 뜨러 일어나기 싫어서 그냥 마시던 우유를 화분에 부어 넣었다. 시간이 있으면 언제 마당 밖에 내다 옮길 생각이다. 관상수가 좀 더 커서 화분 통이 작아져 큰 것으로 분갈이 해야 될 때가 되면 부모님 몰래 정원에 내다 심을 작정이다. 나도 좋고 화분도 좋을 테니까. 그러나 그건 지금이 아니라 어느 때이다. 확실한 날짜 같은 것은 없다. 그녀의 인생에도 계획이라는 게 없다. 하찮은 식물이 무슨 계획인가. 그냥 하루하루 버틸 뿐이다.

시놉시스를 작성해야 한다. 그런데 포인트를 뭐로 잡아야 말 대가리의 마음에 들지 도저히 영감이 떠오르지 않는다. 새로운 것이 없으면 그 말 대가리가 거들떠보지도 않을 것이다. 그런 얼간이 같은 놈이 작가들의 운명을 거머쥐고 있다니. 문득 설계영의 말이 떠올랐다. 달라져 보았자 사람 죽이는 거잖아 했었다. 정말 살인 과정, 수사 절차 뭐 이런 거 말고 시청자들의 시선을 단번에 확 잡아끌 신선한 아이디어가 없을까.

'살인' 하고 써놓고 그 단어를 다시 읽는 순간 느닷없이 지난밤 술에 취한 사내 생각이 소환된다. 그 남자를 죽이고 싶었던 충동을 느꼈던 기억이 새롭다. 그때 만일 그게 현실이 아니고 드라마 속 이야기였다면 '나'

는 그 남자를 죽였을지도 모른다. 간단하다. 옆에서 커다란 돌멩이를 주워들고 쓰러져 있는 사내의 머리를 가격하면 끝이다. 그러면 '나'는 살인범이 될 것이다. 그게 어때서? 어떻긴, 넌 여자잖아. 여자가 어떻게 살인을 해…….

여자 연쇄살인범!

순간 배선주의 알코올에 전 뇌리에서 반짝하고 신선한 영감이 번개처럼 스쳐갔다. 그렇다. 여자 연쇄살인범으로 가자. 그건 어느 드라마에서도 시도한 적이 없는 테마다. 남자에게 강간당했고 그 강간범이 탁월한 변호사를 선임해 형량을 적게 받고 솜방망이 처리되자 정의감에 불탄 피해자 여자가 남자 혐오 사상에 물젖어 연쇄살인을 저지르는 드라마다. 남성에 대한 저주는 피해자의 성기를 잘라 전시하는 잔인한 행위에서 나타나며 또 수사는 이 성기 전시를 공통점으로 진행되고……. 전화벨이 울렸다. 천안에서 부모와 함께 지내는 막내 동생 배선미다.

"언니, 나 오늘 생일인데 뭐 즐감할 생선 같은 거 없어? 생파도 없고?"

"무슨 개소리야! 시끄러, 끊어. 나 지금 시놉시스 써야 돼."

확 끊어버렸다. 미친년, '생선', '생파'가 뭐야. 부모님이 늘그막에 주책없이 본 늦둥이 열여덟 살 난 여동생이다. 고2라는 애가 시도 때도 없이 투정질이다.

배선주는 키보드를 두드리기 시작했다. 그녀는 아직 세면도 하지 않고 머리도 빗지 않았다. 이 모습을 누군가 봤으면 작가가 아니라 정신 환자나 노숙자로 착각했을 것이다. 그녀의 머릿속에는 시놉시스를 검토하면서 그 두텁고 큰 하마 주둥이를 쩍 벌리고 벌쭉거릴 말 대가리의 기뻐하는 모습이 구름처럼 지나갔다.

3

지병환은 드라마 촬영이 없을 때면 거의 주말마다 남산 기슭에 있는 공원 테니스장에 가곤 한다. 원래 그는 가끔은 독서도 하고 등산도 하고 수영도 했지만 테니스장에 나가기 시작한 것은 2년 정도밖에 되지 않는다. 그것도 아주 우연한 기회에 친구랑 함께 갔다가 우한솔이라는 20대 초반의 아가씨와 한판 승부를 겨루고 난 뒤부터였다. 그녀를 이길 수가 없다는 자존심에서도 그랬고 그녀의 미모의 유혹 때문인지 자주 찾게 되었던 것이다. 우한솔과 테니스를 치고 식당에 가서 술 한 잔 마시는 것이 그렇게 낭만적일 수 없었다.

오늘도 우한솔과 또 한판 붙었다. 그녀가 테니스복을 입고 헤어밴드를 착용하고 등장하자 테니스 코트가 거짓말처럼 환해졌다. 테니스 운동화와 관절 보호대를 하고 라켓을 손에 들고 하드코트에 입장하자 지병환은 이번에도 자신이 패할 거라는 예감부터 들었다. 그는 무슨 정신에 서브를 드리고 공을 받아넘겼는지도 모른 채 이리저리 야생마처럼 마구 뛰어다니기만 했다. 정신없이 돌아치는 사이에 오브 3룰이 종료되고 그는 어김없이 패했다.

"난 운명이 아가씨한테 지게 돼있나 봐요."

지병환은 씁쓸하게 코트에서 퇴장하며 혼잣소리처럼 중얼거렸다. 어쩌면 우한솔은 기술이 아니라 춤추는 듯 우아한 몸매로, 토끼처럼 퐁당퐁당 뛰어다닐 때마다 등 뒤에서 덩달아 한들거리는 머리채로 상대의 정신을 혼란하게 만들고 그 틈에 득점했는지도 모른다. 그렇다면 대순가. 기분만 짱이다. 그녀에게 그 어떤 기대도 없었다. 육체에 관한 관심 같은 것도 없었다. 그냥 하나의 테니스 코트에서 함께 뛰고 공을 쳐서 득·실점을 주고받는 그 과정이 좋을 따름이다. 그게 무슨 감정인지 알려고도 하지 않았다. 그냥 좋으면 그만이다.

"제 기분 좋으라고 일부러 져주신 거잖아요."

우한솔이 샤워를 하고 옷을 갈아입고 나와 라켓을 가방에 챙기며 말했다.

"내가 그랬었나. 나 그렇게 좋은 사람 아닌데. 우리 어디 가서 커피나 한잔합시다."

"네."

두 사람은 테니스장에서 나와 장충단공원 아래의 한 커피숍에 들어갔다. 아이스 아메리카노를 마시며 여유롭게 더위를 식혔다. 누구도 상대방의 신분에 관심을 가지지 않았다.

"오늘도 찜통더위네요."

우한솔이 기름 솥처럼 지글지글 타오르는 아스팔트와 땡볕에 달아오른 창밖의 도시를 내다보며 조용히 말했다.

"그러게요. 이러다가 지구가 구워지고 타버리는 게 아닌지 모르겠습니다."

"차라리 타버리면 좋겠어요."

"네? 지구가 타버리면 사람도 다 죽을 거잖아요."

"선생님은 오래오래 살고 싶으신가 봐요."

이게 무슨 여자야. 나비 같고 꽃 같은 아가씨의 입에서 나올 소린가.

"뭐, 저도 살고 싶은 생각이 간절하다기보다는 태어났으니까 어쩔 수 없어서 아니면 그냥 이렇게 우한솔 씨와 같이 커피나 술을 마시는 재미에 산다고나 할까요. 하하하."

"결국 우리가 하고 싶은 건 술 마시는 일뿐이네요."

"술, 좋지요. 말이 나온 김에 우리 술이나 한잔할까요?"

두 사람은 약속이나 한 듯이 동시에 일어나서 바로 근처의 식당으로 들어갔다. 서로 전화번호도 직장도 모른 채, 인사차 통성만 한 채 만나면 커피도 마시고 술도 마신다.

더워서 소주는 패스하고 아예 처음부터 시원한 맥주병을 땄다.

여자는 나이가 어린데 술을 잘한다. 지병환은 그녀가 왜 내막도 모르는 남자와 주말마다 만나 테니스를 치고 술을 마시는지 그 이유를 모른다. 굳이 알고 싶지도 않다. 그들 두 사람에게 공통으로 필요한 것은 술이라는 점만 확실하다. 술만 있으면 다른 건 다 없어도 된다. 이유 같은 건 그 신비하고 음흉한 무의식의 밀실 안에나 방치해 두면 된다.

그때 테이블위에 놓인 우한솔의 휴대폰이 진동한다.

"네, 교수님."

교수님? 그럼 우한솔이 여대생인가. 학생이라 하자니 너무 성숙하고 세련미가 있고 대학원생이라고 하자니 너무 앳되어 보인다.

"네네, 알았어요. 금방 가겠습니다."

우한솔이 급한 일이 있는 듯 의자에서 일어나며 배낭을 어깨에 멘다.

"선생님, 미안해요. 우리 나중에 또 마셔요. 오늘은 사정이 좀 있어서 먼저 일어나야겠어요. 혼자 천천히 마시세요. 제 몫까지요."

"그래요, 가봐요."

그녀가 나가자 앞에 나무 의자만 달랑 앉아있다. 사람이 있고 없고가 뭐가 다른지 모르겠다. 부어라, 마셔라 할 술친구가 없다는 거 말고. 그럼에도 기분이 금시 다운된다. 외롭다. 지병환은 술친구가 필요했다. 노래도 반주가 있어야 하고 드라마에도 조연이 필요하다. 그는 휴대폰을 들고 김진웅에게 전화했다.

"진웅아, 너 지금 어디야?"

"이 시간에 어디 있겠어? 당연히 술집이지. 그거 인생 공식 아니야?"

"공식 좋아하네. 누구랑?"

"설계영이랑. 선배는 어딘데? 별일 없으면 여기 와. 우리 아지트로."

지병환은 계산하고 식당에서 나와 택시를 잡았다. 술 마실 걸 예견하고 차도 집에 두고 왔는데 낭패한 셈이다. 그는 진웅이 쪽으로 가다가 갑자기 생각이 바뀌어 집으로 방향을 돌렸다. 오늘은 간만에 알코올에서 해방되어 독서나 하고 싶어서였다. 보다 만 책들이 집 안 여기저기에 활개를 뻗고 너부러진 채 그가 다시 집어 들기만을 기다리고 있다. 그리고 대여섯 살이나 연하인 우한솔과 놀다가 설계영과 놀려니 부담감도 없지 않았다. 설계영은 너무 진지하고 지적이어서 숨이 막힌다. 병환은 허점이 많은 사람보다 완벽한 사람이 항상 거부감이 들었다.

집에 돌아온 지병환은 소파 위에 던져놓은 책을 손에 집어 들었다. 그런데 술기운 때문인지 책 내용이 머리에 들어오지 않는다. 무라카미 하루키의 '기사단장 죽이기' 2부인데 활자들이 자꾸만 배선주의 얼굴로 변형된다. 짜증이 나서 책을 소파 구석에 홱 내던졌다. 컴퓨터를 켜고 게임이나 할까 생각하다가 테이블 위에 넘어져 있던 '채식주의자'를 집어 펼쳐들었다. 그런데 이번에는 또 평행을 이룬 글줄들이 구불구불 움직이더니 잠깐 사이에 마술처럼 안경을 낀 조난선의 얼굴을 만들어 낸다. 흠칫 놀라 책을 도로 내려놓고 침대에 올라가 벌렁 드러누웠다. 술을 마셔서인지 천장이 구름장처럼 흔들거린다. 어차피 월요일에는 작가들이 시놉시스를 써가지고 출근할 것이다. 그러나 병환은 읽어보지 않고도 미리 짐작이 간다. 배선주가 뜨겁고 밝은 낮이라면 조난선은 차갑고 어두운 밤 같은 존재다. 사람 됨됨이도 그렇고 글도 그랬다. 배 작가의 대본은 시청자의 가려운 곳을 시원하게 긁어주는 반면 조 작가의 대본은 자신의 아픈 상처를 쓰다듬는 느낌이 강하다. 배선주의 글에는 환상과 삶이 묻어난다면 조난선의 글에서는 고민이 묻어나고 죽음의 그림자 같은 것이 언뜻거린다. 배선주는 항상 수많은 관중 앞에서 강변하는 듯하고 조난선은 아무도 없는 무인도에서 혼자 중얼거리는 것만 같다.

지병환은 배 작가와도 드라마를 해보고 조 작가와도 해보았다. 배선주 대본으로 제작한 드라마는 흥행은 못해도 시청률은 조난선의 대본으로 제작한 드라마보다는 높았다. 그러나 양심적으로 말해 병환은 조난선의 극본이 훨씬 마음에 들었다. 느리고 보는 재미가 없어도 깊고 의미가 있기 때문이다. 그러나 드라마가 흥행하려면 어쩔 수 없이 개인적인 견해를 버리고 배선주를 선택할 수밖에 없다고 생각했다. 예술성이 밥을 먹여주지는 않는다. 상업성이 밥을 먹여준다면 먼저 흥행해서 명성이 난 다음에 조난선의 대본으로 드라마를 하는 게 순서일 것 같았다. 굶고서는 아무것도 할 일이 없으니까. 드라마는 시청자를 먹고 사는 생물이다.

아무것도 생각하지 말고 죽은 것처럼 잠들고 싶었다. 염세주의자라고 해도 좋다. 잠시라도 이 세상을 떠나고 싶다. 그것은 염세가 아니라 삶을 위한 휴식이다. 그런데 잠이 오지 않는다. 아무래도 술이 부족한 모양이다. 언제나 술이 부족하면 잠도 안 오지만 두통도 심했다. 게다가 매일 마시는 술 때문인지 속이 불편하고 메스껍다. 이럴 때는 더 마셔야 한다. 그는 슬리퍼를 질질 끌고 냉장고가 있는 곳으로 걸어갔다. 맥주는 항상 그 안에 비치되어 있었다. 양주도 있었지만 오늘은 너무 세다. 게다가 날도 덥다. 그는 냉장고 문을 열고 캔맥주를 꺼내 뚜껑을 따며 중얼거렸다.

드라마가 꼭 흥행해야 돼, 흥행해서 뭐하는데?

그래야 성공한 피디가 된다.

성공?! 성공하면 뭐하는데. 백 살, 이백 살까지 더 살 수라도 있어.

잘하면 국내는 물론 해외에서도 한류를 타고 유명인이 될 수 있다.

유명인 같은 소리하고 자빠졌네. 지랄하지 말고 술이나 처마셔.

집콕, 혼자 놀기도 술 마시는 것보다는 재미가 없다. 흥행이고 성공이고 그런 건 다 있어도 되고 없어도 그만인 장식품 같은 것이지만 술은 없으면 안 된다. 술만 있으면 실패요 좌절이요 성공이요 영광이요 하는 미친 영욕들을 알코올에 미련 없이 싹 다 태워버리니까. 술 앞에서는 패자도 승자도 없다. 영광도 치욕도 없이 누구나 평등하다.

월요일 아침이 되자 주말에 퍼마신 술 그늘이 아직 가시지 않은 남자와 여자들이 부랴부랴 회의실에 모여들었다. 배선주는 아직도 눈두덩이가 부어있다. 조난선은 술이 채 깨지 않았는지 멍 때리고 앉아있다. 지병환은 아침에 해장하느라고 급히 먹은 햄버거에 체했는지 속이 메슥메슥한 걸 가까스로 커피로 내리누르고 있었다. 흡연실에 나가서 담배 한 대 태우고 오려고 일어서는데 배선주가 프린트한 시놉시스를 가지고 그의 옆으로 다가왔다.

"제목이 뭐야?"

"'여경사'예요."

배선주가 지병환의 앞에 원고를 내려놓으며 건성 대답했다.

"왜 '여경사'야? 무슨 내용인지 간단하게 요약해 봐."

"입으로 주절주절 말할 거면 시놉시스는 왜 필요해요?"

"누가 피디야? 내가 호랑이를 길렀나."

"눈은 왜 부라려요. 알았어요. 하면 되잖아요."

사실 지병환은 맘속으로는 이미 배선주의 시놉시스를 점찍어 놓았지만 퇴짜 맞을 조난선의 불쾌함을 위안하려고 공연한 시비를 걸었을 따름이다. 그걸 아는지 모르는지 조난선은 아무 반응도 없이 근시 안경 너머로 그들을 멍하니 바라보고만 있다. 멍 때리는 놀이에라도 빠졌나.

배선주는 설명 게시판에 가서 유성펜을 집어 들고 재빨리 등장인물 표를 그리기 시작했다. 단번에 대여섯 명의 이름이 쫙 열거되었다.

"예쁜 여경사 하미라는 연쇄살인 사건 수사에 착수합니다. 그러나 실은 살인범은 결국 '여경사'입니다. 하미라는 강간을 당한 여동생의 복수를 위해 살인을 저지르게 된 것이죠. 하미라는 극도의 남성 혐오 사상 때문에 미모로 남자를 유혹해 죽인 다음 시신에서 남성 성기를 잘라내 길가에 전시합니다. 여경사 하미라는……."

"잠깐만. 지금 뭐라고 했어? 연쇄살인범이 여자라고? 그것도 수사를 맡은 형사란 말이지! 내가 잘못 들은 건 아니겠지? 다시 말해봐."

"네, 그래요. 왜 그렇게 놀라세요? 여자가 살인범이면 안 되나요."

"지금까지 연쇄살인범은 통상 죄다 남자였잖아."

"그게 바로 이 대본의 새로운 아이디어예요."

지병환은 속으로 놀랐다. 여자가 쓸 대본의 살인범이 여자란다. 여자가 남자들을 연쇄살인 해도 되는 거야?

 "그거 되겠어? 더구나 요즘처럼 성범죄에 민감한 세상에. 방 부장이 허락해 주겠냐고?"

 "허락 안 하면 그만두면 되잖아요."

 "그렇게 쉽게 그만두려고 쓰겠다고 아이디어 낸 거야?"

 "그냥 신선하고 새로운 걸 쓰라고 하니까 생각해 낸 아이디어일 뿐이에요."

 배선주는 벌써 포기라도 한 듯 펜을 확 던지고 자기 자리로 돌아가 앉는다.

 "조 작가는?"

 "쓰긴 썼는데 그게……."

 조난선은 신심이 없는지 근시 안경을 추스르며 앉은 자리에서 미적거린다.

 "뜸들이지 말고 쓴 거 가져와 봐."

 그제야 마지못해 시놉시스 프린트본을 병환의 앞에 가져온다.

 "제목이 뭔지도 말 안 해?"

 조난선은 묵묵부답이다.

 "직접 보면 되잖아요."

 배선주가 조난선을 대신했다.

 제목을 들여다보던 지병환의 두 눈이 휘둥그레졌다.

 "'고독의 향연'! 뭐 이런 소설이 다 있어. 하고 많은 주제에서 왜 하필

고독이야. 죽음의 냄새가 나잖아."

그래도 조난선은 말없이 자기 모니터만 쳐다본다.

"고독이든 죽음이든 인생이 아닌가요? 그게 뭐 이상해요. 그걸 이상하게 생각하는 지 피디가 더 이상한 거 아니에요?"

배선주가 또 조난선을 대신해 항변했다. 지병환은 뭐라고 더 말하려다가 참았다. 어차피 탈락일 텐데 마음에 상처까지 줄 필요는 없을 것 같아서였다. 죽음에 대해서 글을 써서인지 조난선이 더 아련하고 측은해 보인다. 한마디만 더하면 울 것만 같은 표정이다. 부서질 것 같다.

"아무튼 다들 수고했어."

점심 식사가 끝나자 지병환은 시놉시스를 대충 읽어보았다. 역시 조난선의 드라마는 깊고 무겁고 침울하다. 이야기 구성과 흐름도 세련되고 탄탄한 느낌이다. 그러나 너무 어둡고 염세적이어서 숨이 막혔다. 사람들이 인생을 탐구하기 위해서 드라마를 보는가. 죽음이 아무리 인생의 일부라고 하더라도 선양까지 할 필요는 없을 것이다. 물론 지병환도 여러 번 죽음에 대해서 진지하게 생각해 보았었다. 때로는 황천으로 가는 지옥 통로의 문 앞에까지 다가간 적도 있었다. 그런가 하면 배선주의 글은 비참한 연쇄살인을 다뤘음에도 어둡기는커녕 인생에 대한 긍정과 희망이 두텁게 깔려있었다. 깊이 파지는 못했지만 일단 이야기가 현념과 기대가 요소마다 장착되어 시청자의 마음을 유혹하기에 충분했다. 조난선의 시놉시스는 아쉽지만 이번에는 아니었다. 지병환도 피디로서 한 번쯤은 시청률을 높여 대박을 쳐봐야 할 것이 아닌가. 조난선한텐 미안했지만 지병환은 배선주의 시놉시스를 바탕으로 기획안을 작성하기로 마음을 굳혔다.

4

 퇴근할 무렵 회사 뒤쪽의 흡연 공간에서 담배를 피우는 조난선을 발견한 지병환은 저도 모르게 가슴 한구석이 짠해졌다. 거기 헐벗은 나무 한 그루가 왜소한 몸집을 옹크리고 간신히 서있었고 조난선은 그 나무 밑의 의자에 앉지도 않고 선 채로 하늘을 멍하니 쳐다보며 담배 연기를 공중에 뿜어내고 있었다. 스물다섯 살밖에 안 되는 아가씨가 오늘따라 훌쩍 늙은 중년 여성처럼 보인다. 근시 안경을 뚫지 못한 광선이 경면에 부딪쳐 반사되고 있었다. 한 손은 바지 주머니에 지른 채 머리채는 어깨를 덮고 등 뒤로 맥없이 축 늘어져 있다. 삶에 지치고 고단해 보였다.

 "저녁에 이거 어때? 한잔 적실까?"

 지병환은 손으로 술 마시는 동작을 하며 혀끝으로 톡 소리를 냈다.

 "적셔도 그만 말라도 그만이에요."

 "왜, 술이 싫어?"

"아니요, 싫지는 않는데 좋지도 않아서요."

그녀의 말은 언제나 불분명하다. 기뻐하지도 슬퍼하지도 않는다. 무엇에도 관심이 없고 그렇다고 무심하지도 않다. 그냥 마지못해 끌려다니는 것 같다. 인생에 무슨 거창한 포부나 희망이나 찬란한 청춘의 꿈 같은 것도 없어 보인다. 모든 것에 시큰둥하다. 그러면서도 한번 매달리면 무엇이든 밑바닥까지 캐고 들어간다. 그 끝이 '고독의 향연'인지도 모른다.

"'고독의 향연'에 술이 빠지면 안 되잖아."

"'고독의 알코올'인가요."

지병환은 그녀의 아이디어가 마음에 들면서도 탈락시킨 것이 안쓰러워 술이라도 한잔 사는 것으로 위로해 주고 싶었다.

"레츠 거우."

"언니한테 알려야죠."

언니란 배선주를 말한다.

"알리지 마. 오늘은 너랑 둘이서만 마시고 싶어."

자주 가던 식당을 피해 회사에서 먼 곳에 있는 생소한 식당에 들어갔다. 단골집에 가면 또 회사 사람들을 만날 수 있기 때문이다.

소주병부터 깠다. 한창 적시다가 얼근해지면 맥주로 바꿀 것이다. 고기가 불판에서 익자 술을 마시기 시작했다. 술의 마지막은 깔라다. 그런데 조난선은 오늘도 말이 없다. 묵묵히 술만 마신다. 주향을 음미하는지, 인생을 음미하는지, 아니면 멍 때리는지 아무도 모른다. 그래서 지병환은 무슨 말부터 시작해야 될지 몰라 한동안 무거운 침묵에 알코올만 말아

먹었다. 알코올이라도 빌려야 무슨 말이 만들어질 것 같았다. 자칫했다간 위로가 도를 넘어 자존심을 상하게 할 수도 있기 때문이다. 대한민국에 작가가 그녀 혼자가 아니고 피디가 병환이 혼자가 아니지만 우연히 엮였다가 떼버린다는 것이 너무 매몰차서였다. 하물며 여자들은 사소한 것에 민감하다.

"야, 넌 하고 많은 직업 중에서 왜 하필 작가가 됐냐?"

알코올이 그의 입 밖에 내던진 말은 전혀 엉뚱한 화제였다.

"뭐가 되는 게 이유가 있나요? 피디님이 되신 것도?"

"난 방송연출학과를 졸업했으니까 여기 떨어진 거지."

"저도 배운 게 이거라서요."

"소문에는 하기 싫은 걸 누가 억지로 떠밀어서 한다기에."

"엄마, 아빠가 절 낳은 것도 제가 원한 건 아닌데 이거라고 다르겠어요."

"그럼, 진짜 하고 싶은 게 뭔데?"

"굳이 말하라면 술 마시는 거."

"그거 말고."

"멍 때리는 거?"

"헐, 그게 인생 사는 목적의 전부야?"

"무슨 목적씩이나. 하긴, 아무거나 두더지처럼 파고 들어가는 것도 좀 좋아해요."

소주 여섯 병이 비자 맥주로 바꿨다. 물을 이렇게 마셔도 진작 배가 터졌을 건데 화장실에 가서 오줌만 누고 나면 아무렇지도 않다. 바다가 술이라면 아마 벌써 인간의 입에 빨려들어 말라들었을 것이다. 사람의 위장은 술이 들어가야 비로소 위장이 된다.

"알코올이 위장 밑바닥으로 깊숙이 파고드는 것처럼?"

"위장에서 또 혈관 속에 파고드는 것처럼요."

"들어가 봤자지. 혈액밖에 없잖아."

"고독이 거기 숨어있으니까요. 고독은 정신 같지만 실은 액체거든요. 잔잔했다가도 출렁거리고 파도치고……."

깊다. 그래서 황당하다. 저렇게 파고 들어가면 그 끝이 어딘가? 고독이 액체여서 같은 액체인 술과 사촌간인지도 모른다. 그러나 이 자리에 배선주가 합석했다면 반드시 "피는 피일뿐 그 무슨 고독이 아니야."라고 선언했을 것이다. 알코올은 알코올이고. 그녀는 뒤섞지 않고 혼동하지 않는다. 단순하고 고지식하다.

조난선의 휴대폰이 울렸다. 지병환이 눈결에 얼핏 보니 화면에 '언니'가 뜬다. 배선주다.

"야, 너 지금 어디야?"

"여기."

"지랄, '여기'가 어딘데? 그 굴에 누구랑 있어?"

"지 피디님이랑 술 마셔."

"뭐래, 그 말 대…… 말, 대화 잘하는 지 피디랑 같이 마신다고?"

"언니는?"

"우리도 한창 적시는 중이야. 다 마시고 생각나면 건너와."

도처에 술판이다. 술이 강물처럼 흘렀으면 좋겠다. 그냥 기슭에 엎드려 입을 대고 들이켜면 되니까. 한꺼번에 수많은 사람들이 동시에 마실 수도 있다. 모두들 날만 어두우면 구름처럼 술집으로 모여들어 술만 마신다. 술이 인생의 전부인 것처럼 말이다. 마치 술을 마시기 위해서 태어난 것처럼.

두 사람은 술을 아무리 마셔도 취하지 않자 결국 일어나기로 했다. 대리기사를 불러 설계영을 집에까지 태워다 주었다.

"올라가서 커피나 한잔하실래요? 아니면 술 한 잔 더 하시든지요?"

"그럴까?"

지병환은 커피보다 술이라는 말에 구미가 당겼다. 술이 부족하면 또 두통과 구토 증세가 발작할 것이다.

둘은 노란 양푼에 라면을 끓여서 소주를 마셨다. 병환은 아직도 미안하다는 말을 꺼내지 못했다. 식당에서부터 차로 이동하는 동안 생각만 돌덩이처럼 머릿속에서 이리저리 뒹굴어 다녔다. 조난선은 그런 분위기를 눈치챘는지 아니면 모르는지 묵묵히 라면을 후루룩거리고 술을 마신다. 알면서도 그건 다 운명이라고 받아들이는지도 모른다. 운명, 운명은 인간을 걸레짝처럼 아무렇게나 휘둘러댄다. 오만하게 본인의 의사는 묻지도 않는다. 여기 이렇게 조난선의 자취방에서 라면과 소시지에 술을 마시는 것도 인간의 의지라기보다는 운명이라면 운명일 것이다. 잠깐 사이에 각자 술 두 병씩 비우고 양푼의 라면과 소시지 두 개를 다 먹어버렸다. 거기에 마른오징어도 안주로 먹어버렸다. 그리고 두 사람은 잠시 무엇을 해야 할지 몰라 TV를 켜고 화면을 쳐다보았다. BTS가 몸을 비틀고 머리를 휘저으며 세계를 놀라게 했다는 그 유명한 팝송을 열창한다. 저것도 그냥 운명이 저들에게 부여한 인생일 따름이다. 저러다가 결국은 늙고 죽어서 송장이 될 것이다. 사람은 흙이 되고 음반만 남아서 추억으로만 남을 것이다. 그리고 누군가는 그 노래에 뒤늦게 빠져들고…….

지병환은 집으로 가려고 생각했지만 차를 타고 덜컹거리며 갈 일이 짜증났다. 그래서 그냥 멍 때린 채 멍하니 앉아만 있었다. 술기운이 슬슬 오르는 느낌도 들었다.

"조 작가는 집에 혼자 있을 때면 뭘 해?"

"저요? 독서도 하고 음악도 듣고 게임도 하고 영화도 보고 스마트폰도 하고 글도 쓰고……."

"할 거 다하네."

"아니, 주로 혼술하고 담배 피워요."

"나랑 비슷하다."

"그런데 오늘은 아무것도 하기 싫어요."

시놉시스가 탈락 맞은 걸 예감했기 때문일 것이다.

"내가 밉지? 죽었으면 좋겠지?"

"네."

"야, 그렇다고 그렇게 솔직하게 대답하면 난 뭐가 돼?"

"뭐라도 되겠죠? 운명이 알아서 할 테니까요."

"내가 그렇게 싫었어?"

"뭐랄까? 싫을 정도로 끌렸다고 해야 되나. 피디님은 묘한 매력이 있으세요."

"내가 매력이 있다고?"

"이런 감정을 두고 뭐라고 해야 하는지는 모르겠어요."

다시 대화가 중단되었다. 뭐든지 다 말한 것 같은데 아무것도 말한 것은 없었다. 콧구멍도 후비고 눈꺼풀도 껌벅거렸다.

"너무 심심하다. 이 지독한 무료함! 운명이 잠들어서 간섭을 포기했나? 우리 뭐라도 해야 하는 거 아냐? 운명이 지쳐 너부러졌을 때. 안 그러면 난 집에 가든지……."

"뭘 해요? 운명도 휴식하는데 남자, 여자가 할 일이 뭔데요?"

"남자, 여자가 할 일이 그렇게 없었어?"

갑자기 두 사람의 시선이 허공에서 부딪혔다. 남녀의 시선이 마주치는 순간 그들은 아주 우연하게 남녀가 할 수 있는 일이 머릿속에 떠올랐다.

"가만 있지 말고 우리 키스라도 해볼까? 그거 남녀가 하는 일이잖아."

"해도 되고 안 해도 돼요."

"왜, 싫어? 싫으면 그만두고."

"싫지도 않고 좋지도 않아요. 입만 있으면 되잖아요. 너무 간단해요."

"감정도 개입해야 되는 거잖아."

"감정이란 게 그렇게 갑자기 만들어지나요. 그럼 입술로만 해봐요."

"하노라면 감정이 생기겠지."

한참 입을 맞추자 숨이 차올랐다.

"아, 숨이 차다. 숨이 안 차는 다른 거 뭐 없어?"

"이런 거 있긴 또 있어요. 그런데 이걸로 뭐해요?"

조난선이 턱으로 자신의 가슴을 가리켰다.

"작가가 그걸로 뭐 하는지도 몰라? 우리도 남들이 다 하는 거 해봐."

지병환이 그녀의 셔츠 단추를 벗기고 밖으로 드러난 유방을 애완견을 쓰다듬듯 손으로 애무했다.

"이걸 보니 갓난애처럼 갑자기 배가 고파."

"고프면 먹어요."

지병환은 젖먹이 아이처럼 그녀의 분홍색 유두를 입안에 넣고 빨아들였다.

"피디님, 아기 같아요."

조난선이 엄마처럼 손으로 그의 머리를 쓰다듬었다.

"재밌어?"

"글쎄요."

"흥분돼?"

"어때야 흥분되는 거죠?"

"참을 수 없고 몸이 떨리고 그래서 또 더 자극적인 거 하고 싶은 감정."

"그런 거 없어요. 그냥 좀 심심하지 않네요. 게임보다는 재미없지만. 피디님이 슬퍼 보여요."

"우리 여기까지 온 바 하고는 마지막까지 가볼까?"

"섹스라는 거요?"

"그래. 사람들이 그거라면 미치지 않아."

"그게 정말 미칠 정도로 재미있기나 한 건가요? 그럼, 우리도 한번 해봐요. 이거 말고 다른 놀 만한 것도 별로 없잖아요."

"알았어. 까짓 어차피 공짜로 생긴 건데 한번 써먹어 보지 뭐."

두 사람은 소년, 소녀처럼 제각기 자신의 옷을 벗었다. 인간이 배우지 않고도 아는 유일한 놀이다. 조난선은 벗으면서 캔맥주를 마셨고 지병환은 TV 화면을 쳐다보았다. 조난선은 드러난 남자의 하체를 흥분한 시선이 아니라 무슨 도로 표지판을 바라보듯이 멍하니 내려다보았고 지병환은 여자의 하체를 자연의 숲을 바라보듯이 건성 쳐다보았다. 이제 이 물건들로 놀이를 시작해야 한다. 재미있을지는 누구도 장담할 수 없었다. 어차피 하고 싶어서 시작한 것이 아니라 할 일이 없어서, 무료함을 달래려고 발동한 것이니 하기는 해야 한다. 지병환은 남자의 나체에 시큰둥한 조난선을 보며 이런 거 많이 해본 여자구나 하는 생각이 들었고 조난선도 같은 생각이었다. 경험했든 못했든 그런 게 뭐가 중요한가. 그냥 심심해서 집어 든 게임 한 판에 불과하다. 휴대폰 게임보다는 나을 것이라는 믿음을 가져본다.

지병환은 금방 놀이를 시작해 엉덩이를 구르는데(이건 엉덩이를 구르는 게임이다) 조난선의 휴대폰에서 까똑 한다. 그녀는 밑에 누운 채, 지병환이 부려놓은 체중을 고스란히 받아내며 휴대폰을 들고 상대와 카톡을 주고받기 시작했다. 그런데 지병환이 보기에는 조난선이 섹스에 성의가 없는 만큼이나 카톡에도 얼추 임하는 것처럼 보였다. 그렇다면 그리고 이 놀이에만 집중할 임무는 없었다. 그는 놀이를 하는 한편 창문에 비친 맞은편 아파트의 불 켜진 창문 숫자를 하나둘 세기 시작했다. 어쩌면 불을 끈 집들에서만 이 놀이를 한다고 해도 아파트의 절반이 넘는다. 그중에는 이 짓거리에 미친 놈도 있을 것이고 그들처럼 심심풀이 삼아 무료함을 달래기 위해서 하는 사람들도 있을 것이다. 그렇게 시간은 흘러가며 인생을 죽음을 향해 한 걸음씩 실어 나르고 있었다. 놀이의 거듭되는 반복의 끝에는 누구라 할 것 없이 죽음이 기다리고 있다. 어쩌면 이 육체 놀이에 미치고 집착할수록 그곳으로 이동하는 속도는 그만큼 빨라지는지도 모른다. 그렇다면 그와 조난선은 그 죽음에로 향한 발걸음을 늦추기 위해 이 육체 놀이에 게으름을 피우는 것인가?

그런 생각이 불쑥 들자 지병환은 숫자를 세다 말고 푹 웃었다.

"뭐가 우스우세요?"

"그냥, 사람 사는 게 너무 시시해서."

"드라마보다도 못해요."

"드라마에는 배경음악이라도 있고 설정이라도 있잖아."

"우리 이것도 설정이라면 설정이죠. 설정 같은 거 언니 잘 하는데."

배선주가 화제에 오르자 문득 그녀의 가슴이 생각났다. 평소 육안으로 보기에는 가슴이 조난선보다 훨씬 커보였다. 그녀와 이런 육체 놀이를 하면 그것 때문에 몰입도가 다를까. 만일 더 재미있다면 확실한 건 죽음으로 향하는 시간은 좀 더 빨라질 것이다. 조금이라도 오래 살려면 그녀와 이런 놀음을 벌이지 말아야 한다.

조난선은 놀이가 끝났는데도 그런 줄도 모르고 카톡만 주고받는다. 마치 주인이 자기 몸을 월세와 전세를 놓아 다른 사람들이 사용하도록 대여해 준 사람 같다. 지병환이 침대에서 내려가 옷을 입을 때에야 뒤늦게 알고 의아한 표정을 지었다.

"언제 끝났어요?"

"한참 됐어. 네가 등한해선지 별로야."

"그래도 시간은 소비했잖아요. 재미가 뭐 중요해요."

"이 놀음에 술 다 깼어. 한잔 더 마셔야겠다."

"저도 아까부터 술 생각이 났어요."

열대야 때문인지 소주보다 맥주가 당긴다. 안주도 없다. 그냥 그녀가 적적하면 안주하던 과자와 마른오징어를 찢어 먹으며 술을 마셨다. 조난선은 아예 그마저도 뜯지 않고 술만 물처럼 마신다.

"아무 짓을 해도 별 의미가 없어요."

"사는 자체가 무의미라서 그래."

"실은 지금 우리가 사는 것도 자의가 아니라 타의잖아요."

"그런들 어쩌겠어. 아빠, 엄마가 낳아줬으니 타의라도 살아야지. 자의를 만들면서."

"낳아준 게 아니라 낳아졌겠죠."

"그걸 따져 뭐해. 소송 걸고 원죄까지 가리려고."

"원죄! 피디님, 내일 아니, 이제 오늘이네요. 오늘은 뭐하실 거예요?"

"네 입에서 '내일'이라는 단어가 나온다는 게 신기하다."

"오늘이 싫어서요. 날이 밝으면 내일도 오늘이 될 거잖아요. 그날이 그날이에요. 아무것도 달라지는 게 없어요. 자고 먹고 글 쓰고 술 마시고…….."

"왜 없어. 시간이 가고 늙어가잖아."

"그거 세월이 하는 거지 우리가 하는 건가요."

어느새 날이 밝아 창문으로 아침 햇볕이 쏟아져 들어왔다. 날마다 아침이면 쏟아져 들어오는 광선이라 신기할 것도 없다.

"이제 그만 가봐야겠어. 출근할 거야?"

"모르겠어요. 딱히 나갈 일도 없고…….."

시놉시스가 탈락했으니…… 하는 말이다. 이게 그녀를 위로할 타이밍이었지만 지병환은 끝내 그 말을 입 밖에 꺼내지 못한 채 난선의 집에서 나왔다. 그래도 한 이불을 덮고 잤는데 그냥 이렇게 훌쩍 나오는 게 맞는지 알 수 없었다. 하룻밤에 만리장성을 쌓는다는 말도 있는데 쑥 바자도 엮지 못한 느낌이다. 인터넷 게임 한 판보다도 여운이 남지 않는다. 그냥 조금 피로했다. 그건 하루 이틀 먹고 술 마시면 저절로 충전, 회복될 것이다. 그건 정신이 아니라 육체가 알아서 하는 일이다. 조난선도 나가는 지병환에게 아무 말도 하지 않았다. 육체 놀이를 명분으로 뭔가 대가를 요구하지도 않았고 부담 같은 걸 지워주지도 않았다. 악수 한 번 하고 헤어지는 사람처럼 덤덤하게 내보냈다. 솔직히 누구도 손해 본 사람은 없다. 소모된 것도 없다. 그렇다고 득을 본 사람도 없다. 그냥 옷을 벗었다가 입었고 살을 댔다가 뗐을 뿐이다.

지병환은 집에 도착하자마자 샤워를 하고 노트북에 마주 앉았다. 오늘은 하루 종일 배선주가 제출한 시놉시스를 가지고 기획안을 작성할 생각이었다. 심사가 까다롭기로 소문난 그 딱따구리 부장의 비위에 맞게 작성해야 한다. 지독한 페미니스트인 부장이 준엄한 미투 시대에 여성을 폄훼한 여성 연쇄살인범 드라마 기획안을 통과시켜 줄는지는 그도 자신이 없었기 때문이다. 부장의 심사를 통해 허락된 드라마 대본 내용은 십중팔구는 긍정적인 여자 주인공에 부정적인 남자 조연들이었다. 그래서인지 아무리 여성 부장이라지만 이 방송사의 드라마는 여성 우월주의 드라마가 주를 이루고 있었다. 남자들은 한결같이 비열하고 치사하고 탐욕적인 인물들뿐이었다. 그러니 기획안에서 교묘하게 여성의 부정적 이미지를 덮어 감춰야만 한다.

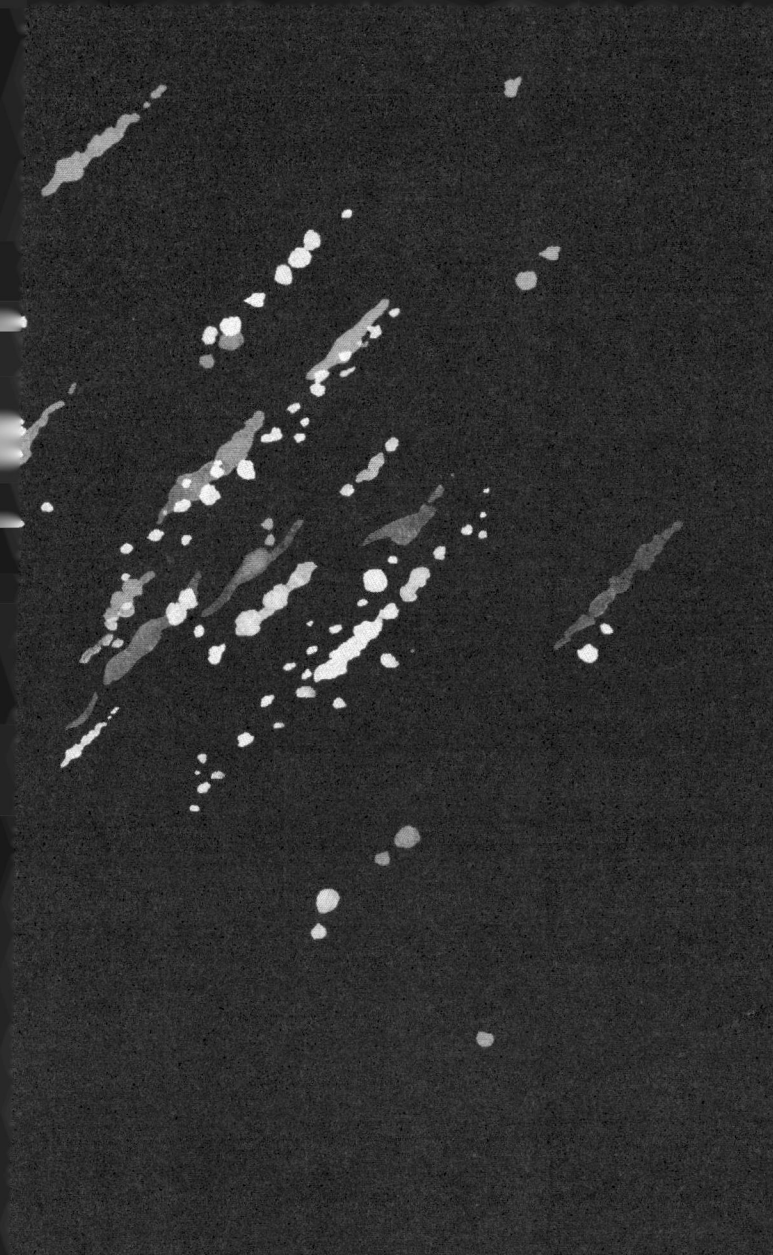

2장
기획안

1

조난선은 지병환이 집으로 돌아간 다음 소파에 앉아 십여 분간이나 멍때리고 있었다. 그녀의 머릿속에는 생각이 있는 것도 아니고 없는 것도 아니었다. 자신이 지난밤 어떻게 무료함의 공격을 물리치고 시간을 탕진했는지도 죄다 망각했다. 사지가 나른하고 기운이 일도 없었다. 그나마 하나의 생각은 윤곽을 또렷하게 드러냈는데 그것은 술이었다. 술은 기억에서 사라지는 일이 없다. 그러나 지금 이 자세에서 그녀는 손가락 하나 까딱하기도 싫었다. 손가락이라도 까딱하는 순간 전신이 산산조각 날 것만 같은 두려움 때문이었다. 몸이라야 머리, 가슴, 허리, 엉덩이, 다리뿐이다. 특이한 구조라고 할 것 같으면 뜬금없이 커다란 고깃덩이 두 개가 달려있고, 입 말고 또 구멍 하나가 뚫려있다는 사실이다. 그나마 그 몇 가지 신체 구조는 지난밤 무슨 놀이에 써먹었던 기억이 어슴푸레 떠올랐다. 지금 와서 돌이켜 보면 왜 굳이 그걸 했었는지 알 수가 없다. 그걸 했다고 달라진 것은 아무것도 없으니 말이다. 존나, 원상태 그대로다. 술을 적시면 그나마 취하기라도 한다. 시간 소비가 필요했다면 그냥 지금처럼 이렇게 멍청하게 멍 때리고 있든 대본을 쓰고 있으면 알아서 옆을 슬그머니 스쳐 지나갔을 것이다.

그렇게 움직이지 않고 가만히 앉아있으려니 소르르 졸음이 기어들었다. 졸음은 벌레처럼 몸속에 기어들면 그 시시한 집콕 놀이도 글쓰기도 포기하게 만든다. 지금까지 경험해본 데 의하면 술 다음에 좋은 것이 자는 것이다. 자면 힘들지도 않고 심심하지도 않다. 책임감도 망각하고 도덕도 사라지고 그냥 황당무계한 꿈만 텅 빈 머릿속을 기웃거린다. 게다가 따분한 현실과는 달리 꿈에서는 허용되지 않는 불가능이란 없다. 날아다니고 대통령과 마주 앉아 술도 마시고 어마무시하게 미운 연놈들을 죽여버리기도 한다. 누구랑 섹스하는 건 신기한 일도 아니다. 벌거벗고 돌아다니고 자위도 하고 먹지 않아도 살 수 있다. 글을 몰라도 왕이 될 수 있다. 죽었다가도 살아난다. 하지만 그것 때문에 자는 것이 마음을 유혹하는 것은 아니다. 모든 걸 부리고 비우고 포기한다는 가벼움 때문이다. 심지어 삶과 죽음도 걸레짝처럼 내버린다. 눈만 뜨면 사람을 괴롭히고 따라다니며 일일이 간섭하는 의식도 시궁창에 처박힌다. 무의식! 그따위도 개똥보다 못하다. 나 자신조차도 폐기된다. 그런 공허함이야말로 매력적이다.

조난선은 아침밥이고 출근이고 글이고 술이고 죄다 체념하고 조용히 소파 위에 드러누웠다. 눕자마자 잠이 들었다. 그리고 그 끝없는 몽환의 공간으로 훨훨 날아 들어갔다.

 키가 껑충하고 몸집이 말라비틀어지고 광대뼈가 툭 튀어나온 남자가 그녀에게로 다가왔다. 밀가루 독 안에 빠졌다가 금방 나온 듯 얼굴이 백지장같이 하얀데 머리는 상투를 틀고 그 위에 차양이 큰 조선 시대 선비들이 쓰던 말총갓을 쓰고 있었다. 한복 저고리의 옷고름이 바람에 리본처럼 팔랑팔랑 날린다. 입을 벌리고 웃음을 지었는데 이빨이 하얗고 옥수수 이삭의 줄같이 가지런하다.
 조난선 씨, 내가 누군지 아시죠? 저승사자……. 염라대왕님의 분부를 받들고 올라온 사자올시다. 하하하…….
 저승사자라는 말에도 조난선은 무섭지 않았다. 이웃집 골목 가게 아저씨 같다.
 난 아직 죽을 나이도 아니고 병도 없는데 무슨 일로 찾아오셨어요? 지피디처럼 나랑 그 놀이 하시려고요?
 난 그런 치사한 놀이는 안 해요. 조난선 씨를 모시러 왔습니다.
 모시다니, 어디로요?
 염라대왕님한테요.
 아까 '올라왔다'고 했는데 그 밑은 지옥인가요?
 하하하……. 젊은 아가씨가 잘 아시네요. '고독의 향연'이 펼쳐지는 곳이지요.
 '고독의 향연'이라고요? 그 드라마 대본 아이디어 탈락했는데…….

이승에서 탈락했으니 염라 왕국에서 접수한 겁니다.

그래요? 가자면 가죠 뭐. 안 그래도 여기가 싫었어요.

조난선은 주저 없이 저승사자를 따라나섰다. 지옥행이라면서 고개를 넘고 광야를 지나고 어떤 시커먼 동굴 안으로 들어갔다. 거기서 나와 다시 물을 건너고 울창한 숲을 지났다. 조난선은 다리맥이 풀리고 기운이 빠져 갑자기 가기 싫어졌다. 이승이든 저승이든 먼 곳은 딱 질색이다.

아직도 멀어요, 그 지옥이라는 데가?

이곳을 다 지나면 또 땅 밑으로 내려가야 하고 거기서도 다시 한참 더 가야 합니다. 왜요, 혹시 마음이 변하기라도 하신 겁니까? 싫으시다면 억지로 끌고 가지는 않겠습니다. 돌아가셔도 됩니다. 염라대왕께서도 본인이 원하면 모셔오라고 하셨습니다.

아니, 마음이 변한 게 아니라 가고는 싶은데 기운이 빠져서요.

그럼 일단 잠시 이 돌 위에 앉아 다리쉼이나 하고 다시 맘을 정하세요.

조난선은 바윗돌 위에 걸터앉았다. 그러나 저승사자는 앉지 않고 그냥 서서 기다렸다…….

내가 지옥에 가면 뭘 해야 되나요?

뭘 하긴요. 아무것도 안 합니다. 먹지도 않고 입지도 않고 일하지도 않습니다.

그런데 왜 저승사자님은 옷을 입으셨나요?

그건 인간의 눈에 그렇게 보일 따름입니다. 조선 시대에 죽었으니까 그때 모습으로 보일 뿐입니다. 땅속으로 진입하는 순간 육체는 소멸됩니다.

집도 없고 직장도 없고 결혼도 없고 글도 없나요?

아무것도 없다니까요. 섹스도 없고 사랑도 없고 태어나지도 늙지도 않습니다.

그럼 허구한 날 뭐하고 살죠?

놀죠. 가고 싶은 곳에 훨훨 날아다니며. 조난선 씨는 아직도 인간 세상의 삶에 미련이 남으셨나보군요. 그럼, 여기서 뒤로 돌아 가셔도 됩니다.

아니에요. 미련이 있어서가 아니라 궁금해서요.

다시 일어나서 길을 걸어가기 시작했다. 멀리 땅속으로 들어가는 지옥의 문이 어슴푸레하게 보이기 시작했다. 생각보다 작고 초라하다. 무시무시하지도 않았다…….

조난선은 배가 고파 잠에서 깨어났다. 시계를 보니 오후 2시가 다 된다. 꿈을 깬 것이 다행인지 불행인지 모르겠다. 지옥에 갔더라면 어떻게 됐을까 궁금하다. 어차피 살았으니 죽지 않으려면 한 가지 조건이 먹는 것이다. 그런데 그 먹는 일이 성가실 때가 많다. 음식을 만드는 과정도 성가실 뿐만 아니라 수저를 들고 음식을 떠서 입안에 넣는 그 반복적이고 따분한 동작도 귀찮다. 물론 그것은 배가 고프거나 굶주리지 않았을 때다. 고플 때는 수저를 놀려 음식물을 그릇에서 입으로 운반하는 작업이 거추장스럽게 느껴지지 않는다.

창밖에서는 언제부턴가 비가 내리고 있었다. 지병환이 나갈 때까지만 해도 햇빛이 쨍쨍했었다. 하늘은 먹물을 물에 풀어 입으로 뿜어놓은 듯이 어두컴컴했다. 무겁고 두터운 구름장들에서 꿀을 짜내듯이 빗줄기가 주룩주룩 흘러내린다. 빗줄기는 느리게 흐늘흐늘 하늘에 매달려 땅바닥과 길게 연결된 채 마치 석고처럼 굳어져 버린 것 같다. 배지 않고 성긴 데도 겹겹이 드리워선지 시야를 가리며 원경을 흐릿하게 지워버린다. 바람 한 점 없고 후텁지근하다. 손을 내밀면 빗물도 뜨거울 것만 같다. 빗방울에 젖은 마당의 나뭇잎들이 유난히 반들거린다. 더위에 빼문 혓바닥에서 침이 질질 흐르는 것만 같다. 어쩌면 오고 싶지 않은 걸 마지못해 내리는 것처럼 게으르고 한가로워 보인다. 구름도 싫고 하늘도 싫고 땅도 싫어서 그냥 이곳저곳 기웃거리며 하릴없이 빈둥거리는 느낌이다. 나무 위든 지붕 위든 전선줄 위든 아무 데나 내려앉으면 커다란 방울을 만들며 권태롭게 미적거린다. 좀 더워라도 한바탕 기세 사납게 때려 부수든지 할 것이지 올 듯 말 듯 태만을 부린다. 빗소리조차 잠에 지친 잠꼬대 같다. 웅얼거리고 투덜거린다. 기운 없이 한없이 늘어지고 뻗어버린다.

 비 때문인지 조난선은 갑자기 마음이 울적해졌다. 저 비만 아니었다면 그녀는 옷을 대충 걸치고 밖에 나갔을지도 모른다. 밖에는 그녀가 잘 가는 영화관도 있고 도서관도 있고 몸을 흔들고 머리를 젓고 힙을 비비 꼬는 클럽도 있다. 글을 쓰다가 머리가 아프면 혼자 들어가서 시간 가는 줄도 모르고 멍하니 앉아 잔을 기울이는 식당과 커피숍도 있다. 한번 들어가면 쉽게 자리를 뜰 수 없는 pc방과 만화방도 있다. 가끔씩 산책을 하는 공원도 있고 심심할 때면 들르는 미술관과 박물관도 있다. 그런데 그 모든 장소들이 황소 주둥이에서 꾸역꾸역 고여 나오는 걸쭉한 타액처럼 질척거리는 저 비 때문에 나가기가 싫어졌다. 우산을 쓰고 나가 택시를 잡으면 비는 맞지 않을 테지만 우산을 챙기기가 싫었고 우산에 털렁털렁 떨어지는 게을러터진 빗방울 소리를 듣는 것이 싫었다.

밖에 나가지 않고 집 안에서 할 수 있는 집콕 놀이는 없을까? 잠시 생각을 뒤졌다. 일단 조식 삼아 중식 삼아 뭐라도 뱃속에 집어넣어야 위장의 떼질을 달랠 수 있을 것 같아 피자나 주문하려고 휴대폰을 들었다. 그런데 휴대폰에 부재중 전화와 문자가 와있다.

뭐해, 어디 아파?

배선주의 전화와 문자다. 전화를 했으나 받지 않으니까 문자를 보낸 모양이다. 무시하고 피자집에 전화했다.

내가 아픈가? 아니다. 그럼, 아프지 않다고? 그럼 왜 출근도 안 하고 이렇게 집구석에 처박혀 있지. 과음 때문에, 아니면 지난밤 섹스 때문에…….

피자를 건네는 배달 기사의 눈길이 조난선의 가슴에 와서 멈췄다. 그녀는 자신의 가슴을 내려다보았다. 엷은 셔츠만 걸친 데다 브라도 착용하지 않아 가슴이 훤히 들여다보였다. 젖꼭지가 성이 난 듯 뾰족하게 돋아있다. 그래서 뭐, 어쩌려고?

야, 이 망종아! 이게 탐나? 이거 그냥 고깃덩이야.

조난선은 하마터면 그 생각을 말할 뻔했다. 문을 닫고 방 안으로 들어오며 생각했다. 이거 걸을 때나 특히 달릴 때는 무슨 물 자루처럼 아래위로 털렁거려서 너무 귀찮았다. 왜 이런 게 하나도 아니고 둘씩이나 달렸지. 난 자식을 낳을 생각도 없는데. 그럼 아무 쓸모도 없잖아. 그런데 누군가는 이걸 탐난다. 그 자식한테 그냥 가지라고 줘버렸을 걸…….

피자만 먹을 수는 없었다. 더구나 비 같지는 않지만 비까지 내린다. 술이 빠질 수 없다. 글을 쓸 것도 없는데 술을 마신다고 문제될 것도 없다. 배선주의 다음 문자는 확인하나 마나 저녁에 적시자일 것이다. 선주와도 술을 너무 마셔 질린다. 아무리 마셔도 새로운 거라곤 없다. 마시고 수다 떨고 취하고 비틀거리고 오바이트하고…….

만나 보았자 '고독의 향연'을 총살한 말 대가리의 어리석은 광기를 욕할 것이고 인생 다 뭐야, 아무것도 없어, 술이나 마시고 죽자, 일 것이다. 딱따구리 방 부장이 말 안주가 되고 주변 남자들을 혀끝에 올리고 알코올에 버무려 죽을 쑤어버릴 것이다.

피자를 먹으며 술을 마셨고 술을 마시며 휴대폰으로 영화 한 편을 보기 시작했다. 그런데 제목이 뭐든지 금방 본 걸 까먹었다. 자살 장면이 나온다. 차 안에 앉아서 연탄불을 피우고 문을 닫아건다. 꺼버리고 유튜브를 이리저리 검색했다. 웨이브 동작에 맞춰 부르는 팝가수들이 언뜻거린다. 절주가 미친 듯이 빨라 정신이 어질어질해져 또 꺼버렸다. 난 나이도 20대인데 왜 벌써 10대들이 좋아하는 음악이 거부감이 들지, 하고 혼자 중얼거렸다.

휴대폰을 소파에 홀 내던지고 TV를 켰다. 휴대폰에는 그야말로 온갖 잡동사니들과 개뼈다귀들밖에 없다. 너도 나도 자기밖에 모르고 이기주의, 개인주의가 팽배한 내용들뿐이다. 나발에 횡설수설에 기만에 악담에 술수에 허장성세들뿐이다. 그런데 TV에서는 사랑 타령뿐이다. 나도 저런 극본을 썼다. 이 문화를 만들어 낸 장본인의 한 사람이다. 뉴스 채널을 돌리자 공교롭게도 청년 자살에 대해 말한다.

자살!

그 두 글자가 빗소리를 배경음악처럼 나란히 그녀의 머릿속으로 얼핏 스쳐 지나갔다. 그러나 조난선은 금방 고개를 가로저었다. 극단적 선택, 그거 남의 일이다. 일어나 테이블로 가서 책을 들고 왔다. 말 대가리 지병환이 추천해서 읽으려고 샀지만 벌써 반년이 넘도록 첫 머리만 몇 페이지 보고 방치해 두었던 책이다. 멘부커상을 수상했다는 그 유명한 '채식주의자'다. 앞부분과 중간 부분을 펼치다가 맥주 몇 모금을 마셨다. 아예 뒷부분을 펼쳐보았다. 육류에 대한 지독한 거부가 끝내는 죽음으로 연결됨을 발견했다. 고기, 그 저주받은 고깃덩이는 내 가슴에도 두 개나 달려 있다. 그러나 그 죽음까지 불러온 고깃덩이에 유혹되어 지병환이 장난처럼 슬그머니 덮쳐들었고 택배 기사가 퀭하니 들여다보았다. 채식주의자가 아닌 고기 숭배주의자들인 셈이다. 먹는 고기든 달린 고기든 고기는 다 마찬가지다. 호랑이한테 잡혔다면 내 이 고깃덩이도 유방이 아니라 그냥 한 끼 맛있는 육류 먹잇감이 되었을 것이다. 왜들 채식이요 육식이요 하며 풀이나 고기에 집착하지. 죽으면서까지. 그것보다 훨씬 좋은 술이 있는데. 나를 굳이 분류하자면 주식酒食주의자! 그리고 그건 그녀에게만 해당되는 건 아닌 것 같다. 배선주도 지병환도 설계영도. 심지어 딱따구리 방 부장도 마찬가지다. 그들은 모두 고기 때문에 죽고 사는 것이 아니라 술 때문에 죽고 산다. 고기 같은 건 있으면 먹고 없으면 안 먹는다. 아무리 지독한 채식주의자라고 하더라도 술만 있으면 그렇게 쉽고 말도 안 되게 말라 죽지는 않을 것이다.

조난선은 문득 그림을 그리고 싶어졌다. 대학교 때 그녀는 잠깐 만화 작가가 되고 싶은 꿈을 꾼 적도 있었다. 그래서 유튜브를 통해 자학도 좀 했고 학원도 다닌 적이 있다. 그런 게 작가가 직업이 되면서 손에서 그림을 버린 지 한참 되었다. 그게 음악을 듣는 거나 게임을 하는 것보다 혼자 놀기에는 안성맞춤일지도 모른다. '고독의 향연'이 탈락되어선지 글도 쓰기 싫다. 솔직히 그녀는 글도 쓰고 싶은 마음이 간절하지 않다. 직업이 작가이니 어쩔 수 없이 쓰는 것뿐이었다. 내 인생도 구질구질한데 누구 인생을 이러니저러니 평가하기가 싫어서였다. 그녀는 직업이 드라마 작가이지만 드라마도 잘 보지 않는다. 주로 소설이나 만화, 웹툰 또는 영화를 즐긴다. 유튜브는 자의적인 성격이 너무 강해 거부감이 들었다.

소파에서 몸을 일으킨 조난선은 서가에서 화지를 내렸다. 화필도 서랍에서 찾아냈다. 소파에 돌아와 앉아 화지를 차탁에 내려놓고 첫 장에 배선주부터 그리기 시작했다. 날마다 만나는 사람이라 모델이 없이도 쉽게 이미지가 잡힌다. 유난히 풍만한 그녀의 글래머한 고깃덩이……. 순식간에 만화 캐릭터 같은 인물이 화지 안에 앉아있다. 조난선은 밑에다 장난삼아 몇 자를 적었다.

왜가리 언니.

내 '고독'은 말 대가리가 죽였지만 '여경사'는 대박날 거야.

그리고는 한 장 넘기고는 다음 장에 지병환을 그렸다. 그러나 그녀는 좀 망설여졌다. 지난밤 박아준 그 기다란 고기 막대기를 그릴까 말까 하는 고민 때문이었다. 그러나 그 물건은 번식 도구로 사용되어 성적 생리 기능을 수행하지 않는 이상 소변 배출 외에는 아무 쓸모 없는 고깃덩어리라는 생각에 단념했다. 부각해야 할 의미가 없다. 그래도 사람은 착의했을 때가 인간 맛이 난다. 기린처럼 껑충한 키에 떡판 같은 어깨, 그 위에 달린 역시 기다란 말 상이 인상적이다. 그리다 보니 말 대가리보다는 성성이 모습이 돼버렸다. 그 허리가 유난히 굵어선지 지난밤 그 허리의 웨이브 때문에 침대가 주저앉을 뻔했었다. 느낌에 지병환은 대충 임하는 것 같았는데 그랬다. 그 깊이 박혀드는 감각은 어쩌면 허리 힘 때문이 아니라 육중한 체중 때문인지도 모른다. 역시 그림 밑에 글 한 줄을 적었다.

말 대가리, '여경사'를 망쳐만 봐라. 가만두지 않을 거야.

겨우 그림 두 장을 그렸는데 벌써 싫증이 났다. 그것도 재미없어서 화첩을 한쪽에 홱 내던졌다. 화첩은 차탁 위를 주르륵 미끄러지다가 카펫 바닥에 곤두박질쳤다. 그걸 무시하고 소파에 등을 기댔다.

또 뭘 하지? 집콕 놀이 이게 전분가?

비는 여전히 구질거리고 있었다. 세지도 않고 약하지도 않다. 죽음의 장송곡 같다.

죽음!

그러자 아까 자살 영상이 문득 머릿속에 재생된다. 죽는다는 건 그냥 차 안에서 문을 닫고 연탄 두 장만 피우면 그만이다. 그리고 죽은 다음 그녀가 갈 그곳에서는 먹지도 입지도 일하지도 않는다고 사자가 알려주었다. 육체도 없고 섹스도 없고 직장도 없다고 한다. 당연히 아픔도 없고 작가도 피디도 상사도 없을 것이다. 꿈도 희망도 없지만 실패와 절망도 마찬가지로 없을 것이다. 돈! 그거라고 있을 리가 없다. 술도 없을 테지. 아무것도 없다면 아무 고통도 고민도 울적함도 없을 것이다. 그저 평화롭고 한가하고 고요할 것이다.

나도 한번 죽어봐?

그러자 뜬금없이 엄마, 아빠가 생각났다. 밥은 먹고 다니냐, 출근 잘 하냐, 결혼은 언제 할 거냐, 술 좀 저그만치 마셔라, 그런 잔소리밖에 없는 분들이다. 몸을 낳아줬다고 삶의 방식과 죽음까지 간섭할 권리는 없는 분들이다. 결혼을 하면 누구 자식을 낳아서 길러주라고? 조 씨 성도 아닌 다른 성씨를 타고난 아이일 것이다. 내 몸뚱이를 다른 사람의 쾌락의 도구와 번식의 도구로 바치고도 모자라 밥을 지어주고 청소를 하고 빨래를 해주고…….

죽지는 않더라도 연탄 두 장이면 정말 죽어지나 체험이라도 해보고 싶었다. 죽음의 체험! 은근히 매력적이다.

조난선은 밖으로 나갔다. 골목을 돌아가니 구석 쪽에 독거노인이 사는 쪽방 하나가 있었다. 그 집 옆 창고에 봉사 일꾼들이 날라다 준 연탄 더미가 개방된 채 놓여있다. 조난선은 그곳으로 다가가 묻지도 않고 슬그머니 연탄 두 장을 빼냈다. 빈 자리에 만 원짜리 지폐 한 장을 놓아두고 집으로 돌아왔다. 비는 그냥 줄줄 내린다. 오며 말며 시큰둥한 비에 우습게도 옷이 젖었다. 날씨가 그녀의 마음처럼 을씨년스럽고 침울하다. 길바닥이 빗물에 젖어서 슬리퍼 밑에서 자박자박 소리가 났다. 그 소리도 나른하다. 젖은 머리카락 끝에 달린 빗방울들이 떨어지지 않고 게을러빠지게 눈앞에서 대롱거린다. 아랫입술을 쑥 내밀어 입김을 위로 불어 올렸다. 그제야 흔들흔들 멀찍이 날아 떨어진다.

그녀는 차가 없다. 굳이 차가 필요한가. 차 문을 닫는 것처럼 좁고 밀폐된 공간이면 된다. 그런 공간은 집 안에서 유일하게 화장실뿐이었다. 그녀는 연탄을 안고 화장실 안으로 들어갔다. 연탄이 아니라 폭탄처럼 느껴진다. 문과 통기창을 모두 닫았다. 외부와 철저히 폐쇄되고 손에는 생명을 위협하는 '폭탄'이 들려있었지만 그녀는 무섭기는커녕 의외로 평화로웠다. 오랜만에 알 수 없는 기대감에 약간 흥분되었을 따름이다. 불을 피운 다음 정말 죽게 되면 죽음이 코앞에 당도했을 무렵 중단하면 된다. 중단하고 화장실에서 나와 죽음을 체험한 사람이라는 새로운 기분으로 유유하게 술을 마실 것이다.

조난선은 도화선도 없는 폭탄인 연탄에 어떻게 점화할까 잠시 궁리했다.…….

2

 설계영은 무슨 일로 애면글면하고 기대하고 속을 끓이는 성미가 아니었다. 지병환 피디가 배선주의 시놉시스로 출근도 하지 않고 집에서 드라마 기획안을 작성함에도 그 결과 때문에 안달아 하지는 않았다. 그 기획안이 딱따구리 방 부장의 허락이 떨어지면 십중팔구는 전번 드라마 촬영 때의 스태프들이 다시 모일 것이고 그러면 그녀도 당연히 조연출로 참여할 것이지만 제발 하늘이 도와 허락이 떨어지기를 고대하지는 않았다. 그것이 탈락하면 다른 스태프에서 부를 때까지 잠자코 기다리면 될 것이고 비준이 나면 구성원으로 동참하면 될 것이다. 세상 모든 일이 기대하고 안달아한다고 된다는 법도 없지 않은가. 되고 안 되고는 운명이 결정하는 몫이다. 스태프는 운명에 순종할 때 구성되는 것이다.
 드라마 촬영이 없을 때는 고되기만 한 조연출도 한가한 사람이 된다. 출근해도 별로 할 일이 없다. 유튜브도 뒤지고 메타버스 셀 청약도 하고 인스타그램이나 페이스북도 관리하고 다른 드라마의 편집 기고도 살피고 지인들과 카톡을 주고받다 보면 퇴근 시간이 된다.

퇴근 시간이 되어 컴퓨터를 끄고 핸드백을 메고 의자에서 일어서는데 아똑하는 소리가 울렸다.

계영아, 곱창집에 나와.

지 피디의 문자다. 곱창집은 회사 부근에 있어 직원들이 자주 가는 곳이다. 거기 나오라는 호출은 또 술을 적시자는 뜻이다. 저녁이면 당연히 술을 마셔야 집으로 가는 게 이제 습관이 되었다. 왜 술을 마셔야 하는지도 모른다. 그냥 그맘때면 생각이 난다. 그런데 왜 자주 합석하는 배선주 이름은 없지. 따로 문자나 전화했겠지. 조난선은 오늘 결근이다. 전화를 해도 받지 않고 문자를 해도 답장이 없다. 아마 시놉시스가 배선주에게 밀렸다는 사실에 기분이 다운된 모양이다. 그래도 별문제 될 건 없다. 내일이나 모레면 또 아무 일도 없었던 듯이 활활 기분을 털고 방송국으로 나올 것이다. 몇 사람은 드라마 때문에 얽혔지만 다시 합류할지 뿔뿔이 흩어질지는 하늘이나 알 노릇이다. 인생은 늘 그렇게 물렁물렁하고 허술하다. 믿을 것이란 그녀를 속이지 않는 것도 술 하나뿐이다. 언제나 그 자리에서 기다리고 마시면 어김없이 취한다. 헤어질 일도 흩어질 염려도 없다. 부르면 온다. 그리고 그들이 드라마 때문에 모이는 일보다 술 때문에 모이는 일이 더 잦고 결속도 단단하다. 술은 사람들을 엮어주는 체인이다.

　설계영은 도보로 식당까지 갔다. 소나기가 퍼부으려고 준비한 듯 하늘이 시커멓게 흐려있다. 서풍이 불며 옷자락이 펄럭거렸다. 누군가 잡아당기는 것 같다. 계영은 아무 생각도 없었다. 식당에 누구랑 올지 궁금하지도 않았다. 와보았자다. 기껏해야 지 피디, 배 작가 정도가 모일 것이다. 날마다 보는 식상한 얼굴들이다. 그런데 술은 날마다가 아니라 하루에 두세 번씩 마셔도 질리지 않는다. 마실 때마다 새롭다. 그래서 아무도 없어도 무방하다고 생각했다. 술만 있으면 된다. 돈은 나한테도 있다.

　식당에 들어서니 정말 아무도 없다. 아니, 모두 낯선 얼굴들뿐이다. 내가 너무 급히 걸었나? 오든 말든 일단 안으로 들어가 자리를 차지하고 앉아야 한다. 어찌 보면 인생은 자리 찾기 경쟁이다. 국회의원, 대통령도 자리다. 자리가 없으면 술도 마실 수 없다. 그래서 계영은 아무것에도 관심이 없었지만 유일하게 술자리에만은 신경을 쓴다. 일행이 오지 않으면 전화해서 부르면 되고 그래서도 나타나지 않으면 혼술 때리면 된다.

　그런데 설계영이 홀 안으로 들어가 자리를 잡으려는데 어떤 남자가 그녀를 향해 엉거주춤 일어섰다.

　"실례지만 혹시 설계영 씨 아니신가요?"

　중키에 수수한 외모인데 코가 유난히 큰 남자가 그녀의 이름을 입에 올렸지만 설계영은 별로 놀라지 않았다. 이름은 부르라고 지은 것이니 누구라도 입에 올릴 수 있다. 그냥 네하고 뜨뜻미지근하게 대답하며 다른 테이블에 가서 앉았다. 창밖을 보니 유리에 빗방울이 뿌려지기 시작했다.

일단 지 피디한테 도착했다고 문자를 보내야 한다.

"설계영 씨, 전 병환의 문자를 받고 왔는데 혹시 계영 씨도 병환의 연락을 받고 오신 건 아닙니까? 전 지병환의 친굽니다만······."

"네? 네~ 저도 지 피디 연락을 받고 왔습니다만······."

말하다가 설계영은 입을 다물었다. 두 사람이 만나도록 자리를 주선해 준 것이라는 생각이 들었기 때문이다. 지 피디와 친구라면 소개팅하려고 연락한 것이 틀림없을 것이다. 키 큰 사람치고 싱겁지 않은 사람이 없다더니. 뭐, 소개팅이라면 만나주자. 그녀는 의자에서 일어나 빗방울이 뿌려지며 유리창으로 주룩주룩 흘러내리는 창가의 그 남자가 앉은 테이블로 옮겨 갔다.

"천한생입니다. R 신문사 기자고요."

"설계영이에요. 방송사 조연출입니다."

기자라고? 별 사람을 다 상종한다는 생각이 들었다. 전에도 남자 몇을 소개팅 받았지만 기자는 처음이다. 그중의 한 남자와는 키스까지 했었다. 그러나 그녀는 결혼 계획 같은 건 없었다. 아이를 생육할 생각을 해본 적이 없다. 가족, 가족이 왜 필요한가. 남편과 자식은 또 왜 필요한가. 혼자라도 잘만 산다. 직장이 있고 수입이 있고 술이 있고 자취방이 있고······. 그러면 충분하다고 생각했다.

곱창집이니만큼 곱창을 주문하고 술을 올렸다. 비가 내리고 술이 속으로 흘러 들어갔다. 소개받은 자이든 지 피디이든 아니면 다른 어떤 남자이든 상관없다. 같이 술을 마실 수만 있으면 족하다. 모든 것이 내 의지가 아니지만 유독 술을 마시는 음주 행위만은 내 의지다.

"새로운 드라마를 기획하신다면서요. 병환이한테서 들었습니다. 걔가 나랑 대학 동기거든요."

"네~. 전 지 피디와는 드라마 한 편밖에는 못 해봤어요."

설계영은 건성 대답했다. 자꾸만 자신이 VR 공간에 들어와 있는 것만 같았다. 성별, 체형을 선택하고 머리 모양을 고르고 옷을 입고 신을 신은 후 식당이라는 장소를 선택하고 바닥, 벽, 천장 색깔을 골라 그 안에 집어넣은 아바타처럼 느껴졌다. 누군가 방향키로 자신을 걷게 하고 앉게 하고 술을 마시고 말을 하도록 조절하는 느낌이다. 그 실체가 아바타와 자신 중 어느 쪽인지 분간이 안 된다. 내가 너무 메타버스에 집착해서 그런가? 의아해하며 술을 마셨다.

"지난번의 그 월화드라마에서 연인 미팅 장소가 정말 낭만적이었습니다. 전 주인공의 키스 장면보다 장소가 더 인상적이었습니다. 그곳이 어딘지 알려주실 수 있나요? 저도 언제 가보고 싶습니다."

설계영은 상대가 연애 선수구나 하는 생각이 들었다. 소개팅 상대가 드라마 촬영 장소를 섭외하는 조연출이니 비위를 맞춰주려는 의도일 것이다. 그런 깜찍한 작업에 마음이 흔들릴 설계영이 아니다. 대한민국 국민이라면 그곳을 모를 리가 없다. 다만 남자는 설계영이 마음에 드는 모양이다.

"아시면서……."

설계영의 시큰둥한 반응에 이런 화제는 별로라는 것을 눈치챈 천한생이 이번에는 플랜 B를 꺼낸다. 어떻게 해서라도 설계영이 좋아하는 화두를 찾아내야 소개팅이 반은 성공했다고 할 수 있기 때문일 것이다. 기자라서 그런지 관심 분야도 넓고 모르는 게 없다. 정치, 경제, 문화는 물론 문학, 음악, 체육, 소셜미디어 등 그야말로 박학다재함을 과시했다. 하지만 아이러니하게도 설계영은 그 모든 것에 별로 흥미가 없었다. 그냥 영혼 없이 응대하며 술만 마셨다. 언제나 진실은 술뿐이었다. 어차피 몇 번 미팅하고 나면 갈라지고 말 사람이다. 남자들은 이유는 많지만 실은 유전적으로 여자들의 육체에 관심이 있다. 일단 과일을 맛보면 금방 흥취를 잃고 다른 과일에 눈길을 돌리는 게 남자다. 그러나 그 과일을 주고 안 주고의 결정권은 과일인 여자 손에 있다. 설사 한두 번 빛깔이나 맛이라도 보게 할 수는 있어도 남자의 영원한 소유물로 맡길 생각은 없으니 조만간의 이별은 운명이다. 한두 입 맛보라고 허락할 경우에도 여자가 남자의 이빨이 박혀드는 자극을 느끼고 싶을 때뿐이다.

택시를 타고 다른 식당으로 자리를 옮겨 냉면까지 한 그릇 하고 갈라졌다. 전화번호를 알려달라고 해서 그냥 찍어주었다. 택시로 집까지 바래준다고 했지만 거절하고 혼자 버스를 탔다. 저녁 아홉 시가 넘은 시간이다. 버스 안에는 승객이 두세 명뿐이다. 설계영은 좌석에 앉자 휴대폰을 꺼내 게임을 시작했다. 게임이 시간을 보내기가 제일 좋아서였다. 얼마나 놀았는지 운전 기사 아저씨의 말소리에 중단했다.

"손님, 종점입니다. 내리세요."

종점?!

대책 없이 그냥 내렸다. 밖은 새카맣게 어둠이 내리 덮여 어딘지 알 수 없었다. 소개팅 남자에 대해서는 벌써 이름조차 까먹은 지 한참 된다. 버스는 막차여서 끊겼다. 다행히도 근처 지하철역에 내려가니 마침 발차하는 막차가 있어 무작정 승차했다. 열차 안에는 앞쪽 끝머리에 두 명의 승객이 있을 뿐 텅 비어있다. 집으로 갈 사람들은 다 간 것이다. 그런데 공교롭게도 슬슬 뒤늦은 술기운이 올려 밀었다. 버스 정류소를 지나치는 일이 한두 번이 아닌지라 아예 시름 놓고 팔짱을 낀 채 잠시 눈을 붙이기로 했다. 종점까지 왔다니 1, 2시간은 걸려야 집에까지 갈 것이다. 술 때문에 피곤했다. 배선주나 조난선한테 전화를 걸까 생각하다가 단념했다. 11시가 다 되어간다. 이 시간이면 그녀들도 어딘가에서 술이 꽐라되도록 마시고 있을 것이다. 아니면 술에 대취해 집에서 잠들어 있거나.

"이번에는 역을 지나치지 말아야 할 텐데."

그렇게 중얼거리며 설계영은 알코올이 펴는 졸음의 카펫을 따라 비틀비틀 안으로 걸어 들어갔다. 그녀가 메타버스에서 만든 아바타처럼…….

골목길은 어둡고 꼬불꼬불했다. 설계영은 무심하게 그 길을 따라 걸었다. 그런데 아무리 걸어도 대로는 나타나지 않고 골목에서만 이리저리 오락가락한다. 마침 어떤 여자가 지나갔다. 그녀에게 어디로 가야 하느냐고 물었다. 그러자 그녀는 어디로 가려 하는데요, 하고 되물었다. 설계영은 갑자기 말문이 막혔다. 내가 어디로 가지? 가고 있었던 건 확실한 것 같은데 행선지는 그녀 자신도 여태 모르고 걷기만 했었다. 드라마 촬영 장소를 섭외하느라 전국 방방곡곡을 누빌 땐 그나마 의문 부호라도 있었다. 그런데 이 골목길은 무슨 길이지? 왜 구불구불하고 좁고 어두컴컴할까. 사람이 다니는 길은 맞는 것 같은데.

문득 골목 맞은편에 지병환이 우두커니 서있다. 그런데 웬일인지 벌거벗은 채로다. 허리에 꿰찬 곤봉처럼 긴 물건이 앞에서 털렁거린다. 이상하게도 무섭지도 신기하지도 않다. 곤봉으로 때릴지도 모르는데도. 때리면 맞으면 된다. 박으면 받으면 된다. 그래서 도망치지 않고 그냥 마주 걸어갔다. 곤봉이 흔들거리더니 어느 순간인가 수직으로 곤두선다. 아마도 나를 박아주고 때릴 모양이다. 박히고 맞을 각오를 하고 걸어갔다. 어쩌면 그게 이번 드라마의 내용인지도 모른다. 그런데 지병환의 앞에 다가가자 그는 설계영을 거들떠보지도 않고 그녀를 지나갔다. 돌아서 보니 지병환은 설계영의 뒤쪽에 서있는 배선주한테로 접근했다.

지 피디와 배선주는 확실한 목표가 있구나. 그런데 난. 배선주도 홀딱 벗고 있다. 그녀는 손에 커다란 조개를 들고 있었는데 조개는 입을 활짝 벌리고 있었다…….

"저기요, 일어나세요. 종점입니다."

낯선 남자가 깨우는 소리에 설계영은 꿈에서 깨어났다.

"아가씨, 종점입니다. 내리셔야 돼요."

"또 종점이라고요?"

조난선은 일어나서 열차에서 내렸다. 상행을 타고 다시 서울로 올라가야 한다.

"차가 끊겼습니다."

아까 남자가 뒤에서 말했다.

"여기가 어디예요?"

"대화역입니다."

대화역? 어쩔 수 없이 역 밖으로 나왔다. 하늘을 쳐다보니 소나기가 요란하게 퍼붓고 있었다. 날까지 어두워 가로등 불빛을 빌려서야 겨우 앞이 흐릿하게 보였다. 낯선 남자가 문득 그녀의 머리 위에 우산을 펼쳐들었다. 돌아보니 20대 중반의 앳된 얼굴이다. 요새 저 나이 또래 아이돌처럼 잘생긴 용모도 아니고 그렇다고 못생기지도 않았다. 유난히 눈매가 선량해 보인다.

"서울 사시는 분 같은데……. 여기 지인이 없으실 텐데 저희 집에 가서 하룻밤 묵으시죠?"

돌아간다는 것도 말이 안 된다. 여관으로 갈까 생각했지만 신분증도 집에 두고 왔고, 이 비속의 초행길에 어디 있는지도 모르는 여관을 찾는 일도 만만치 않을 것이다. 그렇다고 낯도 코도 모르는 사내의 집에…….

"절 믿지 못하시는군요. 저 H 대학원에 다니는 학생입니다. 방이 두 개라 걱정 안 하셔도 됩니다. 그래도 의심되시면 여관으로 가셔도 됩니다."

남자가 대학원 학생증을 꺼내 보인다. 어두워서 사진만 보였다. 그걸 확인하겠다고 경찰관처럼 휴대폰 카메라를 켜고 들여다본다는 것도 민망했다. 꺼내 보일 때는 거짓말은 아닐 것이다. 싫으면 여관으로 가라는 걸 봐서는 불순한 목적도 없어보였다.

"그럼, 하룻밤 신세질게요."

택시를 잡아타고 남자네 집으로 향했다. 금방 도착했다. 두 사람은 서로 모르는 사이라 서먹서먹하여 아무 말도 하지 않았다.

집 안에 들어가서야 남자가 드디어 입을 열었다.

"비도 오고 아직 식전이실 텐데 뭐 라면이라도 끓여 드시고 주무시겠어요?"

"아니요, 주실 거면 차라리 술 한잔 주세요."

"네. 술은 있는데 안주가……. 어디 보자 뭐가 있나…….."

남자가 냉장고 문을 열고 이것저것 끄집어냈다. 소시지, 과자, 초콜릿도 있고 말린 육포와 과일도 꺼냈다. 그리고 깡통 수입 맥주도 대여섯 개 꺼냈다.

설계영은 비가 내려선지 비를 맞아선지 아니면 아까 초저녁에 그 코쟁이 기자와 술을 적게 마셔선지 맥주가 목구멍으로 잘도 넘어갔다. 앞에 앉은 남자가 낯설다는 생각은 안 했다. 원래 이 세상에는 남자와 여자 둘뿐이다. 술만 사이에 있으면 세상 사람 누구나 지인이 아닌가. 어찌됐든 나랑 같은 사람이다. 게다가 대학원생이란다. 더 중요한 건 두 사람이 술을 공유한다는 사실이다. 술만 있다면 꿈속의 그 좁고 어두컴컴하고 구불구불한 골목길에서도 답답하지는 않았을 것이다. 술을 그냥 수돗물처럼 꼭지만 틀면 컵으로 받거나 입을 들이대고 마실 수 있다면 좋겠다.

두 사람은 또 말이 없었다. 술이 말을 대신했다. 술은 마음도 대신한

다. 남자도 결코 설계영보다 주량이 약하지 않아 보인다. 설계영의 앞에 빈 깡통이 다섯 개 놓이면 남자의 앞에도 같은 숫자가 누워있다. 이렇게 술은 연대감을 부른다. 설계영은 술을 마시며 남자가 자취하는 방 안을 둘러보았다. 사람이 사는 집은 다 거기서 거기다. TV에, 냉장고에 침대에 소파에……. 눈에 띄는 거라면 설계영의 집에는 없는 구식 아날로그 축음기 한 대뿐이다. 불빛에 번쩍거리는 나팔꽃 모양의 나팔이 달려있고 그 옆에 레코드판이 꽂혀있다.

"음악을 띄워드릴까요?"

남자가 제꺽 눈치챈 듯 손가락으로 축음기를 가리켰다.

"그러시든지요."

남자가 일어나 레코드를 골라 판에 올리고 회전시켰다. 뜻밖에도 축음기에서는 슈만의 첼로 협주곡 op.129번 곡이 흘러나왔다. 젊은 사람이 아이돌들의 노래가 아니라 늙은이처럼 클래식 음악을 선호한다는 점이 이색적이었다. 설계영은 저 곡도 들은 적이 있지만 클래식도 심드렁하고 아이돌들의 노래도 시큰둥했다. 의미 없는 그들만의 용속한 흐느낌 같아서였다.

드디어 냉장고 안에 저장한 캔맥주가 동이 났다. 남자가 말없이 밖에 나가더니 금방 페트병 몇 개를 사 들고 올라왔다. 그걸 절반쯤 비웠을 때 설계영은 전신이 나른해지기 시작했다. 바람 앞의 풀대처럼 소리 없이 옆으로 스르르 넘어졌다. 구슬픈 첼로의 멜로디 때문에 맥을 버리고 쓰러진 것이라고 그녀는 슈만을 원망했다. 머릿속에서 황홀한 불꽃 축제라도 벌어진 느낌이 들었다. 불꽃이 팝콘처럼 공중으로 통통 튀어 오르고 연기가 물물 피어오른다. 남자가 비틀거리며 일어나 베개를 가져왔다. 허리를 굽히고 그녀의 머리 밑에 베개를 베어주고 일어나다가 몸을 가누지 못하고 그녀의 가슴 위에 푹 고꾸라졌다. 남자의 얼굴이 면바로 설계영의 가슴에 박혔다.

"왜, 날 가지고 싶어?"

"그래도 돼요?"

"그런다고 닳는 것도 아니잖아. 싶으면 가지던가."

"이래도 되는가……"

남자가 주섬주섬 설계영의 옷을 벗겼다. 겁도 나고 흥분도 되고 어리둥절한 표정이다. 설계영은 꿈속에서 보았던 지병환의 그 기다란 곤봉이 떠올랐다. 아직은 학생인데 과연 그런 게…….

"너도 곤봉 차고 있어?"

"곤봉? 아! 그거, 저도 있죠. 그걸 원해요?"

"그걸로 날 때려봐. 말 대가리는 저만 있는 줄 알아."

"말 대가리?"

남자가 제법 단단한 박달나무 곤봉을 휘두르며 설계영이 파놓은 깊은 골목 안으로 걸어 들어오기 시작했다.

3

배선주는 대학 때 동기들을 만나 술을 마시다가 늦게야 귀가했다. 오늘은 빨리 가서 화분에 물을 줘야한다. 허구한 날 술독에만 잠겨있다 보니 깜빡해 물 주는 일을 잊어 정말 말라 죽을지도 모른다는 생각이 들었다. 그게 죽으면 일단 부모님의 책임 추궁을 받아야 하는 일이 싫었다. 입김을 불어서라도 살려야 한다. 이 집 안에 살아있는 생명체라고는 그녀와 화분밖에 없다.

배선주는 집에 들어가면 또 까먹을까 봐 연신 입속으로 물을 줘라, 물을 줘라하고 정신 나간 사람처럼 중얼거리며 방문을 열었다. 사람의 생사를 왜 하찮은 식물의 생사와 연관시키는지 모르겠다. 이런 궁리를 하며 들어서다가 그녀는 느닷없이 앞을 막아선 동생과 정면으로 마주쳤다. 팽팽한 교복 가슴에 '배선미'라는 명찰을 단 동생은 아직 성장 중이라 몸매가 날씬하다. 그래도 등 뒤로 넘어뜨린 긴 머리채가 제법 아가씨 냄새를 솔솔 풍긴다. 앳된 얼굴이 청초하고 예쁘다.

"언니, 만반잘부. 크크루삥뽕!"

"뭔 개소리야. 네 년은 공부는 안 하고 왜 또 올라왔어?"

배선주는 앞을 막아선 선미의 가슴을 확 밀어제치고 안으로 들어갔다. 화분에 물을 줘야 한다.

"내가 줬어……. 그리고 저기 김치랑 꿀도 가져왔어."

"누가 너더러 그런 걸 상관하랬어. 하라는 공부나 할 것이지."

"하고 싶어 한 거 아니야. 꼰대들이 주라고 하도 잔소리해서 준 것뿐이야. 헐랭."

"꼰대"들의 노파심은 멀리 떨어져 살아도 산을 넘고 강을 건너 어김없이 뚫고 들어온다. 늙은이들의 집요한 고집을 누가 막으랴. 저러니 자식을 밖에 내놓고 불안해서 잠이라도 제대로 자겠는가. 계집애가, 냄새가 진동하는 김치 보따리까지 버스에 앉아 안고 온 선미를 너무 박대할 수도 없었다.

"그래 날 찾아온 목적이나 말해봐."

"새 드라마 찍는다며?"

"네가 그걸 어떻게 알아?"

"언니 시놉시스 쓴다고 했잖아. 그럼 드라마 기획하는 거 아냐?"

"그래서? 그게 너랑 무슨 상관인데?"

"삥끼 아니구나. 그럼 언니가 나 좀 단역이라도 하나 꽂아주라."

"어쭈, 네깟 것이 탤런트 되고 싶다는 얘기야?"

선미가 갑자기 뽀르르 달려와 배선주의 팔에 매달리며 탁구공처럼 퐁퐁 뛴다.

"언니~."

"안 돼. 공부나 해."

"방학이잖아. 그리고 나 아싼 거 몰라? 애들이 술 까고 야리 까는 데도 날 안 끼워준단 말이야. 얼빵 네가지 지애도 드라마에 출연했다고 나랑 생까고 잘난 척하는 꼴 눈 뜨고 못 봐주겠어."

"지랄하지 마. 그건 내가 결정하는 거 아냐."

"언니가 작가잖아. 피디님하고 부탁하면 되지. 원츄, 원츄!"

배선미는 소파에 털렁 주저앉더니 어린애처럼 두 다리를 뻗고 바동거리며 투정질한다. 짧은 교복 스커트가 말려 올라가며 하얀 허벅지와 팬티까지 드러났다. 조선 시대 같으면 여자가 열여덟이면 시집가서 애 엄마가 되었을 나이인데 아직도 철이 덜 들었다. 더구나 늦둥이에 막가파라서 더했다. 전번 드라마 촬영이 시작될 때에도 사정했지만 배선주는 일언지하 거절해 버렸다.

"아직 대본도 나오지 않았는데 나더러 어떻게 하라고……."

"언니 머릿속에는 이야기 줄거리가 다 있을 거잖아. 아무 역이라도 괜찮아."

"고딩은 강간당한 형사 여동생밖에 없어."

"대박! 그 역 나한테 주면 되겠다."

배선미는 소파에서 발딱 일어나 또다시 언니 팔에 매달린다.

"미쳤어! 강간당하고 벌거벗겨져서 살해당하는 역을 하겠다고?"

"벗으면 어때. 연긴데. 어차피 그 신은 모자이크할 거잖아. 언니, 제발 좀."

"안 돼, 관심 꺼. 전 국민이 다 보는 안방 드라마야. 다른 사람이라면 몰라도 내 동생은 안 돼."

배선주는 쌀쌀맞게 애원하는 동생의 손을 뿌리치고 침실로 들어갔다. 이제 겨우 열여덟 살이다. 아무리 모자이크를 한다 해도 윤곽이라도 나체는 나체다. 그렇게 방송에서 몸을 다 드러내 놓고 앞으로 인생을 어떻게 살겠는가. 직업이 연기가 전문인 배우라도 모르겠다.

"언니, 정뚝떨이야. 마상, 발냄새 나. 언니가 도와주지 않으면 내가 직접 피디님을 찾아가서 사정할 거야."

"미친년! 하라는 공부나 열심히 할 것이지 뜬금없이 무슨 탤런트야. 자, 자고 아침에 일어나 당장 천안으로 내려가."

그러나 선미는 밖으로 나가 몰래 담배를 붙여 물고 화가 나서 종알거렸다.

"갈비야! 나처럼 조년 까리한 패완얼이 어딨어. 지애 장미, 단추 년도 다 드라마에 출연했는데. 날 초글링이라고 뒤땅해도 좋아. 직접 피디님 찾아갈 거야. 나라고 발이 없어, 입이 없어, 치!"

"들어와서 안 자고 뭐해? 쥐방울만 한 년이 담배까지 피워!"

배선주는 밖으로 나와 동생의 뒤통수를 주먹으로 쥐어박았다.

"이마빡에 피도 안 마른 년이!"

"이마에 피가 마르면 벌써 죽었지."

"이년이, 아직도 주둥이가 살았다고!"

배선주는 선미의 긴 머리채를 잡아끌고 집 안으로 압송했다.

"난 아빠, 엄마가 늘그막에 너 같은 년을 왜 낳았는지 모르겠어."

"킹받네! 지들 좋아서 낳은 거잖아."

"지들? 야, 이년아, 주둥이 다물고 자빠져 자."

배선주는 동생을 강제로 침대에 눕히고 자기도 옆에 누웠다. 저년 또래는 무섭고 귀한 거 모르는 세대다. 옳고 그름을 따지지 않고 생각나는 건 다 한다. 몇 살인데 벌써 담배를 꼬나물고, 더구나 여자가! 부모님을 "지들"이라니! 뭐 선미가 말하는 '베프'라도 되는가. 일단 거절은 했지만 느낌이 이번 드라마가 제작 허가가 나면 선미를 캐스팅할 수밖에 없을 것만 같다. 보통 그런 단역, 등장하자마자 강간, 살해당하는 역을 맡으려는 배우가 적었다. 그런 만큼 그 말 대가리도 자원자를 마다하지는 않을 것이다. 물론 이런 추측은 제작 허가가 떨어졌을 경우이다. 솔직히 배선미의 드라마 진출을 막을 수 없다면 언니인 그녀가 대본을 쓸 때 회상이나 수사 과정에서 과거 소환 형식으로 더 많이 출연시킬 수도 있다. 그러나 그녀는 동생의 인생에 불결한 그림자를 드리워 주고 싶지는 않았다. 포기하는 게 가장 현명한 선택이라고 생각했다.

"아침밥 먹고 곧바로 지하철 타고 천안으로 내려가."

배선주는 출근하면서 동생한테 다시 한번 당부했다.

방송국에 나와 보니 조난선은 여전히 보이지 않았고 설계영마저 아직 출근 전이다. 지병환은 어제 작성한 기획안을 제출했는지 딱따구리 방 부장의 사무실에서 나온다. 기색이 별로다.

"조 작가는 오늘도 아무 소식이 없어?"

지병환은 배선주를 보자 물었다.

"네. 휴대폰도 꺼져있어요."

"무슨 일이 생긴 거 아니겠지. 저녁엔 가봐야 되는 거 아니야? 그런데 설계영은 왜 보이지 않아?"

그때 설계영이 부랴부랴 오피스에 들어섰다. 그녀의 테이블은 맨 안쪽에 있다.

"좋은 아침입니다."

설계영은 모두에게 뭉뚱그려 인사하며 총총히 지나갔다. 화장도 못 한 맨얼굴을 보며 배선주는 지난밤 설계영이한테 십중팔구는 무슨 일이 생긴 거라고 속단했다. 과음 때문인지 다크 서클이 유난하고 표정도 피곤해 보인다. 술이 사람을 죽인다. 그런데 술이 없어도 사람은 죽는다. 마음이 힘드니까. 이제 그들의 운명은 딱따구리의 손에 쥐였다. 그녀의 결정에 따라 배선주의 성패도 판결이 날 것이다. 조용히 앉아 인내심 있게 기다리는 수밖에 없다. 빠르면 오전 중에 늦으면 이번 주 안에는 소식이 있을 것이다.

하나님, 제발 도와주세요.

휴식시간에 배선주는 설계영을 불러내 복도에서 자판기 커피를 뽑아들고 비상구로 나왔다.

"언니, 어제 무슨 일 있었지?"

"어, 소개팅했어."

"소개팅, 누구랑?"

"지 피디 동기라는 기자랑."

"말 대가리가 소개한 거예요? 왜 나갔어. 애를 보고 이름 지으라고 말 대가리 친구가 다 거기서 거기지. 만나보나 마나. 그래 그 사람이랑 술 마신 거예요?"

"어. 그런데 집으로 오다가 버스 정류소를 지나 어떤 종점에 내렸어. 돌아오려고 지하철 탔는데 자다가 역을 지나 대화까지 갔었어. 비도 오고 해서 어떤 남자네 집에 들어가 자고 왔어."

"어떤 남자?! 아는 사람이에요?"

"아니."

"이름은?"

"이름도 몰라. 그냥 대학원생이랬어. 전화번호도 몰라."

"언니, 그것도 말이라고 해? 모르는 남자네 집에 들어가 자면 어떡해요! 제정신이야? 아무 일도 없었던 거죠?"

"술에 취해 모르겠어. 꿈인지…… 같이 잤던 것 같기도 하고?"

"뭐라고요, 섹스까지! 그게 되기나 할 소리예요. 당장 성추행범으로 경찰에 신고해요."

"그만 둬. 내가 싫다는 거 한 거 아닐 거야."

"그럼 찾아보고 신원이라도 알아둬야죠."

"그런 걸 알아서 뭐해. 어차피 난 비혼주의자잖아."

"그럼, 그냥 이렇게 하룻밤 자고 빠이빠이 하는 거에요?"

"그럼, 나더러 뭘 어떻게 하라고."

"언니, 돌았어? 마이 갓! 내가 지금 돌 것 같아!"

그때 직원 한 사람이 비상구로 나와 두 여자는 사무실로 들어왔다. 테이블 앞에 앉은 배선주는 괜히 화가 나서 씩씩거렸다. 섹스가 장난도 아니고 어떻게…….

"야, 지 피디. 이것도 기획안이라고 제출한 거야?"

갑자기 딱따구리가 사무실로 들어오며 손에 든 기획안을 공중에 대고 마구 흔들어대며 소리 질렀다.

"이거 드러내 놓고 여성 혐오 사상을 고취하려는 거야 뭐야? 도대체 의도가 뭐야? 왜 하필이면 연쇄살인범이 여자야. 이런 허접쓰레기를 드라마로 제작하겠다는 목적이 뭐냐고? 당장 기획안을 다시 올려."

배선주에게는 붙는 불에 키질이다. 이런 결론이 날 줄 알았지만 배선주는 너무 화가 치밀었다. 의자에서 벌떡 일어섰지만 옆 사람이 다가와 팔소매를 잡아당겨 도로 주저앉았다. 솔직히 딱따구리가 아니라면 아무 말을 해도 소용이 없었다. 이제는 조난선의 시놉시스로 다시 기획안을 작성해야 할 것이다. 씨발년! 정말 선미 말대로 정뚝떨이야. 발냄새 나. 내 이 대본 반드시 드라마로 제작한다. 종편으로 직장을 옮기더라도. 배선주는 입술을 사리물었다. 어떻게 해서라도 이 드라마를 제작해 대박 쳐야 한다. 그래야 꽉 막힌 내 작가 인생도 고속도로처럼 훤하게 뚫릴 것이다.

말 대가리가 와서 점심 식사를 하자고 청한다. 기획안이 물거품이 되었으니 적어도 이번 드라마에서는 인연이 없을 사람이다. 그렇다고 냉정하게 뿌리칠 만큼 생소한 사람도 아니다. 어쩌면 대본의 연쇄살인범을 남자로 바꿔보는 것이 어떻겠냐고 상의할지도 모른다. 탈락하면 했지 절대로 그의 제안을 받아들이지 않으리라 다짐했다. 단연코 주인공을 남자로 바꾸면 대박은 고사하고 금방 시중에 방영되는 식상한 드라마로 전락하고 말 것이기 때문이다.

지 피디를 따라 회사에서 나와 주차장으로 가는데 느닷없이 그들 앞에 동생 배선미가 불쑥 나타났다.

"피디님, 안녕하세요. 저는 천안에 사는 고2 학생 배선미입니다. 피디님께 부탁드릴 일이 있어서 무례를 무릅쓰고 찾아뵈었습니다."

"배선미?……."

"야, 너 여기가 어디라고 찾아왔어? 빨리 집에 가."

"배 작가 아는 사람이야?"

"동생이에요. 빨리 가라고."

"싫어."

"무슨 일로 날 찾아왔지?"

"지금 기획하는 드라마에 저를 캐스팅해 달라고요. 단역이라도 좋아요."

"이놈의 계집애가 미쳤어! 빨리 집으로 내려가지 못해!"

배선주가 선미의 등을 주차장 밖으로 마구 떠밀었다. 그러자 선미가 언니를 뿌리치고 다시 돌아선다.

"정뚝떨! 갈비! 내 일에 상관하지 마. 내 입으로 피디님한테 말씀드릴 거야."

"그런데 어쩌지. 드라마 제작이 물거품이 됐는데. 캐스팅하고 싶어도 할 수 없어."

지병환이 씁쓸하게 미소를 지으며 차에 올라탔다.

"이 드라마 말고 다른 드라마라도 제작하실 거잖아요. 그때 절 잊지 말고 불러주세요. 이거 제 전화번호와 집 주소예요."

배선미는 미리 적어온 쪽지를 운전대 차창 안으로 들이밀었다.

"저 이만하면 훈녀, 걸조이고 뽀대 나잖아요. 불러만 주시면 실망시켜 드리지 않을게요."

"나쁜 년, 언니 망신시키지 마. 그만 지껄였으면 이제 꺼져!"

배선주는 동생을 향해 눈을 흘기고 차에 올랐다. 선미가 퐁퐁 뛰며 간절한 표정으로 손을 젓는 모습이 백미러로 보인다. 정말 눈물겹다. 연예인이 뭐라고 저렇게 미쳐 돌아가지. 앳되고 예쁜 미모에 뭘 하면 안 될 거 있는데.

"딱따구리가 노우 하는데 배 작가는 무슨 아이디어라도 있어?"

"아이디어가 무슨 쓸데가 있어요. 딱따구리는 한 번 아니라면 아니잖아요."

"딱따구리 구미에 맞게 수정할 의향은 없어?"

"수정은 가능해도 연쇄살인범 성별은 바꿀 수 없어요. 그게 포인트인데. 그거 수정하면 대본이 범죄 드라마의 상식의 늪에 빠져 죽어요."

"그럼, 어떡할 거야? 그거 건드리지 않으면 대본 자체가 죽을 텐데."

"종편에 옮겨가더라도 기어코 살려낼 거예요."

"하긴 그게 조 작가 스타일이긴 하지. 하~ 그럼 어떡하지? 딱따구리의 마음에 들자면 조난선의 시놉시스로 기획안을 다시 작성해야 되나?"

"피디님이 알아서 정하세요."

식당에 도착해 음식을 주문했다.

"조난선은 왜 오늘도 감감무소식이지?"

"그러게요. 술상 끝나면 들러봐야겠어요."

식사를 하는데 홀에 비치된 TV 수상기에서 뉴스가 방영되고 있었다.

지난밤 폐쇄된 화장실에서 연탄불을 피우고 사망한 20대 아가씨가 이웃 주민의 신고로 경찰에 발견되었습니다.

"저 화면의 건물 조난선의 집 같은데요."

배선주가 식사를 하다 말고 숟가락을 허공에 쳐든 채 텔레비전을 놀란 눈길로 쳐다보았다. 지병환의 두 눈도 휘둥그레졌다.

"조난선이 극단적 선택을 했다는 거야? 왜?"

"그러게요."

더 들어봐도 틀림없이 조난선이다. 두 사람은 식사를 중단하고 의자에서 일어섰다. 약속이나 한 듯이 밖으로 나와 차를 탔다. 그리고 조난선이 집을 향해 달렸다.

"조 작가가 왜 자살해?"

"글쎄요. 시놉시스가 채택되지 않아서 절망 때문에……."

"아무리 그렇다고 해도 그렇지. 죽을 것까지는 없잖아."

"애가 워낙 속이 좁아서요."

차는 큰 거리를 지나 골목길로 접어들었다. 골목을 이리저리 돌아서야 조난선이 살고 있는 자취방에 도착했다. 집 마당에는 접근 금지선이 둘러쳐져 있고 그 주변에는 경찰이 널려있다. 감식반원들이 사진 촬영을 하고 의심되는 흔적들을 조사한다.

4

지병환은 말없이 술만 마셨다. 자꾸만 조난선의 죽음이 자신 때문 같았다. 그녀가 죽기 전날 밤 마지막으로 만난 사람은 자신이었다. 그러나 그녀와의 잠자리는 이튿날 아침 깨어나자마자 깨끗이 잊어버렸다. 아침부터 새로운 난제가 그를 괴롭혔기 때문이다. 내 마음에는 드는데 최종 허가가 나기까지는 불안한 배선주의 시놉시스로 모험적인 기획안을 작성해야만 했다. 딱따구리의 OK를 받아내자면 여성 폄훼, 여성 혐오라는 흔적을 정의 구현으로 교묘하게 덮어 감춰야 하는데 그 작업이 생각처럼 쉽지 않을 것이다. 배선주는 전혀 딱따구리를 감안하지 않고 흥행만 고려해 내지르고 그 결여를 감춰주는 일은 피디의 몫이다. 일단 딱따구리한테 OK를 받아내야 스태프를 구성하고 배우를 캐스팅해 촬영에 들어갈 수 있다. 배선주 때문에, 드라마 흥행 때문에 뒤로 밀려난 조난선의 마음은 말로는 차마 위로해 주지 못했지만 잠자리를 통해 달래준 것으로 생각했었다. 그런데 조난선이 시놉시스 때문에 목숨까지 내던질 줄은 꿈에도 생각하지 못했다. 꼭 시놉시스 때문이라고 단정할 수는 없지만 지병환으로서는 그랬다. 그날 침대에서 심심하던 차에 육체 놀이를 하면서도 그녀의 기색이나 표정에서 죽음의 징조 같은 것을 읽지 못했다. 어쨌거나 자신은 저기 가족의 상주들 속에 끼어있어야만 될 것 같은 기분이 들었다. 그러나 그럴 수는 없었다. 이미 자살로 판명이 났고 또 경찰도 그를 참고인으로 불러 조사 같은 걸 하지도 않았다. 형식적인 조문을 하고 식사를 하고 술을 마신 다음 회사 동료들과 어울려 상갓집을 나왔다.

"너무 가슴 아파요. 아직 새파랗게 젊은 나인데."

설계영의 눈가가 촉촉하게 젖어들었다.

"누가 아니래. 죽긴 왜 죽어. 아무리 힘들어도 살아야지. 살아서 결혼도 하고 애도 낳고…… 그게 인생이 아니야?"

배선주는 슬픔을 책망으로 희석한다. 그녀의 목소리도 축축하게 젖어있다.

"일단 회사 갔다가 발인하는 날 또 와야지. 다들 차 타."

딱따구리는 아무렇지도 않은 듯 평소의 표정과 억양으로 일동을 지휘했다. 그녀는 사소한 인정 같은 데 휘말리지 않는 강한 성격의 소유자였다. 그 억양은 죽은 사람은 죽고 산 사람은 살아야지 하는 것만 같다.

지병환은 회사로 돌아와 테이블에 마주 앉았으나 아무 일도 손에 잡히지 않았다. 그냥 멍 때리고 정처 없이 앉아있었다. 그럼 내가 죽을 사람과 잔 거야, 죽은 사람과 잔 거냐고? 이튿날 죽었으면 그날 밤 조난선의 마음은 이미 죽어있었을 것이다. 그래서, 산송장이라서 섹스가 그렇게 시드렁했고 하고 나서도 금방 까먹었던 거야. 도대체 죽었다는 것과 살았다는 것의 차이가 뭐지. 살았다는 건 우한솔처럼 생기발랄하고 배선미처럼 활기차야 한다. 그런데 조난선은 살아있을 때에도 죽은 사람 같았다. 조용하고 침울하고 노잼이었다. 그런 게 죽음의 그림자인가? 그렇다면 조난선보다는 나아도 설계영한테서도 그와 비슷한 모습이 어른거린다. 어쩌면 설계영도 마음부터 서서히 죽어가고 있는지 모른다. 그러는 나는 다른 사람의 눈에 어떻게 보이지? 나한테는 죽음의 그림자가 없을까.

그런 생각 때문인지 갑자기 메스껍고 옆구리에 통증이 발작했다. 더위라도 먹은 것처럼 자꾸만 토하고 싶다. 그는 손으로 옆구리 쪽을 지그시 눌렀다. 그런 증상이 벌써 여러 번 반복되었음을 깨달았다. 스트레스가 얼마나 쌓였으면 통증이 주기적으로 발작하는 거야. 이런 상황에 기획안까지 총살당했으니 나더러 살라는 거야 죽으라는 거야. 배선주는 수정을 결사반대하고 조난선도 죽었다. 이제 한동안 드라마 제작은 물 건너간 것이나 다름없다. 야심차게 노렸던 대박, 흥행은 고사하고 불행에 악재가 겹치며 아무것도 되는 게 없다.

조난선의 시신을 발인하는 영구차를 타고 화장장에 가야 한다고 생각하니 웬일인지 가기 싫어진다. 그녀를 대수롭지 않게 화장로 안의 불 속으로 들여보낼 자신이 없어서였다. 함께 드라마를 했고 함께 잠자리를 했고 함께 술을 마셨던 여자다. 이럴 줄 알았더라면, 아무래도 총살당할 줄 알았더라면 조난선의 시놉시스로 기획안을 작성했을걸 하는 뒤늦은 후회마저 마음을 괴롭혔다. 사람은 불과 하루 앞도 내다보지 못하는 그 어리석음 때문에 얼마나 많은 실수를 저지르는지 모른다. 이렇게 사람까지 죽어나간다.

난선아, 이렇게 야멸치게 떠나면 난 어떡해? 내 가슴에 상처를 주고 그냥 말없이 가면 나는 어떡하라고? 그냥 살아서 내 따귀를 몇 대 때리는 편이 차라리 속이 덜 상하겠다.

그런 생각이 들자 저도 모르게 가슴이 저려오며 눈에 눈물이 글썽해졌다. 너무 조용하고 존재감이 없는 사람이 가면 너무 사람의 가슴을 아프게 한다. 좀 더 기다리면 배선주의 대본을 제작한 다음 조난선의 차례가 될 수도 있었는데…….

조난선의 관이 자동 벨트에 실려 화장로 안으로 운반되었다. 그러자 앞줄 유가족들이 먼저 오열하기 시작했다.

"난선아, 어디 가? 나이가 몇 살인데 엄마, 아빠 버리고 혼자 가. 돌아와. 엄만 너 없이 못 살아! 아이구, 이 미친년아, 거기가 어디라고, 무서운 줄도 모르고."

그러자 화답이라도 하 듯 뒷줄의 친척들과 지인들 속에서 흐느끼는 소리가 들려왔다. 회사 동료들 속에서는 설계영이 맨 먼저 눈물을 보였다. 어깨를 들먹이더니 점차 소리 내어 흐느꼈다. 그녀의 어깨를 부여안으며 배선주도 두 눈으로 눈물을 주르륵 흘린다. 사람이 사는 게 이렇다. 누군가는 항상 옆에서 떠난다. 며칠 전까지도 한 상에 둘러앉아 술잔을 부딪치며 웃고 떠들던 사람이다. 이제는 죽은 송장이다. 눈 깜빡할 사이에 한 죽음의 재가 될 것이다.

지병환은 눈물을 참으려고 입술을 지그시 깨물었다. 불쾌한 일만 생기면 으레 통증이 발작하는 옆구리가 또 아프기 시작한다. 더부룩한 포만감 때문에 당장이라도 구토가 올라올 것만 같다. 그는 가까스로 참으며 두 눈을 똑바로 뜨고 불길이 활활 타오르는 화장로 안으로 들어가는 조난선을 지켜보았다. 사람이 어떻게 불 속으로 들어가지! 며칠 전에도 그가 위에 누워 파도를 일으키던 몸인데······. 드디어 관이 불 속으로 모습을 감추고 화장로의 철문이 닫혔다. 그러자 여기저기서 여자들의 비명 소리가 터지며 귀청을 찢었다.

"난선아!"

설계영이 동료의 이름을 부르며 앞으로 나가다가 바닥에 무릎을 꿇고 스르르 주저앉았다. 그 모습을 보자 지병환은 참고 있던 눈물이 걷잡을 수 없이 눈시울을 넘어 두 볼을 타고 줄줄 흘러내렸다.

잘 가, 난선아!

눈앞이 뽀얗게 흐려지며 아무것도 보이지 않았다. 누구나 한 번은 죽을 것이다. 그러나 먼저 죽은 사람은 꼭 산 사람의 마음을 죽이고야 떠난다. 죽은 사람은 육체는 죽었지만 영혼은 살아있고 산 사람은 육체는 살아있지만 설계영처럼 영혼이 기절해 죽어버린다.

지병환은 손으로 얼굴을 감싸 쥐고 터져 나오는 울음을 참으며 밖으로 뛰쳐나왔다······.

이튿날 조난선의 유가족이 회사를 방문했다. 회사와 관련된 유품이 있다며 전하려고 왔다고 했다.

유가족이 돌아간 후 지병환과 배선주더러 사장실로 들어오라는 전갈이 왔다.

"무슨 일이에요?"

사장실로 들어가며 배선주가 의아해하자 덜렁덜렁 앞에서 걸어가던 꺽다리 지병환이 어깨를 으쓱하고 두 팔을 벌렸다.

"난들 아는 수가 없잖아. 들어가 보면 알겠지."

사장실에 들어서자 소파에는 이미 딱따구리 방 부장이 먼저 와서 사장과 마주 앉아있다. 테이블 위에는 만화 캐릭터 그림 같은 화지 몇 장이 놓여있었다.

"어, 왔어? 앉아."

회사 내에서는 임금님 같은 사장님 앞이라 지병환과 배선주는 공손하게 소파에 나란히 앉았다.

"우선 이 그림 한번 봐. 조난선이 죽던 날 그린 그림이래."

사장의 말에 두 사람은 각각 그림 한 장씩 집어 들고 들여다보았다. 지병환의 손에 들린 그림에는 여자 초상이 그려져 있고 밑에는 "왜가리 언니, 내 '고독'은 말 대가리가 총살했지만 '여경사'는 대박 날 거야."라는 글이 적혀있다. 배선주 손 안의 화지에는 남자 초상 그림 밑에 "말 대가리, '여경사' 망쳐만 봐. 내 손에 죽을 줄 알아."라는 글이 적혀있다.

"거기 '말 대가리'는 지 피디고 '왜가리'는 배 작가 아니야?"

지병환과 배선주는 서로를 마주볼 뿐 아무 말도 못했다. 누구도 자신들이 조난선의 눈에 '말 대가리', '왜가리'로 보였을 줄은 몰랐기 때문이다. 지병환은 생각했다. 그럼 조난선이 말 대가리랑 섹파했던 거야? 내가 그렇게 미웠으면서 잔 거냐고. 미운 사람과도 그게 돼?

"그건 그렇고. '고독', '여경사'는 또 뭐야? 드라마 시놉시스 아니면 대본 말하는 거 아니야?"

지병환과 배선주는 동시에 방 부장을 바라보았다.

"네, 사장님. 그게 그러니까 며칠 전에 배 작가의 시놉시스로 지 피디가 작성한 기획안이 '여경사'이고 '고독'은 뭔지 저도 잘 모르겠습니다."

"'고독'은 조난선이 생전에 쓴 시놉시스인데 제가 탈락시켰습니다."

지병환은 방 부장의 뒷말을 이어주었다.

"그래? 그런데 왜 난 몰라."

"그게 그러니까 방 부장님께서 기획안의 여성 혐오 경향의 우려 때문에……."

지병환이 방 부장의 눈치를 살피며 말끝을 더듬거리자 딱따구리가 대신 대답했다.

"연쇄살인범을 다룬 기획안인데 범인이 여자라 여성 시청자들의 반발이 우려되어 제가 허가하지 않았습니다."

"그런 일도 있었어? 안 돼. 이거 고인의 유언이야. 그리고 요즘 종편이 드라마 제작에 뛰어들면서 지상파 드라마들이 시청률이 뒤지고 있는 것도 현실이잖아. 방송의 생명은 시청률에 달렸어. 종편의 추격을 따돌리고 경쟁에서 주도권을 차지하려면 지상파 드라마들도 내용이나 주제, 형식면에서 과감하게 개혁을 해야 돼. 우리도 지나치게 민감한 주제에 구애받지 말고 대담하게 자극적인 내용으로 드라마를 제작할 필요가 있다고. 쫄지 말고 한번 대담하게 시도해 봐."

"시청자들이 들고 일어나면 중간에 방영을 중단할 수도……."

"쉬파리가 무서워 장을 못 담가. 내가 책임질 테니 방 부장도 애들 하자는 대로 맡겨줘 봐."

"뭐야, 시청자가 쉬파리라는 거야……."

방 부장은 사장의 지시에 거역하지는 못하고 속으로 가만히 중얼거렸다.

"방 부장, 방금 뭐라고 했어?"

"아니, 아무것도 아닙니다. 사장님 지시대로 '여경사' 제작을 진행하도록 하겠습니다."

"그래, 잘 생각했어. 한번 종편 드라마를 보기 좋게 따돌려 봐."

"사장님, 감사합니다. 저희가 사장님 기대에 어긋나지 않게 열심히 제작하겠습니다."

지병환과 배선주는 소파에서 동시에 일어나 사장을 향해 배꼽 인사를 했다. 그야말로 지옥에 떨어졌다가 구사일생으로 기어 나온 셈이다. 조난선이 자신의 죽음으로 도와준 덕분이다. 그녀의 그림이 심심풀인지 오늘을 예상한 의도적인 것인지는 몰라도 확실한 것은 지병환과 배선주의 불리한 상황을 호전시켜 주었다는 사실이다.

"난선아, 고마워. 네가 목숨으로 언니를 구해줬어."

사무실로 돌아오며 지병환의 뒤에서 배선주가 소리 내어 중얼거렸다.

"사장님께서 허락하셨으니 일단 제작에 착수한다. 하지만 난 여전히 불안하니 모험을 감안해서라도 제작비는 제한할 수밖에 없다는 걸 미리 알아둬."

제작비고 뭐고 일단 제작 허락이 나고 진행이 가능해졌다는 사실에 지병환은 가슴이 설렜다. 어떻게 해서라도 종편 드라마의 광기를 짓누르고 흥행을 따낼 것이다. 지금까지 있어본 적이 없는 여성 연쇄살인범을 다룬 드라마라는 테마 자체가 시청자들의 관심을 흡인할 것이다. 흥분 때문인지 또 옆구리가 아파난다. 지병환은 저녁에는 집에 가서 옆구리에 파스라도 붙여야겠다고 생각했다. 그걸 붙이면 통증이 덜할지도 모른다.

"조 작가, 내일부터 당장 대본 창작에 착수해. 난 빠른 시일 안에 스태프를 구성하고 연기자들을 캐스팅할 테니까 곧 촬영에 들어갈 거야. 스태프 구성도 어려울 것 없어. 지난번 드라마 촬영 팀을 그대로 영입하면 될 거니까. 조연출에는 김진웅, 설계영을 영입할 거고 촬영 감독, 오디오 감독도 모두 지난번 멤버를 그대로 부를 거야. 그러면 배우 캐스팅만 남았어."

"대본 창작은 걱정하지 말아요. 머릿속에 다 있으니까요. 다만 내 생각에 배우 캐스팅에 시간이 좀 걸릴 것 같네요. 연쇄살인범 주연을 맡겠다고 나설 배우가 있을지 모르니까요."

"알아봐야지. 걱정 마. 잘 될 거야."

그러나 세상에 뜻대로 되는 건 아무것도 없다. 배선주는 집에 들어앉아 대본을 쓰기 시작했고 스태프도 어렵지 않게 구성되었는데 배우 캐스팅이 처음부터 순조로운 진행에 발목을 잡았다. 연령대가 비슷한 여배우들을 여러 명 섭외해 보았지만 연쇄살인범 역이라는 말을 듣고는 누구도 여성 이미지를 흐리는 역할을 맡으려고 선뜻 나서는 사람이 없었다. 이것저것 가리지 않는 유명 배우들은 출연료가 적다고 거절했다. 제작비가 제한된 상황에서 출연료를 그들이 요구하는 대로 줄 수는 없는 처지였다. 이렇게 주연 배우 캐스팅에서 애를 먹어 시간을 질질 끌다가는 촬영이 언제 시작될지도 막연하다.

이런 꽉 막힌 상황에서 팀의 리더인 지병환은 특단의 결단을 내릴 수밖에 없었다. 출연료에도 연연하지 않고 이미지 관리에도 관심이 없는 신인을 발견하는 조치다. 그는 주말이면 만나서 테니스를 치던 우한솔을 머릿속에 떠올렸다. 우한솔은 나이도 주인공과 비슷하고 용모도 예쁘고 영리하기까지 하다. 단 한 가지 부족점이라면 연기 경험이 전무한 것뿐이었다. 그 부족함은 지병환이 연기 지도를 통해 이끌어 주면 미봉될 것이다.

지병환은 주말을 기다려 남산 기슭의 그 공원 테니스장에 찾아갔다. 정말 여대생이라면 방학인 지금 더 어김없이 테니스장으로 나올 것이다. 그의 예측은 어긋나지 않았다. 그들은 간단하게 인사를 나누고 테니스를 쳤고 게임이 끝나자 장충단공원 아래의 커피숍에 들어갔다. 그녀는 언제 보나 눈빛이 초롱초롱하다. 온몸에 파랗고 통통 튀는 젊음이 꽉 들어차 있다. 이런 아가씨가 연쇄살인범이라면 그 누가 상상이나 하겠는가. 바로 이거다. 살인은 추하고 못난 악당의 전유물이 아니다. 살인과 용모는 아무 상관도 없다. 그런 부당한 기성 관념을 깨부숴야 한다. 아름답고 예쁜 여성이 살인범이라는 사실 하나만으로도 시청자들은 놀랄 것이다.

"오늘도 날씨가 찜통이네요."

"네. 밖에 다니다가 화상을 입을까 봐 겁나요."

아이스 커피여서 더위를 식히는 데는 유효했다.

"아가씨는 혹시 드라마 연기 같은 거 할 생각은 없어요?"

"호호호. 그거 아무나 하나요. 전 배우도 아닌데."

"드라마 배우로 캐스팅된다면 할 생각은 있나요?"

"당연하죠. 하지만 그건 꿈같은 얘기죠. 누가 절 캐스팅해요."

"내가 캐스팅한다면요?"

"선생님, 농담도 잘하시네요. 선생님이 드라마 피디라면 모르실까……호호호."

"그래요, 정확하게 봤어요. 나 드라마 피디 맞습니다."

"네! 정말요? 깜놀!"

"내가 새로 제작하는 드라마가 있는데 주연 배우로 아가씨를 캐스팅하고 싶어서요."

"주연 배우라고요! 저를요? 배우가 하고 많은데 하필이면 저를……."

"배우가 뭐 별겁니까. 누구라도 연기만 하면 배우죠."

"저야 당연히 OK죠. 무슨 역할인데요?"

"그게 좀……. 연쇄살인범입니다."

"연쇄살인범이라고요! 그게 뭐 어때서요. 시켜만 주신다면 제가 할게요. 해본 적이 없어서 잘할지는 모르겠지만……."

"잘할 겁니다. 아가씨는 원래 영리하잖아요."

"내가 영리한가? 아무튼 거짓말은 아니죠?"

"아닙니다. 여기 제 명함도 있습니다. 결정이 나면 내일 우리 방송국으로 나와요."

"감사합니다……. 지병환 피디님."

"감사는 내가 하죠. 도와줘서."

거짓말처럼 그렇게 쉽게 주인공 연기자를 캐스팅했다. 지병환은 어깨에서 천 근 짐을 부려놓은 듯 개운했다.

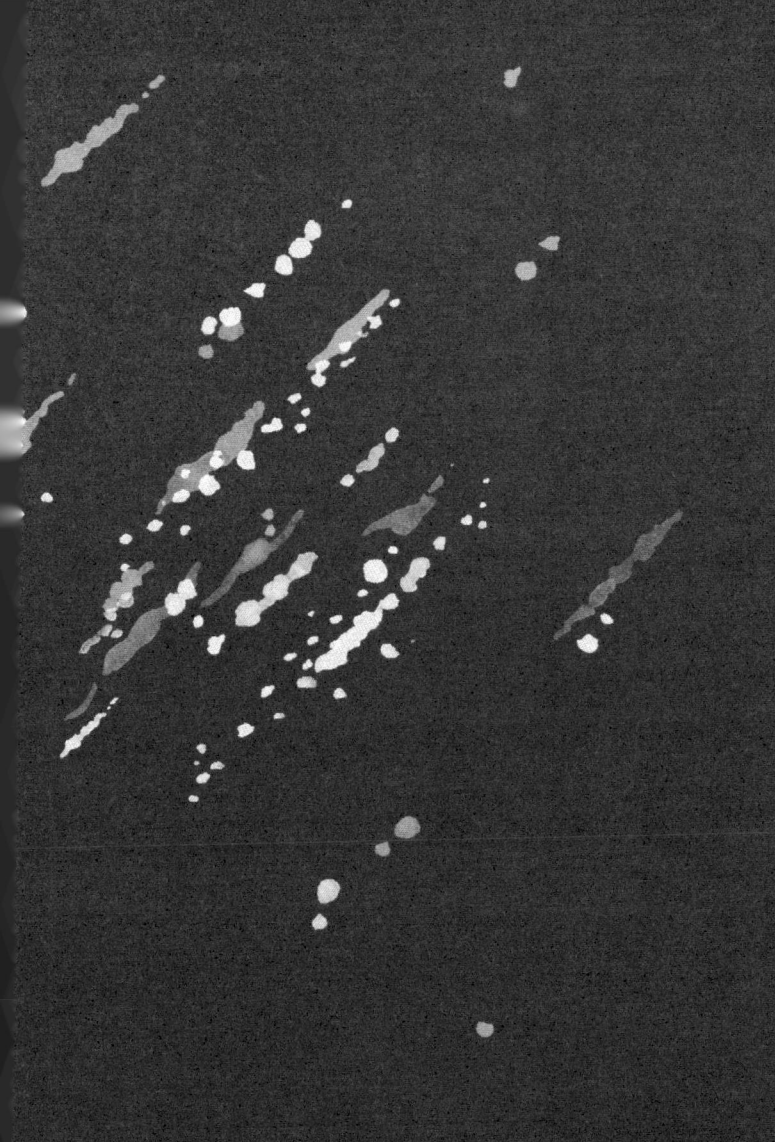

3장
촬영

1

배선주는 말 대가리한테서 살인범 여경사의 여동생 배역은 배선미를 캐스팅하기로 결정했다는 소식을 접하고 분노했다.

"내 동생을 망치려고 작정이라도 했어요? 걔 아직 고2밖에 안 되는 미성년이에요."

"대본에도 고2로 나오잖아."

"그래도 그게 왜 하필 선미예요? 아역 배우 출신들도 많잖아요."

"하겠다고 자원하는 배우가 없는데 어떡해. 또 선미는 내가 억지로 시킨 게 아니고 본인이 간절하게 원하잖아."

"당빠지. 언니 좀 낄끼빠빠하면 안 돼. 내 인생인데 언니가 왜 끼어들어. 발냄새 나게 놀지 마."

배선미도 지 피디와 연대하며 배선주와 정면으로 항의했다.

"너 탤런트 하려는 목적이 뭐야? 돈이 필요하면 언니가 줄 테니 제발 포기해."

"내가 돈미샌 줄 알아? 난 배우가 되는 게 꿈이야. 언니가 작가된 것처럼."

"난 작가가 꿈이 아니었어. 어쩌다가 대학에서 배운 게 그거니까 할 수 없이 하는 거지."

"그건 언니 사정이고. 난 포기 못 해."

결국 치열한 설전에서 백기를 든 쪽은 배선주였다. 요즘 10대들의 머릿속은 알다가도 모르겠다. 술 마시고 담배 태우는 건 약과다. 뭘 할 짓이 없어서 벌거벗고 화면에 나와 전 국민에게 알몸뚱이를 보여주려고 하는지 모르겠다. 벌거벗는 게 꿈이야, 망신이지. 내가 어쩔 수 없이 대박, 흥행, 시청률을 높이기 위해, 인생의 성공을 위해 쓰려고 하지만 정말 동생이 그 역할을 맡는 건 싫었지만 막을 수가 없었다. 그 애도 이제 열여덟 살이다.

"그래 나도 모르겠다. 네 인생 네가 알아서 살아라."

이미 제작에 들어간 드라마를 그렇다고 중단할 권리도 없었다. 이럴 줄 알았더라면 시놉시스부터 작성하지 않았을 것이다. 흥행 바라다가 동생만 말아먹고 마는 건 아닌지 모르겠다.

불안한 일은 선미 하나로 끝나지 않았다. 당장 대본 리딩이 시작되는 날 연달아 들이닥쳤다. 주인공 역을 맡은 무명 배우 우한솔이 배선주의 비위를 거슬렀다. 설계영과 김진웅은 물론 카메라 감독, 오디오 감독에 조연 배우들까지 우한솔이 지병환과 연인 사이 같다고 수군거렸기 때문이다. 문제는 우한솔이 그녀보다 두 살이나 연하인 데다 보기 드문 미모의 소유자라는 사실이었다. 말 대가리가 어느 구석이 남자다운 데가 있다고 남친으로 택한 거지? 그녀가 지 피디의 권고 한마디에 남들이 꺼려하는 연쇄살인범 역할을 흔쾌히 수락한 점을 미루어 짐작해도 두 사람은 보통 관계가 아닌 것 같다. 그렇다면 난 왜 여태 지병환을 말 대가리로만 보고 그의 남자다움을 봐내지 못했던 거지. 내가 살진 집토끼를 남한테 빼앗긴 건가?

배선주는 자신만 좀 적극적으로 대시했으면 얼마든지 지병환의 여자 친구 자리를 점했을 거라고 장담했다. 가끔씩 회사에서나 촬영 때 그녀를 향한 지병환의 시선에서 노골적인 추파를 느꼈었다. 했으나 배선주의 눈에 지병환은 그냥 하나의 보잘것없는 말 대가리 피디에 불과했었다. 그런데 정작 우한솔이 차지하니 자기 것을 빼앗겼다는 질투심이 발작했다.

못된 년! 얼굴이 반반하다고 어디 와서 굴러온 돌이 박힌 돌을 빼려고 덤벼! 어림도 없어!

배선주는 연기 경험이 없는 우한솔의 대사나 동작을 꼼꼼하게 지도하는 지병환을 아니꼬운 시선으로 직시하며 이렇게 생각했다. 우한솔은 기생년처럼 지 피디 앞에서 애교를 부린다. 천 년 묵은 불여우 같다. 대본을 쓰다가 불안해 리딩 현장에 나왔다가는 눈꼴이 사나워 그년의 대사나 역할을 축소하고 싶었지만 그러면 드라마의 질이 훼손될까 우려되어 차마 손을 댈 수 없었다.

안 되겠어. 저년 맘대로 하게 내버려 둘 순 없어. 내가 말 대가리를 유혹할 거야. 자기가 가지기는 싫고 다른 사람 주기도 싫으냐고 남들이 비웃어도 괜찮아. 적어도 손안에 든 떡을 놓칠 수는 없다. 말 대가리를 좋아한다는 건 비단 우한솔 하나 때문이 아니다. 동생 배선미도 자기 이상형이라며 지병환을 거의 숭배한다. 그러니 말 대가리한테 그녀가 미처 보지 못한 남자의 매력이 어딘가에 반드시 숨겨져 있을 것이다.

대본 리딩이 끝나자 본격적으로 촬영에 돌입했다. 당연히 첫 번째 신은 살인범의 동생이 괴한에게 강간을 당하고 살해당하는 장면이었다. 그 역을 연기하는 배선미는 괴한에게 교복이 갈기갈기 찢겨져야 한다. 어차피 나체가 노출될 수밖에 없었다. 지병환은 동생이 걱정되어 대본 창작을 미루고 현장에 나온 배선주의 제안에 따라 촬영감독, 오디오 감독, 설계영 등 필요한 스태프만 남기고 나머지 인원들은 모두 현장에 참석하지 못하도록 회피 지시를 내렸다. 그런데 정작 본인은 아무렇지도 않다. 몇 번이나 반복되는 촬영에 싫은 내색 하나 없이 기꺼이 옷을 벗는다. 배선주는 동생이 옷을 찢기고 알몸이 되는 모습을 차마 지켜볼 수 없어서 뒤돌아섰다.

그런데 그 모습을 보고 넋이 나간 사람이 있었다. 다름 아닌 지병환이다. 그는 난생 처음 10대의 알몸을 목격했다. 군더더기 하나 없이 깔끔하고 매끈하고 말쑥하고 깨끗한 피부를 소유한 몸매는 마치 그리스의 여신 조각상을 방불케 했다. 아직 가슴도 작고 힙도 작았지만 알차고 단단하고 정제되어 더더욱 아름다웠다. 지병환은 벗은 선미의 바디에 정신이 팔려 컷하는 말도 망각한 채 멍하니 선미의 바디를 바라보기만 했다. 옷을 입으면 분명 아이인데 벗으면 성숙한 여자다.

"지 피디, 지금 뭐해요? 빨리 컷하지 않고."

배선주가 소리 질러서야 지병환은 겨우 정신을 차렸다. 그런데 이번에는 경악 때문인지 또 옆구리가 찡찡 통증 신호를 보낸다. 파스를 붙이고 나왔는데도 그랬다. 그는 살짝 입술을 깨물며 참았다. 제발 촬영이 끝날 때까지만 잠자코 있어라.

점심 시간이 되자 스태프는 밥 차에서 음식을 받아 식사했다. 배선미가 식판을 들고 언니와 지 피디가 있는 곳으로 왔다. 뭐가 그렇게 좋은지 그냥 생글생글 웃는다. 지병환을 마주 대하기가 부끄럽지도 않은지. 배선주는 동생 대신 지 피디를 쳐다보기가 민망했다. 여자가 남자 앞에서 옷을 벗는다는 것이 그렇게 대수롭지 않은 일인가.

"이제 원을 껐으니 오후에는 천안으로 내려가."

"왜?"

"네가 나오는 신은 오늘로서 마감이니까."

"왜, 마감인데?"

"대본에 네 신은 없어. 넌 살해당했잖아."

"갈비! 그러지 말고 대본에 내 신을 써 넣으면 되잖아. 뭐 회상 같은 걸로."

솔직히 배선주는 아까 동생이 강간당하고 살해당하는 장면을 보면서 살았을 때 생기발랄하고 사랑스럽던 모습을 살인범인 하미라의 회상 장면으로 대본에 써 넣을까 하는 생각도 들었었다. 왜냐하면 저렇게 끝나면 선미는 이미지만 망가지고 말 것이니까. 그런데 당사자인 선미까지 요구하자 차마 거절할 수도 없었다.

"일단 내려가 기다려. 다시 부르면 그때 올라오든지."

"아싸아! 이제야 내 언니답다. 까리하다."

"미친년. 까리가 뭐야. 말 같은 말을 지껄여라."

"언니 멋져부러!"

배선주는 슬그머니 지병환이 좋아하는 소시지를 그의 식판에 놓아주었다. 그런데 우한솔이 어느새 발견하고 방그레 웃는다. 질투인가, 시샘인가. 아무래도 좋다. 내가 아무리 못나도 집토끼만은 너같이 새파랗게 젊은 구미 여우한테 빼앗기지는 않을 거다. 너랑 나랑 내기하자. 배선주의 오기가 서린 시선에 우한솔은 햇병아리답지 않게 정숙하고 우아하게 목례로 반응했다.

"이거 날 챙겨주는 거야?"

지병환이 배선주의 뜬금없는 행동에 의아한 시선을 던졌다.

"난 소시지 싫어해요. 그냥 버린 거예요."

"내가 쓰레기통도 아니고. 어이없다."

"맞아요. 언니 피디님을 챙기는 거예요."

"야, 쥐방울만 한 년이 뭘 안다고!"

배선주는 눈이라도 찌를 것처럼 젓가락으로 선미의 얼굴을 겨냥하고 비틀었다.

"초글링!"

"초글링이 뭐야? 알아듣게 말하라고 했잖아."

오후 촬영이 재개되었다. 본격적으로 우한솔이 등장했다. 지병환은 쉴 새 없이 연기 지도를 했고 배선미는 그림자처럼 피디의 뒤를 졸졸 따라다니며 뭐라고 끝없이 재잘거린다.

"귀찮게 굴지 말고 어디 좀 가만히 앉아있으면 안 돼?"

"안 돼요. 전 오늘부터 피디님 그림자가 되기로 작심했어요."

"헐, 너도 언니 닮아 고집이 이만저만 아니구나."

"절 대본에 써 넣지 않아도 날마다 촬영장에 나올 거예요."

"배 작가가 언니라며? 아무러면 널 그냥 죽여버리고 말겠니. 기다려."

촬영은 저녁 늦게야 끝났다. 배선미는 조만간 대본에 써 넣는다는 조건부로 간신히 천안으로 내려 보냈다. 우한솔은 일이 있다고 집에 갔다. 배선주와 설계영, 김진웅은 술집으로 향했다. 역시 그 소문난 곱창집이다.

술이 몇 순배 돌고 거나해지자 배선주가 먼저 가위바위보로 술 마시기 게임을 하자고 제안했다. 원래 게임은 제안한 사람이 지는 법이다. 배선주는 누구보다 곱절이나 벌주를 마셨다. 김진웅은 술에 취하지 않는 스타일이고 성성이처럼 거쿨진 지병환도 웬만큼 마셔서는 간에 기별도 가지 않는 체질이다. 사실 배선주는 의도적으로 술을 많이 마셨다. 알코올을 빌리지 않고서는 말 대가리한테 접근할 명분도 용기도 없었기 때문이다.

"내 동생 선미한테 배운 말인데 나 메완얼이에요. 선주 이쁜 짓!"

그녀가 오랜만에 교태를 부리자 지병환은 물론 좌중이 얼떠름해졌다.

"지 피디 나 오팬무?"

"배 작가 왜 갑자기 이래? 무슨 말인지 한마디도 알아듣지 못하겠어, 똑바로 말해."

배선주는 슬그머니 팔을 들어 지병환의 목에 걸쳤다. 목이 아름드리 고목처럼 팔 안에 꽉 들어찬다. 이게 지 피디의 남성성인가? 아무튼 그녀는 또 잔을 비웠다. 그녀의 갑작스러운 행동에 지병환은 의아해하면서도 놀란 표정이다. 그래도 싫지는 않은 양 그녀의 팔을 뿌리치지는 않았다.

"모야, 선주 취하잖아. 바닥이 흔들거려. 선주 어지러워용."

배선주는 몸을 눕혀 지 피디의 무릎 위에 쓰러졌다. 그러자 지 피디가 놀란 나머지 급히 그녀의 허리를 안아 무릎에서 떨어지지 않도록 붙잡았다.

"정말, 왜 안 하던 짓을 하고 이래? 그만 마시고 집에 가자."

말은 그렇게 했지만 배선주가 무릎을 베고 누운 것이 싫지는 않은지 일어날 궁리는 하지 않는다.

"야, 선주. 너 취했어. 일어나, 집에 가 자."

설계영이 그녀에게로 다가와 허리를 잡아 일으켰다.

언니는 눈치도 없어. 날 가만 내버려 둬야지. 그래야 이 말 대가리의 혼을 그 구미 여우한테서 빼앗아 올 거잖아.

"지 피디랑 김 연출이랑 먼저 가요. 내가 선주를 택시로 집까지 데려다 줄게요."

결국 설계영이 술상을 파했다. 아마도 설계영은 입만 열면 말 대가리라고 욕하던 배선주가 지병환의 호감을 사기 위해 쇼를 벌인 줄은 꿈에도 생각하지 못했을 것이다. 그래도 조난선이 있었으면 진작 상황을 눈치채고 배선주를 지병환에게 버려둔 채 집으로 갔을 터인데. 배선주는 갑자기 조난선이 그리워졌다. 설계영은 마음은 비단인데 사람이 너무 단순하고 엉성하다.

"언닌 집에 가요. 나 혼자 가도 돼요."

"안 돼. 너 지금 술에 꽐라됐어. 집에까지만 데려다주고 갈게."

집에 도착하자 설계영이 배선주를 침대에 눕히려고 했다.

"싫어요. 아직 잘 시간이 안 됐어요. 이제 집에 왔으니 언닌 가요."

"오늘 조 작가 너무 강술만 마셨어. 내가 라면이라도 끓여줄 테니 먹고 자."

설계영이 주방으로 나간다.

"언니 그만 좀 오지랖 떨어요. 정말 열두 폭이다. 당신 앞가림이나 하세요. 한 이불을 덮고 잔 남자 이름도 모르면서."

"그건 알아서 뭐해. 뭐 어디 손해 본 것도 없잖아. 그러나 조 작가가 과음하고 그대로 자면 낼 아침 속이 쓰릴 테니 건강이 훼손되잖아. 대본을 창작해야 할 사람이 건강을 챙겨야지."

"아무튼 못 말려. 4차원도 아니고……. 몰라, 언니 알아서 해."

"지랄! 그래 내가 꼴통이다. 싸가지라면 어때. 거지 같이 생겨먹은 걸."

"지랄할 바엔 술까지 처마셔야 제대로 된 지랄이지."

"그쪽도 4차원이시네."

"난 8차원이죠. 똥통이고 지랄 같은 년이고."

"그래도 지랄 중에 술 지랄이 젤 낭만적이야."

두 여자는 또 손에 술잔을 쳐들었다. 그렇게 줄기차게 마시다가 두 번째로 꽐라돼서 그대로 방바닥에 너부러져 아무렇게나 그러안고 거지처럼 잠이 들었다. 배선주는 입가로 침이 질질 흘러내리는 줄도 몰랐고 설계영은 원한에 사무친 듯 이빨을 빠드득빠드득 가는 줄도 몰랐다. 설계영은 한 다리를 배선주의 엉덩이 위에 올려놓았고 배선주는 손으로 설계영의 유방을 움켜잡은 채 입을 쩝쩝 다셨다.

아침이 되자 먼저 잠에서 깨어난 것은 배선주였다. 설계영이 그의 가슴을 베개처럼 베고 누워 숨이 찼던 것이다. 속탈이 났는지 똥이 마려워 설계영의 머리를 들어 바닥에 내려놓았다. 베개를 가져다가 머리 밑에 밀어 넣었다.

"찐 꼴통이야. 똥꼬 거지 같이 어떤 남자랑 뒹군 것도 모르고……."

화장실에 들어가 변기에 주저앉기 바쁘게 묵직한 똥물이 물총처럼 세차게 뿜어 나왔다. 천둥번개가 치고 구린내가 진동해 물부터 두세 번 연거푸 내렸다. 술만 마시면 가끔씩 이런다. 먼저 소화기계통이 민감하게 반응한다. 이런 꼬락서니를 본다면 저 말 대가리도 그녀를 여자로 보지 않고 코를 막고 아프리카까지라도 도망갈 것이다. 그러나 변을 다보고 옷을 입고 메이크업을 하고 출근하면 언제 그랬던가 싶게 금방 교양 있는 드라마 작가, 숙녀로 바뀐다. 배선주는 그렇게 변기에 앉은 채 옆에 놓인 궐련갑에서 담배 한 가치를 뽑아 불을 붙여 입에 꼬나물었다. 그러자 지난밤 술상에서 자신이 꽐라되어 개처럼 벌였던 추태가 영화처럼 기억의 화면에 떠오른다.

미쳤어! 무슨 지랄이야, 망신살이 백 발은 뻗쳤어. 말 대가리한테 애교를 부리다니?!

배선주는 화도 나고 창피하기도 해 담배 연기를 힘껏 입안으로 빨아들였다. 그러다가 입안 가득 찬 연기에 사레가 들려 한참 마른기침을 했다. 좋아하지도 않는 남자한테, 그것도 그 많은 사람들 앞에서 무슨 개꼴 망신이야. 우한솔 때문에, 우한솔이 지병환을 사랑하든 끌어안고 돼지처럼 뒹굴며 물고 빨든 내가 상관이 뭔데. 왜 우한솔을 질투하는데. 그리고 취중에 애교를 부린다고 거절하지 않고 못 이기는 척 받아들이는 말 대가리의 그 뻔뻔스러운 행위는 또 뭐야. 더럽고 치사한 새끼. 우한솔도 빨고 나도 먹겠다는 심보야.

배선주는 생각할수록 화가 치밀어 절반도 못 피운 담배꽁초를 변기 안에 확 집어넣고 그 위에 침을 탁 뱉었다. 과음 때문인지 타액이 누렇다. 꽁초와 가래가 더러운 오염수 위에서 빙빙 돌았다. 말 대가리가 꽁초처럼 가래를 뒤집어쓰고 똥물과 함께 씻겨 시궁창으로 내려갔으면 좋겠다. 물을 내리자 꽁초는 아니, 말 대가리는 소용돌이치는 물살에 회전하고 몸부림치다가 구멍 속으로 쑥 빨려들더니 금방 시야에서 사라졌다.

일어나서 옷을 입던 배선주의 머릿속에는 문득 동생 선미의 알몸을 넋을 잃고 바라보던 지병환의 모습이 떠올랐다.

"개새끼! 말 대가리 같은 씨발 새끼! 주제에 영계가 좋은 건 알아서."

배선주는 입에서 나가는 대로 구렁이든 뱀이든 상관하지 않고 마구 욕설을 퍼부었다. 어차피 듣는 사람도 없었다. 혼자 있을 때면 사람은 그가 받은 교육과는 상관없이 걸레짝처럼 더러워진다. 혹시라도 누가 숨어서 몰래 엿듣기라도 한다면 그 사람은 그녀를 드라마 작가라고 인정하지 않을 것이다. 막돼먹은 거지 같은 미친년이라고 욕할 것이다. 그래서 사람들은 좀 외롭고 적적해도 혼자 사는 것을 좋아한다. 설계영도 조난선도 심지어는 그 말 대가리도 혼자 사는 이유가 바로 자신이 이런 더럽고 구질구질한 사생활을 다른 이들에게 노출시키지 않으려는 데서일 것이다. 좋게 말하면 자유다. 그러고 보니 여자는 그게 설령 친동생이라 할지라도 남자 앞에서는 하나의 라이벌에 불과하다는 사실을 알게 되었다. 남자는 여자의 나이 같은 거 따지지 않는다. 예쁘기만 하면 혹한다. 아니, 나이가 어릴수록 확 한다. 그렇다고, 말 대가리가 선미의 나체에 정신이 나갔다고 동생을 좋아한다는 건 아니다. 그냥 그 시선이 불쾌했다. 선미년도 그렇다. 쥐방울만 한 년이 말 대가리랑 김진웅이랑 촬영감독이랑 많은 남자들이 보는 앞에서 버젓이 옷을 벌거벗다니.

미친년, 환장했어. 그까짓 탤런트가 뭐라고, 연기자가 뭐라고 천금 같은 몸을 아무렇게나 훌렁훌렁 벗고 남들한테 은밀한 속살을 보여!

화장실에서 나와 보니 설계영은 여전히 한밤중이다. 무슨 여자가 지랄 같이 큰대자로 네 활개를 뻗어버린 채 잔다. 바꿔놓고 배선주가 남자라면 저렇게 다리를 활짝 벌리고 잠든 여자를 보고 음란한 생각이 안 들까 싶었다.

역시 4차원 꼴통이야!

배선주는 깨우지 않고 돌아서서 화분에 물을 주었다. 그동안 선미가 알뜰하게 챙겨선지 나뭇잎이 몰라보게 싱싱하다. 이걸 좀 더 크면 밖에 내다 옮겨야지. 나무가 자기 있을 자리에 있어야지 집 안에서 이게 무슨 개고생이야. 난 시시한 인생이라면 넌 가련한 목생이냐!

2

배선미는 아침에는 밖에 나가 스탠다드 보드를 한참 탄 후 집에 들어와 게임을 했다. 그것도 싫증 나자 만화책을 보기 시작했다. 전번 날 촬영이 끝나고 집으로 내려온 지 이틀이 지났지만 서울에서는 아무 소식도 없다. 언니한테 전화를 걸어보았지만 무작정 기다리라고만 한다. 빨리 드라마 1회가 방송에 나가야 사람들이 그녀를 알아볼 텐데……. 하루가 십 년처럼 지루하게 느껴졌다. 강간, 살인 장면인데, 나체로 화면에 나올 텐데 또래들이나 동네 사람들의 반응이 어떨지 너무 궁금했다. 드라마에 출연했다고 질투하고 부러워하고 대단한 애라고 우러러볼지 도저히 예상이 안 된다. 어차피 엎지른 물이다. 발냄새 나는 것들이 뒤땅칠 테면 치라지. 그거 다 자기들은 못하니까 시기하는 거 아니겠어. 공연히 마음이 붕~ 떠서 책도 보기 싫고 공부도 머리에 들어오지 않았다. 자꾸만 훈남, 걸조인 지병환 피디 생각만 났다. 촬영을 지휘하고 연기 지도를 하는 모습이 너무 뽀대나 보였다. 얼짱에 까리한 남성적 미모는 그녀의 가슴을 싱숭생숭하게 만들었다. 이번에 촬영차 서울로 올라가면 피디가 아니라 오빠라고 불러야겠다고 속다짐했다. 소문에 따르면 그 우한솔인지 한 여배우가 오빠와 연인 관계라고 한다. 그러면 대순가. 난 우한솔보다 나이도 어리고 얼굴도 더 예쁘장하다. 내가 꼭 우한솔을 오빠한테서 밀어내고 말 테다.

이런저런 잡념에 빠져 영혼 없이 만화책을 벌컥벌컥 번지는데 갑자기 휴대폰 벨이 울렸다. 언니가? 나더러 촬영하러 오라는.

책을 내동댕이치고 스마트폰을 손에 집어 들었다. 만화책은 허공에서 펄럭거리며 날아가다가 벽에 머리를 들이받고 바닥에 나가 떨어졌다. 그런데 언니가 아닌 모를 전화번호다.

"누구세요?"

"어, 선미야. 나 설계영이야."

"네, 연출님. 안녕하세요."

"다른 게 아니고 뭐 하나 물어보려고 전화했어."

"네, 무물보, 아니 아무거나 물어보세요."

"지금 다음 주 방영분 드라마 1회를 편집하는데 네가 누드로 나오는 신 모자이크 때문에 전화했어, 언니는 전신 모자이크를 주장하고 지 피디는 국부 모자이크를 주장하니 어떻게 했으면 좋을지 몰라 연기자 본인한테 의견을 청취하려고. 얼굴만 제외하고 몸 전체는……."

"당빠죠. 국부 모자이크요. 그것도 민감한 부위만 살짝 가려주시면 돼요."

"괜찮겠어?"

"어차피 모자이크해도 알몸 윤곽은 노출될 거잖아요. 그리고 그건 연기잖아요. 영화에서는 가슴도 드러내는데. 그쯤이야 존나 대순가요."

"그럼 알았어. 그건 그렇고. 노출 시간은 어떻게 할까? 잠깐 아니면 길게?"

"되도록 길게 해주세요. 잠깐이든 길든 노출되는 건 같잖아요."

"알았어. 네 의견대로 편집할게."

"잠시만요, 언니. 전 언제쯤 또 출연할 수 있나요?"

"그거야 난 모르지. 지 피디나 언니한테 직접 문의해 봐."

그렇게 통화는 중단되었다. 전화를 끄자 얼굴만 노출시키고 몸 전체를 모자이크하라고 할걸 그랬나 하는 후회가 들었다.

아니야. 얼굴이 노출되면 다 드러난 거나 뭐가 달라. 연기자가 옷 벗는 거 두려워하면 나중에 어떻게 배우 생활을 하겠어. 게다가 내 꿈은 영화배우다. 선미, 너 잘했어. 한번 해보는 거야. 가즈아~.

기다리고 기다리던 드라마가 드디어 월요일 저녁 시간대에 전파를 타고 안방에 전달되었다. 모험이 없이는 성공도 없다. 1회는 살인범의 여동생 즉 배선미가 괴한에게 겁탈당한 후 증거 인멸의 목적에서 무참하게 살해되는 내용이다. 아빠, 엄마도 막내딸이 드라마에 출연한다니 큰 기대를 품고 초저녁부터 TV 앞에 모여 앉아 방송이 시작되기를 고대했다. 시작 전 광고 방송이 백 년은 걸리는 느낌이다.

"쓸데없는 광고가 뭐가 이렇게 길어!"

엄마는 기다리기가 짜증나는지 화를 벌컥 냈다. 드디어 제목과 출연진 자막이 나오고 그것이 끝나자 얼마 지나지 않아 겁탈 장면이 나왔다. 큰 기대에 부풀어 TV를 쳐다보던 아빠와 엄마는 딸이 괴한에게 옷을 발기 발기 찢기고 강간당하는 장면을 보더니 기겁을 하며 손으로 두 눈을 가린다. 모자이크가 아주 민감한 부위에만 떨어진 데다 너무 희미해 그냥 알몸 그대로 노출된 것과 다를 바 없었다.

"어머, 저게 뭐야! 이년아, 너 홀딱 벗은 거야? 사람들 앞에서?"

"이년아. 미친년이 아니고서야 어떻게 저런 창피한 장면을 찍냐. 온 동네 사람들이 다 지켜보는데. 이제 어떻게 부끄러워 얼굴을 쳐들고 다니냐?"

엄빠가 엇갈아 딸에게 욕설을 퍼붓더니 아예 리모컨을 들어 TV 전원을 꺼버린다.

"이년아, 저따위를 찍고도 드라마에 출연했다고 씨불여댄 거냐?"

"저런 짓거리 하려고 배우요, 탤런트요 하며 나발 불었어? 엄마, 아빠더러 이 동네에서 살지 말라는 거야."

아빠가 벌떡 일어나더니 딸을 때리려고 주먹을 쳐들었다. 선미는 재빠르게 일어나 집 안에서 밖으로 도망쳐 나왔다.

"연기잖아. 그냥 길바닥에서 훌렁 벗고 다닌 것도 아니잖아. 예술이 뭔지도 모르고 무식해!"

양말 바람으로 문밖의 안전한 곳으로 피한 선미는 그제야 돌아서서 집 안에 대고 울분을 토했다.

이튿날 동네 슈퍼에 갔더니 어르신들이 마치 선미가 구더기라도 되는 듯이 슬금슬금 피해 가며 뭐라고 저들끼리 수군거렸다. 길가에서 우연히 한 반 애를 마주쳤는데 선미를 보고는 오던 길을 돌아서서 멀리 반달음으로 달아났다. 몇몇 불량한 애들은 아예 노골적으로 선미를 비아냥거렸다.

"너 배우 됐더라. 에로 배우! 호호호."

"옷 벗고 돈 얼마 받았어? 사람들이 기생년이라고 자자고 안 하디?"

"뭐뭐뭐? 야 이 기집애들아, 그거 연기거든. 에로, 기생 아니야."

"너 발냄새 난다. 정말 정뚝떨이야. 돈미새 같은 년!"

그리고는 길바닥에 가래를 탁 뱉고 알나리깔나리 하며 가버린다.

"야, 이 미친년들아! 나 돈미새 아니거든. 돈 때문에 벗은 거 아니라고."

배선미는 분해서 발을 구르다가 길바닥에 털썩 주저앉았다. 부끄러워서가 아니라 억울하고 분해서 눈물이 나왔다. 연기와 현실을 분간할 줄 모르는 시골뜨기들이 미웠다. 엄빠나 동네 어른들 그리고 방금 전 또라이 년들 말이 맞으면 영화에서 옷을 벗고 섹스 장면을 촬영한 그 많은 배우들은 다 기생년들일 것이다. 그들은 모자이크 같은 것도 없다. 하지만 소문이 퍼져 천안의 학교에까지 전해지면 개학 후 선생님이랑 동학들을 보기가 두려워질 것이다.

배선미는 일단 슈퍼에 가서 아빠 심부름을 왔다고 뺑끼 치고 술과 담배를 샀다. 혼자 뒷산으로 올라가 늘 가던 소나무 밑에 자리를 잡고 앉았다. 스트레스가 쌓였을 때는 술과 담배만 한 해소품이 없다. 그녀는 이렇게 자주 뒷산에 올라 혼술을 마시는데 이제 습관이 되었다. 육포와 연양

갱을 안주로 소주를 까며 담배를 피웠다. 술은 달콤하고 담배는 구수하다. 엄빠는 물론이고 언니 배선주가 왔어도 가죽을 벗겨 죽이려고 달려들 것이다.

안 되겠어. 저 장면 하나로 끝나면 난 이미지만 망가져. 빨리 서울로 올라가서 언니 보고 정상적인 생활 장면 대본을 추가해달라고 부탁해야 한다. 언니가 거절하면 지 피디, 아니 오빠한테 사정해서라도 망가진 이미지를 만회하는 신을 얻어내야 한다. 배선미는 이제야 언니가 왜 반대했는지 그 이유를 알 것 같았다. 국부 모자이크를 해달라고 했을 때 조연출 설계영이 괜찮겠어 했던 의구심의 뜻도 이해할 것 같았다. 생각이 짧았던 것 같다. 연예인이 되려는 꿈도 중요하지만 사람들 속에서 정상적으로 살아가는 일도 그에 못지않게 중요하다는 사실을 깨달았다. 그러나 후회한들 이제 와서 무엇 하랴. 이미 돌아올 수 없는 강을 건넜다. 끝까지 갈 수밖에 없다. 사람들의 썩소 같은 데에 굴복할 거면 애초 시작도 하지 않았을 것이다.

배선미는 이튿날 아침 일찍 천안으로 나와 서울행 전철을 탔다. 전화로 하면 또 기다리라는 말밖에 없을 터이니 직접 방문할 예산이다. 이번에는 대답을 받아내고 직접 쓰는 걸 확인하기 전에는 아예 언니네 집에 눌러앉을 타산이었다. 지독한 집념이 없으면 성공도 없다. 이번 서울행은 단순한 이미지 개선 문제만은 아니었다. 연기자로 가는 길을 확실하게 닦고 오빠에게 자신의 호의를 어떤 식으로든 전해야 한다. 오빠가 스물여덟이라니 나보다 열 살 연상이다. 그게 뭐 어때서. 좋아하는 데 연령 차이가 무슨 의미가 있는가. 초글링이라는 비난을 듣더라도 존나 내 갈 길을 갈 것이다.

배선주는 집에서 한창 대본 집필 중이다. 선미가 방 안에 들어온 줄도 모른 채 글쓰기에 몰두해 있다. 저런 집념이 좋은 대본을 만들어 낼 것이다. 술만 마시는 줄 알았는데, 술 마시면 주사 부리고 동생을 이년, 저년 하는 줄로만 알았는데 오늘 글 쓰는 모습을 보니 못내 존경심이 든다. 작가는 작가다 싶었다. 배선미는 방해될까 봐 발끝으로 살랑살랑 걸어서 소파에 가 앉았다. 사람은 일할 때가 가장 멋있다. 인정머리라고는 없는 냉혈동물, 갈비라고만 생각했는데 오늘은 전혀 다른 숙녀 모습이다. 진지하고 지적이다. 저 손에서 안방 시청자들의 가슴을 흔들고 눈물샘을 자극하는 이야기가 창조되는 것이다. 언니 같은 작가들이 있어서 대한민국이 드라마 공화국이 될 수 있었다.

"선미야, 너 언제 왔어?"

뭘 하려고 의자에서 일어나다가 뒤늦게야 동생을 발견하고 배선주가 놀란 표정을 지었다.

"아까, 대작가님께서 집필에 열중하시기에 쥐도 새도 모르게 몰래 들어왔지."

"또 무슨 일로? 일이 있으면 전화할 것이지. 소식이 있을 때까지 기다리라고 했잖아."

"마냥 기다릴 수만은 없어서."

"왜, 기다리지 못할 무슨 특수한 사정이라도 생겼어?"

"드라마가 방송되자 애들은 물론 엄마, 아빠, 동네 어른들까지 날 무시해."

"이 바보야. 그래 이런 일이 생길 걸 몰랐냐? 그러니까 내가 말릴 때 들었어야지."

"누가 이럴 줄 알았어? 내가 미래를 예측하는 신선이야? 언니, 이렇게 빌게. 안습. 도와줘. 제발 제발!"

그렇게 야무지고 사막스럽던 배선미가 언니 앞에 꼬리를 내리고 납작 엎드린다.

"지랄하고 자빠졌네. 애새끼는 네가 낳고 똥오줌은 내가 받아내라는 거야? 알았어. 급하다니까 다음 회에 넣어줄게."

"아싸, 아싸라비아! 언니 겁나 멋져부러!"

배선미는 언니의 목을 부여안고 토끼처럼 퐁퐁 뛰었다.

"징그러. 저리 비켜. 나 글 써야 돼."

"넵, 알았어요. 위대하신 작가님. 분부대로 소녀는 이만 물러가겠사와요."

"지랄 네굽!"

배선미는 밖으로 나와 조연출 설계영에게 문자를 보내 촬영 장소를 확인한 후 곧바로 택시를 타고 그쪽으로 향했다. 도착하니 한창 살인 현장 촬영 중이다. 여경사 하미라 역을 맡은 우한솔이 연쇄살인범에게 죽은 두 번째 피해자의 시신을 확인하는 장면이다. 그런데 우한솔의 표정이 피 못에 쓰러진 피해자의 시체 앞에서 두려움과 경악을 나타내 촬영이 몇 차례나 중단되었다.

"그런 표정이 아니라니까요. 무덤덤함, 아니면 무관심에 가까운 표정을 지어야 합니다. 이렇게요."

지병환이 우한솔한테로 다가가 연거푸 연기 지도를 한다.

"애빼시야. 저 연기 저렇게 어려워? 이런 표정을 지으면 되잖아."

옆에서 구경하던 배선미가 희로애락이 완전히 배제된 무덤덤한 표정을 지었다. 그건 거의 멍 때리는 수준이다. 선미의 목소리에 뒤로 고개를 돌리던 지병환이 그녀의 표정을 보더니 반가운 기색을 지었다.

"그래, 맞아. 저런 표정. 바로 저거야. 다시 간다."

지병환이 감독의 위치로 돌아와 의자에 앉았다. 그때 선미가 그의 뒤를 따라와 가만히 그러나 재빨리 한마디 속삭였다.

"오빠!"

스탠바이를 외치려던 지병환은 그녀의 뜬금없는 호칭에 의아한 표정으로 선미를 돌아보았다. 선미는 당돌하게 정면으로 병환을 마주보았다. 뭐뭐, 왜, 와이? 그런 표정이다.

지병환은 아무 말도 안하고 씩 웃고는 고개를 돌려 '스탠바이 큐'를 외친다. 배선미는 일단 피디님에서 '오빠'로 전환하려던 플랜이 먹혀들었다는 사실에 안도했다. 우한솔이 독점한 지병환을 '오빠'라는 각별한 호칭으로 얼마만큼은 자기 쪽으로 끌어왔다는 생각에서였다. 그녀는 조용한 곳으로 나와 방금 있었던 일을 언니에게 전화로 알렸다. 자신이 우한솔보다 연기를 더 잘 하니 걱정하지 말고 제발 대본에 될수록 많은 분량과 대사를 써 넣어달라는 의미에서였다. 그런데 언니의 반응은 전혀 다른 데 있는 것 같았다.

"바보, 그년이 연기를 할 줄 몰라 그러는 게 아니야. 조금이라도 말 대가리의 관심을 자기한테 끌려는 쇼를 하고 있는 거라고. 생긴 거 봐. 구미여우 같이 생겼잖아."

언니의 뜻밖의 민감하고 과격한 반응에 선미는 어안이 벙벙해졌다. 혹시 언니도 오빠를 좋아하나?

스태프는 촬영에 눈코 뜰 새 없어 일단 선미는 언니네 집으로 귀가했다. 촬영 팀에 합류하려면 언니가 대본을 빨리 쓰도록 압력을 가해야 한다. 대답은 했지만 자신을 속여 넘기려는 쇼인지도 모른다는 생각에 불안했다.

그런데 언니는 집에 없다. 전화를 해도 꺼져있다. 저녁때니까 십중팔구는 술 마시러 나갔을 것이다. 그녀는 언니의 마음을 끌어오기 위해 저녁밥이라도 지어놓으려고 주방으로 나갔다. 언니는 언제나 술을 마실 때면 밥을 걸렸다. 그리고는 입으로는 오바이트하고 밑으로는 쏟다.

언니는 11시가 넘어서야 돌아왔다. 어디 가서 술이 꽐라돼서 들어왔다. 몸도 제대로 가누지 못하고 비틀거린다. 입으로는 연신 혀 꼬부라든 소리로 누군가를 욕했다.

"미친년, 낯짝이 좀 반반하고 나이 어리다고 말 대가리를 넘봐."

"누굴 욕해? 그 돈미새를 말하는 거야?"

"네년은 몰라. 입 닥쳐."

그리고는 소파에 고꾸라진다. 쓰러지자마자 입으로 왈왈 오바이트하기 시작했다.

"헐, 더러워. 술만 마시면 토하고 지랄이야. 이러고도 언니가 작가야?"

"이년아, 술 마시고 토한 건 꿀물이야."

"똥물은 아니고."

배선미는 온갖 욕설을 퍼부으면서도 토한 걸 닦고 옷을 벗겨 세탁기에 넣고 돌렸다. 수건으로 언니의 얼굴을 씻겨주고 옷을 갈아입힌 다음 침대에 눕혔다.

"사람들이 작가가 이런 꼬락서닌 걸 알기나 해? 나가다닐 때는 항상 교양 있고 지적이고 숙녀잖아."

아침에 배선미는 배선주가 소리치는 소리에 잠을 깼다.

"야, 이년아. 너 내 팬티까지 다 벗긴 거야?"

"오줌 싸질러 다 젖었는데 벗기지 않으면 어떡해. 더러워서."

선미는 일어나서 언니더러 해장하라고 햄버거를 배달시켜 주었다.

배선주는 동생과의 약속을 지켰다. 2회에서 선미는 극 중 언니인 '여경사' 우한솔의 회상으로 다시 부활했다. 엄마, 아빠가 이혼하고 자매가 살고 있던 지난날, 동생인 선미는 언니가 취해 꽐라되어 귀가하면 오바이트한 걸 다 거둬주고 옷을 빨아 널고 침대에 눕혀 재운다. 오줌을 싸지른 팬티까지 갈아입히고 해장하라고 햄버거까지 주문해 준다. 배선주가 동생 선미의 일을 그대로 쓴 것이다. 그래도 알몸으로 망가진 이미지를 회복하기에는 안성맞춤이었다. 지 피디는 몇 번 만에 촬영을 오케이 했다. 그 몇 번은 우한솔의 연기가 어설퍼서 다시 반복한 것이었다. 선미는 연기에서는 우한솔을 가볍게 따돌렸다는 거, 그래서 우한솔을 젖히고 오빠의 마음에 들었다는 거, 수치스러운 이미지의 때를 벗었다는 거 그 모든 것이 마음에 들었다.

2회가 방송되자 아니나 다를까 또래들은 물론 엄빠 그리고 동네 어른들의 시선도 확 달라졌다. 배선미를 드라마에 출연한 정식 배우로 인정하는 눈길들이었다. 그녀를 멀리하고 왕따시키던 몇몇 패거리도 태도가 완화되었다. 그 모든 것을 떠나서 가장 의미 있는 것은 그 월화드라마가 시청자들의 시선을 끌어 모으며 시청률이 동시간대 타사 드라마를 압도하며 일거에 1위로 상승했다는 놀라운 사실이었다. 배선미한테는 심지어 후배들은 물론 남학생들한테서도 팬이 생겨났다.

"다 언니 덕분이야. 울 언니 짱! 조낸, 양끗, 솔대!"

"그게 다 무슨 개소리야?"

"최고라고!"

"언제는 발냄새 나고…… 그리고 또 뭐야, 갈비…… 정뚝떨이라며."

"그거 다 뻥끼, 짜가야."

"미친년. 맡은 연기나 잘해."

"넵, 작가님."

"잘해서 실추한 명예를 회복하고 또…… 그 우한솔인지 한 년을 밟아 버려."

"당연하지. 언니가 대본만 잘 써주면. 나도 걔가 발냄새 나."

"오늘 언니랑 술 한잔할래?"

"고딩은 술 마시면 안 된다며?"

"마시는 걸 누가 모를까 봐. 어른들과 마시는 건 괜찮아."

자매는 술상을 차리기 시작했다. 미성년자가 있어 거창하게 식당에 나가 마실 수도 없었다. 어쩌면 살다 보니 술을 마시게 되는 것이 아니라 술을 마시다 보니 살아지는 것 같기도 하다.

3

 설계영은 요새 눈코 뜰 새 없이 바빠졌다. 뜻밖에도 드라마가 흥행하면서 회가 거듭할수록 더 잘 만들어야 한다는 강박 관념 때문에 장소 섭외에도 더 신경을 써야만 했기 때문이다. 특히 하미라 역의 우한솔과 극 중 남자친구의 연애 장면은 장소 선택이 아주 중요했다. 요새는 극 중 연인의 데이트 장소는 곧바로 현실 속 연인들의 데이트 장소가 되기 때문이었다. 천한생이 극 중에 나오는 데이트 장소에 찬양을 보낸 것은 결코 그녀의 마음을 사기 위한 영혼 없는 술수만은 아니었다. 게다가 하미라의 동생 역인 선미와 남자친구의 연애 스토리까지 추가되며 그녀가 할 일이 배로 급증했다. 물론 끝부분으로 가면서 연쇄살인범의 진면모가 밝혀지면 연인 스토리도 약화될 것이지만 워낙 살인범이 정의를 자처한 '의범義犯'이라 영향력이 완전히 취소되지는 않을 것으로 예측된다.
 일이 아무리 다망해도 설계영은 이미 맞선을 본 상대인 천한생과의 뜨뜻미지근한 관계를 포기하지는 않았다. 틈틈이 그와 만나 커피도 마시고 술도 마셨다. 꼭 결혼을 위해서라기보다 인생을 살다보면 어쩔 수 없이 부딪혀야 하는 느슨한 인간관계이기 때문이었다. 이 외에도 또 뭔가 다른 이유가 있어야 되는가. 그녀는 천한생을 비오는 날 대화역에서 만나 잠자리를 함께 한 이름 모를 남자와 비교해 본 적이 한 번도 없었다. 그 남자가 소개팅남보다 더 준수하고 지적이고 도시적인 이미지가 풍기는 건 사실이었다. 단지 그것 때문에 그 남자와 잤던 것은 아니었다. 상황이 그랬고 분위기가 잘 수밖에 없었다. 비가 억수로 쏟아졌고 술을 억수로 마셨고 그리고 너무 무료했고 그것 말고는 할 일이 없었다. 그런데 천한생과는 전혀 그런 분위기가 아니었다. 비도 오지 않았고 취하지도 않았다. 그래서 무료하지도 않았다. 남자와 여자의 만남 그것은 세상의 섭리이고 날에 날마다 벌어지는 흔해 빠진 일상이다. 그들과 어울려 술을 마시고 자는 건 그냥 그때의 분위기가 결정할 일이다.

"이번 드라마 정말 대박입니다. 이야기 구성도 매력적이고 특이합니다만 특히 편집과 몽타주도 종래의 드라마와는 달리 신선합니다. 전 드라마 때문에 계영 씨를 더 좋아하게 되었습니다."

천한생은 또 설계영의 비위를 발라맞추기 시작한다. 계영은 질척거리는 남자가 싫다. 신발에 달라붙는 진흙 같다. 이 남자와 친밀해지지 않는 원인이 그것 때문인지도 모른다.

"그거 김진웅 연출이 편집한 거예요. 전 구경만 했어요."

"네, 그러시군요. 김진웅 씨도 전문 분야 기술이 이만저만이 아니군요."

한 번 실수에 전략을 접을 천한생이 아니다. 그는 머리 회전이 광속처럼 빠르고 센스 만점인 기자다.

"드라마에서 선택한 연인 데이트 장소도 세간의 화제입니다."

편집과 몽타주, 오디오 음악은 몰라도 촬영 장소 섭외는 조연출인 설계영이 했을 것이라 판단하고 즉시 화제를 비틀었다. 설계영은 커피를 마시며 창밖으로 비틀거리며 지나가는 술주정뱅이를 말없이 내다보았다. 나도 취하면 저럴 것이다. 몸뚱이가 빗자루가 되어 도로를 쓸고 다닐 것이다. 그나마 아직은 젊어서 중년배의 저 남자보다는 보기가 낫겠지.

"주인공 '여경사'가 남친과 만나는 그 야외 데이트 장소 말입니다. 호수에 연꽃이 자란 풍경이 죽이는 곳은 도대체 어딥니까? 오래지 않아 그곳은 드라마 덕분에 소문난 관광 명소가 될 것입니다."

"드라마가 종영될 때까지는 비밀입니다."

설계영은 거짓말을 했다. 쇼에는 쇼로 대답해야 한다. 사람의 감정을 축구공처럼 가지고 노는 천한생이 기발한 듯하면서도 어리석어 보인다. 그렇게 쉽게 여자의 마음을 호려낼 수 있다고 생각하니 말이다. 그리고 난 애초부터 몸은 있어도 마음 같은 건 없어. 그러니 호릴 궁리 하지 마. 난 그냥 달랑 본능 하나뿐이라고. 그 본능은 나도 몰라. 형체가 없어.

그런데 며칠 후 만난 천한생은 의기양양해서 데이트 장소의 '비밀'을 밝혀냈다.

"하미라가 남친과 데이트한 장소는 '경남 고성 시냇가 저수지 연꽃테마공원'이죠?"

"알았으면 됐어요."

"이제 드라마의 연쇄살인범이 범죄를 저지른 촬영지도 모두 알아낼 겁니다."

"기자시라면서, 그렇게 할 일이 없으세요?"

"할 일이 아무리 많아도 계영 씨가 발로 뛰며 찾아낸 장소들을 저도 밟아보고 싶습니다. 아참, 우리 언제 시간이 되면 고성에 드라이브 갑시다. 제 차로."

"그건 '언제'이고 지금은 앞에 있는 술이나 마셔요."

설계영은 천한생이 남자다운 숫기가 부족하다는 생각이 들었다. 벌써 여러 번 데이트했지만 그녀의 손 한 번 잡아보지 못했으니 말이다. 남자가 여자의 손을 잡았다고 죄를 짓거나 하늘이 무너지는 것도 아니잖은가. 차라리 그게 설계영이한테는 질척거리고 매달리는 것보다 부담스럽지 않고 편했다. 술을 마실 수 있고 이야기를 나눌 수 있는 것으로 충분했다. 남자가 남자답지 못해선지 하고 싶은 생각은 둘째 치고 스킨십을 할 생각도 없다. 그러면서도 데이트 신청은 거절하지 않는 일이 스스로도 이해가 되지 않는다.

"언니, 싫으면 구실 대고 만나지 말아요."

배선주가 미적거리는 설계영 대신 안타까워한다. 시끄럽고 불편은 해도 만나는 게 만나지 않는 것보다는 나은 것 같았다. 여자가 데이트하는 남자도 없다면 그게 무슨 여잔가. 만날 남자가 없으면 애완견이라도 한 마리 길러 함께 산책이라도 해야 한다. 그런데 설계영은 개를 기르기가 귀찮았다. 아기를 돌보거나 늙은 부모를 모시듯 챙겨야 한다. 제 몸 하나 건사하기도 짜증난다. 목욕을 시켜주고 도로에서는 똥오줌을 받아내고 먹이를 챙겨주고 산책시키고……. 그거 다 한가한 사람들이나 하는 짓이다. 아니 설계영은 설령 시간이 남아돌아도 그런 성가신 뒤치다꺼리는 하지 않을 것이다. 그 시간이면 술을 마시겠다. 사람은 사람의 인생이 있고 개는 그들의 삶이 따로 있다.

하루는 설계영이 천한생과 함께 술을 마시려고 식당으로 들어갔다. 그런데 우연하게도 먼저 온 지병환, 배선주, 김진웅이 술을 마시고 있었다. 어쩔 수 없이 합석했다. 통성을 한 다음 요리와 술을 추가했다.

"우한솔은?"

설계영이 지병환에게 물었다. 주연 배우가 빠졌으니 의아해 할 만도 했다.

"남친이 제대했대. 거기 갔어요."

대답은 배선주가 했다. 오늘따라 그녀의 얼굴에 화색이 돈다. 무슨 기쁜 일이라도 있나?

"그럼, 우한솔이 남자친구가 있었다는 거야?"

"그러니까요. 나도 깜짝 놀랐잖아요."

두 여자는 약속이나 한 듯이 지병환을 쳐다보았다.

"뭐뭐, 왜들 이래? 이건 무슨 시추에이션이야?"

지병환의 말에 두 여자는 다시 고개를 돌려 서로를 마주보았다. 공연히 의심한 셈이다. 그럼 지 피디만 외톨이가 됐잖아. 둘 다 그런 표정이다. 우한솔은 남친이 있으면서 지 피디와 그렇게 남달리 지끈했던 거였어? 스태프가 다 헷갈리게. 그런데 왜 말 대가리는 여친도 아닌 우한솔을 캐스팅했지. 정말 그 역을 맡으려는 배우가 없어서 맡긴 건가. 말 대가리가 그렇게 경직된 사람이었어.

말 대가리는 요리가 올라오는 사이에 옆에 앉은 친구 천한생에게 귓속말로 속삭인다. 설계영이 배선주의 말에 귀를 기울이는 사이에 말했지만 그녀는 저도 모르게 선주의 말보다 그들의 화제에 신경이 쓰였다.

"어때, 니 스타일이지?"

"지금까지는 무난…… 좀 더 지나봐야겠지만."

"맘에 들면 꽉 잡아. 바보처럼 놓치지 말고."

"나 혼자 하는 일도 아닌데 그게 뜻대로 돼? 지나봐야 알지."

배선주는 배우들과 특히 어린 배선미가 뭐라고 신이 나서 종알거리는 틈에 계영의 귓가에 대고 나직하게 말했다.

"노우면 스톱해요. 그냥 끌려다니지 말고."

"내가 싫은가?"

"그럼, 좋아해요?"

"아이 돈 노우."

"난 언니가 손해 보는 것 같아서 그래요."

"조 작가나 날 이쁘다고 하지 누가……."

그때 맞은편에 자리한 김진웅이 좌중이 다 들리도록 큰 소리로 말했다.

"설 연출이랑 천 기자님이랑 너무 잘 어울리신다."

그 말에 모두들 고개를 끄덕이는데 술이 올라왔다. 아까부터 말 대가리 옆에 붙어 앉아 뭐라고 종알대는 동생을 아니꼬운 눈초리로 흘겨보던 배선주가 일어서며 선미의 잔에 술을 따르려는 말 대가리를 제지했다.

"걔 아직 학생이니 술 따르지 말아요."

"언니가 어른들한테서 술 마시면 괜찮다고 했잖아."

"그건 사적인 자리에서 한 말이야. 공적인 장소에서는 안 돼. 넌 밥이나 먹고 빨리 집에 가."

"아, 킹받네. 오빠가 오라고 해서 왔거든. 왜 자꾸만 가라는 거야. 좀 낄끼빠빠하면 안 돼?"

"야, 무슨 오빠야. 지 피디님이라고 불러. 쥐방울만 한 년이."

"됐어, 그만해. 술 안 주면 되잖아. 선미 넌 술은 다음에 마시고 오늘은 밥이나 먹어."

지병환이 따른 술잔을 선미 앞에서 가져갔다.

"정말 정뚝떨이야!"

배선미는 화가 난 듯 머리를 휙 돌렸다. 그 바람에 댕기처럼 긴 머리채가 휘날리며 지병환의 어깨를 덮었다. 그런데도 그는 모르는 건지 엉큼한 건지 치울 염을 하지 않고 술잔을 들더니 좌중을 향해 쳐들었다.

"우리 드라마 대박 위해 마시자."

배선주는 술을 마시면서도 선미더러 머리채를 걷어 내리라고 눈짓으로 독촉했지만 선미는 모르는 척 외면했다. 그러자 배선주는 참지 못하고 선미야! 하고 버럭 소리를 질렀다. 일동은 놀라서 배선주를 쳐다보았다.

"깜짝이야! 왜 또 지…… 광기 부리는데?"

배선미가 밥을 먹다말고 의자에서 발딱 일어섰다. 그 통에 머리채가 지병환의 어깨에서 흘러내렸다.

"됐어. 앉아서 군소리 말고 밥이나 처먹어."

설계영이 마시던 술잔을 테이블에 내려놓으며 화를 내는 배선주를 이상한 눈길로 쳐다보았다. 그녀가 보기에는 선주가 동생한테 화낼 일이 딱히 없어보였기 때문이다. 지 피디 때문에 우한솔을 질투하더니 이제 동생까지 시기하는 거야 뭐야. 겨우 열여덟 살밖에 안 되는 동생을 라이벌로 생각하는 건가. 그럴 거면 차라리 지 피디랑 연애나 하든지. 그만 한 미모면 지 피디의 혼을 빼낼 만도 하구만.

설계영은 이런 생각을 하며 젓가락을 들고 안주를 집었다. 평소 그녀가 좋아하는 차돌박이다. 그런데 고기를 집어 입안에 넣으려는 순간 설계영은 갑자기 속에서 뭔가 울컥 올라오며 토할 것만 같았다. 술을 너무 많이 원샷했나? 잠시 젓가락질을 멈췄다가 다시 안주를 입안에 넣으려고 하자 이번에는 아예 정식으로 구토가 발작하며 당장 토할 것만 같아 우웩거리며 급히 의자에서 일어섰다. 부랴부랴 화장실로 달려갔다.

"언니, 왜 그래요? 왜 토해? 뭘 잘못 먹었나?"

배선주는 젓가락을 놓고 설계영의 뒤를 따라 화장실로 갔다. 천한생은 입안의 고기를 씹다 말고 멍하니 두 여자의 뒷모습을 바라본다.

설계영은 화장실에 들어가 세면기에 얼굴을 들이밀고 토했지만 아무것도 나오지 않았다. 마른 구역질이었을 뿐이다. 그냥 속이 더부룩하고 메스껍다. 뒤따라 들어온 배선주가 손바닥으로 그녀의 등을 두드려준다.

"언니, 갑자기 왜 이래요? 뭘 먹었기에?"

"뭐긴 뭐야, 남이 먹는 차돌박이 먹었지."

"그거 언니가 평소 좋아하던 안주잖아요."

"나도 몰라. 갑자기 역겹고 메스껍고 구역이 올라왔어."

"언니, 그럼 혹시 임신이 아니에요, 입덧?"

"임신?!"

설계영은 고개를 돌려 배선주를 쳐다보았다.

"얘가 미쳤어? 내가 왜 임신해. 임신할 뭐가 없잖아. 동정녀 마리아라면 모를까."

"왜 없어요. 대화역에서 잤다는 그 대학원생이라는 남자 잊었어요?"

"단 하룻밤인데 임신했다고?"

"그 짓 하룻밤을 알아요. 언니 그 남자 처음이 아니라며? 그러니까……."

"아니야. 요 며칠 술에 불려있어서 그런 거야."

"술 핑계 대지 말고 내일 나랑 같이 병원에 가서 테스트 해봐요. 정말 임신이면 어떡해요. 미리 방법을 대야잖아요."

"무슨 방법?"

"낙태한다든지……. 아빠도 없는 애를 어떻게 출산해요."

두 사람이 화장실에서 나오니 문 앞에 천한생이 서있다.

"왜 여기 계세요?"

설계영이 묻자 천한생은 대답을 얼버무렸다.

"아, 네. 저도 화장실에 왔다가……."

허둥지둥대는 표정이 다 들었음을 나타낸다. 들으면 뭐래. 어차피 결혼할 사람도 아니잖아. 오히려 다른 남자의 애를 임신했다면 깨끗하게 물러설 것이니 더 홀가분할 것이다.

술자리에 돌아왔지만 설계영은 음식은 역류해 더는 먹지 못하고 강술만 마셨다. 사람들이 의아한 시선으로 그녀를 흘깃거렸으나 설계영의 표정은 시종 담담했다. 섹스, 임신…… 뭐 그런 소리 처음 들어보나? 살다 보면 누구나 맞닥뜨리는 현실이다.

"괜찮아?"

지병환이 촬영에 영향을 줄까 봐 우려되는지 팀의 리더로서 은근한 관심을 보였다.

"네. 며칠 내내 술만 마셔서 좀 메스꺼울 따름이에요."

"집에 가서 빈속에 자지 말고 라면이라도 끓여 먹어?"

"네."

안주를 집지 않고 술만 마시려니까 버텨낼 수가 없었다. 더 빨리 취한다. 설계영은 어쩔 수 없이 먼저 자리에서 일어났다.

"모두들 천천히 마셔요. 피디님, 전 아무래도 먼저 일어나야 할 것 같아요."

"그래, 힘들면 먼저 가. 꼭 뭐라도 챙겨 먹고."

"계영 씨, 제가 차로 모셔다드리겠습니다."

천한생이 덩달아 일어섰다. 설계영은 그의 어깨를 손으로 눌러 도로 주저앉혔다.

"버스 타고 가면 돼요. 조금만 걸으면 정류소가 있거든요."

설계영은 비틀거리며 식당에서 나왔다. 밖은 여전히 더웠지만 저녁 바람이 시원하게 분다. 가로수 잎들이 설레며 가로등 불빛을 이리저리 헤집으며 희롱한다. 늦은 밤인데도 보도에는 행인들이 많다. 버스 정류소는 100여 미터 상거한 곳에 있었다. 전광판을 보니 아직 10분이나 기다려야 한다. 설계영은 일단 구석의 빈자리를 찾아 가림막 벽에 기대앉았다. 그냥 속이 메슥거린다. 오바이트할 것만 같아 조심스럽게 심호흡을 했다. 배선주는 입덧이라고 한다. 정말이면 어떡하지? 선주마따나 아빠도 모르는 애다. 에라 씨, 임신이면 어떻고 아니면 어때, 거기서 거기지. 임신이면 낳고 아니면 말면 되잖아. 타인의 시선? 웃기고 있네. 실컷 비웃고 욕하라지. 내 애 내가 낳는데 무슨 죄야. 대수롭지 않다. 원래 임신하고 애 낳는 게 여자잖아. 남자를 꼭 알아야 돼? 그리고 애는 엄마가 낳아서 기르면 되지 굳이 아빠가 왜 필요해. 난 아빠라는 양반이 세 살 때 교통사고로 세상을 버렸지만 잘만 살고 있잖아. 아빠가 있어 얻은 거라고는 달랑 설 씨 성 하나뿐이다. 엄마도 다른 남자한테 재가하더니 거기서 낳은 애들만 자식이라고 생각하는지 나한테는 관심도 없다. 그게 뭐 어때서. 그것 때문에 남들에 비해 직업이 없나 먹고 살지를 못하나 마실 술이 없나, 인간이 살며 있어야 할 게 다 있다. 엄마가 나를 위해 한 부모 역할이라고는 낳아주고 젖을 먹이고 공부시킨 것이 전부이다. 나도 자식으로서 나중에 그만큼만 보답하면 된다.

이런저런 생각의 숲을 거닐다가 그녀는 깜빡 잠이 들었다. 버스가 몇 번이나 지나갔지만 그녀는 아무것도 모른 채 가림막에 기대어 입을 벌리고 태평스레 잠을 잤다. 사람 사는 세상은 이래서 좋다. 길바닥에서 자도 해코지하는 사람이 없다. 살인 그런 건 다 드라마에서나 나오는 허구된 이야기들일 뿐이다. 그녀가 이렇게 정류소에서 버스를 기다리다가 술에 취해 잠든 것이 오늘 하루가 아니다. 여기서 자는 게 그렇게 달콤하다. 밖에서 자본 사람만 아는 쾌감이다.

그렇게 자다가 설계영은 지나가는 트럭의 요란한 경적 소리에 깨어났다. 시계를 보니 새벽 두 시를 넘어간다. 11시께에 왔으니 3시간이나 잔 것이다. 당연히 버스도 없을 것이다. 택시를 잡으려고 일어서다가 그녀는 도로 주저앉았다. 또 메스껍고 구역질이 났다.

"괜찮으세요?"

누군가 묻는 소리에 고개를 들고 보니 뜻밖에도 남친 아닌 남친 천한생이다.

"아니, 한생 씨가 어떻게 이 시간에 여기에……."

"걱정돼서 와봤는데 밖에서 잠드셨기에……. 하도 혼곤하게 잠드셔서 깨우자니 그렇고."

"그럼, 저 때문에 지금까지 여기서 기다리신 거예요?!"

"날씨도 선선해서 좋은데요 뭘. 그런데 이 약부터 드세요."

"이게 무슨 약인데요?"

"약국에서 샀습니다. 입덧에 좋다고……."

"네? 이걸 왜 사오세요. 선주가 아무렇게나 지껄인 말을 들으셨나요? 제가 왜 입덧을 해요……. 설령 입덧이라고 해도 다른 남자 애일 텐데 기자님은 제가 밉지도 않으세요?"

"당연히 애는 밉겠죠. 그러나 전 계영 씨는 밉지 않습니다."

"선주 말처럼 제가 정말 임신했다면 그래도 아무 상관도 없나요?"

"네. 저도 다른 여자랑 잔 적이 있으니까요. 우리 나이에 그게 무슨 큰일입니까."

약을 포장지에서 꺼낸 후 물까지 건네준다. 다른 여자와 잔 적이 있다고? 그걸 왜 나한테 말해, 프라이버시 아닌가. 이런 생각을 하며 설계영은 약을 받아먹었다. 알약이 목구멍으로 넘어가는 순간 그녀는 내가 왜 이 약을 먹는 거야 하는 우스운 생각이 들었다. 임신을 승인한 거야 뭐야. 또 다른 생각은 이 남자가 지금까지 나랑 한 말이 그럼 쇼가 아니고 진심이었나 하는 것이었다. 진심이라면, 그래도 변하는 건 아무 것도 없다. 난 비혼주의자잖아. 이렇게 지내다가 마음이 들면 그냥 같이 자면 된다. 잔다고 결혼하는 거 아니다. 결혼 같은 거 왜 해. 아이를 낳아서 기르기 위해서라고. 나 하나도 기르기가 힘들다. 그리고 설령 그걸 위해서라고 해도 그냥 이렇게 자고 임신하고 출산하고 양육하면 되잖아. 꼭 결혼해야 그런 게 가능해. 사람들이 자유를 왜 좋아해? 자유, 그 뜻인즉 내 맘대로 하는 거잖아. 무슨 거창하게 실존적 자아에 대한 존중 어쩌고 할 거 있어.

"제가 차로 댁까지 바래다드릴게요. 대리 기사 부를까요?"

이 남자 또 내 몸이 탐나는구나. 어디가? 허벅지, 가슴, 아니면 여기……. 나한텐 평소에는 그냥 다 귀찮은 것들인데. 그러거나 말거나 설계영은 아직도 현훈증과 구토 증세가 있어 어차피 혼자서는 집으로 갈 수 없을 것 같다. 이대로 밖에서 밤을 샐 수도 없다. 지 피디의 권유대로 집에 가 라면이라도 끓여 먹어야 살 거 아닌가. 저 남자랑 자고 안 자고는 죽고 사는 문제에 비하면 너무 사소하고 하찮다. 그러나 그녀는 아직 천한생과 자고 싶은 생각이 없다. 오로지 집으로 가 라면을 먹고 싶을 뿐이다.

천한생의 차를 타고 집으로 왔다. 라면은 집에 항상 있다.

"가만히 앉아계세요. 메스껍다면서요. 제가 라면을 끓여올게요."

조금 후 천한생이 라면 그릇을 들고 왔다. 중키에 수수한 용모지만 몸매는 쇠처럼 탄탄하다. 오늘 보니 침대에서 그 일은 충분하게 치러낼 것 같다. 아무튼 먼저 라면부터 먹은 다음 하회를 보자. 먹는 게 사는 거다. 먹어야 일도 하고 놀기도 하고 술도 마시고 섹스도 할 수 있다. 신기하게도 라면은 거부감이 덜해 술술 목구멍으로 넘어간다.

천한생이 묵묵히 앞에 앉아 기다리다가 그녀가 다 먹자 빈 그릇을 들고 주방으로 들어가더니 설거지까지 한다. 이제부터 그 일을 시작할 것이다. 그러나 거실로 나온 천한생은 예측과는 달리 소파 위에 벗어놓았던 상의를 집어 걸친다.

"계영 씨, 그럼 주무세요. 전 내일 아침 취재 때문에 이만 가봐야겠습니다."

천한생은 신사처럼 인사를 하고 방에서 나갔다. 시계를 보니 새벽 4시

10분이다.

남자로서 말 못할 어디에 문제라도 있나?

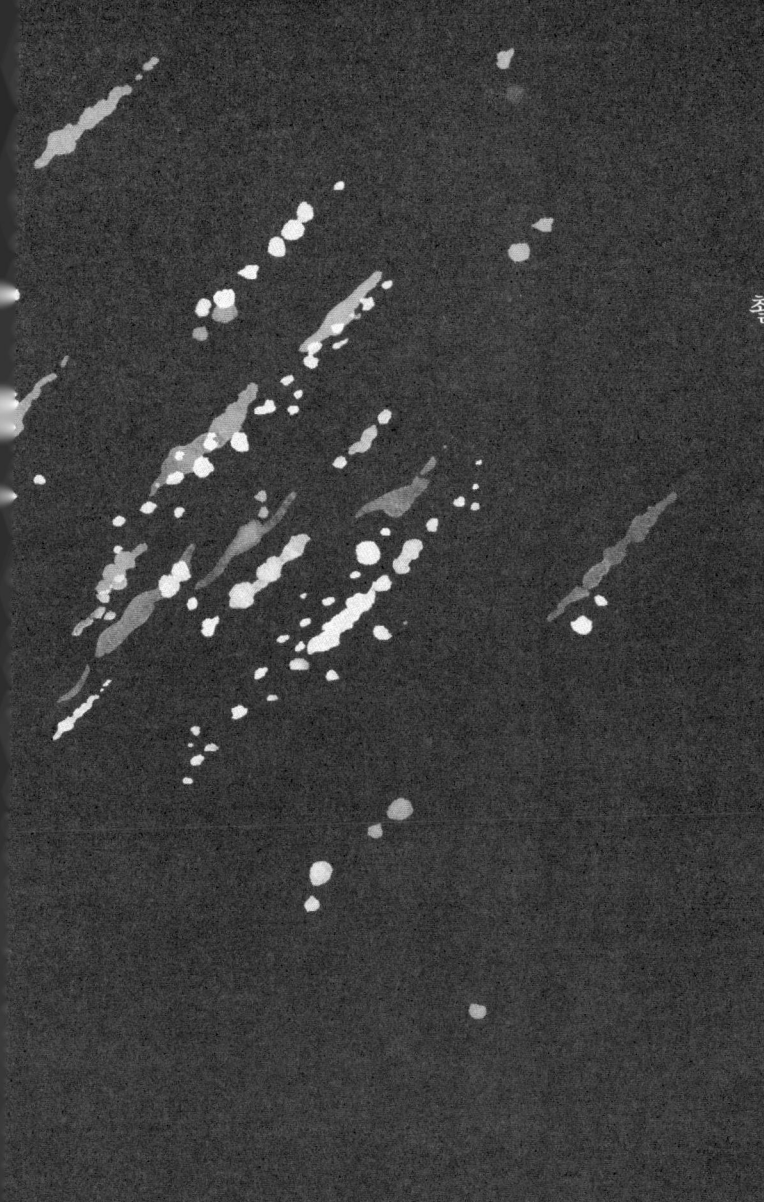

4장
촬영 중단

1

곽 사장은 키가 훌쩍 클 뿐만 아니라 60대 중반임에도 아직 풍채가 도도하다. 양복을 차려입고 넥타이를 매고 구두를 받쳐 신으면 멋진 신사 스타일이다. 언론인 출신인 그는 구변도 청산유수다.

사장실로 불려 들어간 지병환은 함께 호출받은 딱따구리 방 부장, 배선주와 함께 오랜만에 곽 사장의 칭찬을 들으며 마음이 흐뭇해졌다.

"지 피디, 배 작가, 그대들이 드디어 해냈어! 방 부장도 애썼네. 우리 방송사 월화드라마가 동시간대 쟁쟁한 타사 드라마들을 보기 좋게 따돌리고 영광스럽게 시청률 1위를 탈환했어. 뭐니 뭐니 해도 후발주자인 종편 드라마의 오만한 기염을 꺾어버린 것이 눈에 든 가시를 뽑아낸 듯이 속이 다 후련해. 비호의적인 여론에 쫄지 말고 좀 더 과감하게 제작하라구. 자네들하고만 하는 말이네만 더 자극적이고 불합리해도 괜찮아. 그런데 기획에는 모두 몇 회야?"

"지금으로서는 20회쯤 예상하고 있습니다. 맞지, 배 작가?"

지병환이 옆에 앉은 배선주에게 물었다.

"네, 사장님."

"지금처럼 시청률이 고공 행진을 하면 횟수를 더 늘려도 괜찮아. 부담을 활활 털어내고 써봐."

"그게…… 사장님, 아직은 좀 더 상황을 주시해 봐야 되지 않을까요. 시청자 게시판에 부정적인 댓글들도 많은 수가 오르기 시작했거든요."

"방 부장은 그 소심성이 탈이야. 그 몇몇 네티즌들의 댓글이 두려워 드라마를 제작하지 않을 건가요? 민주주의국가에서 부정적인 견해가 존재하는 건 상식이잖아요. 지 피디, 배 작가, 자네들은 걱정하지 말고 젊은 패기로 끝까지 내밀어."

"네, 사장님. 신임해 주셔서 감사합니다. 최선을 다하겠습니다."

지병환은 90도 경례를 하고 사장실에서 나왔다.

"아직 방심은 금물이야. 기뻐하기에는 이르다고. 제작은 계속해야겠지만 안방극장 시청자들의 여론 향배를 잘 살피며 조심조심 전진해야 돼. 시청률이 곤두박질하는 건 순식간이야."

딱따구리가 앞장서서 하이힐을 딸깍거리며 향기로운 요리에 고춧가루를 뿌린다. 그 여자는 원래 생겨 먹기를 그렇게 돼먹은 여자다. 창작보다 반응에 민감하다. 그러나 솔직히 지 피디도 두 달이 거의 되도록, 거의 13회가 방송되었지만 여론이 기대했던 것보다 너무 미적지근한 것에 영문 없이 불안감이 없지 않았다. 곽 사장의 격려와는 달리 뭔가 큰 것의 엄습을 준비하느라고 침묵하는지도 모른다. 침묵이야말로 가장 격렬한 반응이 아니겠는가. 그렇다고 하더라도 이미 건너기 시작한 도강을 멈출 수는 없었다. 말이 없으면 천만다행이고 말이 있어도 어쩔 수 없다. 그때 가서 상황을 판단하여 임기응변할 것이다. 박수갈채 뒤에 예리한 비수가 숨겨져 있는지도 모른다. 언제부턴가 피디나 작가보다 시청자가 주도권을 쥐고 있다. 자기들은 만들지도 못하면서 태클만 건다. 도대체 요즘은 쓸 줄 모르는 사람이 있을까 싶을 만큼 누구나 글을 올리고 퍼 나른다. 할 일들이 그렇게도 없는가. 만일 지금 내 생각이 글로 발표된다면 진작 걸레처럼 짓밟혔을 것이다. 시청자들이 무슨 사이비 종교 집단 신도들도 아니고 건드리기가 무섭다. 창작의 자유가 감상의 자유의 노예라도 된 것 같다. 그야말로 성역이 따로 없다. 좋으면 보고 싫으면 보지 않으면 그만이련만 한사코 시비를 건다. 요새는 하도 무시무시해서 뭘 마음 놓고 할 수가 없다. 너도 나도 다 전문가다.

오늘은 일곱 번째 연쇄살인 사건을 촬영하는 날이다. 이제는 연쇄살인범이 다름 아닌 사건 담당 수사관인 '여경사' 즉 우한솔이 혐의범일 가능성이 시청자들도 눈치챌 수 있는 장면이다. 지금까지 '여경사' 우한솔은 낮에는 형사 업무를 수행하고, 밤에는 남자 가면을 쓰고 살인을 저질러 왔다. 고등학생인 여동생이 강간, 살해당한 사건에서 충격을 받고 전문 성추행범 남자 혐의범들만 골라서 죽인다. 미모로 유인하고 술에 약을 타 먹인 다음 죽인다. 죽일 때는 반드시 남자 가면을 쓰고 죽인다. 살해 후에는 남성 성기를 잘라 시신 위에 전시했다. 솔직히 눈치 빠른 시청자들은 전번 주 방송부터 혐의범이 '여경사' 하미라일 가능성이 높음을 알았을 것이다. 하미라의 동료 형사가 전번 회부터 그녀를 의심하기 시작했기 때문이다.

오늘은 '여경사' 우한솔이 처음으로 살인한 다음 가면을 벗고 진면모를 드러내는 신을 촬영한다. 그런데 우한솔의 표정 연기가 마음에 들지 않아 지병환은 몇 번이고 다시 촬영했다.

"노우, 노우. 우한솔 씨, 그런 표정이 아닙니다. 너무 선량하고 온화해 보이잖아요. 선량하면서도 어딘가 조금은 지독하고 잔인함이 섞여야 합니다. 살인범이니까요. 형사 때 모습과는 달라야죠. 이중인격자라는 걸 잊지 말아요."

재차 촬영에 들어갔지만 지병환은 또 스톱을 외쳤다.

"다시, 다시. 지금은 너무 흉악한 표정이잖아요. 하미라의 살인 목적은 이른바 정의 구현입니다. 그러니까 범죄행위를 할 때에도 마치 '의적' 같은 당당함이 있어야 하지 않겠습니까. 다시!"

자신의 촬영이 없을 때는 지병환에게 커피를 타다 주고 그가 움직일 때마다 의자를 옮겨주고 더우면 부채질을 해주며 그림자 노릇을 하던 배선미가 또 자진하여 나섰다.

"언니, 그 표정이 그렇게 안 되세요? 이런 표정 아닌가? 오빠, 이 표정은 어때요?"

선미는 우한솔의 옆으로 가서는 지병환을 향해 살인범의 표정을 짓는다. 예쁘고 담담하면서도 섬뜩한 살의와 의로운 일을 하는 사람의 당당한 표정이다. 배선미는 그 복잡하고 오묘한 주인공의 감정을 간단한 표정 연기로 나타냈다.

"그래, 바로 그거야. 우한솔 씨, 방금 선미 표정 봤죠?"

"오빠, 나 잘했죠? 짱이지?"

"그래 우리 선미 짱이다. 우한솔 씨 다시 갑니다……."

"피디님, 방 부장님 전홥니다."

그때 설계영이 의자 위에 놓여있던 지병환의 휴대폰을 들고 왔다. 선미가 옆에서 받아 넘겨준다. 연기자가 아니라 무슨 수행 비서 같다.

"네, 부장님, 지병환입니다."

"지 피디, 지금 당장 촬영 중단해."

"네, 촬영을 스톱하라고요? 그게 무슨 말씀이십니까!"

지병환은 물론 옆에서 듣고 있던 설계영과 배선미도 소스라쳤다.

"마이 갓! 뭐래!"

배선미가 너무 놀란 나머지 소리 내어 탄식하자 지병환은 손가락을 입술에 가져대며 쉿 한다.

"지금 난리 났어. 여성 단체에서 항의 성명을 내고 유명 인터넷 카페에서 방송 중단 요구 댓글이 쏟아져 나오고 방송국의 전화가 불이 날 지경이야."

"그건 어느 정도 예견했던 반응 아닙니까. 여성 단체는 구체적으로 어딘데요?"

"'여성권력당'이야. 그뿐이 아니야. 청와대 청원 게시판에도 방송 중지

게시글이 올랐는데 이틀도 안 됐는데 벌써 2만 명이 넘었어."

"소규모 정당에서 성명을 내고 몇몇 카페와 청원 게시판에 글이 올랐다고 촬영을 중단하면 표현의 자유는 허울뿐입니까. 그저 그냥 일부 사람들의 견해일 뿐이잖습니까. 지금 와서 중단하면 들어간 제작비나 배우들의 노고는……."

"지 피디, 지금 제정신이야! 그것도 말이라고 해. 시청자는 왕이야."

"아무리 왕이라고 해도 시청자가 소수의 그들뿐인 건 아니……."

"그 입 닥쳐! 미친 소리 그만하라고. 내가 이럴 줄 알았어. 여권당, 카페에서만 떠드는 게 아니야. 시민단체에서는 법원에 방영 금지 가처분 신청을 냈고 방통위에서도 방영 잠정 중단 결정을 내렸으니 당장 촬영 중단하고 방송국으로 들어와. 사장님한테 들어가 봐야 돼."

전화가 일방적으로 툭 끊어졌다. 어쩔 수 없었다. 상황이 상황이니만치 거역할 수도 없었다.

"사정이 있어서 잠시 촬영을 중단합니다. 방통위에서 방영, 촬영 잠정 중단 결정을 내렸다네요. 제가 일단 사장님한테 가서 상황을 알아볼 동안 여러분들은 여기서 잠시 휴식하며 기다려 주세요."

"야, 정말 열나 짜증나! 오빠, 우리 그냥 상관하지 말고 촬영 계속하면 안 돼요?"

배선미가 촬영을 접고 의자에서 일어나 상의를 입는 병환을 보고 말했다.

"안 돼."

지병환은 차를 주차한 곳으로 걸어갔다. 그러나 몇 걸음 옮기지 못하고 옆구리 통증이 발작하며 멈춰 섰다. 아침에 파스를 붙이고 나왔는데도 스트레스가 커서인지 아무 진통 효과가 없다. 그런데 오늘따라 통증이 너무 극심하다. 칼끝으로 살점을 도려내는 것 같은 아픔에 병환은 양미간을 찌푸리며 땅바닥에 무릎을 꿇고 털썩 주저앉았다.

"오빠, 왜 그래요?"

맨 먼저 배선미가 달려와 그를 부축해 일으켜 세우려고 했다.

"피디님, 괜찮으세요?"

이어 우한솔과 설계영, 김진웅 등 사람들이 우르르 몰려와 그를 둘러쌌다.

"항상 이래. 좀 지나면 괜찮을 거야."

지병환은 일어나서 걸으려고 했지만 다시 주저앉는다.

"안 돼요. 빨리 병원에 가보세요. 마침 저기 119도 있잖아요."

살인 현장 촬영 때문에 119가 와있었다.

"그러세요. 사장님보다 병원부터 먼저 가보셔야겠어요."

우한솔과 설계영이 배선미를 도와 양 옆에서 지병환을 부축해 119로 다가갔다.

"선미야, 내 가방 안에 진통제 있을 거야. 그거 가져다 줘."

"알았어요."

배선미가 우한솔에게 팔을 넘겨주고 달려가 병환의 가방에서 약을 꺼내 다시 돌아왔다. 병환은 선미가 뚜껑을 열어주는 물병의 물로 약을 먹고 119에 올라탔다. 걸을 수가 없으니 일단 병원에는 가보는 게 순서일 것 같았다.

"계영아, 배 작가한테 전화해. 회사 나오라고. 난 병원 들렀다가 갈 테니까."

"네."

"환자분 외 한 사람만 동승이 가능합니다."

119 구급 대원들은 촬영이 끝나고 자기들 업무 영역에 들어오자 피디에게서 권위를 인수받아 행사했다.

"제가 갈게요."

배선미는 손을 쳐드는 우한솔 먼저 앞에 나서며 119에 승차했다.

"됐습니다. 출발합니다."

문이 닫혔다.

지병환은 119 안에 누워서도 생각할수록 눈앞이 캄캄해졌다. 건강 때문이 아니라 촬영 때문이었다. 이제 절반이 좀 넘게 방송이 나갔다. 아직도 7~8회나 남아있다. 이 드라마로 대박 치는 게 꿈이었다. 그래야 방송사에서 명성을 굳힐 수가 있다. 지금까지 그가 제작한 드라마는 강물에 돌 던진 듯이 시청자들의 반응이 미미하고 소리 없이 사장되었다고 해도 과언이 아니다. 만에 하나 이번 드라마가 흥행하면 신심을 가지고 영화감독을 도전해 볼 생각이었다. 그런데 이제 겨우 시청률을 끌어올리고 성공을 눈앞에 둘 만하니까 중단하라고 한다. 하늘이 무너지는 것 같았다. 내가 발굴해 낸 두 신예 배우 우한솔과 배선미를 데리고 영화계에 화려하게 진입하려고 야심 찬 계획을 세우고 있었는데 이러면 모두 물거품이 되고 만다. 절대로 안 된다. 사장님께 사정하고 그래도 안 된다면 무릎을 꿇고 엎드려 손이야 발이야 빌어서라도 끝까지 가야 한다.

병원에 도착하자 으레 그러하듯 온갖 신체 검사를 다했다. 현대 의학이 발명한 거의 모든 의료 기기의 테스트를 거쳐야만 했다. 검사가 끝나 응급실로 돌아오자 지병환은 더 이상 침상에 누워있을 수가 없었다. 드라마가 이대로 죽느냐 사느냐 하는 절체절명의 순간이다. 진통제 효과 때문인지 옆구리 통증도 훨씬 호전된 느낌이다.

"선미야, 검사는 끝났지만 한참 기다려야 결과가 나올 거야. 오빤 드라마 때문에 바빠서 사장님한테 가봐야 하니까 네가 여기서 기다렸다가 친동생이라 하고 결과를 받아와. 너도 드라마 촬영이 중단되는 걸 바라지 않잖아."

"알았어요, 오빠. 여기 일은 걱정하지 말고 어서 사장님한테 가봐요. 당연히 촬영이 중단되면 안 되죠."

"수고!"

지병환은 간호사들의 시선을 피해 병원에서 빠져나오자 문 앞에서 택시를 집어 타고 곧장 방송국으로 달렸다. 가로수와 건물들이 쏜살같이 창밖으로 스쳐지나갔다. 모든 것은 저렇게 지나갈 것이다. 드라마도 마찬가지다. 그런데 지나가다 말고 방송국 앞에서 멈춰 섰다.

곽 사장 사무실에는 아직도 방 부장과 배선주가 있었다.

"어, 지 피디 왔어. 병원에서 뭐래?"

곽 사장이 물었다.

"별문제 없을 겁니다. 여기 일이 급해서 결과가 나오기 전에 먼저 왔습니다. 사장님, 저희는 이 드라마를 계속 제작하고 싶습니다."

"알았어. 일단 앉아. 좀 전에도 말했는데 내 생각에는 이게 다 우리 드라마에 뒤처진 모 방송사에서 의도적으로 시민들을 동원해 여론을 조작한 결과일 거라고 생각해. 지 피디 생각은 어때?"

"저도 같은 생각입니다. 여태 잠잠하다가 시청률이 올라가니까 갑자기 시민단체와 인터넷에서 약속이나 한 듯이 일제히 포문을 열고 항의하는 모양새도 예사롭지 않습니다."

"정확해. 바로 그거야. 이건 일반 시청자들의 견해가 아니야. 여권당 대표는 원래 H 방송사 사장과 지연이 있잖아. 지 피디도 알지?"

"네."

"그 관계에 대해서는 방 부장도 알고 있을 테니 더 말하지 않겠어."

"인간관계는 관계고 여론은 여론이지 않습니까. 그 둘은 서로 다르죠."

"여론도 관계망에 얽혀들면 편향될 수밖에 없어. 난 드라마를 계속 방영할 것을 주장해. 그러나 방통위의 결정을 거스를 수도 없고……. 아마도 모 방송사에서 방통위에 압력을 넣은 것 같아. 상황이 상황이니만치 일단 촬영, 방영을 중단할 수밖에 없겠지. 그러나 이대로 팔짱을 끼고 죽을 수는 없어. 우리도 변호사를 선임하여 법원에 우리 입장을 충분하게 설명하고 기각을 유도해 내야 된다고 생각하는데 모두들 어때? 방영 잠정 중단 법원 기각결정이 나와야 방통위 결정도 철회될 테니까. 방 부장의 생각은 어때요?"

"그건……."

딱따구리는 나무가 단단하여 쫄 수 없다고 판단했는지 뒷말을 얼버무린다. 그래도 사장님 앞에서는 부하로서 마냥 고집을 부릴 수도 없었을 것이다. 곽 사장의 주장은 지병환이 미처 고려하지 못했던 법적 대응이라는 영역으로까지 나가고 있었다.

"저는 사장님의 플랜에 두 손 들어 찬성합니다. 배 작가 생각은 어때?"

"저도요. 법원에서 현명한 결정을 내릴 거라 믿습니다."

"지 피디까지 동의하니 오케이! 그럼 잠시 쉬는 겸 법 놀음에나 신경 쓰도록 해. 지 피디 건강도 나쁘다니 그동안 치료도 좀 하고."

지 피디는 허리를 굽혀 인사하고 나왔다.

지병환은 일단 불만이 가득한 방 부장과 갈라져 배선주와 함께 촬영장으로 돌아왔다. 스태프는 늦은 저녁인데도 그 자리에서 소식을 기다리고 있었다. 지병환은 간단하게 상황을 설명한 후 촬영 잠정 종료를 선포하고 팀을 해산시켰다.

며칠 후 지병환과 배선주, 설계영, 김진욱 몇 사람은 식당에 모였다. 밥도 밥이려니와 술이 없이는 이 요동치는 불안함을 견딜 수가 없었다. 알코올이라도 빌려서 해소시켜야 살 것 같았다.

"사장님이 방통위의 방영 중지 결정에 기각 신청을 낸다니 일단 한숨 돌렸어. 모두들 잠시 휴식하는 셈 치자. 그러나 배 작가는 대본 창작을 중단하지 말고 계속 진행해. 난 어떤 일이 있어도 이 드라마를 끝까지 제작해낼 테니까."

"그나마 곽 사장님이 의지가 확고하셔서 다행이네요. 사장님의 결심이 없이 우리끼리만 주장해서는 딱따구리의 방어벽도 넘지 못할 거니까요."

배선주가 술을 마시며 안도의 숨을 내쉰다.

"그게 다 조난선이 죽기 전에 남긴 만화 덕분이 아니겠어."

설계영이 죽은 난선을 슬쩍 소환한다.

"사람은 왜 살았을 때보다 죽으면 영향력이 더 커지는지 몰라. 봐, 살아서는 구경도 못한 리무진을 죽어서 관에 들어가면 타보잖아."

김진웅이 이해할 수 없다는 듯이 고개를 가로 젓는다.

"오빠."

그때 식당 안으로 바람처럼 배선미가 불쑥 나타났다. 좀 전에 지병환은 선미의 문자를 받고 이 식당 주소를 알려주었던 것이다. 지금까지 지병환은 드라마 때문에 병원 일은 까맣게 잊고 있었다. 그쪽 일은 선미한테 맡겨버렸던 것이다. 선미가 오후에 병원에 갔으니 검진 결과를 받았을 것으로 짐작된다. 지병환은 괜히 긴장된다.

"결과 나왔어?"

"오빠 췌장암 4기래요. 5개월밖에 못 사는 시한부 생명이래요."

배선미가 뜬금없이 폭탄 발언을 하며 지병환에게 진단서를 내미는 통에 좌중은 순간 40도 한파에 꽁꽁 얼어붙은 강물처럼 변했다. 지병환은 말없이 진단서를 받아 내용을 들여다보았다. 분명하게 췌장암 4기라고 병명이 적혀있었다. 그 문자를 보며 지병환은 그냥 멍청하게 굳어버렸다.

머릿속이 띵해나며 아무 생각도 나지 않았고 하얗게 백지장으로 되었다.

"야, 이년아, 그 주둥이 닥쳐! 쥐방울만 한 년이 뭘 안다고 무슨 말도 안 되는 개소리야!"

지병환의 얼이 빠진 기색을 흘깃 쳐다보던 배선주가 벌떡 일어서더니 손으로 선미의 등짝을 호되게 때렸다.

"왜 때려. 뻥끼 아니란 말이야."

배선미가 아프다며 손으로 등을 어루만지며 언니와 대들었다.

"죄 없는 애는 왜 때려. 선미가 장난친 거야. 위염이잖아. 여기다가 썼구만. 앉아."

지병환은 그제야 제정신이 돌아왔다. 남들이 볼까 봐 부랴부랴 진단서를 구겨서 주머니에 질러 넣었다. 그러나 이미 옆에 앉았던 설계영과 김진웅이 병명을 똑똑히 보았다.

"자자, 농담은 그만하고 술이나 마셔. 우리 드라마의 성공을 위해!"

지병환은 먼저 잔을 공중에 높이 쳐들었다.

"그래요. 제가 짜가했어요. 다 뻥이에요. 오빠 위염이래요. 오빠, 나도 술 한잔 줘요."

"그래, 오늘은 기분이다. 선미도 한잔 마셔. 고생했다."

그러나 건배가 끝나자 좌중은 이상하리만치 다시 조용해졌다. 마치 회오리바람이라도 휙 지나간 것처럼.

그때 설계영이 고개를 숙이고 가볍게 어깨를 들먹였다. 울음을 참느라고 손바닥으로 입을 틀어막는다.

"울긴 왜 울어, 초상났어?"

"다 봤어요."

"보면 어때. 그래, 맞아. 나 췌장암 4기래. 5개월밖에 못 산대. 그게 뭐 어때서? 누구나 죽는 거 아냐. 죽어야 리무진 탄다며. 이렇게 살다가 어느 날 문득 죽으면 그것으로 끝이야. 모르고 죽는 게 더 불행한 거 아냐? 거기 비하면 난 행운아야. 죽는 날도 알잖아. 잔칫날 받은 것처럼 죽는 날도 미리 받고. 적어도 5개월 동안은 죽을 걱정 안 해도 되잖아. 편안하게 다리 쭉 뻗고 살 수 있지. 5개월은 날짜로는 무려 150일이나 되고 시간으로는 9,000시간이나 돼. 이 시간에 뭘 못 해. 치료만 안 하면, 치료받을 시간이 없어. 법원 송사에서 이기면 촬영에 들어가야 하니까. 죽는 일은 촬영이 끝난 다음 그때 가서 생각하면 돼. 이번 드라마 성공하는 게 내 소원이야. 5개월이면 충분해. 내 꿈도 충분히 이룰 수 있는 시간이야. 그러니까 울지 마. 모두들 쓸데없는 일에 신경 쓰지 말고 오로지 드라마에만 집중하자. 콜?"

누구도 대답이 없다. 물 뿌린 듯 조용하다.

2

　지병환은 아무 일도 손에 잡히지 않았다. 평소 좋아하던 독서도 싫었고 수영장에도 가지 않았다. 남산 테니스장에도 발길을 끊었다. 남친이 군에서 제대해 돌아온 후에도 몇 번 갔었지만 우한솔은 더 이상 그곳에 모습을 드러내지 않았다. 우한솔이 남친이 있고 테니스장에 나오지도 않았지만 그로 인해 불쾌하거나 상실감이 들지 않는 걸 보니 그녀와의 관계에 애정의 감정 같은 건 개입한 적이 없었음이 확인되었다. 그냥 피디와 배우 사이로 지내는 것도 나쁘지는 않을 것이다. 그리고 이런 무기력함과 극도의 체념 정서는 드라마 방영 중단 때문만도 아닌 것 같다. 그건 재판에서 승소하면 다시 촬영하면 될 것이기 때문이다. 그리고 곽 사장이 친히 정면에 나섰으니 변호사도 수준급일 것이고 그래서 승소 가능성도 높을 것이다. 피고인 그만 증언을 잘하면 된다.
　그는 소파에서 일어나 뭘 해야 되나 궁리하며 방 안을 서성거렸다. 방 안 여기저기에 옷가지들과 잡동사니들이 지저분하게 널려있다. 손을 대집을 거두지 않은지 벌써 며칠이 된다. 세탁기 앞에는 빨래할 옷들이 산더미처럼 쌓여있고 화장실 변기에서는 고약한 냄새가 풍겼다. 변기라도 청소할까 하다가 결국 그만두었다. 주방으로 들어가 냉장고에서 캔맥주를 꺼냈다. 역시 이렇게 꿀꿀할 때는 술만 한 벗이 없다. 벌써 이틀째 쌀알 대신 알코올만 들이켠 것 같다. 캡을 개봉해 입가에 대고 단번에 깨끗하게 비웠다. 그리고는 육포 한 자락을 쭉 찢어 입안에 넣고 씹었다. 시크무레하고 들큰한 육즙이 나와 입안에 가득 찼다.

잠깐 사이에 빈 깡통 열 개가 방바닥에 이리저리 나뒹굴었다. 술에 취해야 되는데 취하지 않는다. 이번에는 아예 독한 양주를 내려 마시기 시작했다. 술에 취해야 잔다. 잠들어야 모든 걸 잊는다. 위스키 한 병이 어느새 동이 났다. 주신이라도 된 모양인지 여전히 멀쩡하다. 그때 갑자기 옆구리가 찡찡 아파지기 시작했다. 이 증상이 여태껏 스트레스 영향인줄 알았는데. 셔츠를 들고 손으로 만져보니 어제 붙인 파스가 그대로 붙어있다. 귀퉁이가 땀에 떨어져 너덜거린다.

파스! 이게 다 뭐야. 늙다리도 아닌 것이.

지병환은 손으로 파스를 쫙 당겨 뜯어냈다. 그리고는 주글주글해진 파스를 눈앞에 쳐들고 물끄러미 쳐다보았다. 죽음의 그림자 같기도 하고……. 영문도 없이 벌씬 웃었다. 한번 터진 웃음은 입이 비뚤어지기라도 한 듯 연이어 실실 새어나왔다. 그는 어깨를 들먹이고 고개를 뒤로 젖히며 너털웃음을 웃었다. 그러다가 문득 머릿속에 떠오르는 생각이 있었다.

췌장암 4기!

그러자 웃음소리가 거칠어졌고 자기도 모르게 점차 울음소리로 바뀌었다.

뭐야, 지랄같이! 내가 왜 암이야!

슬픔에 범벅이 된 말소리에 울컥하며 울음이 터져 나왔다.

야, 병환아, 이게 다 뭐야. 이따위 좆같은 건 왜 붙이고 다녔어.

엉엉거리며 울었다. 울다가 숨이 막히면 차라리 막혀서 죽자고 술병을 거꾸로 쳐들고 물처럼 들이켰다. 죽기는커녕 잘만 넘어간다. 암에 걸렸다면서 술을 마시면 돼, 이렇게 중얼거리며 또 마셨다. 죽어도 술을 마신다. 술을 마시면 알코올이 오줌이 되고 눈물이 되어 흘러나올 것이다. 그렇게 내장이 확 씻겨 나와라. 암 덩어리를 홍수처럼 알코올에 집어삼켜서 몸 밖으로 내팽개치라.

내가 죽는단다. 지병환이 죽는다고, 이 세상에서 나만 사라진다고!

그는 고래고래 소리쳤다. 술을 마시며 울었다. 울면서 푸념했다. 새파란 나이가 너무 아깝다. 그러나 두렵지는 않다. 젊음은 아무것도 두렵지 않다. 살면서 할 일은 다 해보았다. 학교도 다니고 대학도 졸업하고 드라마도 만들고 술도 마셨다. 담배도 피웠고 조난선이랑 섹스도 해보았다. 이제 못해 본 게 뭐야? 성공! 꼴랑 그 하나만 남았다. 그것도 수개월이면 충분하게 이뤄낼 수 있다.

지병환은 손등으로 눈과 볼을 적신 눈물을 이리저리 뻑뻑 훔쳤다.

바보 같은 놈, 울긴 왜 울어. 네가 설계영이야.

지병환은 울음을 그치고 눈물을 닦고 똑바로 앉아 술병을 쳐들었다.

마시자. 마시는 건 살아있다는 증거다. 줄기차게 마시자. 죽음이 두렵다고 지금까지 살아온 삶의 방식을 절대로 포기하지 않는다.

딩동~

초인종 소리가 울렸다.

이 야심한 밤에 연락도 없이 누구지?

지병환은 일어나서 문가로 걸어갔다. 뜻밖에도 화면에는 배선미의 초롱초롱한 눈동자가 그를 마주보고 있다. 문을 따주었다.

"웬일이야, 지금 어디서 오는 길이야?"

"천안서요. 지하철 타고 왔어요."

거실로 들어서던 배선미가 걸음을 멈추더니 입을 딱 벌린다.

"헐, 깜놀! 오빠 암 환자 맞아요? 어떻게 술을 마셔요?"

"암에 걸렸다고 뭐가 달라진 게 있어? 집구석이 어수선해, 아무 데나 앉아. 저녁은 먹고 다니는 거야?"

"괜찮으면 혼술 말고 나랑 같이 때려요."

"넌 안 돼."

"왜요?"

"학생이잖아."

"암 환자라도 달라진 게 없는데 학생이라고 뭐가 달라진 게 있어요?"

"다르지. 성인이 아니니까."

"그렇다면 암 환자도 다르죠. 정상인이 아니니까요."

"아무튼, 그 입 누가 당해내겠어. 그래, 어차피 비정상인들끼리 만났으니 같이 마시자."

"아싸라비아! 푸코 덕을 입었네."

"푸코? 너 푸코 책도 읽었어, '비정상인들'."

"당빠죠. 저 이래 봐도 어린애 아니에요. 푸코 책 읽는 사람이라고요."

"학생이 공부는 안 하고 쓸데없는 책은 왜 읽어. 그리고 여긴 왜 또 올라왔어. 촬영도 없는데."

"오빠가 걱정돼서요. 내일부터 주말이잖아요."

"내 걱정 말고 연로한 부모님 걱정이나 해."

"엄마는 내가 딴따라가 됐다고 발에서 냄새난다고 싫어해요."

배선미는 어른처럼 술을 제법 잘 마신다. 많이 마셔본 모습이다. 마시는 한편 집 안 이 구석 저 구석을 쾌속으로 둘러본다. 그녀가 고개를 돌릴 때마다 등 뒤의 긴 머리채가 이리저리 출렁거리며 성숙한 아가씨 같아 보인다. 그녀는 말이 학생이지만 이미 충분하게 성장되어 있었다.

"집구석이 이게 뭐예요. 오빠, 집도 거두지 않고 맨날 술만 마셨죠?"

"촬영 중단으로 기분이 다운 돼 아무것도 손대기 싫어서 잠시 방치한 것뿐이야."

배선미가 발딱 일어나더니 불현듯 화장실 문을 활짝 열고 안을 들여다본다.

"빨랫감도 산더미잖아요. 이러니 내가 안 와보면 되겠어요. 오빠, 먼저 혼자 마셔요. 내가 빨래 돌려놓고 올게요."

"내버려 둬. 내가 이따 할 거야."

그래도 선미는 대답도 하지 않고 화장실로 들어가더니 빨래를 세탁기에 집어넣는다. 세탁기를 돌려놓고 거실로 나와 술 한 잔을 마시고는 또 홀짝 일어난다. 몸이 물새처럼 가볍다. 포르릉 포르릉 날아다닌다. 머리채를 리본처럼 휘날리며 벽 구석으로 포르르 날아가더니 청소기를 들고 실내를 거두기 시작했다.

"놔두라니까 그런다. 와서 술이나 마셔. 날 더러운 사람으로 몰지 말고."

"이런 곳에서 술이 넘어가요? 잠깐이면 돼요."

지병환은 배선미가 방 안을 거두는 게 고맙기 전에 부담스러웠다. 조연 자리를 주고 그 대가로 부려먹는 것 같기도 했다. 왜가리가 알면 뭐라 하겠는가. 선미네 부모가 알아도 가만두지 않을 것이다. 그런데 그녀를 제지할 수도 없었다. 어떻게 해서라도 잘 달래서 선주네 집으로 보내야 한다.

"남의 일에 신경 쓰는 시간이면 언니 일에나 신경 써. 대본을 쓰느라고 밥도 제대로 못해 먹고 집안일도 엉망일 테니까. 난 남자라서 괜찮지만 언니는 여자잖아."

"언니는 사지가 나보다 더 멀쩡한데 내가 왜 필요해요. 오빤 비정상인이잖아요. 오빠도 언니처럼 정상인이라면 난 오지부터 않았을 거예요."

"야, 네가 자꾸만 그런 김빠지는 소리하니까 내가 정말 환자 같잖아."

"예썰. 다시는 그런 말 안 할게요. 그러니 오빠도 내가 하는 일 뭐라 하지 말기."

지병환은 이제야 술기운이 슬슬 올라오기 시작했다. 침대에 누우면 그대로 잠이 들 것만 같았다.

"나 졸려서 잘 거야. 너도 이제 그만하고 언니네 집에 가서 자. 이걸로 택시비 하고."

지병환은 지갑에서 5만 원짜리 지폐 한 장을 꺼내 소파 위에 놓았다.

"나 들어간다."

"네, 들어가서 자요."

지병환은 비틀거리며 침실로 들어와 침대 위에 벌렁 드러누웠다. 선미를 차로 배선주네 집까지 태워다주고 싶은데 술을 잔뜩 마신 데다 이상하게 막무가내로 졸린다. 그는 발에서 슬리퍼도 벗지 못한 채 무맥하게 침대에 반쯤 걸쳐 누워 깊은 잠에 곯아떨어졌다…….

지병환은 어두컴컴한 밤길을 홀로 걷고 있었다. 바닥에는 물이 질퍽거리고 발목까지 푹푹 빠지는 습지다. 힘겹게 걸음을 옮기는데 문득 왼발이 습지에 빠져들며 뺄 수가 없다. 안간힘을 써서 발을 뽑으려고 했지만 다리를 움직일수록 더 깊숙이 빨려 들어갔다. 순식간에 두 다리는 정강이까지 흙물 속에 잠겨버렸다. 누군가, 괴물인지 귀신인지 땅 밑에서 그의 발목을 잡고 지하로 힘껏 잡아당긴다. 다급해난 병환은 단말마의 광기로 몸부림쳤다. 그러나 아무 소용도 없다. 어느새 다리는 다 묻혀버리고 이제 허리까지 잠겨들었다.

지병환은 이제 영락없이 죽었다고 두 눈을 감고 목숨을 운명에 맡기려고 했다. 바로 그때 기적처럼 그의 앞에 굵직한 나무토막 같은 것이 나타났다. 그는 허겁지겁 그 나무토막을 꽉 그러안았다. 최후 발악하며 몸을 뽑아내 나무토막 위로 아득바득 기어 올라왔다. 천만다행으로 육신은 나무 위로 올라올 수 있었다. 그러나 이번에는 그의 몸무게에 눌려 나무토막이 습지 안으로 잠겨 들어가기 시작했다.

그런데…… 그런데…….

홀연 그 나무토막이 배선미의 가냘픈 알몸뚱이로 변했다. 선미는 자신의 육체가 병환의 몸무게를 받드느라 습지 밑으로 가라앉는데도 그를 쳐다보며 웃음을 짓고 있다.

야, 선미야. 비켜! 너 지금 습지 속에 들어가잖아. 거기 들어가면 죽어. 빨리 피해.

내가 들어가야 오빠가 살잖아.

네가 죽고 내가 살아 뭐해.

난 오빠를 좋아하니까. 오빠를 위해서라면 죽어도 원이 없어.

선미야!

지병환은 급한 나머지 선미를 자신의 몸 위로 들어 올리고 자신이 밑으로 내려가려고 시도했다. 그래야 선미를 구할 수 있었다. 그러나 선미는 두 팔로 병환이가 밑으로 내려오지 못하도록 꽉 부여안고 있었다.

선미야. 이거 놔. 팔 풀라고. 이년아!

지병환은 그렇게 고래고래 고함을 지르다가 자기 목소리에 놀라 번쩍 눈을 떴다. 온몸에 식은땀이 질퍽했다. 침대에서 내려와 거실로 나왔다.

무슨 꿈이 이래. 놀랐잖아.

"오빠, 깼어요? 좀 더 자지."

조반을 짓던 선미가 거실을 내다보며 한집 식구처럼 스스럼없이 아침 인사를 건넨다.

"야, 너 지난밤 언니네 집에 안 갔어?"

"내가 거길 왜 가요. 오빠 혼자 두고."

"그럼, 어디서 잤어?"

"소파에서요."

"너 나한테 왜 이래? 당황하게."

"오빠 도와주는 게 제 소원이에요."

"네가 왜 내 수발을 들어. 미쳤어."

"나도 몰라요. 그냥 해주고 싶어서요."

지병환은 실은 하고 싶은 뒷말은 삼켜버렸다. 웬만한 여자들은, 설령 그게 여친이라고 하더라도 남자가 암에 걸려 5개월 시한부 생명이라는 사실을 알게 되면 멀어지려고 할 것이다. 떨어지기 위해서는 수단과 방법을 가리지 않을 것이다. 도덕이고 양심이고 다 팽개치고서라도 도망가려 할 것이다. 그런데 선미는 열여덟 살밖에 안 되는 고2 학생이다. 철이 덜 들어 그런가?

조반상이 차려졌다. 선미는 마치 현처처럼 앞에 행주치마를 두르고 밥상을 차린다. 암 환자라고 배려한 것인지 육류는 일절 없고 생선과 남새

들로 만든 요리들뿐이다.

"고기는 없고 풀떼기뿐이야? 내가 무슨 염소도 아니고."

"고기는 안 돼요."

"난 그렇다 치고 넌 안 먹어?"

"내가 먹으면 오빠도 먹고 싶을 거잖아요."

"암이라고 아무것도 변한 게 없다고 했을 텐데. 난 치료도 거부할 뿐만 아니라 사는 방식도 원래대로 갈 거야."

"치료 거부할 줄 알았어요. 그래도 알아요. 고기라도 안 먹으면 한 달이라도 더 오래…… 아, 안습…… 갑자기 목이 멘다."

선미는 말실수를 깨달았는지 갑자기 의자에서 일어나더니 창가로 가서 눈시울을 훔친다.

"뭐야, 죽기 전부터 애도 의식 하려고 내 집에 온 거야?"

"아니, 누가 뭘 했는데요? 고추가 매워서……."

"하루라도 내 수발들 거면 술 줘. 아니, 됐어. 내가 가져올게."

"술?! 알았어요. 가만 앉아 기다려요. 내가 가져올게요."

배선미는 일어나서 냉장고 안에서 맥주를 꺼내왔다.

"1박 2일이면 충분히 관심했어. 아침 먹고 천안으로 내려가."

지병환은 캔 뚜껑을 따며 말했다.

"헐랭. 죽기 전부터 날 쫓아내려고요. 죽은 다음엔 당빠 내려갈 건데요."

"넌 죽는다는 게 무슨 애들 게임 같냐. 그럼, 내가 죽는 날까지 이 집에 있겠다는 소리야?"

"아니, 주말마다 올라올 거예요. 모르지, 죽을 임박에는 날마다 옆에 있을지도."

"네가 뭔데 내 임종을 지키려고 해?"

"지켜주는 사람이 나 말고는 없으니까요. 그럼 혼자 독거노인처럼 아무도 모르게 죽을 거예요? 명색이 피디라는 양반이."

지병환은 갑자기 할 말이 궁해졌다. 혼자 죽는다고! 게다가 독거노인처럼. 혼자 죽어도 누군가는 발견할 것이고 경찰에 신고해 시신을 수습해줄 것이다. 그러나 그건 좀 너무 처량한 죽음이 아닐까. 개죽음! 그렇다고 해서 사람이 죽을 때 옆에 있어줄 사람이 아무나 되는가? 아내, 자식, 부모, 형제 뭐 이런 지인들이 아니겠는가. 그런데 선미는 나한테 도대체 뭔데? 한마디로 아무것도 아니다. 나는 피디고 그 애는 연기자일 따름이다. 서로 안 지도 두세 달밖에 안 된다. 그리고 그녀의 언니가 나랑 같은 또래다. 그녀는 아직 고2의 소녀에 불과하다. 그런데도 내 죽음을 바래주겠다고 자진한다. 그러나 바로 이 지점에서 지병환의 머릿속에는 새벽에 꾼 꿈이 기억났다. 자신을 구하려고 밑에 깔린 배선미가 그의 육중한 체중에 눌려 늪 속으로 매몰되던 장면이었다. 그런 일이 현실에서 발생해서는 절대로 안 된다. 배선미는 그를 위해 자신을 희생해야 할 이유가 일도 없다.

"안 되겠어. 내 말을 안 들으면 언니한테 전화해서 데려가라고 해야겠다."

지병환은 휴대폰을 손에 쥐고 배선주의 단축키를 눌렀다.

"안 돼요. 언니한테 왜 전화해요."

배선미가 그의 손에서 휴대폰을 빼앗으려고 하자 지병환은 등을 돌려 몸으로 막으며 통화했다.

"어, 배 작가. 다른 게 아니라 지금 우리 집에 선미가 와있어. 가라고 해도 안 가. 배 작가가 와서 모셔가야 될까 봐."

"뭐라고요! 그년이 왜 지 피디네 집에 있어요? 전화 바꿔줘 봐요."

지병환은 휴대폰을 선미에게 넘겼다.

"어, 언니."

"언니고 나발이고 주둥이 닥치고 빨리 여기로 오지 못해!"

"싫어."

"야, 너 안 오면 언니가 당장 잡으러 간다."

"와도 안 가. 언니가 날 이래라저래라 할 무슨 권리가 있는데? 나도 의지가 있고 판단력이 있다고. 정말 정뚝떨이야."

"뭐라고! 이 쥐방울만 한 년이 주둥이에서 나오면 다 말인 줄 알아."

"마상. 발냄새 나. 끊어."

배선미가 일방적으로 통화를 중단했다.

"그렇게 무작정 끊으면 어떡해."

전화벨이 다시 울렸다. 그러자 선미가 아예 전원을 꺼버린다.

"야, 전화기 이리 줘."

"싫어요. 당분간 압수예요."

배선미는 스마트폰을 등 뒤에 감추더니 가슴을 불쑥 내밀어 지병환의 접근을 제지했다. 어느새 아가씨처럼 탄탄하고 탄력 있게 발육한 젖가슴이 가슴에 와 닿는 순간 지병환은 흠칫 하며 뒤로 한 걸음 물러섰다. 그녀에게서 여자의 향기가 강하게 풍겼다.

　도대체 어쩌려고?!

3

 시민단체에서 드라마 '여경사' 방영 금지 가처분 신청을 낸 지 꼭 열흘 만에 서울 □□□지법 민사합의 □□부에서 수석 부장판사 고상철이 심문을 진행했다. 재판부에서는 시민단체 측과 방송사 법률 대리인 그리고 드라마 피디인 지병환을 소환하여 의견을 청취하기로 했다. 그 열흘 동안 배선미는 며칠 건너 서울 지병환의 집으로 올라와 가사를 거들어 주었다. 식사도 함께 하고 커피와 술도 같이 마시고 근린공원에 나가 산책도 동행했다. 배선주가 지병환의 집까지 찾아와서 강제로 끌어가려고 했지만 막무가내였다.
 "난 여기서 아무것도 안 해. 그냥 밥을 거두고 옆에서 오빠 말동무만 해줄 뿐이야. 그러니 걱정하지 않아도 돼."
 그러며 주저앉았다. 고집이라면 황소와도 지려하지 않는 배선주도 동생의 막무가내에 두 손을 번쩍 들고 말았다.

"그래, 네년 인생 네가 알아서 살아라. 언니가 지금은 대본 창작으로 바빠서 어쩔 수 없다만 다 쓴 다음 보자. 그동안은 애를 지 피디가 좀 맡아줘야겠어요."

"선미를 내 집에 두는 걸 바라는 건 아니지만 본인이 싫다고 하니 어쩌겠어. 사실 선미가 배 작가네 집에 가 있는 게 대본 쓰는 데 방해가 될 수도 있잖아. 그러니 선미 넌 제발 말 좀 듣고 천안에 내려가 있다가 촬영이 재개되면 그때 올라오도록 해."

"싫어요. 계속 있는 것도 아니잖아요."

결국 선미의 고집에는 지병환도 설득을 포기했다. 그 애가 애쓰는 모습이 하도 가상해 지병환은 가끔씩 선미를 데리고 영화 구경도 하고 게임도 함께 하며 놀아주었다. 그럴 때면 선미는 어린애처럼 좋아서 어쩔 줄을 모른다. 크크루뼁뽕도 외치고 무야호도 소리치며 밝게 웃는다.

그날도 아침 일찍 법원으로 나가며 지병환은 혼자 중얼거렸다.

"오늘 저녁은 선미가 오는 날이구나."

그는 저도 모르게 선미를 기다리고 있는 자신을 발견하고 놀랐다. 천안으로 내려간 지 겨우 며칠밖에 안 된다. 말이 주말이지 학교에서 일찍 하학하는 날에도 선미는 시골집이 아니라 서울에 올라와 자고 갔다. 그러니까 그 애가 이 집에 있은 날이 모두 합쳐 6박 6일이나 된다. 솔직하게 말해 선미가 함께 했기에 망정이지 그 기나긴 열흘이라는 시간을 어떻게 버텨냈을지 생각만 해도 지독한 외로움에 몸서리가 쳐진다. 직장 동료들과 친구들도 웬일인지 그를 피하는 것만 같았고 그 자신도 만나기가 꺼려졌다. 정말 가끔씩 만나 커피나 한잔 마시고는 갈라지곤 했다. 어느 누가 오래지 않아 죽을 시한부 생명을 가진 사람을 좋아하랴. 괜히 부담스러울 것이다. 모르는 척하자니 정이 없어 보이고 아는 척하자니 민감한 화제여서 건드리기가 두려울 것이니 말이다. 그는 천한생, 백수아를 비롯한 지인들이 그를 바라보는 측은한 시선이 싫었다. 마치 죽은 송장을 바라보는 듯한 섬뜩한 느낌마저 들었다. 대화도 그랬다. 암, 진료, 병원, 치료…… 전부가 이러한 화제들뿐이어서 듣기조차 끔찍했다. 누구나 그를 잠재적인 시체로 간주했다. 위로하고 배려하며 비정상인으로 몰고 갔다. 그런데 생각밖에 나타나 그의 외로움을 달래주는 선미는 그들과는 달랐다. 오로지 선미만이 그를 정상인으로 대해준다. 예나 다름없이 여전히 흠모와 존경의 시선으로 바라보았고 천진난만하고 신나는 대화를 주고받았다. 그 애 앞에 있을 때면 지병환은 자신이 곧 죽을 암 환자라는 무시무시한 사실을 까맣게 잊어버린다. 선미는 집 안을 거두고 끼니를 장만하는 것 말고는 모든 것을 그의 말에 의존했다. 그녀에게 지병환은 환자가 아니라 신적인 존재였다. 온 집 안에 그 애의 웃음소리가 깔깔깔 넘쳐나고 고라니처럼 풍당풍당 뛰어다니며 젊고 싱싱한 향기로 온 방 안을 가득 채워놓았다.

지병환은 나오다 말고 다시 방 안으로 들어갔다. 볼펜으로 메모지에 글을 남겼다.

선미야, 오빠가 재판 때문에 늦게 올 거야. 기다리지 말고 먼저 저녁

먹어.

　메모지를 냉장고 문 위에 테이프로 붙여놓고서야 신발을 신고 다시 밖으로 나왔다.
　이게 뭐야. 내가 지금 재판보다 선미한테 더 신경을 쓰는 거야.
　사실 지병환은 고기가 먹고 싶었다. 생선이나 풀떼기에 이제 질렸다. 그래서 선미가 없을 때면 혼자 몰래 고기반찬을 해 먹으려고 시도한 적도 있었다. 그러나 금방 선미한테 미안한 생각이 들었다. 어린 것이 그렇게 나를 위해 애를 쓰는데 어른이라는 놈이 애 몰래 고기를 먹어서야 쓰나. 웃으면서 입맛만 다시고 포기했다. 먹더라도 선미와 같이 먹고 싶었다. 나 때문에 그 애마저 곁불을 맞아 고기 맛을 못 본다. 어린 것이 얼마나 고기를 먹고 싶겠는가. 그런데도 인내심 있게 참는 걸 보면 병환이보다 더 철이 든 어른 같다.
　야, 오늘 저녁엔 좀 고기 먹자. 기각되면.
　지병환은 입속으로 중얼거리며 차를 운전하여 집을 나섰다. 선미가 저녁에 온다는 사실이 마치 집에 '우렁 각시'라도 숨겨둔 싱숭생숭한 기분이다. 그 귀엽고 앳된 얼굴, 흔들리는 머리채, 사뿐거리는 걸음걸이, 낭랑한 웃음소리, 알아듣지 못할 10대들만의 유행어들을 연발하는 섹시한 입술……. 완연하게 익은 여체를 감쌌지만 탄력 있는 볼륨을 가리지 못하는 고딩 교복…….
　내가 왜 이래. 선미가 여자로 보이기 시작한 거야. 야, 병환아. 이 자식

정신 차려.

그는 손으로 자신의 뺨을 둬 대 때렸다. 얼얼하다. 순수하고 순진한 애다. 단지 오래지 않아 죽는다는 그가 불쌍해 거들어주고 말벗을 해줄 따름이다.

재판은 오전에 개장했다. 먼저 시민 사회 고발인 측 변호인이 발언했다.

"월화드라마 '여경사'는 연쇄살인범을 여성으로 설정함으로써 여성혐오 사상을 조성했을 뿐만 아니라 살인 방법에서도 남성 성기를 거세하여 전시함으로서 여성의 잔인함을 과장해 선량하고 부드럽고 다정다감한 여성의 긍정적인 이미지를 악의적으로 먹칠한 작품인 만큼 당연히 방영 금지 처분을 받아야 한다고 강력하게 주장합니다."

고발인 측 발언이 끝나자 피고인 측 발언 순서가 되었다. 먼저 방송사 법률 대리인이 방송 금지 가처분을 기각해 줄 데 대해 '표현의 자유'를 명분으로 재판부에 요청했다. 지병환은 마지막에 드라마 피디의 자격으로 몇 마디 첨언했다.

"일단 드라마는 앞에 계신 판사님들도 알다시피 허구에 기초하여 내용이 구성됩니다. 현실 속에 실제로 존재하는 사실이 아니라는 말씀입니다. 다음으로는 연쇄살인범은 여성이지만 하미라의 범죄에는 도덕성이 문제가 되는 것이 아니라 형법이 문제가 된다는 사실입니다. 하미라의 살인 목적은 재물이나 성적 욕구가 아니라 여성에 대한 남성의 성추행을 징벌하는 정의감이기 때문입니다. 성추행범이나 절도범이 육체나 물질을 목적으로 하는 살인과는 차원이 완전히 다릅니다. 따라서 하미라의 살인이 여성 혐오를 조장할 우려는 전혀 없다는 점에 주목해 주시면 감사하겠습니다. 성기 거세도 성추행범에 대한 복수의 표현에 불과할 따름입니다. 마지막으로 판사님들께서 간과하시지 말아야 할 점은 드라마 작가가 남성이 아니라 20대의 여성이라는 사실입니다. 상식적으로 여자가 동성자를 폄훼하거나 비난할 이유는 없다는 말씀입니다. 그건 그냥 시청자들의 이목을 끌기 위한 예술적 수단이었을 뿐입니다."

심문은 오전 중에 종료되었다. 인용 여부는 오후에 나온다고 한다. 인용이 될지, 기각이 될지 알 수 없는 상황에서 지병환은 법원 근처의 커피숍에서 소식을 기다렸다. 수석 부장판사의 표정을 볼 때 기각결정이 나올 가능성도 없지 않다고 생각했지만 그래도 판결이 날 때까지는 소송이 끝난 것이 아니었다. 만일 인용이 되면 지병환의 인생은 실패하고 만다. 하늘이 도와 기각이 나면 시한부 생명의 제한된 나머지 시간에 드라마를 완벽하게 마무리할 것이다.

오후가 되자 드디어 판결이 나왔다. 기다리던 기각결정이다.

"아싸라, 아싸라비아!"

지병환은 저도 모르게 배선미가 기분이 좋을 때면 입에 담는 경박한 감탄사를 중얼거렸다. 모든 것이 그가 의도한 대로 돌아간다. 이제는 그의 남은 5개월의 생을 의미 있고 화려하게 마무리할 수 있게 되었다. 조만간 방통위에서 방영 잠정 중단 결정만 해제되면 곧바로 촬영에 들어갈 것이고 방영도 재개될 것이다.

지병환은 법원에서 나오자 일단 전화로 스태프 성원들에게 단체 문자로 소식을 전한 후 곧장 차를 운전하여 방송사로 직행했다. 사장님을 만나야 한다.

곽 사장은 의자에서 일어나 친히 문 앞까지 마중 나와 지병환의 손을 잡았다.

"지 피디, 수고했다. 우리가 예상했던 대로 됐어. 앉아."

곽 사장은 손수 커피 기계에서 냉커피까지 뽑아다가 지병환에게 건넨다. 지병환은 앉다 말고 급히 일어나 커피를 받았다. 아직 곽 사장은 그가 암에 걸린 걸 모르는 것 같다. 병환이 스태프에 단단히 입단속을 시켰기 때문이다. 곽 사장이 알기만 하면 그는 병원으로 직행해야 할 것이고 피디도 다른 사람으로 교체될 것이다.

"잘됐어. 이제 방통위의 중지 결정 해제만 남았어. 방통위원장이 요 며칠 사이 해외 출장을 가나 봐. 아마 귀국하면 즉시 회의를 열고 해제할 거야. 방문 일정이 일주일 정도 된다니까 빠르면 열흘 정도 지나면 드라마 방영과 촬영이 모두 가능해질 거야. 일단 촬영 준비나 잘 하고 기다려."

"네."

"대본은 문제 없겠지?"

"아마 지금쯤 거의 끝나갈 겁니다. 횟수가 조금 늘어난 것 같습니다."

"오케이, 나이스! 길이 열렸으니 여론에 너무 부담가지지 말고 한번 밀어봐."

"감사합니다."

일부 스태프 성원들은 벌써 식당에 모여 지병환이 오기를 기다리고 있었다. 설계영이 식당을 알려주며 그리로 오라고 전화를 했다. 지병환은 원래 집으로 가려고 하다가 방향을 바꿔 음식점으로 향했다. 식당에 잠깐 들렀다가 집에 갈 생각에서였다. 그가 식당에 들어서자 모두들 자리에서 일어나 지병환을 개선장군처럼 환영한다. 오늘 같은 날 술이 빠질 수 없다. 식탁 위에는 벌써 술잔들이 줄 서있다. 그러나 유독 지병환의 자리에만 잔이 없다.

"왜, 피디를 쏙 빼놓고 니들끼리만 축배를 들 거야? 내 앞에는 왜 잔이 없어?"

"지 피디는 환자잖아요. 안 돼요. 금주, 금육."

배선주가 아예 지병환의 가까이에 놓인 고기 안주 접시를 다른 쪽에 옮겨놓았다.

"술도 마시지 말라, 안주도 먹지 말라 그럴 거면 날 왜 불렀어? 니들끼리 마시지."

"술과 고기가 지 피디 건강에 해로우니까 그러죠. 오늘은 식사나 하세요."

설계영이 밥공기와 청국장 그릇을 그의 앞에 밀어놓는다.

"야, 니들 정말 찌질하다. 누구 말처럼 발냄새 난다. 더러워서 난 간다."

지병환은 홧김에 의자를 박차고 자리에서 벌떡 일어나 식당에서 나왔다.

"지 피디, 어디 가요? 드라마 촬영 축하 안 해요? 술 못 마시면 음료라도 마시든지……."

배선주가 일어나 문 쪽에 대고 소리쳤다. 지병환은 대답도 하지 않고 밖으로 나와 차에 올라탔다. 시동을 걸고 집으로 향해 달렸다. 지금쯤은 배선미가 올라와 집에서 기다릴 것이다. 날 환자가 아닌 정상인으로 대해주는 사람이 그 애밖에 없다. 니들이 안 주면 집에 가서 선미한테 달라고 할 거야. 난 시퍼렇게 젊은 놈이 환자로, 환자 취급을 받으며 구질구질하게 살다가 너절하게 죽고 싶지 않다. 나도 니들과 똑같은 사람이야. 코 있고 입 있고……. 달라보았자 좀 더 일찍 죽는 것밖에 없다고.

지병환이 출입문을 열자 불현듯 '짜잔' 하는 소리와 함께 그의 눈앞에 생화 다발이 활짝 나타났다. 그 생화를 손으로 치우자 뒤에 숨어있던 배선미의 앳되고 토실토실한 얼굴이 꽃보다도 더 예쁘게 반짝 나타난다.

"이게 뭐야?"

"오빠, 촬영 금지 가처분 신청 기각된 거 축하해요!"

"그 소식 네가 어떻게 알아?"

"계영 언니한테 물어봤지롱."

"아무튼, 못 말려. 물새도 아니고. 요리조리 날아다니며 모르는 게 없어."

"당빠죠. 배선미가 누군데요. 얼짱 지 피디님 개인 수행 비서잖아요."

"얼짱은 무슨. 언니는 날 말 대가리라는데."

"그러는 언니는 닭대가리예요."

"야, 그게 언니보고 할 소리냐?"

"뺑끼. 빨리 안으로 들어가요. 축하해야죠."

배선미는 병환의 팔을 잡아끌고 앞에서 깡충거리며 방 안으로 들어간다. 주방에 들어서던 병환은 다시 한번 자신의 눈을 의심했다. 불판이 준비되어 있고 테이블 위의 접시에는 안창살이 담겨 있다. 그리고 그 옆에는 양주와 잔이 세팅되어 있다.

"역시 내 마음을 읽는 건 선미 너밖에 없다."

"오늘 하루뿐이에요. 내일부터는 안 돼요."

"알았어. 수행 비서님."

소고기를 불판에 올려 굽기 시작했다. 노릇하게 구워지자 선미가 술을 따랐고 두 사람은 잔을 들었다.

"오빠, 조낸 축하해요. 그러면 이제는 당장 촬영을 시작해도 되는 거예요?"

둘은 술을 마시고 안주를 집었다.

"방통위원장이 요새 해외 출장 간대. 돌아와서 촬영 중단 결정을 해제하면."

"해제하고 가면 안 되나. 열라 짱나게!"

"안 그래도 타 방송사의 압력 때문에 망설이던 중인데 신중한 모습을 보이느라 쇼하는 거지."

"언니가 날 대본에 써 넣었을지 궁금해요."

"그렇게 고분고분하지 않고서야 써주겠니. 썼던 것도 삭제하겠다."

"맘대로 하라고 해요. 난 오빠 옆에만 있으면 되니까."

한동안 침묵이 흐르고 둘은 술만 축냈다.

"오빠. 나 오팬무?"

"오팬무?"

"오빤 여자에 대해 아무것도 몰라. 선미 삐짐."

배선미가 갑자기 반말을 하며 토라진다.

"네가 여자야, 학생이지."

"아니거든. 나 여자거든. 보여줘?"

"됐어. 적당하게 해. 허튼소리 하지 말고 술이나 마셔."

"난 오빨 음주 제한 하지 않는데 거꾸로 오빠가 날 제한해요. 그럼, 이 술상 거둘까?"

"아니, 아니야. 제한하지 않을 테니 제발 술상은 치우지 마."

느닷없이 선미가 콜록콜록 기침을 한다. 병환은 상 너머로 팔을 내밀어 그녀의 도톰한 이마에 손을 대보았다.

"감기 걸린 거 아냐? 열도 있는 것 같고. 감기약 먹어."

"감기 아니에요. 지하철 타고 오느라 좀……."

"그러니까 집에 가만히 있지 왜 이 먼 곳엘 올라오느라고 그 고생해?"

"하고 싶어 하는 건데 무슨 고생이에요."

지병환은 일어나서 감기약을 가져왔다. 포장을 벗기고 알약 두 개를 꺼내 그녀의 입에 들이밀었다. 선미가 병아리처럼 빨간 입술을 쪽 벌린다. 그 안에 약을 집어넣고 물컵을 들이댔다. 꼴깍꼴깍 받아 마신다.

"너 내 허락도 없이 이렇게 맘대로 예뻐도 돼?"

"오빠 보라고 이뻐지는 거야."

"요 촉새 같은 주둥이!"

술상이 파하자 선미는 설거지를 하고 지병환은 베란다로 나가 담배를 붙여 물었다. 그 담배 역시 선미 앞에서만 허락되었다. 그런데 선미를 그냥 이렇게 집에 오게 할 수는 없다는 생각이 들었다. 불원장래에 죽을 사람이다. 나한테서는 이미 송장 냄새가 솔솔 날 것이고 죽음의 그림자도 얼른거릴 것이다. 그 애한테는 자신의 삶이 있다. 공부도 해야 하고 이제 드라마도 촬영해야 하고 연애도 해야 한다. 그러니 나한테 묶어둘 수는 없다. 가라고 해도 가지 않을 것이지만 무슨 특단의 대책을 취해야 될 것 같다. 드라마 촬영이 끝날 때까지만 묵인하자. 촬영이 끝나면 그녀가 모르는 다른 곳으로 집을 옮겨 잠적하든지 방법을 대야겠다.

그런데 주방에서 설거지하는 선미의 기침 소리가 아까보다 더 격해진다. 나 때문에 독감이라도 걸리면 배선주를 대할 면목이 없다. 어린애를 데려다가 부려먹었다고 비난할 것이다. 배선주는 할 말을 속에 넣어두는 성미가 아니다. 기관총처럼 내두른다.

"야, 설거지 그만두고 저기 내 침대에 들어가 누워 휴식해."

"괜찮아요. 약을 먹었잖아요. 여기 소파에 잠시 누워있을게요."

"거기 안 돼. 불편하고 차. 오늘 밤엔 내 침대에서 자. 내가 소파에서 잘게."

"헐, 되는 소릴 좀 해요. 내가 오빠보다 한참 젊잖아요."

"그래, 네가 젊었다. 됐지. 그러니까 오늘 하룻밤만 자라는 거야."

"싫어요. 오빤 소파에서 자면 더 안 돼요."

"그럼 우리 둘이 침대에서 같이 자기라도 해야 하니."

"정말! 내가 얼마나 이날을 기다렸는데. 무야호!"

"그래, 같이 자자. 침대도 크니까. 그러나 조건이 있어. 우리 서로 반대 방향으로 누워야 해. 머리는 반대 쪽으로 두고. 넌 벽 쪽에 난 바깥쪽에."

"오케이, 콜! 오빠 뽀대 넘친다."

둘은 엇갈아 누웠다. 선미는 뭐가 그렇게 좋은지 입을 다물지 못한다.

"이렇게 걸조랑 한 침대에 누우니 심쿵!"

"걸조가 뭐야? 좀 알아듣게 말해."

"걸어 다니는 조각상."

"네 눈에나 그렇게 보이겠지. 다른 사람의 눈에는 걸어 다니는 말 대가리, 성성일 거야."

"오빠가 왜 말 대가리, 성성이예요. 얼짱에 솔대인데."

"됐어. 그만하고 감기도 걸렸는데 일찍 자."

"네~. 오빠도 좋은 꿈 꿔요."

지병환은 자다가 숨이 막혀 눈을 떴다. 선미의 오른 다리가 그의 가슴 위에 걸쳐져 있었다. 핑크색 스타킹을 신은 그녀의 다리는 애의 다리라고 하기에는 너무 섹시하고 탄력이 넘치고 윤택이 자르르하다. 벌려진 다리 사이로 선미의 하얀 실크 팬티가 드러나 보인다. 완벽하게 성숙한 아가씨의 몸매이다. 촬영할 때 그녀의 알몸을 본 적이 있지만 지금처럼 이렇게 코앞에서 목격한 것은 처음이다. 선미는 신체 구조상 완전한 성인이었다. 아니, 어린애이기를 거부했다.

지병환은 다급하게 시선을 다른 데로 돌렸다. 오래지 않아 죽을 잠정적 시체가 주제넘게 뭘 훔쳐보고 있어. 살그머니 그녀의 다리를 가슴 위에서 들어 내렸다. 옆구리가 슬슬 아파오기 시작했다. 죽음이 경고장을 날려 보내는 모양이다. 조금만 기다려다오. 드라마 촬영만 끝나면 곧 갈 테니.

　지병환은 잠이 오지 않아 일어나서 베란다로 나와 담배를 피웠다. 담배 연기를 흠뻑 빨아들였다. 살맛이 난다. 이게 사는 거다.

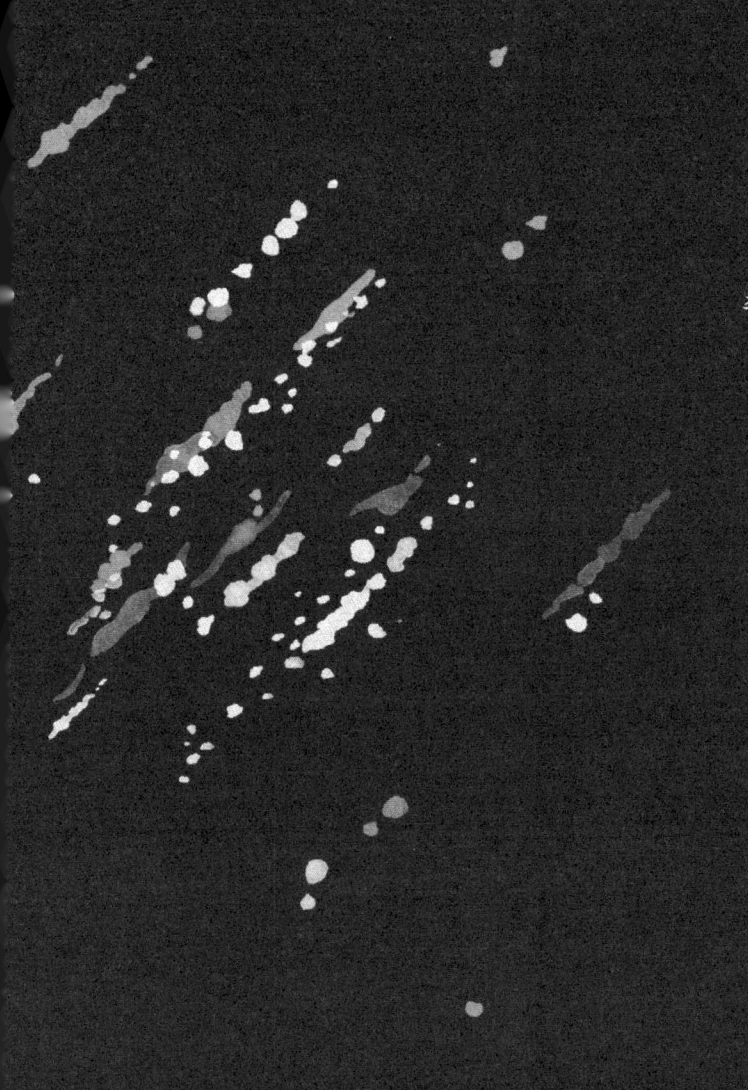

5장
촬영 재개

1

 드라마 대본 창작을 마무리한 배선주의 머릿속에 처음으로 떠오른 생각은 술이었다. 술은 스트레스를 풀 수 있을 뿐만 아니라 사람을 행복하게 만든다. 그녀는 완성된 한글 파일을 따로 메모리에 저장한 후 테이블에서 일어났다. 어깨를 짓누르던 천 근 짐을 부린 홀가분한 기분이다. 자연스럽게 냉장고를 향해 걸어갔다. 안에는 다른 물건은 없을지언정 술은 항상 있다. 다른 곳에 양주도 있지만 일단 시원하게 맥주를 마시고 싶었다. 그녀는 걸어가며 이 세상엔 술이 있어서 인생은 정말 판타스틱하다고 생각했다. 만일 술이 없다면 인생은 그야말로 무미건조하고 무료하기 짝이 없을 것이다. 술은 낭만과 초연함을 소환한다.
 냉장고로 걸어가던 그녀의 눈에 문득 창턱에 올려놓은 편백 나무 화분이 보였다. 대본 창작은 끝났으니 곧 컴퓨터와 작가의 손에서 시청자의 눈으로 넘어갈 것이다. 그렇다면 화분도 이제 이 방에서 나가 밖에서 자랄 때가 된 것 같다. 부모님이 알면 야단맞겠지만, 집에서 기르는 화분을 밖에 옮겨 심으면 죽지 않느냐고 책망할 테지만 더 이상 인위적으로 햇빛을 비춰주고 물을 주고 관리하는 일이 성가시다. 대본이 드라마가 되어 시청자의 시선에서 살아남아야 가치가 있는 것처럼 편백 나무도 밖에서 스스로 나무로 생존할 때 진정한 식물이 될 것이다. 그녀는 냉장고에서 캔맥주를 꺼내어 뚜껑을 딴 다음 한 모금 마셨다. 꿀처럼 달콤하다. 나이가 들수록 술의 당도가 날로 높아지는 느낌이다. 세상 모든 음식 중에서 가장 맛있는 것은 당연히 술이다. 초콜릿 한 조각을 떼내어 입안에 넣고 녹였다. 초콜릿과 맥주는 환상적인 조합이다. 치맥을 저리가라 한다. 어쩌면 대본 창작보다는 애들 유혹 때문에 사는지 모르겠다. 애들한테 휘둘려 취해 헛소리치고 비틀거리고 오바이트하고 오줌을 싸질러도 그냥 멋스럽기만 하다. 그렇게 맥주와 초콜릿을 먼저 밖에 내다놓고 다시 들어와 화분을 들고나갔다. 삽으로 마당 한쪽 구석에 알맞춤한 구덩이를 팠다. 그리고 주전자에 물을 담아와 그 구덩이 안에 쏟아 부었다. 그런 다음 화분 속의 편백 나무를 부식토째로 들어내 구덩이 안에 밀어 넣었다. 마치 드라마를 월화의 황금 시간대에 끼워 넣는 기분이다. 그 드라마는 선주의 대본이 수정란이 되어 태어난 것이다. 흙을 덮고 발로 꽁꽁 밟았다. 나무가 좁아터진 화분 통에 박혀있을 때보다 의젓하고 당당하다. 쏟아지는 햇볕에 나무가 샤워라도 하는 성싶다.

작업을 끝내자 배선주는 담배 한 가치를 불을 붙여 물었다. 연기를 한 모금 빨아 후 내뿜었다. 속이 다 후련하다. 연기가 훑고 지나간 입안에는 알코올이 들어가야 화음을 이룬다. 캔을 들어 술을 쭉 들이켰다. 시원하고 구수하고 칼칼하다. 천만다행으로 드라마 방영이 다시 시작되고 촬영도 오늘부터 재개된다. 해외 출장에서 돌아온 방통위원장이 주말이 끼고 또 준비가 덜 됐다며 이 구실 저 구실 들이대며 닷새나 밀리다가 그저께야 심사 위원회를 열어 잠정 중단 결정을 해제했던 것이다. 드라마 방영과 촬영이 중단된 지 꼬박 26일 만이다.

한 캔을 다 마시자 배선주는 방 안으로 들어왔다. 한 캔을 더 내리다가 문득 동생 선미 모습이 떠올랐다. 그녀는 오늘 아마도 촬영 때문에 학교에 청가를 맡고 서울로 올라왔을 것이다. 오늘은 선미의 촬영이 없을 것이지만 물어보나마나 촬영장에 나가 말 대가리의 그림자 노릇을 하겠지. 촬영이 없을 때에도 금요일 오후에는 말 대가리네 집에 올라와 자원봉사인지, 파출부인지 알 수 없는 노릇을 하고 있다. 애가 덩치만 크고 머리채만 길었지 아직 세상 물정을 모르는 철부지다. 따르다가도 시한부생이라는 사실을 알면 알아서 떨어질 텐데 도리어 매달리니 말이다. 이제 대본도 다 썼으니 본격적으로 동생을 말 대가리한테서 떼내야 한다.

그런 생각이 들자 그녀는 캔을 도로 냉장고에 넣었다. 술은 저녁에 설계영이랑 마셔도 되고 집에 와서 혼술해도 된다. 먼저 선미 상황부터 파악해야겠다.

택시를 타고 현장에 도착하니 촬영이 한창 진행 중이었다. 우한솔이 연기하는 '여경사'가 변사체를 찾느라 한강 변을 수색하는 장면이다. 그런데 동생 선미가 보이지 않는다.

"대본 끝났어? 한가하게 촬영장에 다 나오고."

지병환이 배선주를 힐끗 돌아보며 한마디 하고는 다시 촬영에 몰두한다. 설계영과 김진웅도 각자 자신이 맡은 일에 바빠 돌다보니 배선주를 알은체할 틈이 없다. 지병환은 모르는 사람이 봤으면 암에 걸려 시한부 생을 사는 중환자 같지 않다. 가끔씩 통증 때문에 이맛살을 찌푸리는 거 말고는 예전이나 조금도 다를 바 없었다. 완전히 정상인 스타일이다. 아마 저렇게 살다가 죽고 싶을 것이다. 하지만 그것도 잠시지 시간이 흐를수록 뜻대로 되지는 않을 것이다. 솔직히 배선주만 해도 저런 불치병에 걸렸다면 촬영은 둘째 치고 입원실 병상에 누워서 항암 치료를 받으면 받았지 말 대가리처럼 죽을 날만 속절없이 기다리지는 않을 것이다. 그러나 환자가 저렇게 정상인으로 산다는 게 도대체 가능하기나 한 일인지 그로서도 알 수가 없다. 다만 이 드라마 촬영이 끝날 때까지는 저 모드를 유지한 채 무사하기를 속으로 빌었다. 그녀에게도 이 드라마의 흥행은 지병환과 마찬가지로 중요하기 때문이다.

"선미는 왜 보이지 않아요?"

우한솔을 향해 뭐라고 손짓, 발짓을 하며 연기를 교정해 주는 말 대가리에게 물었다.

"집에 있겠지. 참, 배 작가. 이제 대본도 끝났다니 선미 좀 설득해서 집에 데려가라. 내가 아무리 달래도 말 안 들어."

지병환은 고개도 돌리지 않고 급하게 말한다. 말이 끝나기 바쁘게 일어나서 우한솔한테로 걸어갔다. 그녀의 연기가 어딘가 흡족하지 않은 모양이다. 전 같으면 말 대가리가 우한솔의 몸을 터치하고 연기 지도하는 모습을 봤다면 배선주는 질투했을 것이다. 그러나 지금은 우한솔이 남친이 있고 또 말 대가리가 시한부 삶을 사는 암 환자라서 그런지 아무 느낌도 없다. 사람의 마음은 이렇게 요사하다. 남이 가지려하면 아깝고 남이 관심이 없으면 나도 덩달아 싫어지니 말이다.

배선주는 그 즉시 택시를 타고 촬영장을 떠나 지병환의 집으로 달려갔다. 오늘은 어떤 수단을 써서라도 선미를 말 대가리한테서 떼내어 집으로 데려가야 한다. 이미 그 집에는 죽음의 사신이 와서 대기하고 있을 것이다. 아무리 연령 차이가 많이 난다고 하더라도 어차피 다 성숙한 여자다. 언니로서 동생이 남자와 단 둘이 하루 이틀도 아니고 오랫동안 한집에 같이 지내며 먹고 자도록 가만 둘 수는 없다. 말 대가리가 아무리 불원간 죽을 암 환자지만 분명 남자다. 죽는 날 전까지도 무슨 일이 발생하지 않는다고 누가 장담하랴. 그리고 어쩌면 오래지 않아 죽어야만 하는 남자한테는 도덕도 양심도 법도 더 이상 무섭지 않을지도 모른다.

지병환네 집에 들어서자 아닌 게 아니라 선미는 이 집의 파출분지 와이픈지 헷갈리게 한창 방 청소를 하는 중이다. 갑자기 언니가 방 안에 모습을 드러내자 선미는 걸레로 창문 유리를 닦다 말고 놀란 눈길로 쳐다본다.

"뭐야, 언니, 여긴 왜 왔어?"

"야, 이년아! 그러는 네년은 미치지 않고서야 혼자 사는 남자 집에서 지금 뭐하는 거야? 네가 말 대가리네 가정부야, 여편네야? 이따위 걸레짝 집어치우고 빨리 집에 가자."

"싫어. 오빠 몇 달 못 산다는데 독거노인처럼 혼자 죽게 내버려 둘 순 없잖아. 나라도 마지막 가는 길에 옆을 지켜주고 싶어."

"얘가 뭐래? 네가 뭔데 옆을 지켜? 여자친구냐, 마누라야? 말 대가리도 부모가 있고 친구가 있고 다 있어. 그러니 네가 걱정할 거 없다고. 넌 아무 책임도 없어."

"그래도 드라마 때문에 인연이 생겼잖아. 연기자가 되겠다는 내 꿈을 이뤄줬고. 그러니 나한텐 소중한 사람이야. 언니는 오빠가 죽든 말든 상관하지 않을지 몰라도 난 피디와 연기자라는 인연 때문에라도 모른 척할 수 없어. 그러니까 날 제발 내버려 둬."

오늘 선미는 여느 때 없이 태도가 진지하고 말도 조리정연하다. 입만 벌리면 쏟아내던 10대들의 정체불명의 은어들도 한마디 없다.

"네가 여기서 이런다고 말 대가리 병이 낫기라도 해?"

"자꾸만 말 대가리, 말 대가리하지 마. 나한테는 걸조니까. 그리고 날 여기서 데려가겠다면 차라리 죽여서 시체를 끌어내."

"미쳤어, 미쳤어! 낼모레 죽을 사람인 줄도 모르고……."

"낼모레 죽으니까 이러는 거야. 언닌 오빠가 불쌍하지도 않아? 그러고도 사람이야? 작가로 같이 작업도 한 동료잖아."

"그래, 이년아! 너만 사람이다. 난 인정머리도 양심도 없는 개딸년이고!"

배선주는 이쯤 되자 최후 수단을 쓸 수밖에 없다고 생각했다. 웬만해서는 그 말을 입 밖에 내뱉지 않으려고 했었다. 그러나 그 말이 아니면 선미가 이 집구석을 포기하지 않을 잡도리다.

"내가 원래 쥐방울만 한 철부지한테 이 말은 하지 않으려고 했는데 아무래도 네년이 노는 꼬락서니를 보니 오늘은 해야겠다."

"하더라도 좀 인간다운 말을 해."

"그래 인간다운 말을 하마. 언니가 말 대가릴 좋아해."

"뭐뭐뭐, 뭐라고라. 언니가 오빠를 좋아한다고라?!"

"그래, 너도 말 대가리가 우한솔과 좋아한다고 소문이 돌자 내가 질투한 거 알잖아."

"좋아한다면서 말끝마다 말 대가리야?"

"그건 사람들이 눈치챌까 봐 연막 친 거지."

"헐, 대박! 정말이야?"

"정말 아니면 내가 지금 너랑 장난하냐, 미친년!"

"알았어. 왜 욕하고 그래. 그게 정말이라면 동생인 내가 당연히 양보해야겠지. 나랑 오빠랑은 연인 사이가 아니니까. 그럼 언니가 나 대신 오빠 옆에 있을 수 있어?"

"그건……."

"안 돼? 안 되면 난 안 갈 거야. 내가 오빠랑 무슨 나쁜 일을 하는 것도 아니고."

"있을게. 네가 집에만 가면 내가 대신 이 집에 있을게."

거짓말이나 쇼를 해서라도 일단 선미를 집에 데려다 놓고 보자.

"여기 있으면 뭘 해야 하는지 언니가 더 잘 알겠지. 좋아한다니까. 밥도 하고 청소도 하고 빨래도 해야 돼."

"아…… 알았어. 네가 가르쳐주지 않아도 돼."

이게 다 무슨 개고기 흥정인가. 물에 빠진 사람을 구하겠다고 내가 물에 빠지다니. 말 대가리가 뭐라고 자매 둘이서 엇갈아 봉사해야 돼. 그러나 동생을 갈라놓기 위해서는 이 방법밖에 다른 도리가 없다.

"그럼 난 언니네 집에 가 있을 게. 일단 며칠 해봐. 안 되면 내가 다시 올게."

선미를 거짓말로 구슬려 집으로 보낸 배선주는 한참이나 넋을 놓고 소파에 멍하니 앉아있었다. 내가 지금 무슨 짓을 한 건가. 이게 되기나 할 소린가. 나도 여자다. 나라고 남자 집에서 둘이 살면 안전할까. 아무튼 선미를 말 대가리한테서 분리해야 한다. 드라마 촬영이 끝날 때까지만 참자. 그 다음 일은 그때 가서 본다.

일단 단 하루라도 이 집에서 자려면 침대가 있어야 한다. 그녀는 소파 같은 데서 자본 적이 없어 적응이 안 된다. 그리고 쇼일망정 봉사를 선택한 바 하고는 제대로 할 것이다. 암에 나쁘다는 음식물부터 제지할 것이다. 그래도 이 남자가 하루라도 더 살기를 바란다면. 비록 우한솔 때문이라지만 한때는 그에게 애교도 부리고 마음을 연 적이 있다. 그 인연을 봐서라도 며칠일망정 최선을 다하기로 생각했다.

일단 스마트폰으로 간편한 접이침대를 알아보았다. 그리고 인터넷으로 가격도 싸고 사용 후 버려도 아깝지 않을 침대 하나를 구입했다. 그리고 암에 좋다는 음식들을 클릭해 보았다. 저녁부터 암에 나쁜 음식들은 식사에서 제외할 참이다. 그녀는 일어나서 냉장고를 열어보았다. 술과 술 안주들이 넘친다. 냉동에는 돼지고기, 소고기, 닭고기가 가득 저장되어 있다.

"도와준다는 년이 이따월 암 환자한테 퍼 먹인 거야, 하루라도 빨리 뒤지라고. 철딱서니 없는 년!"

선주는 냉장고 문을 닫으며 선미를 욕했다. 나이가 어리니까 뭘 알 리가 없다.

그녀는 장을 보러 동네 마트로 나갔다. 자신이 집에서 저녁을 해놓고 말 대가리를 기다린 사실을 알면 선미는 기절초풍할 것이다. 아니 어쩌면 좋아할지도 모른다. 그런 걸 다 제치고라도 일단 자신이 말 대가리를 좋아한다는 말이 거짓이 아니라고 판단할 것이다.

지병환은 저녁 늦게야 퇴근했다. 선미 대신 배선주가 저녁상을 차려놓고 기다리는 걸 보고는 두 눈이 떼꾼해졌다.

"아니 조 작가가 왜 여기 있어? 선미는 집에 보낸 거야?"

"네. 한사코 안 간다고 떼질 써서 내가 대신 있어주기로 하고 보냈어요."

"조 작가가 왜 내 집에 남아. 조 작가도 가. 나 원래 혼자 사는 데 습관된 사람이야."

"나도 여기 있고 싶지 않아요. 그러나 내가 집에 가면 선미가 곧바로 여길 올 테니 울며 겨자 먹기로 남아있을 수밖에요. 착각하지 마요. 나지 피디한테 다른 생각 있어서 여기 있는 거 아니에요. 한동안만 있을 거예요."

"그건 나도 알지. 그런데 한동안씩이나……."

"얼른 씻고 식사나 해요. 하루 종일 촬영하느라 지쳤을 텐데."

"피곤해서 사람들이 적시러 가는데도 그냥 집에 왔어."

말은 저렇게 해도 실은 선미가 집에서 기다려서 왔을 것이다.

샤워하고 욕조에서 나와 식탁에 마주 앉던 지병환이 종전과는 판이한 식단에 놀란 표정을 지었다.

"이게 다 뭐야?"

"주식은 항암 음식들인 고구마와 카레로 준비했어요. 그리고 여기 당근, 토마토, 로즈마리도 다 항암 식품들이에요."

"나 이런 거 좋아하지 않는 거 조 작가도 알잖아. 그런데 이 포도주는 뭐야?"

"지 피디 고기 좋아하는 거 나도 알죠. 그러나 그게 암 환자한테는 나쁘다잖아요. 그리고 술도 마찬가지예요. 지 피디가 술을 좋아하니 빠질 수는 없겠죠. 그러나 이건 적포도주예요. 암세포 증식에 필수적인 새로운 혈관 형성을 억제해 암세포를 죽인다고 해서 술 대신 준비했어요."

"암, 암, 암, 암! 그 더러운 단어 좀 발설 안 하면 안 돼? 그 말을 들어선지 갑자기 입맛이 떨어졌어. 그렇게 좋은 음식 너나 먹어. 난 들어가 잘래."

지병환은 의자에서 벌떡 일어나 그 껑충한 키에 긴 다리로 성큼성큼 걸어서 주방에서 나간다. 배선주는 만류하려다가 그만두었다. 처음에는 당연할 수밖에 없는 거부 반응일 것이다. 며칠 지나면 배가 고파질 것이고 그때면 어쩔 수 없이 먹게 돼있다.

"내가 잘 침대 하나 샀어요. 내일쯤 택배로 도착한대요."

"그럴 거 없이 조 작가가 침대에서 자. 난 소파에서 자도 돼. 그리고 낼은 집에 가."

"그건 안 되죠. 지 피디는 암 환자고 난 건강한……."

"또또또, 그 빌어먹을 암 환자 타령이냐. 됐어. 오늘 밤만 소파에서 자고 낼은 집에 가라고. 내가 불편해서 그래. 우리 집이 뭐 호텔도 아니고."

배선주는 혼자 저녁을 먹고 설거지를 한 다음 거실로 나왔다. 소파에 앉아 잠시 텔레비전을 보다가 그냥 선미가 덮던 이불을 펴고 옷을 입은 채로 드러누웠다. 여기 묵을 줄 알았더라면 읽을 책이라도 가지고 왔을 텐데……. 남의 서가를 뒤지기도 무엇해 그냥 잠이나 자기로 했다. 어려운 대본을 구상하고 집필하느라고 안 그래도 좀 피곤하던 차다. 눈을 감고 잠을 청하려고 했지만 남의 집이라선지 소환되지 않는다. 남의 집일 뿐만 아니라 남자가 사는 집이다. 게다가 총각이다.

시간이 퍽이나 흘러서야 간신히 어둠을 빌려 쪽잠이 들었다. 수면 등은 끄지 않아 방 안은 그리 어둡지 않았다. 게다가 커튼을 닫지 않아 창밖의 불빛까지 흘러들어 실내의 윤곽을 두루 관찰할 수 있었다.

그런데 그때 문득 말 대가리의 침실 문이 삐이익 열린다. 그 안에서 속옷만 걸친 말 대가리가 도둑놈처럼 조심조심 거실로 빠져나왔다. 발자취 소리가 나지 않도록 발끝으로 살금살금 걸어서 그녀한테로 다가왔다. 뭐 하려는 꿍꿍이야? 혹시 날 성추행하려는 거 아냐. 순간 배선주는 정신이

번쩍 들며 고도로 긴장했다. 그럼 그렇지. 제 아무리 감독이라지만 뛸 데 없는 수컷이다. 거실에 나처럼 싱싱한 아가씨를 눕혀놓고 태평스럽게 쿨쿨 잠을 자면 오히려 이상하지. 그렇다면 선미도 진작……. 배선주는 일어나야 할지 말지 잠시 갈등에 빠졌다. 그렇게 결단을 내리지 못하고 망설이는 사이 말 대가리가 그녀의 앞에까지 다가와 걸음을 멈췄다. 장승처럼 우두커니 선 채 꼼짝 않고 그녀를 내려다보고 있다.

개새끼, 색마! 지금 어딜 보는 거야? 거길 왜 봐? 섹스라도 하려고?!

배선주는 이 상황을 뭘 어떻게 대처해야 할지 몰라 그냥 가만히 누워만 있었다. 지금 일어나 공격해도 말 대가리가 한 짓이라고는 아무것도 없으니 도리어 그녀만 머쓱해지고 말 것이다. 가만히 있으면 말 대가리가 이제 곧 도둑 쥐처럼 슬그머니 접근하거나 아니면 늑대처럼 와락 덮쳐들 것이다. 그리고는 미친 듯이 이불을 젖히고 옷을 벗기고……. 바로 그때 그녀는 눈을 뜨고 벌떡 일어나면 된다. 그러나 웬일인지 몸이 돌덩이처럼 굳어지며 손가락도 까딱할 수 없었다. 짜증나는 것은 자신의 육체가 말 대가리의 성추행 행위에 대한 분노보다 남성의 접근에 부응하는 성적 반응이 더 강하다는 사실이었다.

내가 미쳤어? 지금 말 대가리와 섹스를 바라고 있는 거야? 에라, 모르겠다. 낼모레 죽을 사람이잖아. 게다가 양심적으로 나 역시 한때 그를 추구했던 적도 있잖아. 한 번 허락한다고 뭘 손해 보는 것도 없잖아. 그냥 모르는 척, 봉사하는 셈치고 죽을 사람 소원이나 꺼주자. 아니야, 이거 다 궤변이야. 나도 지금 그걸 바라고 있어.

이런 생각이 들자 배선주는 아예 깊이 잠든 척 코까지 골았다. 드디어 말 대가리의 손이 그녀의 이불에 접촉한다. 이불을 벗기는지 자락이 버스럭거린다. 어쩌라고 심장이 쾌쾅 뛴다. 그러나 이상하게도 그 소리는 금방 사라지고 주위는 다시 잠잠해졌다. 아무리 기다려도 아무 동정이 없다. 성추행범으로 고소당할까 봐 두려워서 망설이는가? 죽을 놈이 법에 걸려 감옥에 간들 뭐가 두려워. 곧 죽을 텐데……. 피식 웃으며 눈을 떠보니 말 대가리는 살금살금 냉장고 쪽으로 다가가고 있다. 아마 이불귀를 여며주고 간 모양이다. 문을 열더니 안에서 술과 마른안주를 꺼내 가슴에 부둥켜안으며 고개를 돌려 그녀의 눈치를 살핀다. 아무 동정이 없음을 확인하자 음식물을 걷어안고 다시 쥐처럼 발밤발밤 침실로 들어갔다.

뭐야, 내가 아니고 술 훔치러 나왔던 거야? 내가 술보다도 못 해. 개새끼!

배신감을 느낀 배선주는 소파에서 일어나 소리 없이 조심조심 말 대가리의 침실 쪽으로 다가갔다. 문틈으로 가만히 엿보니 말 대가리는 침대 위에 술과 안주를 벌려놓고 혼술을 마시고 있다. 술에 굶주린 사람처럼 연거푸 마셔댄다. 그리고는 손으로 육포를 찢어 하마처럼 커다란 주둥이 안에 육속 밀어 넣는다.

술 돼지! 저 인간 암 환자 맞아? 자기가 죽는 것도 모르고 독배를 마시잖아. 하긴 죽는 건 알긴 알지. 말 대가리가 제 입으로 말했잖아. 시한부 생명이라고. 당장 들어가서 다짜고짜 술을 압수하려다가 그녀는 동작을 멈췄다. 오늘 하루 저녁만 눈감아 주자. 내일부터는 술이며 안주를 모두 감춰버려야겠다. 말 대가리는 그녀가 엿보는 것도 모르고 이제 방 안에서는 안 하던 담배까지 불을 붙여 문다. 연기를 한껏 빨아서는 공중에 대고 연통처럼 굵직하게 뿜어낸다. 죽을 때까지 정상인으로 살다가 가려는 저 정상이 가련하게 보인다. 바꿔놓고 그녀라도 저러지 않을까 싶다. 얼마 남지도 않은 인생을 환자로 살다 간다는 사실을 젊은이라면 그 누구도 받아들이기가 쉽지 않을 테니까.

아, 저거 드라마 대본감이잖아.

2

설계영은 드라마 촬영 장소 섭외하러 시내에 나갔다가 그곳까지 차를 운전하여 찾아온 천한생과 만나 둘이서 점심 식사를 했다. 오후 일정 때문에 술은 마시지 않고 간단하게 순댓국을 먹기로 했다. 요즘 들어 천한생이 취재원 발굴 때문에 바삐 돌더니 오랜만에 짬을 내 점심시간에 찾아온 것이다.

두 사람 앞에 각각 순댓국이 한 그릇씩 올라왔다.

"계영 씨, 드세요."

"네."

설계영은 이러는 천한생이 싫지도 않고 그렇다고 좋지도 않았다. 세 살 때 부친이 교통사고로 돌아간 이후로 부재한 남자의 관심 때문에라도 천한생의 남성적인 극진한 배려가 반갑게 느껴질 법도 하건만 이상하게 그냥 시큰둥하게 느껴질 뿐이다. 이런 미지근한 관계를 꼭 유지해야 할 필요가 있는지도 모르겠다. 어차피 비혼주의자면서 반드시 남자랑 사귀어야 할 이유를 모르겠지만 그렇다고 비혼주의자는 남자를 만나지 말라는 법은 없지 않은가. 이 세상에는 남자와 여자 두 부류밖에 없으니 피할 수도 없는 노릇이다. 부딪치는 게 남자다.

설계영은 다음 촬영 장소를 스마트폰으로 검색하다 말고 숟가락을 들었다. 그러나 국을 숟가락에 떠서 입에 가져가는 찰나 음식에서 역한 냄새가 확 풍기며 속이 메슥거렸다. 그녀는 토할 것만 같아 허리를 굽히고 바닥에 대고 한참 울컥거렸다.

"계영 씨, 왜 그러세요? 아직도 입덧하시는 겁니까?"

"모르겠어요. 음식만 입에 대면 거부감이 들어 먹을 수가 없어요. 오늘도 먹을 것 같지 못해요. 한생 씨 혼자 드세요. 전 좀 있다가 나가서 커피나 한 잔 마시면 돼요."

"끼니마다 거르고 어떻게 삽니까? 그래서 계영 씨 얼굴이 야위었군요."

설계영은 식사를 포기하고 숟가락을 식탁 위에 내려놓았다. 아무래도 배선주의 예측이 맞는 것 같다. 이렇게 오래도록 입덧이 계속되는 걸 보면 임신의 가능성을 배제할 수 없다. 선주가 몇 번이나 산부인과에 가보라고 권했으나 촬영 때문에 차일피일 미뤄왔었다. 그냥 과음 후유증이려니 간과했었다. 그래서 촬영이나 끝나고 병원에 가보려고 했었다. 무슨 임신이 이렇게 쉬워. 한 번 잤다고. 불임증 때문에 고생하는 여자들도 많다던데…….

"안 되겠습니다, 계영 씨. 일어나서 저 따라오세요."

설계영은 일어서서 결산하고 나가는 천한생의 뒤를 따라갔다. 어디를 가냐고 묻지 않았다. 약국 아니면 커피숍일 테니까. 사람은 그냥 좁아터진 쥐구멍만한 생활권 안에서 뱅뱅 맴돈다. 그리로 갈 거면 차라리 나더러 술 마시러나 가자고 하지하고 생각하며 주차장으로 걸어갔다.

"타세요."

설계영은 그가 시키는 대로 차에 올랐다. 가장 살기 쉬운 방법이 시키는 대로 하는 것이다. 주변에도 약국이나 커피숍이 있는데 어디 더 좋은 곳이 있는 모양이다.

"멀리는 안 돼요. 오후에도 장소 섭외를 해야 돼서요."

천한생은 대답하지 않고 차만 운전한다. 설계영은 차에 앉아서도 휴대폰만 들여다보았다. 날마다 거식증 때문에 식사를 제대로 하지 못해 어지러웠다. 정말 임신이 원인이라면 사람들은 이런 귀찮은 임신 왜 하지, 하는 엉뚱한 생각이 들었다. 엄마는 나를 낳고도 모자라 다른 남자한테 시집가서 또 자식 둘이나 출산했다. 얼마나 메스꺼웠을까?

그렇게 메스껍고 어지럽고 몸이 말라가는 걸 참으면서 자식을 셋이나 낳아서는 도대체 뭘 하려고? 그냥 여자의 기능이 그러니까 했겠지 좋아서 했겠어. 나도 지금 여자라고 그걸 하잖아. 내 의지와는 아무 상관도 없이 스스로. 귀찮으면서도.

"도착했습니다. 내리세요."

천한생의 말에 휴대폰에서 시선을 떼고 차창 밖을 내다보던 설계영은 의아한 시선으로 그를 돌아보았다.

"산부인과잖아요. 여긴 왜 왔어요?"

"계영 씨, 음식만 보면 메스꺼운 증상이 임신 때문인지 확실하게 검사해야죠. 그래야 대책을 댈 거잖습니까."

대책?!

그 단어가 배선주의 얼굴을 떠올렸다. 배선주는 그 대책이 낙태라고 했었다. 그럼 천한생이 말한 대책도 같은 의미일까. 말이 낙태지 그것은 은유일 뿐 밑에 깔린 진의는 살인이다. 그리고 그 살인의 이유는 입덧이다. 설마 이유가 입덧일까? 그러나 설계영은 아무 말 없이 한동안 산부인과 간판을 물끄러미 쳐다보다가 여기까지 온 바에 천한생의 뒤를 따라 안으로 들어갔다. 때에 따라 이곳은 생명을 탄생시키기도 하고 죽이기도 한다. 임신이라면 낙태하고 말고는, 아니 생명을 탄생시키고 죽여버리는 결정권은 의사가 아니라 그녀에게 달렸다. 낙태하려고 임신 여부를 확인하는 것은 아니다. 아무튼 임신인지 아닌지를 확인하는 것까지는 나쁘지는 않을 것이다.

60대의 늙은 여의사가 그들을 맞았다. 의사와의 상담을 통해 설계영은 자신의 몸에 입덧 말고도 생리가 멈추고 전에 비해 졸음이 쏟아지고 수면 시간이 늘어났다는 새로운 사실을 알게 되었다. 결국 의사의 권유대로 혈액 검사, 소변 검사를 진행했다. 검사 결과는 10여 분 후에 나왔다.

"축하드려요. 임신 3개월입니다. 초음파 검사까지 하실 거죠?"

축하! 이게 과연 축하받을 만한 일인가. 그녀는 어리둥절해졌다.

"3개월이라고요?"

설계영은 놀라운지 기쁜지 슬픈지 두려운지 자신의 기분을 알 수 없었다. 다만 그녀는 시종일관 냉정함을 유지했다. 임신이라면 어떻고 아니라면 어떤가. 임신했으면 여자들이 다 하는 일을 했을 터이고 출산하면 된다. 미혼모가 임신했다고 사람들이 수군거리고 손가락질하며 조롱할 것이다. 그래도 두렵지 않다. 여자가 아이를 가지고 낳는 게 무슨 창피한 일인가. 미혼모라서? 그건 내 맘이다. 어쩌다 보니 가진 거지 가지고 싶어 가진 것도 아니다. 아무한테도 책임은 없다. 그것으로 인해 변하는 것이 있다면 나는 엄마가 되는 것뿐이다. 엄마면서 여전히 아가씨고 조연출일 것이다. 그래서 뭐?

초음파 검사까지 해 남자애라는 성별까지 확인되었다. 내 몸에 또 다른 한 사람이 살고 있단다. 그것도 나랑 성별이 다른 남자가 함께 생존한단다. 약간 신기하고 흥분되었지만 이거 별거 아니라는 생각에 다시 심드렁해졌다. 이거 모든 여자들이, 그것도 엄마까지도 할 수 있는 평범한 일이다. 아무 노력도 필요 없다. 버텨내고 견뎌내기만 하면 된다.

뜻밖인 것은 천한생이 갑자기 입을 다물었다는 사실이다. 자신의 아이가 아닌 다른 남자의 아이를 뱃속에 가진 여자를 좋아해야 하나 말아야 하나 하는 수컷의 고민에 빠져든 모양이다. 그러거나 말거나 설계영은 약국에 가서 의사가 처방해 준 입덧약을 사 들고 밖으로 나왔다. 지나가는 택시를 잡으려고 했다. 촬영장 섭외를 해야 한다. 아마 천한생은 그녀에게 들었던 정이 다 떨어졌을 것이니 차를 태워줄 리도 없다. 그녀는 남의 남자의 씨앗을 품은…….

"타세요. 제가 목적지까지 태워다 드리고 갈게요."

"택시 타도 되는데……."

"점심 식사도 걸렀는데 우리 저녁에 만납시다. 제가 살게요."

"진료비까지 결산하셨잖아요. 저녁은 제가 살게요."

천한생은 헛말을 하지 않았다. 저녁에 차를 운전하여 촬영장에까지 와서 설계영이 퇴근하기를 기다렸다. 그런데 촬영이 끝나자 몇몇은 곧바로 식당으로 향했다.

"한생아, 너도 우리랑 함께 가자."

지병환이 차에 올라타며 한마디 던졌다.

"난 촬영 팀도 아닌데."

"괜찮아요. 같이 가요. 제가 있잖아요."

설계영은 천한생의 차에 타며 말했다.

"입만 달고 가 되나?"

"걱정 마. 그래 봤자 숟가락 하나 추가야."

지병환이 웃으며 말했다. 설계영은 천한생을 데리고 지병환, 배선주, 배선미, 김진웅 등과 함께 같은 식당으로 이동했다. 우한솔은 남자친구가 와서 다른 데로 데리고 갔다.

천한생은 지병환이 아닌 설계영과 배선주 사이에 끼어 앉았다.

술안주가 올라오고 술을 잔에 따르기 시작했다. 막내인 선미가 돌아가며 술을 부었다. 설계영의 차례가 되자 그녀는 술잔을 쳐들었다. 그런데 뜬금없이 천한생이 그녀의 손에서 술잔을 빼앗아갔다.

"계영 씬 마시면 안 돼요."

"왜요?"

설계영은 술잔을 빼앗기자 천한생의 앞에 놓인 잔을 집어갔다. 그러나 그것마저 천한생이 압수했다.

"안 된다니까요. 음료나 마셔요."

배선미가 술병을 손에 든 채 두 사람의 실랑이를 의아한 시선으로 지켜본다.

"왜 안 돼요, 제가 임신해서요?"

설계영의 입에서 터져 나온 이 갑작스런 핵폭탄 발언에 일동은 누구라 없이 얼음땡을 당한 듯 굳어진 채 놀란 눈길로 그녀를 바라보았다. 결혼도 하지 않고 남편도 없는 여자의 입에서 그토록 쉽게 임신이라는 말이 튀어나오다니! 지병환의 표정에도 니들 벌써 거기까지 갔어? 하는 놀라움이 드러나 있다.

"축하해요. 아빠는 당연히 천 기자님이시겠죠?"

배선미는 무슨 희한한 볼거리라도 생긴 양 천진난만하게 술병을 든 채로 박수까지 쳐댄다.

"야, 이년아! 그 주둥아리 닥치지 못해!"

이 좌석에서 유일하게 대충 내막을 아는 배선주가 동생의 경망함을 꾸짖었다. 그러나 이번에는 모두의 시선이 일제히 천한생의 얼굴로 집중되었다.

"아빠가 누군지 꼭 알아야 돼?"

설계영은 스스로 술병을 들고 자신의 잔에 따르며 어정쩡한 표정을 지었다.

"임신은 무슨 임신입니까. 계영 씨, 장난 좀 그만 쳐요."

천한생이 난감한 분위기를 무마하려고 화제를 돌렸다.

"장난이라고요? 점심에 저랑 한생 씨랑 산부인과에 가서 테스트했잖아요. 약국에서 파는 임신테스트기도 아니고 혈액 검사에 초음파 검사까지요."

그녀의 솔직한 고백에 이번에는 천한생이 입을 딱 벌렸다. 무마하려고 했는데 본인이 모든 걸 까밝히니 그로서도 당황할 수밖에 없었다. 저 여자 4차원이야 뭐야 하는 표정이다.

"거 보세요. 정말이라잖아요. 언니, 그런데 임신했는데 아빠를 몰라도 된다고요?"

"야, 이년아, 제발 좀 입 닥치라고 했잖아."

동생의 횡설수설에 배선주는 발로 그녀의 종아리를 걷어찼다.

"아야! 왜 때려? 사실이잖아."

"아빠 같은 게 뭐가 중요해. 미혼 임신이면 또 어떻고. 다 거기서 거기 아냐."

"계영 씨, 그만해요. 내가 사실은 이 말은 결혼 후에 하려고 비밀로 부쳐두었는데 이미 공개되었으니 자백해야겠네요. 계영 씨 복중 태아의 아빠는 바로 접니다."

그야말로 두 번째 미사일이 발사된 거나 다름없이 좌중은 아수라장이 되었다. 본인은 아빠가 누군지 모른다하고 천한생은 자신이 아빠라고 자청하니 말이다. 모두들 뭐가 뭔지 갈피를 잡을 수 없어 서로의 얼굴만 쳐다보았다.

"언니, 잠깐만 일루 나와봐요."

배선주가 참지 못하겠다는 듯 설계영의 팔을 잡고 일어섰다. 그리고는 화장실로 데리고 간다. 이럴 때면 설계영은 자신의 의지와 판단력을 버리고 다른 사람에게 순종한다. 순종하면 맞장 뜨기보다 일이 쉽게 풀리기 때문이다.

"언니, 임신한 거 정말이에요?"

"정말이야. 진단서도 있어."

"그렇다고 그걸 대중 앞에서 공개하면 어떡해. 자랑이에요? 사람들 속에서 어떻게 고개 쳐들고 살려고 그래요?"

"왜, 임신한 거 무슨 범죄야? 여자들은 다 하는 거잖아."

"비정상이니까 그러죠. 언니는 아직 혼전이고 애 아빠가 누군지도 모르잖아요."

"아빠를 모르면 뱃속의 태아가 사람이 아니고 짐승이라도 되는 거야?"

"언니, 좀 정신 차려! 내일 당장 나랑 같이 병원에 가서 낙태하자. 아빠가 누군지도 모르는 애를 왜 출산해. 출산하면 또 어떻게 길러, 아가씨가?"

"뭐가 어떻게야? 그냥 낳고 젖을 먹여 기르면 되잖아. 여기서 쓸데없는 잡담하지 말고 나가서 술 마시자, 나 술 마시고 싶어."

설계영은 화장실에서 나오려고 몸을 돌이켰다. 그러자 배선주가 재빨리 그녀의 앞을 막아서며 설계영의 어깨를 부여잡았다. 그녀는 장신이라 설계영의 시선은 면바로 그 커다란 젖가슴과 평행을 이뤘다.

"글래머라고 자랑해? 치워. 내 것도 충분히 애를 기를 만해."

"말이 되는 소릴 해요. 낳아서 젖을 물려 기르면 된다고? 그나마 천한생이 알아서 자기가 아빠라고 자청했으니 망정이지 오늘 무슨 개꼴 망신을 당할 뻔 했어요."

"망신? 배 작가는 이따 임신 안 할 거야? 망신이 두렵다며?"

"임신해도 결혼하고 정당하게 남편의 애를 임신해야잖아요."

"너, 나 비혼주의자인 걸 알잖아. 나한텐 결혼, 남편 같은 건 없을 거야. 그러나 이래저래 가진 앤데 그냥 낳고 싶어. 여자니까."

"도대체 언니 머릿속에 생각이라는 게 있기나 해? 인생 계획도 없고 되는 대로 막살 거냐고?"

"플랜? 계획은 해서 뭐해. 그딴 거 난 골치 아파. 살아지는 대로 따라가는 거야."

"설계영 씨, 정말 대단하시네요. 누가 좀 막가파 언니 말려주세요."

"됐어. 말리고 말고 할 것도 없어. 순리대로 살면 돼. 천 기자가 아빠라고 자처했으니까 난 거기에 슬쩍 묻어가면 되잖아. 대충 살아도 계획한 것처럼 이렇게 완벽하잖아. 나가자."

술상이 끝나자 설계영은 천한생의 차를 타고 귀가하면서 생각했다. 그가 왜 아빠라고 자청했지. 내가 낙태하지 않을 거라는 걸 알면서도. 다른 수컷의 애를 품었는데도 내가 좋은가. 나도 이상하지만 나보다 더 이상한 사람 같다. 아니면 나랑 결혼하면 힘들지 않고서도 자식 하나 얻을 수 있다는 생각에선가. 남의 피가 흐르는 자식이 자식인가. 그녀는 엄마가 재가해서 출산한 성 다른 자매들을 혈육으로 생각한 적이 없다. 그렇지만 남처럼 모르는 척 소원하게 지내지도 않았다. 사는 데는 아무런 지장도 없었다. 동생들은 그녀를 언니, 누나라고 부르며 따랐고 그녀도 동생들로 대우해 주었다.

"술, 담배는 오늘을 마지막으로 끊으세요. 의사 선생님도 임산부에게 해롭다고 했잖아요. 출산한 다음 다시 붙이면 되잖아요."

"제가 비혼주의자라는 걸 한생 씬 모르고 계시죠?"

설계영은 자신이 왜 이 말을 꺼냈는지 모른다. 천한생이 기대를 버리고 떨어지기를 바란 것도 아니었다. 그러나 그걸 생각하고 접근했다면 결혼에 골인 못하면 절망할 것이다. 솔직히 그것 때문도 아니었다. 이상하게 저도 모르는 사이에 그 말이 머릿속에서 이리저리 뒹굴다가 불쑥 입 밖으로 튀어나갔었다. 그녀는 언제나 이런 식이다. 아무런 사전 준비도 계획도 없다.

"차라리 잘됐네요. 저 역시 비혼주의잡니다. 남녀가 꼭 결혼해야 함께 삽니까?"

"아니죠. 결혼 없이도 얼마든지 같이 살 수는 있죠."

설계영은 비오는 날 대화역에서 만났던 남자를 떠올렸다. 그날 섹스는 정상적이었다. 하지만 결혼 같은 건 없었고 그래서 책임이나 양심을 떠인 의무 같은 것도 없었다. 어떻게 사람이 사는 게 한 남자와 한 여자가 묶여서 꼼짝달싹 못하고 평생 살 수 있는가. 사람이 살다 보면 사귀던 남자가 싫어질 때도 있고 모르던 남자가 갑자기 좋아질 때도 있다. 결혼은 그 모든 자유와 가능성을 폐기해 버린다. 그래서 숨 막히고 지루하고 지리멸렬하다. 그게 이른바 결혼이라는 것의 결과다. 임신하고 출산하고 육아하는 데도 계획이 있다고 한다. 그런 책까지 소낙비처럼 쏟아져 나온다. 순식간에 베스트셀러가 된다. 책은 그냥 저자의 개인적인 삶의 협소한 경험일 뿐인데도 계획이라는 거창한 단어를 붙여 팔아먹는다.

집 앞에 도착하자 천한생은 그녀를 차에서 내려주고 돌아갔다.

설계영은 대문 안에까지 들어갔다가 다시 골목길로 나왔다. 일단 희미한 방범등 밑에서 담배 한 대를 붙여 물었다. 광원 주변에 부나비 수백, 수천 마리가 모여들어 군무를 펼치고 있었다. 저들 미물들도 계획을 세우고 군무를 추나?

그녀는 골목길을 따라 걷기 시작했다. 이제는 혼자가 아니라 두 사람의 동행이다. 갑자기 자신이 유능하고 위대해 보이기까지 한다. 어떻게 내 몸이 사람을 만들 수가 있지. 더구나 성별이 다른 수컷을. 이제 이 녀석은 몸 밖으로 나오면 가슴에 매달려 젖을 빨 것이고 엄마하고 부를 것이다. 그런 건 다 아무 계획이 없어도 섹스만 하면 저절로 이루어지는 것이다. 계획이 있어서 산에 냇물이 흐르고 숲이 무성한가. 세상 만물은 모두 저절로 이루어지고 돌아가고 있다. 이른바 자연의 섭리이다. 달과 별들이 그렇고 구름과 바람이 그렇다. 아무것도 누군가 치밀하게 세운 계획에 따라 이루어지고 돌아가는 것이 아니다. 창조주 하나님이 들으면 대노할지도 모른다. 하지만 그분이 하루 동안 창조한 세상은 이튿날부터는 스스로 자신의 존재를 영위하고 있지 않는가. 존재는 계획하지 않는다. 내가 뱃속의 애를 창조했지만 내 뱃속에서 태어나면 나랑은 상관없이 살아갈 것처럼. 그녀는 목적 없이 걷다가 문득 오르막이 앞을 가로막아 고개를 쳐들었다. 웬일인지 어딘지 기억이 나지 않는다. 골목을 한 바퀴 돌았지만 똑같은 희미한 가로등이 있고 콘크리트 계단이 있고 양옆에 누군지 모를 사람이 사는 집들의 대문이 달려있다. 저 안에서는 남자 아니면 여자 또는 남녀가 살 것이다. 그리고 그 작업을…….

　여기가 어디지? 이런 곳에 와본 적이 없는 것 같은데. 그녀는 그냥 이렇게 길을 잃어버린다. 그리고 알 수 없는 길에서 이리저리 방황한다. 그래도 서두르지 않는다. 느긋하다. 수 없이 회전하고 반복하고 되돌아서야 간신히 알 만한 곳에 당도한다. 명색이 드라마 촬영 장소 섭외를 하는 조연출인데 그렇다. 오늘 밤도 한동안 헤매야 집까지 찾아갈 것 같다. 길치도 아니고. 그러나 그게 싫지가 않다. 아는 길을 걷는 것보다 길을 찾는 과정에 재미가 있다. 그래서 힘들면서도 힘든 줄을 모른다. 짜증이 나면서도 화가 나지 않는다.

3

 배선주는 말 대가리네 집에 동생 선미 대신 주저앉은 첫날 그가 술을 훔쳐 마시는 걸 목격하고 이튿날 진짜 집 안의 모든 술을 감춰놓았다. 그러나 그날 저녁 대뜸 말 대가리의 거센 항의가 들이닥쳤다.

 "여기 술 다 어디다 감췄어? 난 술이 없으면 못 산다는 사실 배 작가도 알잖아. 이건 날 죽기 전에 미리 목숨을 끊어버리는 짓이라고. 난 술이 없으면 살아도 죽은 목숨이야. 그러니 당장 술을 제자리에 가져다 놔."

 말 대가리는 이성을 잃고 고래고래 소리 질렀다. 그러나 그런 위협에 질겁할 배선주가 아니었다. 더구나 그런 강경한 태도는 그녀가 예상했던 범위 내의 반발에 불과했다. 겉으로 강해보이는 사람은 허장성세만 꺾어놓으면 금방 다운된다.

 "말이 되는 소릴 해요. 술 담배는 암세포를 확산시키는 장본인이잖아요. 내가 옆에 있는 한은 절대 안 돼요."

"누가 조 작가더러 내 집에 있어주십사 모셔 들이기라도 했어? 죽고 사는 건 내 인생이야. 상관하지 말고 지금 당장 집에 가도 돼."

"누군 지 피디가 이뻐서 이렇게 있는 줄 알아요? 선미 때문에 할 수 없이 있는 거예요."

"이럴 거면 차라리 선미랑 바꾸든지."

"왜, 공부하는 애를 가정부로 부리려고요? 명색이 피디라는 양반이 양심이 좀 있어야지."

배선주는 재수 없이 자매 둘 다 말 대가리와 엮이게 된 악연이 생각할수록 화가 치밀었다. 그러나 선미 때문에도 그렇고 드라마 때문에도 그렇고 화가 난다고 막말을 퍼부을 수도 없었다. 횟수가 거듭될수록 드라마는 시청률이 고공 행진을 하고 있는 중이었다. 이야기도 시청자들의 흥미를 끌고 우한솔의 연기도 결말이 가까워질수록 물이 오르고 드라마 촬영 장소, 음악 모두가 사람들의 심금을 사로잡았다. 곽 사장은 벌써 수차례나 제작팀에 고무, 격려를 해주었고 딱따구리도 더는 태클을 걸지 않고 수수방관했다. 대박 흥행이 유력하게 전망되는 마당에 피디와 작가의 갈등 관계의 폭로는 말도 안 되는 시추에이션이다. 정말 흥행에 성공하면 후속 편을 계속 제작해야 할 호재가 차례질지도 모른다. 그러니까 될 수 있는 한 그때까지는 두 사람의 우호적인 관계를 지속할 필요가 있었다.

그런데 시간이 흐르면서 배선주는 한 가지 특이한 현상을 발견했다. 남녀 단 둘이 한 집에 사는데 그녀를 향한 말 대가리의 관심이 꺼져있다는 사실이었다. 심지어 예전에는 가끔씩 그녀의 몸에 던지던 현혹의 시선마저 철수된 느낌이다. 그냥 친여동생을 대하는 예사로운 눈빛에 배선주는 은근히 오기 같은 것이 발동했다. 잘났든 못났든 그래도 여자다. 남자들의 관심의 눈길 속에서만 여자는 비로소 존재감을 가진다면 그녀는 이 집에서 죽은 것이나 다름없기 때문이다. 어떻게 젊은 여자와 한집에 살면서 저토록 무심할 수가 있지. 내가 그렇게 여성성이 결여되었나? 아니면 말 대가리가 목석이야? 첫날 저녁 성추행을 우려했던 자신이 무색할 지경이었다.

자신이 정말 남자에게 무시당할 만큼 여성성이 떨어지고 섹시하지도 못한지 테스트해 보고 싶었다. 어느 날 그녀는 아래에는 몸에 쫙 달라붙는 섹시한 레깅스를 입고 위에는 고탄력 티셔츠를 입은 다음 집 근처의 공원에 나가 러닝을 했다. 그녀가 예상했던 대로 산책하던 남자들의 시선이 자석에라도 끌린 듯 그녀의 움직임을 따라 길게 줄을 서서 뒤따라 다녔다. 어떤 남자들은 풍경을 찍는 척 딴 짓을 하며 그녀의 몸매를 몰래 촬영까지 한다. 나는 여자일 뿐만 아니라 남자들을 혹하게 만드는 예쁘고 섹시한 여자다. 그런데도 말 대가리는 그녀를 거들떠보지도 않는다. 만나면 술 투정, 담배 투정만 한다. 솔직히 이 공원에 있는 젊은 남자들 중 아무 남자라도 그녀가 추파를 던지면 마다할 사람은 없을 것이다.

배선주는 이따금 집에서 남자들의 시선을 끌었던 레깅스를 입고 고탄력 티를 입어보기도 했다. 그러나 말 대가리의 시선은 여전히 콘크리트처럼 굳어있었고 눈살을 찌푸린 채 시간만 있으면 술, 담배만 찾아다닌다. 여자가 술보다 못하다는 뜻인가. 배선주는 악에 받쳤다. 어느 날은 아예 말 대가리 앞에서 버젓이 겉옷을 갈아입기까지 했다. 브라와 팬티만 착용한 반 나신을 그에게 고스란히 드러내 보였다. 이쯤 되면 보통 남자들은 흥분으로 이성을 잃어버릴지도 모른다. 게다가 아무도 없는 조용한 집 안이고 단둘뿐이다. 와락 덮쳐든다고 해도 말릴 삼자도 없다. 말 대가리가 그녀를 가지지 못해 미쳐버리는 꼬락서니를 보고 싶었다. 정말 내가 너 따위 말 대가리의 눈에도 안 드는 형편없는 여자가 아니라는 걸 확인하고 싶었다. 이번에 접근하면 나도 몸을 허락할 거야…….

하지만 그녀의 무리한 쇼는 흙벽을 쳐다보는 듯 한 말 대가리의 무심한 눈길 앞에서 유치하게 막을 내리고 말았다. 늙은 할망구가 주책없이 옷을 벗었다가 축 늘어진 몸매에 부끄러워 황망히 몸을 가린 듯한 꿀꿀한 기분마저 들었다. 혹시 말 대가리가 저렇게 목석으로 변한 거 암 때문은 아닐까? 암에 걸리면 성기능이 퇴화되는 건 아닐까. 스님도 여자가 옷을 벗으면 슬그머니 손을 내밀 텐데 저건 완전히 나무로 만든 장승이 아니야.

이왕 말 대가리가 여자에 대한 욕정이 없다는 걸 확인한 바 하고는 본인이 항암 치료를 거부해도 내가 치료를 권유하자. 사람이 죽기 전에 남성부터 죽었다고 생각하니 말 대가리가 갑자기 측은해졌다. 그녀도 한때는 좋아할 뻔했던 적이 있는 남자다. 죽기 전에 남자라도 살려 여자 맛이라도 보고 하늘나라로 가야 할 거 아닌가. 그게 내가 아니더라도.

배선주는 의원을 경영하는 대학 동기의 언니를 찾아가서 상황을 이야기했다. 본인이 치료를 거부하니 항암제라도 좀 처방해 달라고 사정했다.

"'여경사' 드라마 피디라고요? 참 안됐네요. 그 드라마 저도 재미있게 보고 있거든요. 아까운 분이네요."

배선주는 의사가 처방해 준 항암제를 약국에 가서 사 들고 집으로 돌아오며 생각했다. 이 약을 복용하면 완쾌는 몰라도 죽음의 시간을 좀 늦출 수는 있겠지. 아니면 남성이라도 회복 가능할지도 몰라. 물론 상대는 난 아니야. 난 말 대가리가 싫어.

전화벨이 울린다. 선미다. 촬영 중일 텐데 웬 전화야…….

"오빠 마실 술을 다 감춰놓았다며?"

"그걸 네가 어떻게 알아?"

"오빠가 다 말했어. 나더러 언니하고 말해서 제발 술 좀 감추지 말아 달라고……."

"안 돼."

"어차피 얼마 살지도 못할 거잖아. 그게 의미 있어?"

"하루라도 더 살리려면 그렇게 할 수밖에 없으니까."

"사람은 동물이 아니잖아. 육체가 중요한 게 아니라 정신이 중요하거든."

"개소리 작작해. 끊어."

배선주는 전화를 일방적으로 탁 끊어버렸다. 선미가 말 대가리와 얼마 동안 상종한 후부터 어른이 된 느낌이다. 알아듣지 못할 10대들의 은어도 점점 사라진다. 언니가 말 대가리를 좋아한다니까 어쩔 수 없이 자리를 비켜주었지만 생각은 여전히 말 대가리에게 있는 것이 확실하다. 선미의 머릿속에서 하루라도 빨리 말 대가리의 모습이 사라져야 그녀도 이 집에서 해방되어 나갈 수 있다. 그런데 애가 하는 짓을 봐서는 도저히 물러설 기미가 보이지 않는다. 제발 좀 말 대가리를 잊어라. 언니도 숨 좀 쉬고 살자. 언니를 곧 죽을 말 대가리랑 엮어놓고 왜 이 지랄이야. 네년이 동생만 아니라면 말 대가리와 함께 살든 죽든, 순장되든 일절 상관하지 않을 거다. 이게 지금 무슨 말도 안 되는 시추에이션이야. 항암제나 손에 사 들고 다니고…….

저녁에 지병환이 집으로 돌아오자 배선주는 다짜고짜 약부터 내밀었다.

"이게 뭐야?"

"항암제."

"이걸 왜 나한테 줘?"

"병원에는 안 가더라도 암세포가 확산되는 건 막아야잖아요."

"누가 배 작가더러 이런 거 사오라고 했어? 이딴 거 말고 빨리 술이나 내놔."

"술은 안 돼요. 먼저 약부터 먹어요."

"이 따윈 난 안 먹어. 술 감춰두지 말고 이것부터 내다 버려. 집에 가라는데 가지도 않고 왜 나만 골탕 먹여."

말 대가리는 또 식사를 거부하고 벌떡 일어나 주방에서 나간다.

"술이라면 몰라도 항암제가 왜 골탕인가요. 하긴 내가 왜 이러지, 마누라도 아니고? 선미가 아니라면 벌써……."

"선미 소리하고 있네. 걔한테서 전화가 안 왔어?"

지병환은 거실 소파에 털썩 주저앉으며 엉뚱하게 책을 펼쳐든다.

"선미가 왜요? 어른들이 애가 시키는 대로 할 거예요?"

"그래, 어른이라서 잘한다. 차라리 날 굶겨 죽여라. 마누라도 아니라면서 왜 이 집구석에 들어와 날 이래라저래라 하는 거야?"

"당신이 피디니까. 드라마를 성공적으로 끝내야 하니까. 우리 운명 공동체잖아요. 아니, 솔직히 나도 모르겠어요. 왜 지 피디랑 등 넝쿨처럼 이렇게 칭칭 엮였는지."

"그렇게 드라마가 성공하기를 바란다면 피디인 나한테 술을 줘야지. 나 술 때문에 지금까지 살아오고 드라마를 만든 거 배 작가도 잘 알잖아. 배 작가가 쓴 드라마 대본의 주인공 하미라도 술로 하루하루 버티잖아."

"그건 드라마잖아요. 이건 현실이고."

"현실이면 뭐가 달라? 죽은 조 작가도 술 때문에 살았고 술 때문에 죽었지. 설계영이 임신한 것도 술 때문이 아닌가?"

"그래요, 맞아요, 지 피디 말대로라면 인생 자체가 술이네요. 그러나 하나만은 아니에요. 암! 암 환자한테는 술이 독약이니까요."

"암, 암, 암! 그 소리 좀 그만해 줄래."

지병환은 두 손으로 머리를 부둥켜안고 마구 비벼댔다. 그리고는 통증이 발작하는지 손을 내려 옆구리를 끌어안고 몸부림쳤다.

"봐요. 또 통증이 발작했잖아요. 빨리 약 먹어요."

"그 약 말고 배 작가, 저기 내 가방 안에서 진통제 좀 갖다 줘."

"언제까지 진통제로 버틸 거예요?"

배선주는 가방 안에서 진통제를 꺼낸 다음 유리컵에 물을 따라 지병환에게 건넸다.

"조금만 더 참으면 돼. 곧 드라마 촬영이 끝날 거니까."

그렇다. 드라마 촬영은 곧 끝날 것이다. 그때면 배선주의 이 원치 않는 종살이도 끝날 것이다. 왜냐하면 촬영이 끝나면 선미도 할 일이 없으니 천안으로 내려가야 한다. 그때 배선주도 같이 내려가서 부모님에게 막내 딸을 엄하게 단속하라고 단단히 이를 것이다. 드라마가 시청률을 끌어올리며 고공 행진을 하고 있으니 잠시는 그 영광에 도취되어 말 대가리는 언니한테 맡기고 올라오지 않을 것이다. 그리고 그 사이 배선주는 말 대가리의 부모에게 알림으로싸 그를 병원에 강제로 입원시켜 버릴 것이다. 그래도 말 대가리가 고집을 부리면 아예 제작 팀은 물론 사장님한테도 이 사실을 이실직고하여 포위 공격을 할 것이다. 배선주는 지금 그 절차를 정밀하게 계획하고 있었다.

얼마 뒤 드디어 드라마 촬영은 종료되었다. 스태프와 연기자들이 종 파티를 하는 날 곽 사장이 직접 연회장에 광림해 축하했다. 그리고 사장이 몸소 술병을 들고 술을 따랐다. 말할 것도 없이 첫 순서는 지병환 피디였다.

"지 피디, 수고했어. 우리 방송사를 위해 기여한 지 피디의 공로가 단연 으뜸이야. 흥행에 성공하고 시청률도 같은 시간대의 드라마 부문 1위를 탈환했으니까."

넘치게 따른 술잔을 지병환에게 건네자 양옆에 앉았던 배선주와 설계영이 동시에 말렸다.

"지 피디한테 술은 안 됩니다. 음료로 바꿔주세요."

"왜, 난 지 피디가 술꾼인 줄 아는데……."

"맞습니다. 오빠 술꾼 맞아요."

맞은편 끝자리에 앉았던 배선미가 멀리 떨어졌음에도 불구하고 한마디 거들었다.

"오늘 같은 날 안 마시면 언제 또 마십니까. 지 피디님 받아요."

우한솔은 박수까지 치며 동조한다. 지병환도 자리에서 일어나 두 손으로 잔을 받으려고 했다.

"사장님, 지 피디 그 술 마시면 안 됩니다. 지 피디 지금 췌장암 말기예요."

이 말 한마디가 핵폭탄이라도 터진 듯 순식간에 술좌석을 직격했다. 연기와 화염이 자옥하게 피어오르며 불물처럼 뜨거운 정적이 두텁게 깔렸다.

"뭐야, 지 피디가 췌장암이라고?!"

"네, 몇 달밖에 못 사는 시한부 생명이랍니다. 그러니 어떻게 술을 마실 수 있겠습니까."

배선주가 일어나서 지병환의 손에서 잔을 빼앗아 식탁에 내려놓았다.

"지 피디, 배 작가 말 정말이야?"

"그걸 왜 폭로해? 사장님, 그러니까 그게 사실이긴 한데……."

"그걸 왜 이제야 나한테 말해. 그렇다면 음주 불가는 둘째고 드라마 촬영도 다른 사람한테 맡기고 진작 병원에 입원했어야지. 내일이라도 당장 입원해."

"제가 누구한테도 말하지 말라고 입단속을 시켰습니다. 드라마 촬영도 끝내야 하니까요. 그리고 전 치료를 포기하려고요. 며칠 살아도 그냥 살던 대로 살고 싶었습니다."

"그게 말이 되나, 젊은 사람이. 안 돼. 내일 당장 병원에 입원해. 치료하면 좋아지겠지."

암이라는 말에 충격을 받았는지 곽 사장의 말투가 갑자기 바뀌었다.

결국 지병환은 술 대신 음료를 받아 마셔야만 했다.

곽 사장도 자리를 뜨고 술이 한창 고조에 오를 때 멍하니 멍 때리고 앉아있던 지병환이 슬그머니 자리에서 일어나 홀에서 나갔다. 배선주는 화장실에 갔을 거라 생각하고 그냥 술을 마셨다. 그러나 술상이 파할 때까지 지병환은 회식 장소로 돌아오지 않았다. 게다가 끝나서 자리에서 일어날 때에야 배선주는 선미와 우한솔도 사라졌음을 뒤늦게 알았다.

"이년들이 미쳤어! 다른 식당으로 도망간 게 분명해."

전화를 걸었지만 세 사람은 약속이나 한 듯이 모두 전원이 꺼져있다. 집으로 돌아갈 수밖에 없었다.

지병환은 새벽녘에야 알코올에 꽐라가 된 채 비틀거리며 귀가했다. 문 앞에까지 선미와 우한솔이 데려왔다.

"이 미친년들아! 차라리 사람을 죽여서 송장을 업고 오지 그랬어."

배선미와 우한솔은 지병환을 배선주에게 인계하자 아무 말도 없이 돌아갔다. 말 대가리는 밉다니까 방 안에 들어서기 바쁘게 화장실로 들어가 섭취한 걸 다 토하더니 진통제를 먹고 한창 들볶다가 자기 침대로 올라가 시체처럼 너부러졌다. 그리고는 들어가도 모르게 깊은 잠에 곯아떨어졌다.

 이 꼴이 암 환자 맞아, 낼모레 죽는다는 사람 맞냐고? 아무래도 죽을 걸 고통스럽게 기다리지 말고 아예 오늘 자다가 그냥 이 침대에서 죽어버려라. 선미와 우한솔 그리고 나까지 고생시키지 말고.

 구두를 벗기고 상의를 벗겨 침대에 바로 눕혀주며 배선주는 입에 담지 못할 온갖 욕설을 다 퍼부었다. 이대로 방치해서는 안 되겠다. 촬영도 끝났으니 며칠 내에 말 대가리 부모한테 전화를 걸어 진실을 알려야겠다. 부모가 시골서 상경해야 아들을 병원에 입원시킬 수 있다. 그녀는 주머니에서 말 대가리의 휴대폰을 끼냈다. 패턴 같은 게 설정되지 않아 금방 켜진다. 부모 전화번호를 쉽게 찾을 수 있었다. 아직은 새벽 시간이라 날이 밝으면 전화를 해야겠다고 생각하며 말 대가리의 침실에서 거실로 나왔다.

 늦잠이 들어 10시가 다 되어서야 눈을 뜬 배선주는 며칠 더 기다려 보고 전화를 하기로 마음을 고쳐먹었다. 그녀도 누가 자신의 일을 부모한테 이실직고하는 것이 싫었기 때문이다. 어제는 촬영이 종료된 뜻 깊은 날이니 아무리 암 환자지만 담당 피디로서 축배를 들 만도 하다는 생각에서였다. 그러나 오늘부터는 정식으로 항암제를 복용하고 식이요법에 따라 식단을 조절한다면 어제 술만은 봐주리라 생각했다. 그리고 입원도

한 번 더 설득해 보기로 했다.

 기상해서 조식을 준비해 음식상을 차렸으나 말 대가리는 침실에서 나오지 않는다. 문 앞에 가서 식사하라고 노크를 해보았다. 응대가 없다. 이상한 생각이 들어 문을 열고 안으로 들어가 보았다. 침대가 비어있다.

 "화장실에 갔나?"

 방 안 여기저기를 두루 돌아보고 마당에까지 나가보았으나 보이지 않는다. 배선주는 어쩔 수 없이 전화를 걸었다.

 "왜?"

 "어디예요?"

 "호텔."

 "호텔에는 왜 가요? 자기 집을 놔두고."

 "배 작가 등쌀에 하루도 못 살겠어. 잠시 여기 있으며 식당 밥을 먹으려고. 술도 내 맘대로 사 마시고."

 "정말 이럴 거예요? 지 피디가 이런 식으로 나오면 나도 더는 양보할 수 없어요. 지금 당장 지 피디 부모님께 사실을 알려드리고 올라오셔서 아들을 병원에 입원시키라고 말씀드릴 거예요."

 "야, 배 작가. 정말 왜 그래? 나랑 전생에 무슨 웬수진 일이 있어? 끝끝내 내가 미리 죽는 꼴을 봐야……."

 배선주는 통화를 중단했다. 그리고 즉시 말 대가리 부모한테 전화를 했다. 걸자마자 받는다. 배선주는 신분을 여쭌 후 사실을 말씀드렸다. 어르신은 너무 충격을 받은 듯 한동안 아무 말도 못하고 침묵만 지켰다. 한 식경이나 지나서야 겨우 한마디 했다.

"고마워요. 이번 주말 서울로 올라갈 거예요."

배선주는 전화를 끊은 후 통화 내용을 말 대가리 휴대폰에 문자로 발송했다.

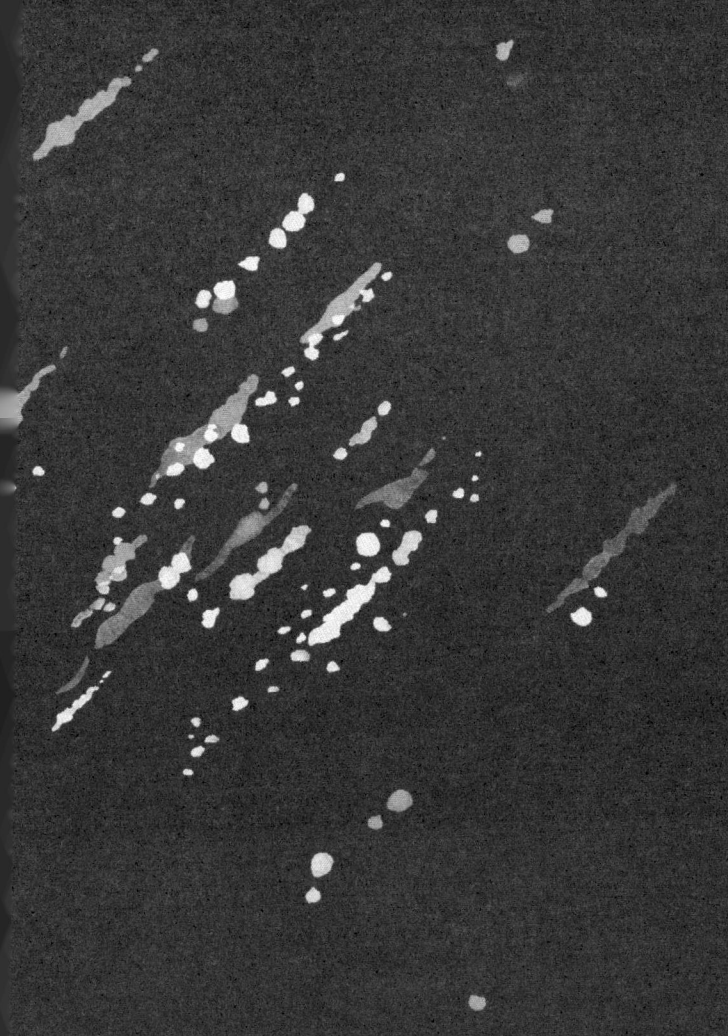

6장
촬영 종료

1

　지병환은 왜가리가 죄어오는 상식의 올가미에 숨이 막히고 질식하여 견딜 수가 없었다. 상식은 등 넝쿨처럼 단단하고 질겨 한번 묶이면 풀려 나기가 하늘의 별따기다. 오래 살아야 한다는 상식, 건강해야 한다는 상식은 벌써 까마득한 옛날에 만들어진 올가미지만 지금까지도 인간을 꼼짝달싹 못 하도록 옭아매고 있다. 우스운 것은 상식이 그렇게 철통같이 견고함에도 죽을 사람은 죽고 아픈 사람은 아프다는 것이 현실이다. 백세 시대요, 건강이요하며 인간이 만들어 낸 문명이 한두 가지인가. 병원, 의료 기술, 의약품, 건강식품, 운동기구…… 도처에 널린 것이 그 상식이 만들어 낸 결과물들이다. 그러나 아이러니하게도 인간의 욕망과는 달리 아직도 수많은 사람들이 100세 전에 숨지고 건강이 붕괴되며 앓다가 죽는다.

　촬영이 종료되고 드라마가 종영되면 인간 세상의 모든 부귀영화를 버리고 산속에 홀로 들어가 이른바 병도 낫고 건강도 회복된다는 '자연인'이라도 될까 하는 생각도 한 적이 있었다. 그러나 금방 포기했다. 나는 말 못하고 감정이 없는 멧돼지가 아니고 사람이다. 산다는 것은 다람쥐처럼 육체적인 생명을 유지한다는 의미에만 그치는 것이 아니다. 언어와 감정과 포부와 사업과 함께 사회와 공동체 속에 어울리는 것을 의미한다. 혼자서 산속에 들어박혀 200살까지 건강을 유지하고 산다한들 그게 사람으로 사는 건가, 짐승으로 사는 거지. 그건 사회적 인간으로서는 죽고 육체적인 건강만 보존하는 동물로 타락하는 것이다. 그렇게 생명을 유지할 거면 차라리 의미 없는 육체 보존을 위해 사회인에게 필요한 산 약재나 쥐처럼 야금야금 훼손시킬 대신 죽어버리는 것이 나을지도 모른다. 적어도 내가 머무는 산 주변의 자연은 약탈당하고 오염되지는 않을 것이다.

  그가 사회에 살아도 술, 담배를 하고 양곡 축을 내긴 하지만 적어도 사람들을 위해, 공동체를 위해 유용한 일을 하고 있다. 드라마를 만들어 사람들의 정서 생활에 도움을 준다. 그러니 공짜 밥을 먹고 공짜 물을 마시는 것은 아니다. 나 하나를 위해 사는 것이 아니라 다른 사람을 위해서도 살았다. 곽 사장은 죽어가던 방송사가 지 피디 때문에 되살아났다고 말했다. 그런데 이 모든 것을 떠나서 지병환은 정말 치료하는 명분으로 병상에 드러누워 항암제를 투여하고 암세포를 죽이는 의료 기기의 신세를 지면서 머리카락이 다 빠지고 창백한 얼굴의 환자로 살고 싶지는 않다. 장가도 안 간 젊은 나이에 그 삭은 모습은 상상하기도 싫다. 그렇게 구질구질하면서도 암이 완쾌만 된다면 그 수모를 감당해야 할지도 모르겠다.

어차피 몇 개월 뒤면 죽을 것이다. 치료에 착수하면 몇 개월 더 살지도 모른다. 그저 그것뿐이다. 그리고 솔직히 말해 암세포가 저주롭다지만 손가락이나 발가락처럼 내 몸 안의 세포가 아닌가. 나랑 같이 먹고 같이 살다가 같이 죽을 것이다.

그래서 그는 왜가리가 도처에 지뢰처럼 매설해 놓은 상식의 덫을 피해 호텔로 도망하기로 작심했다. 잠시라도 기존의 생존 방식대로 살다가 죽고 싶다. 그냥 머리숱이 많은 남자, 키가 크고 눈이 부리부리한 사내, 잘 나가는 드라마 피디, 젊은 총각이라는 이름으로 살다가 떳떳하고 멋지게 이 세상을 떠나고 싶었다. 이것은 운명이 나한테 준 수명이다. 왜가리가 몰아넣는 그 상식의 컴컴한 터널에서 숨 막히는 항암 치료를 받다가 초췌한 중환자의 모습으로 이 세상을 하직하고 싶지 않았다. 그냥 살던 대로 살다가, 알코올을 적시다가, 담배를 피우다가, 책을 읽다가, 드라마를 촬영하다가, 자다가 문득 가고 싶다. 조난선은 아프지도 않고 멀쩡하고 건강한 몸으로 떠났다. 죽기 전날까지 술을 마셨고 섹스했고 그림을 그리던 아가씨다. 지병환은 늙어도 그녀는 늙지 않을 것이다. 어쩌면 그녀는 젊음을 영원히 간직하려고 죽었는지도 모른다. 그리고 소원이든 드라마도 대박쳤으니 할 일도 끝낸 셈이다. 간다고 해도 아쉬운 것이 없다. 장가가서 가족을 이루고 자식을 낳아 기르고 늙기를 기다려 천천히 죽는 게 뭐가 그렇게 대단한가.

한편으로는 주인인 자신이 집에서 나오고 손님인 왜가리가 집에 남은 이 상황이 아이러니하기도 했다. 그러나 이 모든 일의 발단은 배선미로

부터 시작된 것이다. 회식 날에도 선미는 화장실에 간 그를 뒤쫓아 나와 다른 식당으로 가서 술을 마시자고 졸랐다. 그들이 식당으로 도망갈 것을 예감했는지 우한솔도 금방 그들의 뒤를 따라 나왔다. 세 사람은 마치 소풍이라도 가듯이 웃고 떠들며 다른 식당으로 향했다. 배선미가 인도한 식당은 고깃집이었다. 누구도 그의 음주 갈망을 제지하지 않았다. 소주, 맥주, 막걸리 병환이가 달라는 대로 죄다 공급했다. 2차는 아예 양식집을 선택해 양주까지 마셨다. 배선미와 우한솔이 아직 나이가 어려 철부지라서 그런지는 몰라도 두 사람 다 곰팡이 낀 상식 같은 데는 조금도 얽매이지 않았다. 암에 대해서도 혀끝에 올리지 않았다. 술맛을 품평했고 요리 맛을 논했고 촬영과 연기에 대해 말했다. 그 순간만은 세 사람 다 정상인이었다. 아픈 사람도 없었고 암 환자도 없었으며 오래지 않아 죽을 시한부생을 사는 가련한 예비 시체도 없었다. 그러나 집에 돌아와 아침에 눈을 떴을 때 또 조반상에서 이것저것 금지 식품을 열거하고 술, 담배를 금지할 왜가리가 생각나자 잠시도 그 집에 있고 싶지 않았다. 왜가리가 깨어나기 전에 부랴부랴 옷을 입고 집에서 도망쳐 나왔다. 그녀가 제집으로 돌아갈 때까지 호텔에 있을 것이다. 거기서 자고 혼자 식당에 가서 고기 안주에 술을 마실 것이다.

    그러나 뜻밖에도 왜가리한테서 부모님에게 고자질했다는 문자가 오고 이번 주말에 부모님이 상경한다는 문자를 보고는 깜짝 놀랐다. 부모님이 올라오면 무조건 병원에 입원시킬 것이다. 그래서 조금 뒤 아버지, 어머니의 전화가 왔지만 받지 않았다.

배신자! 그걸 부모님께 고자질하다니, 나쁜 년!

지병환은 왜가리를 욕하며 동기 백수아의 전화번호를 눌렀다. 부모님이 서울로 올라오기 전에 빨리 집을 옮겨야 한다. 쥐도 새도 모르게 자취를 감춰야 한다. 방송국으로 찾아올지도 모르니까 그 며칠은 출근도 하지 말아야 한다. 딱따구리가 사납긴 해도 드라마 시청률 고공 행진과 회사에 암 환자라는 소문이 난 이상 뭐라 하지 않을 것이다. 사람들은 병마와 성공 앞에서는 누구나 얌전해진다. 고분고분해진다. 유독 왜가리만 예외다. 옛날에는 그녀한테 호감이 든 적도 있었다. 여자로 보인 적도 가끔 있었다. 그러나 그녀가 술과 담배를 감추면서부터 그 모든 호의적인 감정이 안개처럼 사라졌다. 사람이 밉고 고운 건 외모에 의해 결정되는 건 아닌 것 같다. 그가 하는 행위가 많은 비중을 차지한다. 그래선지 그녀가 눈앞에서 옷을 갈아입어도 여자로 보이지 않았다. 내가 좋아하는 술, 담배를 금지한 그녀에게 관심 자체가 제로였다.

백수아는 부모와 함께 3층 빌라에 살고 있었다. 마침 1층 베트남인과의 계약이 만료되어 나가고 방이 비었다며 거기 와있으라고 했다. 그곳은 서울 중심에서 떨어져 배선주한테 발각될 우려도 없었다. 게다가 백수아는 곰처럼 뚱뚱해도 의리심이 넘쳐 어떤 일이 있어도 비밀은 지키는 여자다.

이튿날은 주말이었다. 아침에 배선주한테서 집으로 간다는 문자가 왔다. 지병환은 일단 오전 내에 이삿짐센터 직원을 불러 쥐도 새도 모르게 이사할 생각이었다. 혼자 살림이어서 이삿짐도 별로 없었다. 책이 유난히 많을 따름이다. 책은 박스에 담아 나르면 된다. 냉장고, 테이블 같은 가전제품도 이삿짐 센터 직원들이 알아서 운반할 것이다. 전세 보증금 문제는 이사한 뒤 부동산에서 주인과 상의하면 된다. 위약금을 갚으라면 납부하면 된다. 돈이 문제가 아니다. 자유가 문제다. 내가 왜 좋은 자신의 월급으로 살면서 다른 사람의 간섭을 받아야 하는가. 게다가 같이 살 아내도 아니다. 아내라고 해도 그렇다. 내 인생은 나한테 전권이 있다. 출생은 본인이 결정하지 못해도 죽음은 자신이 결정할 수 있다.

"방이 두 개야. 그리 크지는 않지만 혼자 살기에는 충분해. 베트남 사람들은 이 집에서 네 식구가 살았어. 불편하면 아무 때 나가도 돼."

백수아는 덩치 큰 몸집처럼 성격도 쿨하다. 뚱뚱하고 박색이라 아직 남자친구는 없지만 동기 중에 좋은 사람 부류에 속한다. 원래 돈을 모아 아파트를 구입하려고 했지만 몇 개월 뒤면 죽을 사람한테 아파트 같은 건 아무 의미도 없어졌다. 그 집이 뭐라고 먹을 것, 입을 것 아껴가며 애면글면 돈을 모았는지 모르겠다. 허탈하다. 설령 지금까지 아파트에서 살았다고 하더라도 아니, 궁궐 같은 별장에서 살았다고 하더라도 죽음을 눈앞에 둔 지금에 와서 뒤돌아보면 그냥 큰 관에 불과하다는 느낌이 들 것이다. 좀 큰 콘크리트 관에 살다가 죽으면 작은 목제 관에 이사 갈 뿐이다. 그런데도 사람들은 집에 목숨을 건다. 집이 아니라 그냥 길가에 텐트를 치고서라도 살 수만 있다면 그것으로 족할 거라는 깨달음 같은 것도 얻었다. 죽음은 죽음 이전의 모든 것을 부정한다. 휩쓸어 버린다. 지워버린다. 박탈한다. 삶의 의미들을 툭툭 털어버리고 티끌이 된다. 그래서 죽음을 앞둔 사람의 눈에는 산 사람들의 욕망이 가련해 보인다. 우스워 보인다. 나무 한 그루가 집 앞에 살아 서있으면 어떻고 죽어서 기둥이 되면 어떻고 도끼에 쪼개져 아궁이에 들어가 타서 재가 되면 어떠랴. 그냥 나무, 기둥, 재라는 우스꽝스럽고 유사한 시니피앙들의 장난에 불과할 뿐이다. 원래 "도둑맞은 편지" 같은 그런 기표들의 존재는 처음부터 끝나지 않는 교체 놀이일 따름이다. 자고나면 도처에 숲처럼 들어서는 아파트들도 예외는 아니다. 그래서 지병환은 죽음에 대해서 놀라고 슬퍼하거나, 도망치려고 하지도 않는다. 담담하게 원래대로 살다가 때가 되면 새로운 기표를 바꿔 달 뿐이다. 고대광실 아파트가 무너지면 흙더미가 되듯이. 나무가 죽기 전에 치료를 받는가. 죽을까 봐 건강을 챙기는가. 열심히 운동을 하는가. 땅속에 뿌리 박고 사는 데 유익한 영양분만 골라 흡수하는가. 그냥 생긴 대로 주어진 대로 살다가 죽을 때가 되면 소리 없이 쓰러진다. 마른다. 그래서 나무는 죽어도 아름답다. 원초적인 죽음의 철학이다. 유독 인간만이 자연의 섭리를 어기고 유난스럽다.

　배선주의 따가운 감시망에서 탈출했다는 안도감 때문인지 그날 밤 지병환은 술 한 잔을 마시고 진통제를 복용하고 오랜만에 깊은 잠에 곯아떨어졌다. 그런데 이튿날 눈을 뜨자마자 출근 전에 아래층에 들른 백수아가 그의 앞에 불도저 같은 그 육중한 몸뚱이를 거느리고 불쑥 나타났다.

　"나, 백수아 네 친구 맞지?"

　"갑자기 뜬금없이 뭐가 이렇게 거창해? 할 말이 뭐야? 협박하려는 건 아니겠지. 볼일이 없으면 빨리 출근이나 하고."

"협박이 아니라 나랑 약속 하나 하자."

"무슨 약속? 네가 만든 웹툰을 드라마로 제작해 달라고?"

"그건 먼 훗날의 일이고."

"그럼, 나랑 연애라도 하겠다는 무지막지한 선전포고는 아니겠지?"

"네가 연애하자고 해도 내가 노우다. 내 앞에서 드러내 놓고 호남아라고 뻐기잖아."

"그럼?"

"어제는 이사한 날이니까 내가 허용했어. 그러나 오늘부터는 이 집에서 음주와 흡연을 금지한다. 이유인즉 암에 나쁘니까. 친구의 이름으로 나랑 약속해."

"야, 이 뚱띠야! 왜가리가 내미는 강압 카드가 싫어서 여기로 도망쳐 왔는데 이번에는 친구라는 네가 또 내 목에 교대로 그 올가미를 들씌워!"

"친구니까. 네가 암을 극복하고 정상인이 되기를 바라니까. 대신 입원 치료 타령은 양보할게."

"지랄하지 마. 금주, 금연하는 사람이 정상인이야? 난 죽으면 죽었지 정상인들이 하는 술, 담배는 못 끊어."

"안 돼. 내 집에 들어왔으면 내 말 들어. 음식도 항암 식품만 선정해야 돼."

"네 요구가 그렇다면 할 수 없지. 나도 여기서 나갈 수밖에."

"들어오는 건 네 맘 대로지만 나가는 건 내 허락 없이는 안 돼. 그러나 며칠 동안은 계도 기간을 주도록 할 테니까 그새 잘 적응하도록 해."

백수아는 그 거대한 몸집을 간신히 움직이며 방 안에서 나갔다. 문틀이 좁아서 터질 것만 같다.

아, 이 세상은 어쩔 수 없는 상식의 지옥이구나. 친구, 우정이란 게 뭐야. 상대방의 소원을 들어주는 거 아니야? 세상의 흔한 논리로 굴레를 만들어 입에 씌우는 게 친구고 우정인가? 아무래도 믿었던 백수아네 방살이도 여기서 막을 내려야 할 것 같다, 다행히도 계도 기간이 있다고 한다. 그 기간이 지나가도 백수아가 자기 고집을 철회하지 않는다면 떠날 수밖에 없다. 일단 전화번호를 변경해야겠다. 개입은 장소를 가리지 않기 때문이다. 요즘은 멀리서도 스마트폰으로 원격 개입이 가능하다. 백수아까지 상식에 빠져있음을 확인하자 배선미의 소중함이 더 돋보인다. 그녀는 동료도 친구도 아니고 더구나 또래도 아니다. 그런데도 사람의 마음을 바닥까지 이해한다. 아직 죽음이 뭔지도 모를 나이건만. 그 애가 그립다. 넓은 포용력과 상식에 대한 반항심이. 그 애랑 함께 웃고 떠들며 술을 마시고 싶다. 말쑥하다 못해 마음속 밑바닥까지 꿰뚫어 보일 듯한 그 눈동자는 항상 별처럼 반짝거렸다. 넥타이를 단정하게 받쳐 맨 그 교복은 완전하게 성숙한 가슴의 볼륨을 가리지 못해 터질 듯이 팽팽하게 솟아있었다. 손가락은 버들잎 같이 가늘고 날씬하고 뾰족하다. 손등은 맑고도 뽀송뽀송하다. 얼굴은…….

지병환은 머리를 세차게 가로 저었다. 그 애를 이제는 내 그늘에서, 늙고 병들고 죽음의 그림자가 짙게 드리운 내 음침한 그늘에서 해방시켜 밝고 싱싱한 그 애의 젊은 세상으로 돌려보내야 한다. 그 애는 나를 위해 봉사할 아무런 책임도 없다. 난 그 애를 그리워하면 안 된다. 내 그리움이 그 애에게 전해지는 순간 그것은 불행이고 송장 냄새에 불과할 따름이다.

지병환은 배선미를 잊으려고 아무 책이나 손에 집어 들었다. 무라카미 하루키의 "기사단장 죽이기"다. '죽인다'라는 말이 눈에 클로즈업된다. '암이 드라마 피디 죽이기'인가? 그럼 나는 '죽지 않기'를 시도해야 하나? 그게 배선주와 백수아가 강요하는 일반론이다. '죽을 때가 되면 죽기'가 내 선택이다. 암 때문에 죽는다고 특별할 것은 없다. 어쨌든 인간은 그 무엇에 의해 죽임을 당하기 마련이다. 하다못해 '노쇠'에 의해서라도 죽임을 당하니까. 조난선은 연탄에 의해 죽임을 당했다. 그래도 이런 죽음은 '의료 사고'에 의해 죽임을 당하는 것 보다는 덜 억울하다. 살 수 없어서 죽어야 되는 게 정상인데 살 수 있는데도 실수로 죽는 거니까.

책을 와락 집어던졌다. 밖에 나가서 술이나 마셔야겠다. 아니, 먼저 담배부터 한 가치 피워야지. 서랍을 열고 권연을 꺼냈다. 그런데 고개를 들던 지병환의 눈에 언뜻 테니스 라켓이 벽에 걸린 것이 보였다. 라켓은 자연스럽게 우한솔을 퇴색한 기억 속에 떠올렸다. 젊고 활발하고 신비한 아가씨. 항상 그와 남산공원 테니스장에서 만나 테니스를 치고는 커피도 마시고 때로는 술도 마셨다. 그런데 요즘은 군에서 남자친구가 제대한 다음부터는 그녀와 테니스를 쳐보지 못했다. 그도 드라마 촬영 때문에 테니스장을 찾지 못했었다. 지금도 테니스장에 나올까?

지병환은 마당에 나와서 담배 한대를 꺼내 불을 붙여 물었다. 연기가 구수하다. 폐부까지 후끈하게 데운다. 죽으면 이걸 피울 수 없다는 사실이 너무 아쉽다. 술은 더구나 그렇다. 술과 담배는 육체보다는 정신과 기분과 연관되는데 죽어도 영혼은 살아있다면, 이걸 저승에서도 할 수 있었으면 좋겠다. 죽은 다음 영혼이 있다면 좀 심심할 것 같다. 그런데 얼핏 잔디밭에 국화꽃 한 송이가 눈에 들어왔다. 하필이면 장례나 제례에서 흔히 쓰이는 흰색 꽃이다. 꽃들이 내가 죽는다고 미리 애도한다. 쪼크리고 앉아 탐스러운 꽃송이를 가만히 들여다보았다. 견딜 수 없는 호기심에 손가락으로 조심스럽게 건드려 보았다. 자신을 건드렸다고 응석을 부리듯 한쪽으로 비틀렸다가 스프링처럼 도로 원래 위치로 돌아온다.

당신이 먼저 죽을 거예요, 아니면 제가 먼저 죽을까요?

그러는 것 같았다. 그래, 내가 먼저 죽으면 네가 내 꽃이 되고 네가 먼저 죽으면 내가 네 꽃이 되마. 지병환은 정신 나간 사람처럼 소리를 내어 중얼거렸다. 아무리 대수롭지 않게 생각하려고 해도 죽음이란 결코 평범한 사건은 아닌 모양이다. 이렇게 화사하고 향기롭고 아름다운 꽃도 죽는다니 저도 모르게 슬퍼진다. 넌 그나마 늙어서 죽겠지. 나처럼 병들어 죽는 건 아니잖아. 넌 이렇게 아름다운데 병들면 어떻게 해? 병원에 가? 입원해서 항암 치료 받아? 백 살까지 살려고?

난 아무것도 안 하고 그냥 죽을 때 되면 죽어요.

꽃이 심드렁한 어조로 대답한다. 이상하게도 꽃의 말소리가 지병환의 귀에 들린다.

얘가 배선주고 얘는 백수안가. 그리고 꽃송이가 조그마한 얘들은 선미와 우한솔이고.

지병환은 꽃송이들에게 이름을 달아주며 하나하나 손으로 잎을 건드려보았다. 모두 아니라고 고개를 살래살래 젓는다. 백 살까지 산다는 인간이 되기 싫은 모양이다. 너무 복잡해서.

그때 갑자기 전화벨이 요란하게 울렸다. 배선미다. 병환은 받지 않고 한참이나 액정에 뜬 발신자 이름만 멍하니 들여다보았다. 이건 문자이고 정작 사람은 다른 먼 곳에 있을 것이다. 그런데도 그 이름자들이 선미의 똘망똘망한 눈동자처럼 반짝이며 그를 빤히 쳐다보는 것만 같았다. 오빠, 나 오팬무? 라고 종알거리며 애교를 부리는 것만 같았다. '오팬무'가 무슨 뜻인지 병환은 아직도 모른다. 그럼에도 선미가 하는 말들은 '오팬무'를 포함해서 모두 재미있고 의미가 있어 보인다. 여태 병환은 그만한 애들은 철부지라고만 치부해 왔었다. 그러나 선미를 지나본 뒤로 쟤들은 결코 철부지가 아니라는 생각이 들었다. 때로는 어른들보다 더 어른스럽다. 이해력도 넓고 공감대도 광범했다.

"오빠 도망 왔어. 그러니 찾지 마. 그리고 넌 네 또래들한테로 돌아가."

지병환은 이렇게 중얼거리며 전화를 끝내 받지 않았다. 하도 벨이 집요하게 울려 아예 전원을 꺼버렸다. 벨소리가 아니라 그 애가 부르는 소리 같았다. 전화번호를 변경해야겠다. 부모님 전화도 그렇고 왜가리의 추적 전화도 두렵다. 오늘은 주말인데 대리점이 문을 연 곳이 있는지 모르겠다. 혹시 있을지도 모르니까 일단 산책도 할 겸 거리로 나가봐야겠다. 죽기 전에 될수록 많이 돌아다녀야 한다. 사람들이 죽는다고 이마에 도장이 찍힌 산송장이 돌아다닌다고 기피할지 모르겠지만 그 도장은 병원의 의사들 눈에만 보이는 것이다. 일반인들한테는 노출되지 않아 다행이다. 오로지 병원에서만 죽을 사람을 안다. 그리고 낙인을 찍어놓는다. 심지어는 병환이처럼 죽을 날짜까지 표시해 준다. 나무나 동물은 병원이 없어도 멋대로 잘만 살고 때가 되면 잘만 죽는다. 이럴 때면 차라리 나무로 태어났을걸 하는 생각마저 든다. 병원이 뭐 황천길 가는 길목에 설치된 죽음 매표소라도 되는가. 의사들은 매표원이고. 사람마다 조금은 늦게 또는 빠르게 황천길 표를 끊어준다. 지병환은 병원의 의사가 끊어준 그 죽음 표를 확 내버리고 싶었다. 그냥 죽을 때 죽으면 되지 재수 없고 기분 나쁘게 이런 딱지는 왜 달아줘! 죽는 날을 꼭 알아야 돼. 병원이 왜 필요해.

　이렇게 툴툴거리며 목적 없이 거리를 이리저리 배회하다가 문득 문이 열린 대리점이 눈앞에 나타났다. 미친놈이 돈을 벌겠다고 주말에도 가게 문을 연 모양이다. 그 덕에 고작 예비 송장 하나를 겨우 가게 안으로 유인해 들인다.

2

 배선주는 어깨를 무겁게 짓누르던 커다란 짐을 벗어던진 듯 개운한 기분이 들었다. 말 대가리를 그 부모에게 떠맡겼으니 앓던 이를 뺀 것 같다. 부모는 자식을 병원에 입원시킬 수 있는 막강한 권력을 가지고 있다. 입원하면 항암 치료가 시작될 것이고 죽음의 시한을 좀 더 뒤로 연장할 수도 있을 것이다. 어쩌면 호전될지도 모른다. 기적이 유독 말 대가리만 피해 가라는 법은 없으니까. 그래도 동생 선미가 말 대가리의 죽음을 끝까지 반려할 이유는 없다. 이 일은 원래 처음부터 이렇게 되었어야 마땅했다. 이렇게 이상한 방향으로 곡선을 그린 것은 모두 철딱서니 없는 어린 애인 선미 탓이다.
 택시에서 캐리어를 내려 집 안에 들어서자 의외에도 선미가 맞이한다. 선미는 공부 때문에 촬영이 종료됨과 동시에 천안으로 내려갔었다.
 "너 왜 또 여기 있어? 언제 올라온 거야?"

"오늘 주말이잖아. 그러는 언니는 왜 집에 돌아왔어, 오빠는?"

"오늘 지 피디 부모님이 서울 올라온다고 해서 난 철수했어."

"오빠 부모님이? 그분들이 오빠가 아픈 거 어떻게 알아?"

"내가 전화했어."

"헐, 초글링, 정뚝떨! 그걸 왜 말해? 오빠가 싫어할 건데."

"말하지 않으면 그냥 저렇게 치료를 거부하고 술, 담배하며 살다가 죽게 내버려 둘 거야?"

"오빠 소원이잖아. 언니 정말 밥냄새 난다."

"부모가 와서 지 피디를 입원시켜야 조금이라도 더 살 거잖아."

"언니, 오빠 좋아하는 거 맞아? 뻥끼지, 짜가?"

"정말이야. 좋아하니까 병을 치료해 완쾌되게 하려는 거잖아. 저렇게 앓다가 죽으면 무슨 소용 있어. 병이 나아야 결혼도 할 거잖아."

선미의 화를 가라앉히고 현 상황을 묵과하도록 하려면 마음에도 없는 쇼를 벌일 수밖에 다른 수가 없었다. 그녀는 말 대가리와 연인 사이가 아니면 안 된다. 연인이라는 존재는 제3자의 개입을 배제시킨 공간에서 성장한다. 선미가 아무리 학생이고 어려도 그런 도리는 알 것이다. 어쩌면 선미는 자신이 말 대가리의 여자친구가 아니라는 사실이 안타까울지도 모르지만 그녀는 아직 미성년이니 여친이 될 자격 미달이다.

"그러니 너도 괜한 걱정하지 말고 오늘 당장 천안으로 내려가 학업에나 정진해. 지 피디 케어는 그 집 부모님께 맡기고. 세상에 부모보다 자식을 더 잘 돌보는 보호자가 또 어디 있어."

"나, 언니 말 못 믿겠어. 직접 오빠한테 전화해 볼 거야."

"맘대로 해."

선미는 휴대폰을 들고 지병환에게 전화를 걸었다. 그래도 부모가 온다니 말 대가리네 집을 직접 방문할 용기는 없는 모양이다.

"헐랭, 왜 전화를 안 받아?"

"너 같으면 받겠니? 지금 한창 부모님을 만나 얘기를 할지도 모르잖아."

"그런가? 아사 아냐?"

"거짓말 아니야. 나도 자리를 피해 나왔잖아."

선미도 부모가 온다니 어쩔 수 없는지 점심을 먹고는 언니의 뒤를 따라 천안으로 공손히 내려갔다.

"나 혼자 가도 돼. 그냥 다니는 길이잖아."

"나도 대본도 다 썼고 해서 내려가 부모님 뵈려고 그래."

지하철에 앉아 휴대폰만 뒤적이던 선미가 언니는 쳐다보지도 않은 채 한마디 한다.

"엄빠하고는 말하지 마."

"뭘?"

"나랑 오빠 일. 생깐 것도 아닌데."

그것 때문에 집에 붙잡아 두라고 당부하러 가는데 어린 것이 미리 예감하고 백신을 놓으려 한다. 일단 대답은 하고 개가 없을 때 부모님과 독대해 말하면 된다.

"내가 그걸 왜 말해."

이튿날은 일요일이었다. 선미가 밖에 나간 뒤 선주는 아빠, 엄마에게 최근 선미한테 발생한 자초지종을 숨김없이 털어놓았다. 그리고 선미를 서울로 올려 보내지 말라고 신신당부하는 것도 잊지 않았다. 그런데 부모님은 전혀 다른 데 관심을 보인다.

"너 혹시 지 피디랑 좋아한다는 거 정말이니?"

"그건 왜 물어봐. 그거랑 선미 일이랑 무슨 상관인데?"

"아니, 그게 아니고. 요즘 드라마를 보니까 그렇게 재미있는 드라마를 만든 피디라니까 대단한 사람 같아 보여서."

엄마는 노골적으로 딸이 지 피디와 잘됐으면 하고 바라는 표정이다.

"엄마, 지금 뭐래? 내가 왜 지 피디를 좋아해. 내가 미쳤다고 낼모레 죽을 사람을 좋아하게. 다 선미를 지 피디랑 떼어놓으려고 한 거짓말이라고 했잖아."

"하긴, 암 환자라니 산다고 해도 오래가지는 못하겠지. 참, 아까운 사람이다."

한편 배선미는 집에서 나올 때는 친구한테 놀러간다고 했지만 실은 혼자서 술과 마른안주를 사 들고 뒷산으로 올라갔다. 오빠가 걱정되어 공부도 안 되고 친구들을 만날 기분도 아니었다. 오빠네 부모님이 온다고 해서 천안으로 내려오긴 했지만 대문 안에 들어서는 순간 후회했다. 언니 말이 자꾸만 뻥끼 같다. 부모님과 대화한다고 전화를 못 받는가? 지하철에 올라와 문자도 발송했지만 답장은 고사하고 언니네 집에서 나온 지 시간이 얼마 지나지도 않았는데 없는 전화번호라는 메시지가 뜨며 전송이 거부되었다. 전화번호를 바꾼 것이다.

분명 무슨 일이 있어.

그리고 언니가 천안까지 내려온 건 물어보나 마나 날 집에 잡아두고 서울로 올려 보내지 말라는 부탁을 하러 왔을 것이다. 그런다고 내가 못 갈 줄 알지. 낮이면 밭에 일하러 나가야 하는 엄빠가 일은 안 하고 집에서 막내딸만 지키고 있을 수는 없을 것이다. 그러면 모레 오전에 학교 간다 하고 서울로 올라가 확인해 봐야겠다. 오빠 일에 비하면 무단결석 같은 건 아무것도 아니었다. 여차하면 학교 중퇴도 망설이지 않을 것이다.

선미는 술을 병째로 들고 나발을 불었다. 오빠랑 같이 마셨으면 좋겠다. 육포를 찢어 입안에 넣고 질근질근 씹었다. 질기다. 시큼한 육즙이 입안에 가득 찼다. 저도 모르게 눈시울이 젖어들었다. 이유도 모른다. 그냥 슬프다. 가슴이 먹먹하다. 선미는 손등으로 눈에 고인 눈물을 쓱 훔친 후 또 술을 마셨다. 사람은 왜 죽어야지? 죽을 거면 태어나지나 말든가. 태어났으면 죽지나 말든가. 그런데 그 죽을 사람이 하필이면 오빠야. 우한솔이나 김진웅도 아니고. 그리고 암은 또 무슨 괴물이야. 과학이 발달해 로켓이 달나라까지 날아간다면서 암 하나 못 고쳐. 우주선 만들지 말고 암이나 고치지. 과학자들은 밥만 먹고 다 뭐하는 거야? 낮잠만 자. 아니면 모두 돈미새들 뿐이야. 마상! 그래 주말이고 뭐고 기다릴 것도 없어. 내일 당장 오빠네 집으로 고고야.

일요일. 저녁을 먹자 배선주는 고속버스를 타고 서울로 올라갔다. 이제 곧 엄빠가 선미를 앞에 불러 앉히고 언니가 주고 간 경고문을 낭독할 것이다. 그러나 딸이 드라마에 출연한 다음부터 엄빠는 이전과는 달리 그녀를 공손하게 대했다. 동네 이웃들의 칭찬을 받아선지 막내딸을 집안의 자랑거리로 생각했다. 특히 아빠는 맛있는 음식이 있으면 하나라도 더 먹이려고 딸의 접시에 집어 놓는다. 엄마도 딸이 옷을 사달라고 하면 말없이 사줄 뿐 옛날처럼 이 핑계, 저 구실 대며 질질 끌지도 않았다.

"선미야, 너 지 피디라는 양반 암에 걸린 거 서울 가서 돌봐준다며?"

"피디님이 아프다는데 그럼 연기자인 내가 모른 척해야 되나요?"

선미는 발끈하며 선제공격을 들이댔다.

"그런 게 아니라 니들 나이 차이가 많잖냐."

"나이 차가 어때서요? 환자를 도와주는 데 나이가 무슨 문제가 돼요?"

"그래서가 아니라. 넌 학생이니 아직은 공부를 해야잖냐."

"공부라면 열공할 테니까 신경 끄세요."

이것으로 단속 행사는 끝났다.

월요일 아침부터 비가 내리기 시작했다. 바람을 타고 빗방울이 날아와서는 창문 유리에 머리를 부딪치고 산산조각 나며 눈물처럼 주룩주룩 흘러내린다. 창문을 향해 돌진하는 빗방울들은 수천 마리의 올챙이들처럼 유리창에 달라붙어 바글거린다. 성급한 화가의 브러시에 그어진 터치 자국처럼 허공을 사선으로 가르며 현란한 빗살무늬를 이룬다. 후드득후드득하다가도 찌르륵거리기도 하고 어느 순간 뚝뚝 묵직한 소리를 내기도 한다. 선미는 빗물에 젖은 유리창을 한동안 물끄러미 쳐다보기만 했다. 원래 학교 숙사에 들어야 했지만 오빠 뒷바라지 때문에 집에서 통학하기로 했다. 그런데 비가 올 때면 버스 정류소로 나가기가 싫다. 우산을 펼치면 빗줄기가 때리는 소리가 너무 요란해 웬만한 비는 그냥 맞으며 걸어갔다. 옷이 젖어 빗물이 살갗으로 배어 들어와도 싫지 않은데 교복을 빨기가 귀찮았다. 그러나 오늘은 폭우가 쏟아져도 서울로 올라가야 한다. 오빠한테로 가는 길에 비가 온다고 그녀의 발걸음을 막을 수는 없다. 저 빗줄기가 오빠가 흘리는 눈물 같아 보여서 더구나 피할 생각이 없다. 눈물이라도 흘려야 오빠가 살아있다는 증거일 것이다. 저게 빗물이 아니라 소주나 맥주라면 좋겠다. 언니가 말려도 오빠가 손으로 받아 마시면 되니까.

선미는 학교 간다며 집을 나섰다. 빗물에 한길이 질척거렸다. 이런 지저분한 길도 산 사람만 걸을 수 있다. 그녀는 그냥 비를 맞으며 버스 정류소로 향했다. 정류소 뒤편의 풀대들이 비에 젖어 고개를 푹 떨어뜨리고 있는 모습이 처량하다. 그걸 말끄러미 바라보던 선미는 갑자기 눈앞에 오빠의 얼굴이 떠오르며 콧날이 시큰해졌다. 지금 집에나 있을까? 언니 말처럼 부모님이 오빠를 설득해 병원에 입원시켰을까? 그러자 병상에 누워있는 환자의 초라한 모습이 연상된다. 안 돼, 오빠는 환자가 되면 안 돼! 오빠는 얼짱이고 걸조이고 뽀대 나니까. 오빠는 드라마를 제작하고 연기자를 지정하고 술을 마시고 담배를 피우고 책을 읽어야 돼. 그게 내가 아는 오빠야.

오빠, 내가 갈 때까지 제발 병원에 가지 마. 제발 제발 뼈만 앙상하고 초췌하고 머리가 다 빠진, 볼품없는 환자가 되지 말라고.

선미는 지하철이 너무 느려터졌다고 화가 났다. 앉았다 일어났다 걷다가 하며 안절부절못했다. 발을 동동 구르기도 하고 다리를 흔들거리기도 하고 영혼 없이 스마트폰으로 인터넷을 이리저리 뒤지기도 했다. 지하철은 촘촘하게 드리운 빗줄기를 뚫느라 지친 듯 헐떡거리고 덜커덩거렸다. 빗발은 창유리에 수만 개의 물방울이 되어 붙어있다가는 커지는 자신의 무게를 이기지 못해 결국에는 바람을 따라 아래로, 뒤로 맥없이 줄줄 흘러내린다.

선미 옆자리의 엄마 품에 안긴 아기는 고사리 손으로 빗방울을 만지려고 꼼지락거린다. 그러나 눈에 분명히 보이는데도 손에 잡히지 않자 짜증이 나는지 드디어 울기 시작했다. 보이는데 잡히지 않는 거 그건 죽은 것이나 마찬가지라고 생각한 모양이다. 사람들은 보이지 않아도 손에 만져지기만 하면 살아있다고 생각한다. 살아있고 죽었다는 건 그처럼 애매모호하다. 선미도 웬일인지 아기처럼 확 울어버리고 싶다. 그녀와 오빠 사이에 아기와 빗물을 막은 저 냉혹한 유리창이라도 끼어든 것은 아닌가. 그렇다고 유리창을 깨부술 수도 없는 노릇이다. 유리가 박살 나면 밖의 빗물이 날아들고 바람이 불어들어 추운 건 둘째 치고 기물파손죄로 배상을 해야 하기 때문이다.

오빠, 내 눈에 다 보여. 그런데 손에 만져지지가 않아.

지하철은 끝내는 선미의 속을 새카맣게 태우고서야 종착역인 서울에 도착했다. 서울에는 비가 그쳤는지 내리지 않는다. 그러나 도로는 여전히 축축하게 젖어있다.

선미는 역 광장에 나와 버스를 환승하고 곧바로 오빠네 집으로 향했다. 점심때라선지 길거리에 외식하러 나온 회사원들이 인산인해를 이룬다. 도대체 사람들이 죽기는 죽는 거야? 왜 인파가 줄어들지 않아. 말짱 젊은이들이다. 원래 오빠는 저들 속의 일원이다. 그런데 왜 하필 오빠만 저 사람들 속에서 훌쩍 빠져나가야 하지? 잘못한 것도 없는데. 사람들이 좋아하는 드라마까지 만든 유명한 피디잖아. 죽는 순서는 도대체 무엇에 의해 결정되는 건지 모르겠다. 혹시 염라대왕이 치매라도 걸렸나?

버스에서 하차해 오빠네 집 앞에 이르자 익숙한 동작으로 비번을 눌렀다. 그러나 웬일인지 출입문이 열리지 않는다. 잘못 눌렀나? 다시 눌렀다. 그래도 요지부동이다. 그냥 문을 열어보았다. 쉽게 열린다. 그런데 안에 많은 사람들이 있다. 인부들이 방 안을 다시 리모델링하는지 무슨 작업을 하고 있다. 선미는 그중 한 남자에게 다가가 물었다.

"아저씨, 지병환 피디 안에 계세요?"

"지병환 피디? 그게 누군데? 우린 몰라. 야, 누구 지병환 피디라고 아는 사람 있어?"

"아, 그 피디라는 분 아마 이 집에서 원래 살던 세입자일 겁니다. 이사 갔어."

"이사했다고요, 어디로요?"

배선미는 뜻밖의 소식에 깜짝 놀랐다.

"그걸 우리가 어떻게 알아. 서울 어딘가에서 살겠지."

부모 상경이요, 병원 입원이요 하는 언니의 횡설수설은 모두 뺑끼였다. 오빠한테 무슨 말 못 할 사정이 생긴 게 틀림없다. 선미는 방송사에 전화해 보았다. 그러나 요즘 출근하지 않아 모른다는 대답뿐이었다.

어딜 간 거야. 날 피해 숨은 거야, 아니면 언니가 보기 싫어 도망간 거야?

배선미는 안타까운 나머지 발만 동동 굴렀다. 그 몸으로, 낼모레 당장 죽을 몸으로…….

배선미는 설계영에게 전화했다.

"지 피디가 이사 갔다고? 난 금시초문인데. 그래서 어제, 오늘 회사에 출근도 안 했구나. 개인 사정으로 며칠 연차 냈다던데……. 하긴 말기 암 환자라는 걸 다들 알고 있으니 출근 안 해도 별 문제는 없겠지만……. 그럼, 어디 갔을까?"

선미는 통화가 중단된 줄도 모른 채 한동안 망연하게 선 자리에 굳어 있었다. 그러다가 문득 우한솔이 생각났다. 혹시 그녀는 오빠랑 가까운 사이니 알지도 모른다. 일말의 기대감을 가지고 우한솔의 전화번호를 눌렀다.

"언니, 저 선미예요."

"어, 선미야. 웬일이야, 나한테 전화 다 하고. 지금 어딘데?"

"방금 서울 올라온 길이에요. 언니는 지 피디가 어디 있는지 알 것 같아서 전화 드렸어요."

"지 피디? 회사 아니면 집에 있겠지. 그걸 내가 어떻게 알아."

"출근도 안 하고 집에도 없어요. 이사 나갔대요."

"이사 갔다고, 웬일로?"

"언니, 어디서 잠시 만날 수 있어요?"

"그래. 커피숍에서 보자. 문자 보낼 테니까 그리로 와."

"네, 고마워요. 이따 뵐게요."

전화를 끊은 선미는 버스를 타러 정류소로 달려갔다. 그러나 급한 김에 도중에서 지나가는 택시를 불러 잡아탔다.

내가 언니가 이럴 줄 알았어. 좋아하긴 개뿔! 다 뻥끼야. 어설픈 쇼에 불과했어.

우한솔의 이미지는 드라마를 찍기 전과 비해 끝난 지금 완전히 변해있었다. 옷차림은 그대로인데, 그냥 얼굴에 선글라스 하나를 걸었는데 온몸에서 광채가 발산하는 것만 같았다. 걸음걸이, 앉은 자세 모두에서 도도함과 럭셔리한 기품을 거느리고 있다. 연예인이 되면 사람도 덩달아 물갈이하는 모양이다. 선미는 그냥 조연이어선지 아직은 동네나 학교에서만 떴지 사회에서는 별로 알려지지 않은 반면 우한솔은 어느새 뭇시선의 관심의 대상이 되어버렸다. 이게 다 오빠 덕분이라는 걸 알기나 하는지.

"네 말을 듣고 나도 전화를 해봤는데 없는 번호래. 전화번호 변경한 거 확실해."

"그러니까 왜 이사 가고 전화번호까지 바꾸죠?"

"글쎄 그럴 만한 사유가 있겠지."

커피숍의 사람들이 선글라스로 얼굴을 가렸음에도 모두 우한솔을 알아보고 몰래 흘깃거린다. 그래서 말도 시름 놓고 할 수 없었다. 유명인이 되면 인기를 얻는 대신 일반 사람들이 누리는 자유는 반납해야 되는 모양이다. 아마 그게 영광을 가진 대가겠지. 그래서 언행도 부자연스러웠다. 옆 테이블의 손님들이 자리에서 일어나기를 기다려 우한솔이 입을 열었다.

"너한테만 말하지만 나 한때 지 피디한테 마음이 흔들렸었어."

"마음이 흔들리다니 그게 무슨 말인데요?"

"정말 몰라서 묻는 거야? 정이 들 뻔했다고."

"네?!"

"왜 그렇게 놀라? 남자친구 있으면서 그게 무슨 소리냐고? 그래 그때는 남친이 군에 있었어. 남친이 군에 입대하면 여자가 신을 거꾸로 신는다는 속설을 그때 실감했어. 나도 하마터면 신을 거꾸로 신을 뻔했으니까. 호호호."

"그런데 왜 그만뒀어?"

배선미는 이유도 없이 갑자기 우한솔이 미워져 반말을 찍 던졌다.

"인생은 정해진 공식이 없다잖아. 지 피디가 날 테니스 파트너로만 여겼고 또 학생으로만 대했기 때문인지도 몰라. 아니면 네 언니 배 작가가 내가 지 피디와 사귀는 걸 질투했기 때문일 수도 있고. 결정적인 건 남친이 군에서 제대해 내 곁으로 돌아온 것 때문이겠지."

"그런 일도 있었나요. 난 오늘 알았어요."

"사람은 눈에 보이는 것만 믿어. 눈에서 멀어지면 죽는 거라고."

그때 몇몇 10대 소녀들이 자지러지는 환성을 지르며 우한솔 곁으로 다가왔다.

"언니, 이뻐요. 드라마 너무 재밌게 봤어요. 저희 언니 팬이에요. 언니 사인 받고 싶어요."

"언니, 사랑해요, 저랑 셀카 찍어요."

한참 동안이나 북새통을 떨고서야 소녀들은 다른 자리로 돌아갔다. 사인을 해주고 셀카를 찍도록 얼굴을 빌려주는 우한솔이 너무 멋져 보인다.

"사람이 사는 게 이상해. 난 드라마 찍기 전이나 찍을 때나 끝난 지금이나 그대로인데 이렇게 갑자기 몸값이 껑충 뛰었어. 난 달라진 게 아무 것도 없는데. 하긴 이게 다 지 피디 덕분인데 정작 그 분은 어디 가셨지?"

커피를 다 마시자 둘은 밖으로 나와 갈라졌다. 누구든 소식을 알면 서로 전달하기로 약속했다. 우한솔은 차를 뽑았는지 새 차에 올라 운전하고 유유히 사라졌다.

배선미는 지하철역으로 향하며 우한솔이 하던 말을 머릿속에 떠올렸다.

테니스 파트너. 학생.

그녀와 오빠의 관계도 피디와 연기자, 학생 이 프레임에 단단히 묶여 있다. 이 프레임에 갇혀있는 한 그들은 한 걸음도 앞으로 진전할 수 없을 것이다.

3

백수아는 아침에 지병환이 거주하는 1층에 내려오자 주방과 냉장고 안을 꼼꼼하게 체크하고 사진까지 찍었다. 쓰레기통을 뒤져 권연 갑을 수색해 냈다.

"어제 하루 동안 마신 술이 소주 두 병, 와인 한 병, 맥주 다섯 캔이고 담배 한 갑을 피웠어. 어디 이것뿐이겠어. 저녁에는 식당에 가서 술을 마셨을 테고 담배도 피웠겠지. 이게 암 환자가 사는 집이 맞아?"

백수아는 통통한 손가락으로 권연 갑을 쥐고 공중에 흔들며 성토했다.

"야, 넌 그렇게 할 일이 없냐? 무슨 살인 사건 현장을 수사하는 형사도 아니고 쓰레기통은 왜 뒤져, 거지냐?"

"오늘이 계도 기간을 정한지 나흘째야. 이번 주까지 날마다 절반씩 줄여야 돼. 그래야 다음 주에는 금주, 금연이 가능할 테니까."

"차라리 굶어 죽으라고 해라. 나발 그만 불고 빨리 출근이나 해."

"당연히 출근해야지. 나 빈둥거리는 것 같아도 바쁜 사람이야. 주말에도 출근한다고. 오늘부터는 집에서 술 마시고 담배만 피우지 말고 우리 집에서 한강이 가까우니까 나가서 걷기 운동이라도 해봐. 사는 것도 노력해야 돼."

"네가 내 엄마냐, 마누라냐? 그만 간섭하고 입 좀 닥쳐!"

"돈 주고도 못 사는 친구잖아. 대학 동기고. 마누라는 아니지만 한 지붕 아래 사는 식구 아닌 식구잖아. 그러니 친구를 그냥 죽으라고 수수방관할 수도 없지."

"야, 배 작가나 백수아나 다 오십보백보다. 호랑이가 무서워 도망쳤더니 똥을 밟았어. 정말 배선미가 그립다. 왜 니들은 고2 학생보다 못해. 꽉 막혔어."

"쓸데없는 개소리 그만 지껄이고 빨리 아침밥 먹고 한강에 운동이나 나가."

백수아는 밖으로 나가더니 드디어 차를 몰고 회사로 출근했다.

한강에 나가라고? 나더러 운동하라는 거야?

운동, 하니까 갑자기 테니스 생각이 났다. 한때는 남산공원 테니스장에 주말마다 갔었다. 거기서 우한솔과 만나 테니스 게임을 하고 커피와 술을 마셨다. 지금도 우한솔은 테니스장에 나가는지 궁금해진다. 남친이 제대했으니 아마 발길을 끊었거나 나와도 남자랑 함께 동행할 것이다. 그러면 나랑 파트너를 하려고 하지는 않겠지. 그래도 헛일 삼아 한번 나가보고 싶었다. 요즘은 진통제를 복용해도 예전보다 효과가 못했다. 테니스라도 치면 아픈 걸 조금이라도 잊을지도 모른다.

지병환은 구석에 처박힌 지 오래된 가방을 꺼냈다. 그 안에는 테니스복과 라켓이 들어있었다. 먼지를 툭툭 털어 어깨에 메고 밖으로 나가 차 트렁크에 실었다. 그리고는 한강 대신 차를 운전하여 남산공원 테니스장으로 향해 달렸다. 그런데 몸은 테니스장으로 달리는데 마음은 저도 모르게 선미한테로 달려간다. 이사하고 전화번호를 바꿨으니 나를 엄청 욕했을 것이다. 말 대가리가 문자 한 단락 남기지 않고 도망갔다고. 그러나 이게 다 그 애를 위해서 선택한 것이기도 하다. 배선주의 '관리', '지배', '간섭'을 따돌리려고 한 것이기도 하지만 그 애를 나이 들고 병든 내 그늘에서 밀어내기 위한 목적이 훨씬 크다. 그 애는 인물도 예쁘고 연기도 우한솔보다 더 잘한다. 타고난 연기자가 될 기량을 가진 유망주다. 연예계에 매진한다면 반드시 유명 배우로 성장할 것이다. 그리고 술도 잘 마신다. 이 대목에서 지병환은 푹 웃었다. 이러니까 마치 술 잘 마시는 게 무슨 자랑인 것 같다. 마시고 싶으면 혼자나 마실 것이지 미성년인 선미까지 끌어들여 잘 마시네 못 마시네 하며 품평하고 자빠졌으니 말이다. 얼마 지나지 않아 죽을 예비 시체 주제에 놀고 있다.

공원에 도착해 차를 주차장에 대놓은 다음 가방을 메고 테니스장으로 향했다. 그의 발길은 저도 모르게 우한솔과 게임을 하던 곳으로 향했다. 목적지에 거의 도착한 지병환은 테니스 코트 안에 산뜻한 테니스 복장을 입고 서있는 우한솔을 발견하고 깜짝 놀랐다. 이게 꿈인가, 생시인가! 다시 보아도 그 아가씨는 분명 우한솔이었다. 그러자 자신이 갑자기 암 환자가 아닌, 우한솔과 진검 승부를 겨루던 과거의 정상인으로 착각되었다. 오늘은 저 아가씨와 승부를 겨뤄 반드시 이겨야 한다. 번번이 맞붙기만 하면 그녀한테 패하곤 해서 자존심을 구겼던 지난 일이 되살아나며 은근히 승부욕이 꿈틀거렸다.

"우한솔 씨, 아직도 테니스장에 나오네요."

지병환의 목소리에 우한솔이 그 날씬한 몸매를 움직이며 뒤로 돌아섰다. 여전히 깔끔하고 푸르싱싱하다.

"어머! 이게 누구세요, 지 피디님 아니세요. 혹시 이곳에는 오시지 않을까 짐작했는데 정말 나오셨네요."

"그럼 여태 날 기다리고 있었던 겁니까?"

"네, 아침부터요."

지병환은 의아한 눈길로 주변을 둘러보았다. 어딘가에 그녀의 남친이 와있을 거라는 예감이 들었기 때문이다.

"저 혼자예요. 지 피디님과 우리 둘뿐이라고요."

"그럼, 한솔 씨 나를 만나려고 일부러……."

지병환은 문득 콧날이 시큰해졌다.

"우리 이전처럼 거두절미하고 한판 붙어요."

"좋습니다."

필요한 준비를 마친 후 게임이 시작되었다. 지병환은 처음 한동안은 승부욕에만 미쳐 몸이 불편한 줄도 몰랐다. 그러나 득점이 떨어지며 따라잡으려고 조급해지면서 옆구리의 통증이 심해지기 시작했다. 그러나 정신력으로 참고서 공을 따라 이리저리 달리며 라켓을 휘둘렀다. 그러나 하늘공중에 높이 떴다가 떨어지는 공을 힘차게 스파이크하느라 팔을 높이 쳐들었다가 힘껏 내리치는 순간, 그는 옆구리가 찢어지는 듯한 모진 고통 때문에 견디지 못해 바닥에 쓰러졌다.

"피디님, 괜찮으세요?"

우한솔이 달려와 바닥에 넘어진 그를 부축했다. 그녀의 몸에서 풍기는 체취가 땀 냄새와 어울려 향기로우면서도 약간 시큼했다.

"괜찮습니다. 저기 내 가방 안에 진통제가 있습니다. 그걸 좀……."

우한솔이 민첩하게 일어나 가방 안에서 진통제와 생수병을 들고 달려왔다. 지병환은 그녀가 먹여주는 약을 입에 받아 물고 물을 마셔 꿀떡 목구멍 안으로 떨어뜨렸다.

"좀 있으면 괜찮을 겁니다. 게임은 끝내야죠."

"아니, 됐어요. 제가 졌어요. 우리 어디 가서 잠시 휴식해요. 커피숍으로 갈까요?"

지병환이 생각하기에도 게임을 계속한다는 건 무리일 것 같았다. 일단 커피숍에 가서 커피를 마시며 땀이나 들인 다음 상황을 보고 다시 치든지 해야 할 것 같았다.

"그러죠. 그냥 가던 커피숍에 갑시다."

"병원에 안 가셔도 되겠어요?"

"알잖아요."

"네, 그럼 커피숍에 가요."

그들은 각자 자기 차를 운전하여 커피숍으로 이동했다.

"차를 뽑았어요?"

"네, 지 피디님 덕분에 이런 분에 넘친 호사를 누려요."

커피숍으로 들어가며 둘은 차에 대해 엉뚱한 대화를 몇 마디 주고받았다. 그들이 커피숍에 들어서자 여기저기서 그들을 쳐다보며 수군거린다. 그 드라마를 보지 않은 사람이 별로 없는 모양이다.

"내가 한솔 씨 옆에서 민폐가 되는지 모르겠습니다."

"천만에요. 이거 다 피디님께서 주신 영광인데요 뭘."

둘은 전망이 좋은 창문 옆에 자리 잡았다. 벨소리가 울리자 우한솔이 일어나 카운터로 가서 커피를 받아왔다.

"아무래도 이 말부터 해야 될 것 같아요. 어제 선미가 절 찾아왔었어요."

지병환은 이제야 우한솔이 혼자 테니스장에 나와 그를 기다린 이유를 알았다. 결국 배선미가 일으킨 바람에 등을 떠밀려 나온 것이다. 그 애의 집착은 정말 못 말린다 싶었다.

"피디님이 군사작전을 하듯이 몰래 이사를 가신 것도 모자라 전화번호까지 변경하셨다고 선미가 몹시 삐져있었어요."

"선미는 아직 애잖아요. 나한테 집착할 게 아니라 공부에 집착해야죠."

"그래도 섭섭하지 않게 이사 간 집 주소나 전화번호는 알려주실 수 있잖아요."

"결국 내가 잘못 처리한 건가?"

지병환은 커피 한 모금을 마시고 창밖을 내다보았다. 조경수들이 푸른 생명력을 과시하며 싱싱하고 씩씩하게 버티고 서있다. 사람보다 기상이 더 도도하다. 저것들은 아프지도 않은 모양이다. 언제 봐도 거연하고 튼튼하다. 아마 내 모습이 저 나무보다도 못해서 흔적도 없이 자취를 감추려고 했는지 모르겠다. 도망했으면 그만이지 자꾸만 뒤를 캐들어 온다. 죽을 사람을 어디까지 따라오려고? 나이가 어려 철이 덜 든 탓이겠지.

"제가 여쭤봐도 말씀해 주지 않으실 거라는 거 저도 알아요. 그러나 세상에 영원한 비밀은 없는데……."

"알았으면 됐어요. 더 묻지 말아요."

"그러면 피디님께서 왜 다른 사람들처럼 항암 치료 약도 드시지 않고 입원 치료를 거부하시는지, 술, 담배는 왜 끊지 않으시는지 그 이유를 물으면 대답해 주실 거죠?"

모두들 선미를 닮아가는지 지긋지긋할 정도로 집요하다. 원래 산다는 것 자체가 그냥 집요함인지도 모른다. 집요하지 않으면 아무것도 이룰 수 없으니까. 만족되지 않으니까.

"인생을 살아가는 방식에는 두 가지가 있다고 생각합니다. 육체적인 방식과 정신적인 방식이죠. 그런데 육체의 삶은 가시적인 시간 속에서 살 수밖에 없는 반면 정신의 삶은 상상적인 공간 속에서 산다고 봅니다. 육체적인 생존을 추구하는 사람은 생명을 시간의 길이로 잴 것이지만 정신적인 생존을 추구하는 사람은 생명을 정신 공간의 넓이로 계산합니다. 후자는 시간의 길이보다 정신적 공간의 넓이를 오래 산 기준으로 여기지 않을까요? 김소월이나 푸시킨처럼요."

우한솔은 조금 놀란 표정을 지었다. 지병환이 이렇게 지적이고 이성적인 모습을 처음 보았기 때문일 것이다. 그리고 아직 젊은 그녀는 인생에 대해 심각하게 고민한 적도 없을 것이 틀림없다.

"말씀을 듣고 보니 이해가 될 듯싶어요. 그런데 그것과 술, 담배는 무슨 관계가 있나요? 솔직히 지 피디님은 술, 담배 때문에 병원 치료를 거부하신 부분도 없지 않아 있잖아요."

"하하하, 한솔 씨가 요해처를 찌르네요. 너무 잔인한 질문 아닌가요?"

"제 질문이 과분했다면 사과드려요."

"사과할 것까지는 없습니다. 잔인하지만 사실은 사실이니까요. 인간이 살며 섭취하는 모든 식재료는 육체를 먹여 살리기 위한 것들입니다. 그럼, 마음과 영혼을 위한 음식은 뭘까요?"

"설마 술, 담배예요?"

"그렇습니다. 술, 담배는 유일하게 정신을 위한 식량입니다. 담배는 기호품이기도 하지만요. 술은 마음의 공간을 위축시키는 육체의 견고한 장벽을 무너뜨리는 마법을 지니고 있습니다. 인간은 아이러니하게도 항상 노동과 사업이라는 물질세계가 강요하는 스트레스, 경직된 상식의 광기에 응고된 육체에 포위되어 정신적 공간을 약탈당해야만 하니까요. 그러나 술을 마시고 담배를 피우는 순간 허상인 물질적 올가미는 보기 좋게 분쇄됩니다. 그리하여 알코올과 니코틴이 펼치는, 대우주처럼 광활한 마음의 공간을 소유할 수 있게 되죠."

"지 피디님, 저 오늘 충격 받았어요. 마치 교수님의 명강의를 듣고 설득당한 기분이에요. 이제야 피디님이 왜 항암 치료를 거부하고 술, 담배를 계속하는지 그 이유를 알겠어요. 지금부터 저도 피디님을 지지해요."

"그렇게 진지해질 필요까지는 없는데……. 그냥 생각나는 대로 나 자신의 비상식적인 행위를 포장하고 구실을 만들어 합리화의 커버를 씌워보았을 따름입니다."

"그 커버 저한테도 빌려주시면 안 돼요? 저도 언젠가는 죽을 거니까요. 그때 사용하게요."

"그냥 웃자고 한 농담입니다. 기억 같은 거 다 날려버려요."

지병환은 웃었다. 웃다가 갑자기 또 옆구리가 아파와 가방에서 진통제를 꺼냈다. 통증 주기가 날이 갈수록 좁혀진다. 하긴 죽을 날이 점점 박두해 오고 있으니까.

"우리 말이 나온 김에 어디 가서 맥주나 한잔합시다."

"넵. 당연하죠."

우한솔이 젊은이답게 먼저 민첩하게 의자에서 일어섰다. 그런데 그때 그녀의 휴대폰 전화벨이 울렸다. 그녀는 누군지 확인하지도 않고 꺼버린다.

"왜 전화를 받지 않습니까?"

"받지 않아도 누군지 다 알 만하니까요."

"괜히 나만 저주의 대상이 되는 거 아닌지 모르겠네."

"이런 말씀을 드려 괜찮을지 모르겠지만 지 피디도 저한테 소중한 사람이거든요. 피디님이라 그런 거 아니에요. 그걸 넘어서요."

"그럼 피디 말고 또 무슨……."

"한때 피디님은 제 소녀의 마음을 설레게 했던 남자였잖아요."

"우한솔 씨!"

"지금도 그때 설렘이 아직 완전히 멈추지는 않았어요. 다만 그걸 지켜보고 있는 사람이 있어서 커튼을 쳐 가려놓고 있을 뿐이에요."

"한솔 씨, 뭔가를 착각한 것 같은데……. 나 오래지 않아 세상을 떠날 사람입니다."

"누군들 안 떠나요? 선후가 있을 뿐이겠죠. 요즘 전 누구랑 한 번 엮이면 한평생 거기 묶여있어야 된다는 현실에 때로는 슬퍼요. 마음이라는 건 항상 변하는 건데 늙은 상식이 그걸 허용하지 않으니까요."

"그 남친 남자답고 멋지던데요."

"지금 이 상황에서도 자신을 속이고 싶으세요?"

"알았습니다. 죽기 전까지는 도망갈 수 없는 현실이니까요."

둘은 근처의 식당으로 자리를 옮겨 맥주를 마셨다. 잔만 들었다 하면 원샷하는 지병환을 물끄러미 쳐다보던 우한솔이 웃으며 말했다.

"술이 그렇게 좋으세요?"

술을 마시느라고 말을 못해 지병환은 고개를 끄덕였다.

"이담에 제가 술을 사갖고 무덤에 가서 피디님과 같이 마셔줄게요."

"내가 마시고 싶을 때마다 올 수는 없을 테고. 송유관도 있는데 어디 송주관은 없나? 그냥 무덤 안에 송주관을 박아 넣고 공급해 주면 좋을 텐데."

"마음의 식량이라면서요. 그때면 마음으로 마실 텐데 그까짓 물질세상의 쇠붙이 송주관은 해서 뭐해요."

"참, 그렇군. 마음으로 마신다. 그런데 마음은 육체가 죽으면 함께 사라지는 거잖아요. 그러니 영혼이 마신다고 해야겠네요. 자, 듭시다. 육체가 있는 동안은 이 손으로."

우한솔의 전화벨이 또 울렸다. 취소했는데도 집요하게 재차 울린다. 묻지 않아도 남자친구일 것이다. 연인들은 상대가 죽을 사람을 만나도 질투한다. 잠시라도 곁을 비우지 못하게 한다. 그런데 신기하게도 연인이 죽으면 따라가지 않고 홀로 머나먼 귀신의 나라로 선뜻 떠나보낸다. 사랑도 이승과 저승으로 갈라진다. 그때면 영혼으로 연결될 것이다.

"괜찮습니다. 전화 받아요."

"죄송해요. 피디님 앞에서 이런 모습 보이면 안 되는데……."

우한솔이 일어나서 식당 밖으로 나갔다. 연인들의 대화는 옆 사람이 들으면 안 되는 내용이 들어있다. 그것이 설령 남들이 다 아는 평범하고 시시한 말이라도 둘이서만 해야 된다. 그 안에는 끈적끈적한 음란함이 들어있기 때문이다. 본인들은 사랑이라 미화하고 엿들은 사람들은 음란하다고 한다. 지병환은 느닷없이 조난선이 생각났다. 한 이불 속에서 잤으면서도 저렇게 사람들을 피해 음란한 전화 한번 못 해보았다. 그래도 섹스하는 데는 아무 지장도 없었다. 사랑한다, 예쁘다, 미안하다, 고맙다, 밤하늘의 별도 따다 줄게, 손에 물 한 방울 묻히지 못하게 떠받들 거야……. 이러한 오글거리는 말들이 다 어디에 필요한가. 그냥 자기 전의 준비 동작에 불과하다. 그래서 진부하고 유치하다. 한 사람이 죽으면 그가 한 말들은 죄다 쓰레기로 폐기될 것이다.

배선미가 생각났다. 아까 커피숍 창밖의 그 젊은 나무 같은 애다. 등 뒤의 머리채가 폭포 같다. 두 다리는 대리석 같다. 이 상황에서 걔가 왜 생각나지? 그냥 드라마 작업을 한 번 같이 해본 연기자고 아직은 고2밖에 안 되는 여학생일 뿐이다. 그런데 귓전에 그 애의 물새 같은 목소리가, 웃음소리가 들린다. 자신의 가슴에 그 초롱초롱하고 학의 다리처럼 미끈한 종아리를 올려놓고 자던 애가 너무 그립다…….

"별일도 아니면서 전화해 사람 술도 맘 놓고 마시지 못하게 하잖아요. 짜증 나."

우한솔이 밖에서 들어와 자리에 앉으면서 남친을 나무랐다.

"그만 마시고 가봐요. 벌써 나랑 오래 있었잖아요."

"오늘은 피디님 곁을 떠나지 않을 거예요. 자, 술 마셔요."

"정말 괜찮겠어요?"

"괜찮지 않을 거 뭐 있어요. 이래서 싫다면 그만두면 되죠."

"나 때문에 그렇게 되면 내 마음은 편합니까?"

"걱정하지 마시고 우리 술이나 마셔요."

우한솔이 지병환의 잔에 자신의 컵을 부딪쳤다. 짤랑 유리 소리가 난다.

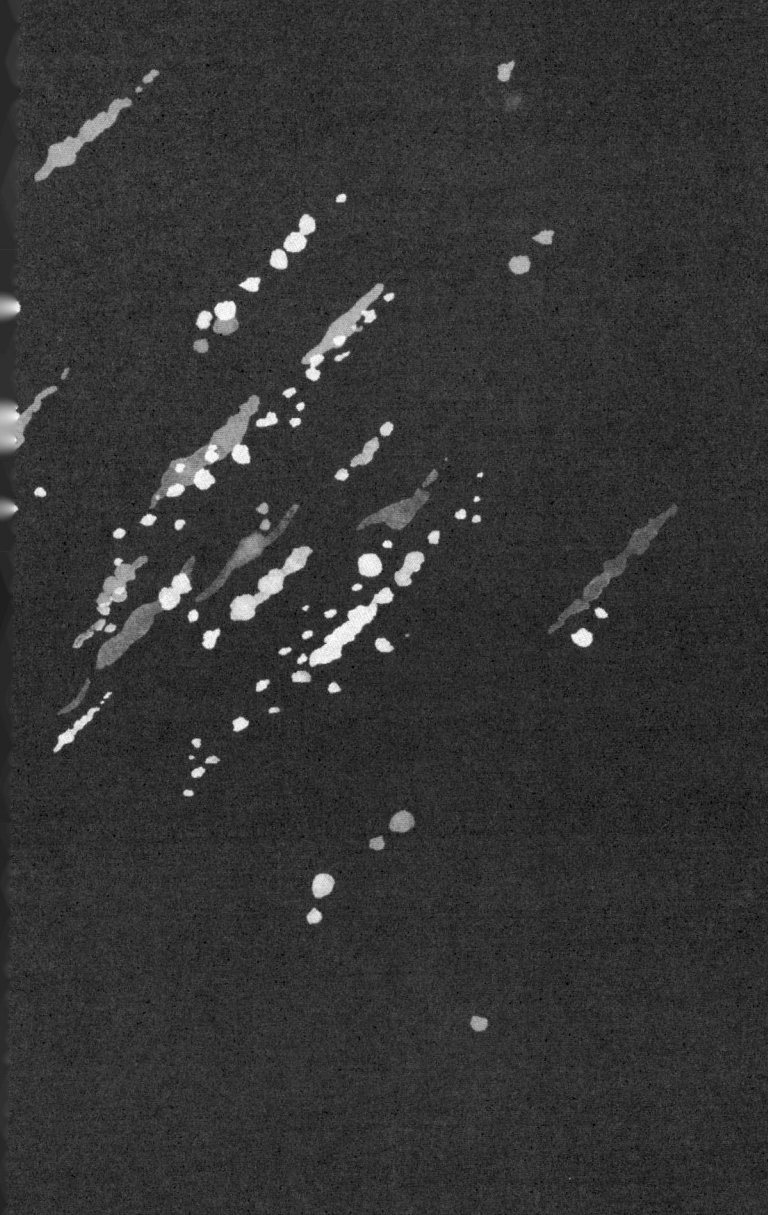

7장
재회

1

 배선미는 어깨를 묵직하게 짓누르던 하나의 딜레마를 벗어던졌다. 지금까지는 언니가 지병환을 좋아한다는 말에 오빠와의 밀착 관계를 단절했었다. 그러기 위해서는 어린 배선미는 엄청난 인내심이 필요했다. 오빠의 불행을 이해하고 도와주고 싶은 욕구를 강한 의지력으로 억눌러야 했기 때문이다. 그러나 이번 서울 방문을 통해 오빠와 언니 사이가 연인 관계가 아니라는 사실은 확실하게 알게 되었다. 그것은 동생을 지 피디한테서 갈라놓기 위한 얄팍한 연막 쇼에 불과했다. 거짓말은 언제라도 정체를 드러내기 마련이다. 오빠는 적어도 연기자가 되려는 선미의 꿈을 이루게 한 은인이다. 그런 은인이 시한부 삶이라는 죽음을 눈앞에 두고 힘든 시간을 소비하고 있다. 이제 언니도 위장 봉사를 포기했다면 오빠는 홀로 그 고통을 버티고 병마에 시달려야 한다. 부모님이 상경하면 자식을 병원에 입원시키고 항암 치료를 시작할 거라고 했지만 급히 이사를 나간 걸 보면 치료를 완강하게 거부함을 알 수 있다. 오빠는 원래대로 살다가 죽고 싶은 것이다. 병원 치료라면 몰라도 그런 오빠를 지근거리에서 도와줄 사람은 세상에서 오로지 자신뿐이다. 그런데 안타까운 것은 오빠의 이사 간 행방조차 모른다는 사실이다. 전화번호도 모른다. 단순히 치료 거부 때문에 피신한 오빠를 경찰에 실종 신고를 할 수도 없다.

헐랭! 오빠 정말 어디 간 거야?

배선미는 속상한 나머지 누웠던 침대에서 벌떡 일어나 두 발을 동동 구르며 손으로 머리를 마구 집어 뜯었다. 이대로 포기해야 되는 거야? 오빠는 그냥 혼자서 죽으라는 거야? 그리고 오빠 때문에 내가 왜 이러지? 나랑 오빠 사이가 무슨 특별한 관계라도 돼. 피디와 연기자, 그 밖에 또 뭐가 있어? 우한솔은 오빠 때문에 마음이 설렜다고 했다. 정이 들 뻔했다고도 했다. 나도 우한솔처럼 오빠 때문에 정이 들고 마음이 설렌 적이 있기나 해? 한 침대에 누워 잤고 다리까지 오빠 가슴에 올려놓았지만 아무 일도 일어나지 않았었다. 그리고 오빠는 항상 나를 학생으로 취급한다. 술을 마시고 꽐라돼도 장난 삼아 또는 실수로 뽀뽀 한 번 안 해준다. 그러니까 친동생도 아니고 연인은 더구나 아니고 오빠 때문에 심쿵한 적도 없다.

그러나 선미는 옆에 오빠만 없으면 금방 보고 싶어진다. 처다보지 않을 수 없는 그 높은 키, 맨 위에 달린 서글서글한 얼굴이 지어내는 환한 미소를 보고 싶고 우렁우렁한 목소리를 듣고 싶다. '선미야.' 하고 그녀를 불러주었으면 싶다. 이런 감정은 물론 설렘도 아니고 심쿵도 아니고 애정은 더구나 아닐 것이다. 그런데도 보고 싶으면 잠이 오지 않는다. 눈만 감으면 오빠의 빛나는 모습이 그녀 앞으로 성큼성큼 걸어온다. 그리고는 무심중에 친동생처럼 손으로 머리를 쓰다듬어 준다. 자기는 걱정하지 말고 집에 내려가서 열공하라고 타이른다. 그녀의 머리를 쓰다듬는 오빠의 손으로 움켜쥐면 선미의 조그마한 손은 그의 손바닥 안으로 쏙 들어가 보이지도 않는다. 그렇게 손을 감싸 쥐고는 이거 손이야, 장난감이야? 이런다. 너 사람 맞아? 애가 벌써 이렇게 예쁘면 이따 아가씨가 되면 남자 몇을 상사병에 걸려 죽이려고, 이런다.

오빠 생각이 홍수처럼 머릿속을 휩쓸어 이불을 박차고 밖으로 나왔다. 하늘은 새카맣고 살림집 창문들에는 불빛이 껌벅거린다. 온 마을에 무시무시한 어둠밖에는 아무것도 없다. 나무도 보이지 않고 길도 어둠 속에 감쪽같이 묻혀버렸다. 개들도 어둠에 삼켜졌는지 짖지 않는다. 선미는 보이지도 않는 동네 길을 슬리퍼를 철떡철떡 끌며 걸어갔다. 바람 한 점 없다. 산지사방이 금방 숨이 멈춘 듯 고요하고 잠잠하다. 공간은 식어서 싸늘하다. 이 어둠 속을 정처 없이 걸어가다 보면 그 끝은 어디일까? 귀신들이 사는 동네인가. 오빠도 죽으면 거기 가겠지. 발밑에서 산모래가 밟히는 소리가 싸륵싸륵하며 소름이 오싹 끼쳤다.

밤은 왜 생겼지? 낮이 있으면 되잖아. 어둡고 적막하고 공포만 가득한 밤이 왜 필요해. 자라고. 이불을 머리 위에 푹 뒤집어쓰거나 창문에 두꺼운 커튼을 치면 되잖아. 엄빠가 밤이 되면 하는 그 야한 행위를 자식들이 볼까 봐서인가. 그것도 이불 속에서 하면 되지. 어차피 어두워 눈에 보이지는 않아도 소리는 들릴 거잖아. 선미도 어렸을 때 밤에 엄빠가 주책없이 그 일을 하는 걸 보고 깜짝 놀랐었다. 처음에는 아빠가 엄마를 깔고 앉아 죽이려고 짓뭉개는 줄로 오해했다. 어찌나 호되게 짓뭉갰으면 엄마가 아픔을 참다못해 신음소리까지 터뜨렸다. 그러나 선미가 들을까 봐선지 엄마는 손으로 입을 틀어막았다. 아빠는 뭘 하느라고 기운이 빠졌는지 땀을 뻘뻘 흘리며 엉덩이를 흔들거리고 숨을 씩씩거렸다. 두 사람 사이에서 쿨쩍쿨쩍 이상한 액체 소리가 났다. 그러다가 어느 순간 고개를 뒤로 젖히며 눈을 뒤집는 아빠를 보고 선미는 하마터면 벌떡 일어날 뻔했다. 아빠가 죽는 줄로 착각했기 때문이다. 그러나 엄빠는 금시 아무 일도 없었던 듯이 각자 자리에 눕더니 금세 코를 드렁드렁 골았다. 그런 거 맘 놓고 하라고 밤이 생긴 거야?

오빠는 그런 거 해봤을까? 아빠는 오빠에 비하면 키도 훨씬 작고 덩치도 왜소하다. 그럼 오빠가 그 일을 하면 어떤 모습일까? 만약 엄마 역을 내가 한다면…….

이년아, 무슨 미치고 창 빠진 지랄이야! 오빠가 왜 나랑 그 일을 해. 그런 건 엄빠들이 늙어서, 주책없어서, 사는 게 지루해서 하는 미친 놀음이란 말야. 물론 나도 엄빠 나이가 되면 하겠지만.

문득 눈앞에 작은 가게가 나타났다. 아빠의 술 심부름을 다니던 슈퍼이다. 밖에 희미한 알전등이 데룽데룽 걸린 채 껌벅껌벅 졸고 있다. 어둠이 천지간의 모든 사물을 잠들게 할 기세다. 졸음은 마치 전염병처럼 동네를 잠식했다. 전등불도 게을러터져 끄덕끄덕 조는데 오로지 선미만 자지 않는다. 그만큼 오빠가 그립다.

　배선미는 소주랑, 연양갱이랑 과자랑 두루 집어 들고 계산하러 갔다. 아줌마는 졸다 말고 물건을 계산한다.

　"니네 아빠는 한밤중에 자다가도 일어나 술을 마시냐?"

　선미는 아무 대답도 하지 않고 돈을 계산한 다음 슈퍼에서 나왔다. 그래요, 난 자다가도 일어나 술 마셔요. 이렇게 중얼거리며 술을 마실 장소를 찾았다. 갑자기 갈 곳이 없다. 그렇다고 집에 가서 버젓이 엄빠 앞에서 공개 음주를 할 수도 없다. 방에 숨어서 마시다가 발각이라도 되면 아빠가 때릴지도 모른다. 안 그래도 배우가 될 사람이니 어려서부터 술, 담배 끊고 몸 관리 잘해야 한다고 신신당부한다. 그렇다고 길바닥에 퍼더버리고 앉아 마실 수도 없다. 지나가는 동네사람들이 보면 날이 밝으면 대뜸 엄빠 귀에 들어갈 테니까. 역시 그녀가 혼술할 곳은 뒷산뿐이다. 한참 걸어가다가 아뿔싸 했다. 담배도 한 갑 사야 하는데. 다시 갈 수도 없었다. 오늘은 금연이다. 그냥 술이나 마시는 걸로 하자.

　뒷산 아지트에 도착하자 휴대폰 플래시로 나무 밑을 비춰보고 깨끗한 곳을 골라 앉았다. 술병 뚜껑을 열고 한 모금 마신 다음 과자를 집어 입 안에 넣고 씹으며 산 아래를 내려다보았다. 어둠의 바다가 일망무제하게 펼쳐져 있다. 원래는 좁은 골짜긴데 광막해 보인다. 앞산은 더 컴컴해서 괴물처럼 어둠 속에 잔뜩 움츠리고 있다. 인가의 불빛이 무슨 도깨비불이나 반딧불처럼 보인다. 저 바다에 한번 빠지면 도저히 헤어 나오지 못할 것이다. 팔을 쭉 뻗어 그 어둠의 바다에 손을 집어넣어 보았다. 순식간에 지독한 어둠이 마귀처럼 손을 덥석 삼켜버린다. 혹시 오빠가 저 어둠 속 어딘가에 깊숙이 빠져버린 건 아닐까. 아니, 저 어둠의 소용돌이에 빨려 들어가고 있는 건 아닐까. 배선미는 술을 마시면서 불길한 상상을 했다. 오빠가 고독한 어둠의 망망대해에 휘말려 들며 온몸이 빙글빙글 회전하며 블랙홀처럼 안으로 빨려 들어가는 환상이 떠올랐다. 오빠가 왜 저 안으로 들어가지? 드라마는 찍지 않고…….

휴대폰 벨소리가 울렸다. 우한솔의 전화다. 선미는 재빨리 전화를 받았다. 혹시 오빠의 새로운 정보를 입수했을지도 모르기 때문이다.

"언니, 저예요, 선미."

"어, 선미야. 아직 안 잤어?"

"네 혼술하고 있어요."

"학생이 책과 친해야지 술과 친하면 되나?"

"술은 몸속에 잘 들어가는데 책은 머리에 도저히 안 들어가요. 오빠 소식은 알아보았나요?"

"안 그래도 그일 때문에 전화했어. 초저녁에 한다는 게 술에 꽐라돼서 자다보니 그만……."

"어디 산대요?"

배선미는 우한솔이 꽐라되든 잠을 자든 그 따위에는 아무 관심도 없었다.

"오늘 지 피디님을 만나긴 했는데 어디 사는지는 몰라."

"어디서 만났어요?"

"테니스장에서. 테니스를 치고 커피와 술도 마셨어. 그런데 집 주소와 전화번호는 끝내 알려주지 않았어."

"테니스장이라고요, 그게 어딘데요?"

"남산공원에 있는데……… 아마 두 번 다시 거기 오지 않으실 거야. 내가 네가 시켜서 만난 걸 아셨으니까."

"그럼 오빠가 언니도 만나면서 꼭 나만 피하는 거예요? 미워!"

"널 위해서겠지."

"날 위한다면 주소는 몰라도 전화번호라도 알려줘야 하는 거 아니에요."

"아무래도 네 쪽에서 관심을 끄고 포기하는 게 좋을 것 같아."

"내가 뭐 오빠가 좋아서 관심을 가지는 줄 알아요. 아파하니까, 오래지 않아…… 그렇게 된다니까 안타까워서 그러는 거지. 정말 정뚝떨이야."

"난 두 사람 마음 다 이해돼. 그래서 누구하고도 위로해 줄 말이 없어. 운명에 인연이 정해져 있으면 만날 기회가 있겠지. 너무 속 태우지 마. 오늘은 이만하자. 술이 덜 깨 힘들어. 이따 또 전화할게. 끊는다."

배선미는 통화가 중단된 휴대폰 액정만 한참이나 멍하니 들여다보았다. 운명?! 나한테 정해진 운명은 과연 어떤 것일까. 그 속에 오빠와의 인연도 들어있을까. 궁금한 것만큼 망연자실했다. 같은 연기자인데 우한솔은 만나주고, 같이 커피와 술까지 마시면서 나만 피해 다니는 거 보면 내 운명에 오빠와의 인연 같은 건 아예 없는지도 모른다. 운명이고 인연이고를 떠나서도 오빠 너무한 거 아니야. 만나주지는 않더라도, 같이 커피와 술을 마시지 않더라도 전화번호만 남겨줘도 문자는 통할 수 있잖아.

내가 뭐 언제 오빠랑 같이 살자고 했어, 자자고 했어. 왜 나만 피해 다니는 거야. 아~ 진짜 열라, 짜증나!

그러나 선미는 중얼거리다 말고 문득 입을 함구했다. 아직도 정신 차리지 못하고 이런 10대들의 유치한 속어를 자꾸만 남발하니까 날 그냥 어린애로 취급하는지도 몰라. 좀 어른스러운 정중한 표현을 사용해야 오빠 연배의 나이 든 성인으로 상대해 줄지도 모른다. 오빠한테 어린애, 철부지 미성년으로 보이는 한 어른 대접 받기는 아예 글렀다. 이번에 만나면 말버릇부터 고쳐야겠다. 숙녀다운 모습을 보여줘야 한다. 언제까지 여고딩으로 살 건데. 술만 마시고 담배를 피운다고 어른이 되는 건 아니다. 키가 크고 머리채가 길고 몸무게가 나간다고 성인이 되는 건 아니다. 오빠의 눈에 들려면 언행부터 숙녀다워야 한다.

어느새 술 네 병을 다 마셨다. 술이 꽐라된 선미는 땅바닥이고 뭐고 분간이 안 되었다. 그냥 다 푹신한 침대로 보인다. 그 침대 위에 길게 드러눕자 금방 잠이 들었다. 산이 침대가 되고 어둠이 이불이 되고 하늘이 천장이 되고 바람 소리가 자장가가 되어 그녀를 고요하게 잠재웠다…….

배선미는 배 위에 누워있었다. 그 배는 호화로운 크루즈도 아니고 화려한 여객선도 아니었다. 그렇다고 수수한 어선도 아니다. 한 사람이 겨우 누울 만한 똑딱선이다. 그 배는 가랑잎처럼 바다 위에 홀로 덩그러니 떠있었다. 바다는 까마득한 지평선이 보이는 일망무제한 대해였다. 배가 어찌나 규모가 작은지 버들잎 같다. 넘실대는 파도에 전후좌우로 흔들거린다. 해풍이 심하게 불 때면 뒤집힐 것처럼 한쪽 뱃전이 물에 잠긴다.

이 배가 왜 이래?

배선미는 고개가 쳐들린 쪽으로 자리를 옮겨 누우며 자신의 체중으로 간신히 배의 균형을 유지했다.

배가 술을 마셔서 취해서 그래.

누군가의 목소리가 들렸다. 고개를 들고 보니 선미 쪽에 웬 남자가 앉아있다.

아저씬 누구세요?

나더러 아저씨라고? 너도 배처럼 취했구나.

다시 눈여겨보니 지병환 피다.

오빠, 언제 이 배 탔어?

처음부터 탔지.

그런데 뭘 보고 이 배가 술 마셨다고 단정해요?

엔진에 주유 대신 술을 넣었으니까.

누가 그런 못된 장난을…….

내가 넣었어. 재밌잖아. 주유가 아닌 주주. 하하하. 사람도 취하고 배도 취하고, 얼마나 낭만적이야.

또 심술궂은 바람 한줄기가 휙- 불어왔다. 이번에도 똑딱선은 뒤집힐 것처럼 한쪽으로 기울었다.

배가 뒤집혀요!

괜찮아, 아까처럼 체중을 반대 방향에 실어.

배는 과연 다시 균형을 찾았다.

취선, 취인, 취생! 아, 인생 정말 멋지다.

취선이라고요, 그게 무슨 말인데요?

배가 취했다는 소리야. 사람이 취한 것처럼.

배가 취한다, 취선! 그럴 듯한데요…….

배선미는 취선이라는 단어를 곱씹다가 추위 때문에 눈을 떴다. 꿈이었다. 아니, 꿈이라 하기에는 너무나 생동한 현실 같았다.

아침이다. 선미는 그제야 지난밤 술에 취해 저도 모르게 땅바닥인 줄도 모르고 소나무 아래에 드러누웠던 기억이 어슴푸레 머릿속에 떠올랐다.

"헐, 대박! 내가 밖에서 잔 거야. 미쳤어, 이게 무슨 지랄이야!"

급히 옷의 먼지와 검불을 툭툭 털고 땅바닥에서 일어났다. 학교에 가야 한다. 선미는 집으로 내려오자 등교 시간이 늦어서 아침밥도 먹지 못하고 얼굴도 씻지 못한 채 그대로 가방을 메고 학교로 갔다.

무슨 개꿈이야. 취선, 그게 되기나 할 개소리야. 그런데 그 말이 왜 오빠 입에서 나왔지. 꿈일망정 오빠가 한 말이니 개소리는 아닐 것이다. 나름 그 표현에 걸맞은 무슨 깊은 의미가 있을 것이다.

학교에 도착하자 친구 은혜가 선미를 보더니 화들짝 놀란 표정을 지으며 다급하게 그녀의 팔을 잡아끌고 화장실로 들어간다.

"선미야, 너 이게 무슨 꼴이야! 연예인 맞아? 메완얼에 애빼시인 우리 선미 공주님께서 감히 쌩얼로 등교하다니! 어디서 야리 까고 술 까다가 깔라된 거야. 나 빼놓고 혼자서. 헐, 이거 봐. 머리에 가랑잎까지 데롱거리잖아. 맨땅에서 뭐 하느라 어떤 놈이랑 뒹굴었어?"

은혜는 난리법석, 오지랖을 떨며 선미의 머리를 빗겨주고 얼굴을 씻겨주고 벼락 화장을 해준다. 그녀는 항상 화장품을 가방에 비상 휴대하고 다닌다. 그래도 선미는 무심하게 은혜가 하는 대로 얼굴을 빌려준 채 멍 때리고 있었다. 솔직히 술이 아직 덜 깼다. 거기다가 이상한 꿈 생각에 오빠 걱정까지 덮친 꼴이다.

수업 시간에도 그녀는 그냥 멍 때린 채 목석처럼 가만히 앉아있었다. 선생님이 그녀의 이름을 세 번이나 불렀으나 선미는 1도 몰랐다. 은혜가 옆구리를 쿡쿡 찔러서야 놀라서 어정쩡 일어났다.

"선생님의 질문에 대답해 봐."

"무슨 질문을 하셨는데요?"

선미는 아무 말도 들은 기억이 없어 어리둥절한 표정을 지었다.

"야, 그 영혼 없는 동문서답은 또 뭐야? 너 정신은 집에 두고 왔어, 아니면 팔아먹었어? 도대체 너 요즘 왜 그래?"

왜 그런지 선미 자신도 모른다. 굳이 말하라면 오빠 때문이라고 할까. 그걸 교실에서 어떻게 실토할 수 있는가. 그냥 멍하니 서있는 것이 상책이었다.

수업이 끝나자 선미는 속이 답답해 운동장으로 나왔다. 계단에 앉아 있는데 어디선가 한 남학생이 그녀의 앞에 불쑥 나타났다. 헤어스타일이 무슨 만화 속의 캐릭터 같다. 선미를 그림자처럼 졸졸 따라다니는 정석이다. 시도 때도 없다.

"선미야, 너 표정이 왜 그래? 무슨 불쾌한 일이라도 있어?"

팔, 다리, 머리, 눈, 입 그야말로 온몸이 잠시도 가만있지 않는다. 촐랑대고 호들갑을 떨고 수다 떨고 웃고…… 변화무쌍하다. 이게 이른바 우리가 말하는 젊음인가? 오빠가 어엿한 포플러 나무라면 정석은 그냥 봄바람에 하늘거리는 가느다란 갈댓잎 같다. 너무 경망하고 유치하고 가볍다. 아직 세련되고 숙성되고 성장하려면 한참 멀었다. 오빠 발꿈치에도 못 미친다. 그냥 팔랑거리는 잠자리 같다. 불행하게도 이런 남자가 내 그림자다. 솔직히 정석이만 한 애도 별로 없다. 그렇다면 그림자의 주인인 나도 오빠의 눈에는 정석이처럼 보일 것이다.

아무 대답도 하지 않았다. 그 애의 존재 자체가 킹받는다. 완전 혈랭 상태다. 오빠를 어디 가서 찾지?

정석이가 갑자기 삽살개처럼 어딘가로 팔딱팔딱 뛰어간다. 갈 테면 가고 올 테면 오고 아무런 관심도 없다. 그냥 날파리 한 마리가 혼자 노는 것 같다. 정석은 조금 뒤 다시 그녀 앞에 나타났다. 뭔가를 불쑥 내민다.

"이거라도 먹어. 네가 좋아하는 웨이퍼 초코바야."

배선미는 코앞에 들이민 초코바를 물끄러미 내려다보았다. 이전에는 한 봉지 뜯으면 안에 든 11개를 앉은자리에서 다 먹어치웠다. 그러나 오늘은 이걸 받으면 안 된다.

"너나 먹어. 난 생각 없어."

배선미는 일어나서 다른 데로 피했다.

"헐, 그렇게 좋아하더니 갑자기 왜 싫어졌어? 너 드라마에 출연하더니 사람이 변했다."

 드라마 출연. 그렇다. 드라마 때문에 오빠와 인연이 맺어졌다. 이제는 드라마가 아니라 운명으로 인연이 엮이고 싶다. 그러니 정석아, 너 그거 먹고 나한테서 좀 떨어져 줄래. 누나가 바쁘거든.

2

설계영이 자신이 아빠라고 자청한 천한생의 '희생'을 거절도 수락도 하지 않고 소리 없이 묵인한 것은 미혼모라는 비난을 듣든 말든 크게 신경을 쓰지 않았기 때문이었다. 배선주는 천한생의 자선 행위를 다행이라고 생각하고 고맙게 받아들여야 한다고 권유했지만 설계영은 그게 왜 고마운 일인지 이해가 되지 않았다. 그가 아빠이든 아니든 그녀는 천한생과 결혼하지 않을 것이기 때문이다. 그러면 그때까지는 여전히 미혼모이기는 마찬가지일 것이다. 그리고 천한생의 의도가 뭔지는 설계영도 진의를 잘 모른다. 아니, 알고 싶지도 않았다. 그가 결혼을 목적으로 그랬든 설계영의 난감한 처지를 도와주려고 그랬든 그건 그녀가 알 바가 아니었다. 그러기를 요구한 적이 없기 때문이다. 다만 그 '덕행'이 호의라는 사실은 확실한 것 같다. 설령 호의라고 한들 설계영이 특별하게 천한생에 대한 태도를 그에게 유리하도록 수정할 이유는 없다. 그녀는 곧 죽어도 비혼주의자니까. 그래서 아무 때라도 무방했다. 그건 그저 천한생이 혼자 선택하고 철회하는 독자 연극일 따름이다.

그런 이유 때문에 설계영은 천한생과의 관계를 발전시키거나 수정해야 할 아무 필요도 느끼지 못했다. 그냥 원래대로 관계를 유지해 나갈 뿐이다. 데이트하자고 하면 만나주고 밥을 먹자고 하면 먹어주었고 술을 마시자 해도 기꺼이 요구를 받아들였다. 천한생도 그녀가 임신 때문에 금주하지 않을 거라는 걸 알았는지 과음만 제지했을 뿐 음주는 더 이상 말리지 않았다. 만일 임신 때문에 정말 음주를 금해야 한다면 설계영은 단호하게 뱃속의 태아를 낙태했을 것이다. 그녀에게 술은 항상 첫 번째였고 다른 모든 것은 그 다음 순서에 속했다. 설계영은 심지어 천한생이 손을 잡거나 머리를 쓰다듬거나 어깨를 껴안거나 하는 정도의 스킨십까지도 묵인했다. 솔직히 그녀는 키스를 하거나 가슴을 애무하거나 같이 자자고 해도 굳이 거절하지는 않았을 것이다. 그런데 웬일인지 천한생도 키스의 경계를 넘지는 않았다. 술에 꽐라되어 한 곳에서 뒹굴며 자더라도 그 금지선은 엄격하게 지켰다. 그녀를 존중해선지 결혼할 거라 확신하고 그것들은 결혼 후에 할 일들이라고 생각하고 그러는지 설계영도 알 수 없었다. 아무튼 시간은 그런 속에서도 하루하루 지나갔다. 언제쯤 무엇을 하고 그 수위를 조절할지에 대해 설계영은 한 번도 생각해 본 적이 없다. 모든 것은 시간과 순리에 맡겼다. 살고 싶어서 사는 게 아니라 살아지니까 살기 때문이다.

"이게 말이 돼요? 소꿉놀이도 설정이 있고 계획이 있어요."

배선주는 그러는 설계영을 볼 때마다 한심하다는 듯 혀를 내둘렀다.

"그러는 넌 키스는 어느 날, 어느 시간에 하고 섹스는 어느 해, 며칟날 어디서 한다고 설정하고 계획해? 그렇게 모든 걸 계산하고 사는 게 힘들지 않아?"

"하긴 나도 몰라요. 남친도 없는데 키스, 섹스가 어디 있어요?"

"그러니까. 어느 날 기회가 생기면 키스하고 또 어쩌다 보면 기분이 좋아 섹스도 하는 거 아니야?"

"하여간 언니는 못 말려. 드라마 연출도 그런 식으로 해요?"

"아니, 그것만은 유일하게 계획이 있어. 치밀할 정도로. 혼자 일도 아닌데 안 그러면 망치니까. 그러나 인생에 대한 태도만은 달라."

"그럼 인생이 드라마보다 더 시시하다는 소리예요?"

"글쎄. 인생은 되는 대로 살아도 되니까. 신경을 꺼도 알아서 살아지더라고. 안 그래?"

"어쩜. 그럼 언닌 조난선의 뒤를 따라갈 거예요?"

"아니, 난선이처럼 의지력으로 생을 중단하고 싶지도 않아. 의지가 아니라도 죽을 때가 되면 죽을 거니까. 나는 내가 사는 걸 내가 구경하는 게 재밌거든. 인생은 운명이지 의지가 아니야. 모든 건 이미 다 결정돼 있어."

"오우, 마이 갓! 언니, 언제부터 숙명론자가 된 거예요?"

결국 배선주는 물렁물렁한 설계영의 정신 늪에 빠져들며 두 손 들고 물러선다.

설계영은 요즘 들어 자신의 삶보다 지병환의 인생이 더 걱정스럽다.

왜 선미와 선주의 호의를 버리고 몰래 이사 갔지? 선미가 지 피디를 케어해 준 건 이해가 간다. 그녀를 드라마 연기자로 발탁해 주었으니까 그 은혜에 대한 보답 차원이라고 할 수도 있을 것이다. 그런데 그런 동생을 지병환한테서 떼어놓으려고 대신 들어가 '봉사'한 배선주의 돌발적인 선택은 이해가 되지 않는다. 언니라는 명분으로 그냥 욕하고 때려서 주저앉힐 수도 있었을 텐데 말이다. 혹시 선주가 지 피디를 좋아하나? 접근하고 싶은데 구실이 없으니 동생을 사다리로 삼았는지도 모른다. 우한솔과 지 피디의 스캔들이 촬영 팀 안에 돌 때 배선주가 사람들이 보기에도 확연하게 우한솔을 질투하고 취중임을 빙자하여 지 피디한테 애교를 부리고 추파를 던졌다는 사실은 비밀이 아니다. 그런데 왜 지 피디가 선주를 거부했지? 싫었냐, 아니면 자기는 곧 죽을 사람이니까 선주의 미래를 생각해서 스스로 물러났을 수도 있다. 솔직히 설계영은 마음 같아서는 배선주에게 권고하고 싶었다. 그러나 암 환자라고, 불행하게도 시한부 삶을 살아야 하는 남자를 사랑하라고 구덩이로 등을 떠밀 수도 없었다, 그것은 결혼하자마자 미망인이 되는 예고된 비극일 테니까. 하지만 사랑이란 시간으로 계산되는 것도 아니다. 그렇다고 시간을 무시할 수도 없다. 생명은 시간 속에서만 존재하니까. 정말이지 알다가도 모를 게 세상이고 인생이다.

지병환의 행방을 알려달라고 간절하게 사정하는 선미의 전화를 받고 설계영은 지 피디에 대한 그 애의 감정이 그냥 단순한 보답 차원이 아니라는 생각이 들었다. 그럼 이제 겨우 열여덟 살밖에 안 되는 고2 소녀가 지병환을 사랑하기라도 한단 말인가. 그래서 지병환이 갑자기 알 수 없는 곳으로 선미를 피해 숨어버렸는지도 모른다. 도대체 인간의 감정은 어떻게 생겨 먹은 괴물이기에 나이 차도 모르고 죽음도 무시하지. 고2 학생이 스물여덟의 성인에게, 그것도 암에 걸려서 오래지 않으면 죽는다는 중환자에게 연정을 느낄 수 있다는 가설 자체가 성립된다는 것이 놀랍다. 도와줘야 되는지, 말려야 되는지 갈피를 잡을 수가 없다. 그래서 설계영은 인생을 요리하지 않고 제멋대로 버려둔다. 개입을 해도 달라지지 않는다. 힘들게 계획과만 싸운다. 인생은 황소고집이고 그걸 속절없이 묻어가야만 하는 인간은 기진맥진한다. 그럴 바엔 차라리 의지의 줄을 놓고 그냥 끌려간다. 그게 인생을 사는 어리석은 지혜인지도 모른다. 고통스럽게 최선을 다하지 않고도 쉽게 살아가는 비법.

설계영은 이런저런 잡념에 잠겨 머리가 아픈 나머지 사무 테이블 앞에 앉은 채 모니터만 멍하니 바라보며 또 멍 때린다. 드라마 촬영이 없을 때에는 항상 이런 영혼 없는 제로 모드이다. 또 다른 피디가 불러주기를 한정 없이 기다릴 수밖에 없다. 내 의지가 아니라 타자의 의지에 끌려가는 것이다. '여경사'로 일약 유명 작가가 된 배선주의 야심작이 나오기를 기다려 봄직도 하다. 배선주는 한다 하면 불도저처럼 미련하게 앞으로만 내민다. 그녀의 머릿속에서 어떤 영감이, 드라마 스토리가 구상되고 있는지는 누구도 모른다. 겉보기에는 남성호르몬이 많아 남성다워 보이지만 글은 여자 특유의 아련한 섬세함이 녹아있다. 이번에는 범죄 주제일까, 사랑이야기일까, 기대된다.

아똑!

문자가 왔다.

계영 씨, 저녁에 같이 식사합시다.

천한생이다. 왜 허구한 날 밥만 먹자는지 이유를 모르겠다. 혼자 먹어도 될 텐데. 그러나 말은 밥이지만 그녀는 또 술을 마실 것이다. 네 하고 한마디 답장을 보냈다.

점심시간이 되자 회사원들은 우르르 밖으로 나갔다. 설계영도 그들을 따라 사무실에서 나왔다. 로비를 나오는데 뒤에서 배선주가 어깨를 껴안는다.

"언니, 같이 가요."

기다란 선주를 어깨에 매달고 밖으로 나왔다. 그런데 문 앞에서 기다리고 있던 어떤 남자가 그들에게로 다가와 공손하게 인사를 건넨다. 설계영은 그 남자 얼굴이 어디서 본 듯했지만 기억이 가물거렸다. 목소리도 낯설지만은 않았다.

어디서 보았지. 영화에서 본 배우인가.

"안녕하세요. 하나 좀 여쭤봐도 될까요?"

"네."

배선주가 걸음을 멈추며 대답했다. 선주에게 팔짱을 끼운 설계영도 덩달아 걸음을 멈추고 남자를 바라보았다. 계영은 그 남자가 앞에 지나간

직원들과 묻는 것을 보았다.

"혹시 설계영 씨가 아니신지요?"

남자가 계영의 얼굴을 쳐다보며 물었다. 설계영은 흠칫했다. 누군데 날 찾지?

"그분은 왜 찾으시죠?"

배선주는 설계영이 대답할 기회를 주지 않고 자신이 앞으로 나서며 신분을 밝히려는 그녀의 팔을 꽉 잡아 제지했다. 내가 알아서 대처할 테니 언니는 옆에서 굿이나 보라는 뜻이다. 네. 제가 계영이에요, 하고 대답하려던 계영은 그만 입을 다물었다.

"전번에 대화역에서 비오는 날 만났던 남잡니다. 벌써 잊으셨습니까?"

대화역. 비오는 날 만났던 남자.

설계영은 그제야 이 남자 얼굴이 익었던 이유를 알았다. 그날 이 남자네 집에 들어가 술을 마시고…….

"아, 그럼 그때 대화역에서 만났었다는 그분이시군요. 언니, 뭐 해요? 그 남자 몰라요, 어서 인사해야지."

배선주가 자기 일처럼 반가워하며 턱으로 설계영의 임신한 배를 가리키고는 그녀의 등을 남자한테로 떠밀었다.

"네~, 안녕하세요. 그런데 어떻게 알고 회사까지…….."

설계영은 엉겁결에 고개를 숙여 인사는 했으나 반갑기 전에 의아한 생각부터 들었다. 꿈을 꾸는 것도 아니고 그동안 아무 소식도 없다가 갑자기 왜 여기 나타난 거지? 그날 그와 아무 약속도 한 것이 없다.

"늦었지만 일단 제 소개부터 하겠습니다. 제 이름은 남종심입니다."

남종심이 허리를 굽실하며 배꼽인사를 한다. 八자형 유행 헤어스타일이 출렁 가슴 아래로 떨어졌다가 고개를 들자 다시 스프링처럼 탄력 있게 위로 쳐들리는 모습이 멋지다. 남자의 구두 위에 햇빛이 떨어져 조각조각 부서진다.

"언니, 뭐해요? 그렇게 말뚝처럼 서만 있지 말고 이분 따라서 어느 커피숍에라도 들어가서 얘기 나눠요. 난 다른 사람들과 점심 먹을 테니."

"네, 그러시죠. 제가 커피든 식사든 사겠습니다."

설계영은 어떻게 해야 할지 몰라 선 자리에 우두커니 박혀있었다. 무슨 할 얘기가 있다고 남자를 따라가지? 인사했으면 그냥 각자 갈 데로 가면 되잖아.

"어쩌죠, 저는 배 작가랑 같이 밥 먹으러 가는 길인데……."

"언니, 지금 밥이 중요해요? 그리고 식사 같은 건 저분이랑 같이 해도 되잖아요."

배선주는 우격다짐으로 설계영의 등을 남자한테로 떠밀었다. 설계영은 떠밀려 가면서도 술도 마시지 않은 상태에서 얼추 면목이 있는 남자랑 단둘이 식당 가는 게 어쩐지 이상했다.

"그럼 너도 같이 가."

"그래요. 분위기가 어색한데 아가씨도 같이 갑시다."

"제가 가도 돼요?"

배선주는 못 이기는 척하고 섞였다. 안 그래도 설계영 혼자 보냈다가는 일을 그르칠까 봐 은근히 걱정되기도 했었다. 입을 열기만 하면 비혼주의요 뭐요 하며 모처럼 차려진 판을 깰지도 모르기 때문이다. 어쩜 이름도 제대로 챙기지 못한 진짜 애 아빠가 제 발로 찾아왔는데도 저렇게 시큰둥할 수가 있지? 배선주는 도저히 이해가 되지 않는다는 표정을 지었다. 그러나 설계영은 남종심인가 뭔가 하는 남자가 이렇게 불쑥 나타날지도 몰랐거니와 한 번도 기다려 본 적도 없었다. 그 남자와 잤던 건 그날의 술기운 때문이었고 임신하고 출산하는 건 지금 그녀의 몫일 뿐이다. 남종심이랑은 아무런 상관도 없다. 그런데도 배선주가 막무가내로 등을 떠미니 남자가 보는 앞에서 무안하게 뿌리칠 수도 없었다. 그냥 권유를 수락하고 밥 한 끼 먹으면 끝날 것이다. 선주가 당사자인 설계영보다 더 좋아하는 이유는 단순히 애 아빠가 나타났다는 사실 때문만은 아닌 것 같다. 설계영이 보기에도 남종심이라는 남자는 천한생에 비하면 호남아 스타일이다. 키도 한 뼘은 더 크고 얼굴도 아이돌 못지않게 준수하다. 그게 뭐뭐 어째서? 먹을 것도 아니고 구경거리도 아니다. 소비품도 아니다. 술 한 병보다 나은가. 늙어도 술은 그대로지만 저 남자의 미모는 비 맞고 썩은 고목 뿌리처럼 볼품없이 삭아버릴 것이다.

들어간 곳이 순대국밥집이다. 유감스럽게도 출근 시간이라 술은 마실 수 없었다.

"종심 씬 그동안 뭐 하시다가 이제야 언닐 찾아오셨어요?"

이건 설계영이 할 멘트가 아닌가? 그런데 계영이 말없이 밥만 먹자 배선주의 입에서 대신 그 말이 나왔다. 설계영은 그런 건 알아서 뭐 하나 싶어서 말하지 않았다. 처녀가 애를 낳아도 이유가 있다는데 묻지 않아도 본인이 스스로 알아서 입을 열기 마련이다.

"그게 그러니까……. 계영 씨와 헤어지고 한 달인가 지나서 어느 날 밤 갑자기 이상한 꿈을 꿨습니다. 꿈에 계영 씨가 저한테로 와서 제 아이를 임신했다고 말씀하시는 거예요."

"네~~. 세상에, 정말 오우, 마이 갓이네요. 안 그래요, 언니?"

배선주가 밥을 먹다 말고 두 손으로 설계영의 어깨를 다독이며 설레발을 쳤다.

"부자간은 못 속인다니까요. 스마트폰이 없으면 꿈으로라도 희소식이 전달되잖아요."

"그래서, 부끄러운 말씀입니다만 갑자기 계영 씨에 대한 책임감이 생겼습니다. 제가 계영 씨를 꼭 찾아서 보살펴 드려야 한다는 생각이 들었죠. 그런데 성함도, 직장도, 전화번호도…… 아무것도 모르는 안타까운 상태여서 계영 씨를 찾는다는 건 그야말로 망망대해 속에 떨어뜨린 바늘을 찾기보다 더 막막했습니다."

바늘이라고?! 내가 바늘이면 자기는 뭔데? 지랄하네.

설계영은 고개를 숙인 채 묵묵히 밥만 먹으며 남자를 속으로 욕했다. 지금이 욕할 타이밍인지 고맙게 생각해야 할 타이밍인지 그녀도 알 수 없었다. 그냥 욕이 나갔다.

"그런데 어떻게 여길 알고 방송국까지 찾아오셨나요? 언니 뱃속의 태아가 영험을 발휘했나?"

역시 배선주가 설계영의 역할을 대행한다. 설계영은 마치 그들 두 사람이 연기하는 드라마를 시청하는 기분이 들었다. 뭐가 저렇게 진지하고 흥미진진하지? 강아지를 아무도 모르는 곳에 내다 버려도 제 발로 집을 찾아온다는데.

"간절하면 하늘이 무너져도 솟아날 구멍이 생기나 보죠. 박사 학위를 따고 서울로 이사 와서도 그냥 찾고 있었는데 어느 날 우연히 국민 드라마 '여경사'가 끝나고 뒤풀이 격의 '스페셜 프로'를 보게 되었습니다. 제작진이 화면에 나오는데 그 속에서 기적처럼 설계영 씨의 얼굴을 발견하고 정말 놀랐습니다. 그녀가 조연출이며 설계영 씨라는 사실과 방송국에 다닌다는 중요한 정보도 입수하게 되었죠. 아, 하늘이 우리 둘 사이에 끊어졌던 인연의 다리를 놓아주는구나 싶었습니다. 그래서 이렇게 방송국으로 달려오게 된 겁니다. 지금은 이렇게 기적처럼 설계영 씨와 다시 마주 앉아 식사를 하고 있고요."

설계영은 기대했던 것보다 드라마가 너무 싱거운 해피엔딩으로 끝났다고 생각했다.

"언니, 들었죠? 두 분 인연 하늘이 맺어준 거라는 말. 남종심 씨만 그렇게 애타게 언니를 찾은 줄 아세요? 언니도 어느 하루 종심 씨를 생각하지 않은 적이 없잖아요. 버스를 타도 지하철을 타도 출퇴근길에서도 심지어는 공원이나 영화관에서도 혹여 종심 씨를 만나지 않을까 기대에 찬 관찰을 포기한 적이 없었어요. 안 그래요, 언니. 말해봐요."

설계영은 배선주의 얼굴을 빤히 쳐다보았다. 너 언제부터 거짓말을 그렇게 잘했어? 배선주가 그렇다고 대답하라고 종심이가 못 보도록 고개를 돌린 채 눈을 껌벅거린다. 다 된 제사상에 재 뿌리지 말고 시킬 때 어서 대답해요 하는 표정이다. 설계영은 왜 이런 위장 연극을 벌여야 하는지 이해가 되지 않았다. 드라마도 아니고. 어차피 선주의 강요에 순종을 하더라도 결혼은 하지 않을 건데 공연히 입만 아프게 이게 뭐야.

"내가 그랬던가……."

설계영은 거절할 수도 없어 어정쩡하게 말을 뭉갰다.

"그랬었죠. 그러니까 두 분의 정성에 하늘이 감동해서 만나게 해준 거잖아요. 이제는 다시 갈라지지 않도록 두 분이 전화번호부터 교환하세요."

배선주는 설계영의 어깨를 흔들었다. 그러나 설계영은 아무 동작도 하지 않았다. 천한생 한 사람을 만나는 것만도 벅차다. 이 남자까지 전화번호를 알면 이거야말로 양다리 걸치기가 아니야. 그럼 누굴 남기고 누굴 버려야 되지.

배선주는 설계영이 반응이 없자 아예 자기 것처럼 설계영의 앞 식탁에 놓인 휴대폰을 가져가더니 남종심과 전화번호를 교환한다.

"제 이름은 배선주예요. 언니랑 연락이 안 될 땐 저한테 연락하셔도 돼요. 제가 도우미로 자원할게요. 참, 남종심 씨는 무슨 회사에 근무하세요?"

"네, 지금은 Y 대학에서 시간강사를 합니다."

설계영은 얼핏 남종심의 얼굴을 쳐다보았다. 그는 간만에 설계영의 시선을 느끼자 반가운지 목례를 하며 미소를 짓는다. 시간강사답게 양복에 넥타이를 맨 말끔한 모습이다. 그녀랑 술을 마시고 바닥에서 잘 때는 이런 신사적이고 깔끔한 모습은 아니었다. 그냥 수수한 남자, 한 마리의 수컷이었다. 도대체 뭐가 어떻게 돌아가는지 모르겠다.

3

오늘은 목요일이다. 선미는 하교하여 집으로 돌아왔다. 자기 방으로 들어와 테이블에 마주 앉았다. 숙제를 하려고 가방 안에서 교과서와 노트를 꺼냈지만 하기가 싫다. 왜 날마다 숙제가 이렇게 많은지 모르겠다. 내가 숙제를 열심히 해서 또래들이 부러워하는 연기자가 된 거 아니다. 오빠는 내 재간은 타고난 거라고 했다. 우한솔은 대학까지 다녔지만 연기는 고딩인 선미보다 한 수 아래다. 그러니까 재간은 천부적인 것이지 배워서 얻는 것이 아니다. 선미가 보기에는 교과서에는 알아도 되고 몰라도 무방한 찌라시들만 잔뜩 모아놓은 것 같다. 이런 골치 아픈 걸 머리를 틀어박고 만들어 낸 사람들은 할 일도 없는 모양이다. 게임이나 할까 생각했으나 그것도 싫다. 평소 즐겨 보는 웹툰마저도 단념했다.

헐랭, 오빠는 도대체 어디 갔지?

이 생각이 머릿속에서 사라지지 않고 자꾸 맴돌았다. 다음 드라마를 촬영하면 날 부르지도 않을 텐가. 물론 드라마가 문제가 아니다. '여경사' 촬영을 끝낸 것만 해도 기적이다.

무심코 벽에 걸린 달력을 쳐다보았다. 내일은 금요일이다. 저 날이면 일요일까지 서울로 올라가 오빠네 집에서 그와 함께 있었다. 지금 돌이켜 보면 그때가 제일 행복했던 것 같다. 오빠의 빙그레 미소 짓는 모습, 부드러우면서도 깊은 테너 목소리, 서글서글하고 빛나는 눈빛…….

갑작스런 전화벨 소리에 선미는 깜짝 놀라 서둘러 휴대폰을 손에 들었다. 그러나 실망스럽게도 오빠가 아니다. 알 수 없는 전화번호다. 혹시 변경된 오빠의 전화번호가 아닐까 하는 생각에 수락 버튼을 눌렀다.

"여보세요."

"아, 네. 실례지만 이 전화 혹시 배선미 양 휴대폰이 아닌가요?"

낯선 여자 음성이다.

"네, 그런데요. 누구신지…….."

"아, 맞구나. 선미야, 난 백수아라는 사람이야."

"백수아요?"

처음 들어보는 이름이다.

"넌 날 모를 거야. 그러나 지병환은 알잖아. 지 피디 말이야."

"지병환이라고요, 당연히 알죠. 오빠 지금 어디 있어요?"

배선미는 지병환이라는 말에 흥분하여 저도 모르게 의자에서 벌떡 일어섰다.

"지금 우리 집에 있어."

"댁에 있다고요?"

"이제 주소를 찍어 보낼게. 그런데 병환이가 내 말을 전혀 안 들어. 술 담배를 끊으라고 하니까 아예 단식까지 한다네."

"단식이요? 그거 건강 망가져 하면 안 되는데⋯⋯."

"뭐라고 말하면 말끝마다 '선미가 그립다' 이러며 네 말만 해. 선미가 누구냐고 물으면 대답도 하지 않으면서. 자다가 잠꼬대까지 할 정도야. 혹시나 해서 설계영에게 전화했더니 방송사 작가인 배선주 동생이라지 않겠니. 그래서 네 전화번호를 알려달라고 부탁해서 지금 너한테 건 거야. 아무래도 네가 와봐야 할 것 같아. 나도 이제 어쩔 도리가 없거든. 그런데 너 학생이라며. 괜찮겠어?"

"지금 당장 오빠 주소 찍어 보내주세요."

"알았다. 주소 보낼 테니 언제 한번 시간이 되면 서울로 올라와 봐."

전화를 끊자마자 주소가 문자로 도착했다.

"무야호! 아싸아. 드디어 오빠 행방 알아냈어."

배선미는 환희에 들떠 저도 모르게 방바닥 위에서 토끼처럼 퐁당퐁당 뜀박질했다. 마침 내일은 금요일이니 수업이 끝나면 곧장 서울로 올라갈 것이다.

이튿날 지하철을 탄 선미는 서울에 도착할 때까지 한 번도 좌석에 앉지 않았다. 빈자리가 많았지만 통로를 서성거리거나 출입문 옆에 서있거나 아니면 차량을 앞뒤로 반복하여 오고 갔다. 시간이 너무 느려터지고 열차 속도가 굼벵이처럼 꿈지럭거려서였다. 그냥 하차하여 달려가는 게 차라리 빠를 것 같았다. 도중에 내려서 택시로 바꿔 탈까도 생각했었다. 그러나 그녀에게는 그만한 돈이 없었다. 이렇게 안절부절 하면서 그녀는 자신이 얼마나 오빠를 소중한 사람으로 여기는지 새삼스럽게 깨달았다. 오빠도 날 그립다고 했다고 한다. 꿈에서 잠꼬대까지 했다고 한다. 내가 보고 싶고 옆에 있어주었으면 바라면서도 어린 학생이어서 나를 생각해 피한 것이다. 싫어서 피한 것이 아니다. 왜 언니를 비롯한 세상 사람들은 죽을 사람의 소원 하나 들어주지 않는가. 자기들이 대신 오빠 인생을 살아줄 것도 아니면서. 이번에 만나면 절대로 옆에서 떠나지 않을 것이다. 왜? 나도 모르겠다. 그냥 그러고 싶다. 그걸 꼭 알아야 되는가. 밥을 먹을 때도 왜 먹는지 목적을 알고서 먹는가. 그냥 먹을 뿐이다. 많은 경우 모르는 것이 아는 길이다. 하다 보면 스스로 터득하게 되니까.

드디어 종착역인 서울에 도착했다. 열차에서 내려 버스를 갈아타야 했다. 버스에서 내려서도 10분 정도 걸어야만 했다. 서울치고는 꽤 외진 곳이다. 휴대폰으로 주소지를 찾아 쇠 대문을 두드리자 뚱뚱한 아가씨가 나왔다. 허벅지 하나가 선미의 허리통만큼 굵다.

"선미니?"

"네, 언니."

아가씨는 분명한데 덩치가 커서인지 엄마 같다. 턱 밑에 선미 주먹만 한 살덩이가 털렁거린다. 그래도 다행히도 얼굴은 밉지 않았다. 오빠를 도와주기 때문인가. 인성이 좋아 보인다. 그래서 여자는 미모도 중요하지만 그게 안 되면 인연이나 인상도 중요한 것이다.

"오빠는요?"

"안에 있어. 저녁도 거르고 삐져서 드러누워 있어. 어린애도 아니고. 너나 들어가야 일어날지. 어서 들어가자."

배선미는 백수아의 뒤를 따라 마당 안으로 들어갔다. 몸집이 어찌나 육중한지 산이 앞을 가로막은 느낌이다.

"선미 너 굉장히 예쁘구나. 웹툰에 등장하는 미녀 고딩 같아. 그러니까 병환이가 너만 찾는구나."

선미는 아무 말도 하지 않았다. 빨리 오빠를 만나고 싶은 생각뿐이었다.

"내가 진작 널 알았어야 되는데. 그럼 내 웹툰에 네 이미지를 모델로 사용했을 텐데."

"언니 웹툰 작가세요?"

"왜 믿기지 않니? 뚱뚱해서?"

"아니, 그런 거 아니에요. 제가 웹툰을 좋아해서요."

백수아가 1층 출입문을 열자 거실이 나타났다. 백수아가 선미를 거실을 지나 안방 침실로 안내했다. 거기 창문 밑 침대에 초저녁인데 오빠가 누워서 책을 보고 있었다. 백수아가 들어온 걸 아는지 문 쪽에는 시선도 주지 않는다.

"야, 병환아. 누가 왔나 봐."

그래도 지병환은 책에서 눈길을 떼지 않는다. 나발 불지 말고 어서 술이나 내놔 하는 부르튼 표정이다. 아마 책도 보는 척만 하고 있을 것이다.

"오빠, 나예요. 선미 왔어요."

배선미의 목소리에 지병환이 조건 반사처럼 즉시 고개를 돌려 문 쪽을 바라보았다. 문 안에 정말 선미가 서있는 모습을 보자 놀란 듯 두 눈을 커다랗게 뜨며 침대에서 벌떡 일어났다. 그러나 옆구리 통증 때문인지 손으로 허리를 부여잡으며 양미간을 찌푸린다.

"아니, 선미야, 네가 어떻게 된 일이야? 여길 어떻게 알고……."

며칠 사이에 그 걸조던 얼굴에 비낀 죽음의 그림자가 완벽하게 드러나 보였다. 웅장하고 장대하던 몸집도 눈에 띄게 줄어들었다. 완전하게 환자 모드로 진입한 오빠의 모습에 선미는 저도 모르게 가슴이 뭉클해지고 콧날이 시큰해졌다. 그녀는 눈물을 보이지 않으려고 대답도 못한 채 잠시 돌아서서 슬픔을 억제해야만 했다.

"내가 알려줬어. 네가 말끝마다 선미, 선미 했잖아."

"야, 그런다고 나랑 상의도 없이 알려주면 어떡해."

화를 버럭 내다가 다시 통증 때문에 손으로 옆구리를 움켜잡으며 주저앉는다.

"언니, 술 어딨어요?"

배선미가 젖은 눈시울을 손등으로 훔치며 다급하게 물었다.

"왜, 술 주려고? 그건 안 돼. 술을 줄 거면 하필 네가 왜 필요해. 나도 손이 있는데."

"오빠가 날 찾는 건 내가 오빠가 하자는 대로 허락하기 때문이에요. 언니가 술을 내놓지 않으면 내가 마트에 가서 사올 거예요."

술을 준다는 말 때문인지 지병환은 더는 화를 내지 않고 잠자코 있었다.

"술이야 2층 내 방에 많지. 정말 그 방법밖에 없겠니?"

"네. 제가 알기로는 그게 오빠를 위한 최선의 도움이에요."

백수아도 더는 지병환의 고집을 제지할 수 없다는 걸 알았는지 말없이 2층으로 올라갔다. 조금 후 술과 마른안주를 한 아름 안고 내려왔다. 아예 담배까지 알아서 챙겨왔다.

"진작 이랬어야지. 그래야 친구가 아닌가."

지병환은 굳은 얼굴에 간만에 미소를 활짝 지으며 침대에서 내려오더니 앞장서서 거실로 나갔다.

"내가 간단한 요리라도 몇 가지 할게. 조금만 기다려."

"그럴 시간이 없어. 너 때문에 술에 너무 오랫동안 굶주렸어. 이 안주라도 충분해."

지병환은 걸신들린 사람처럼 서둘러 술병 마개를 따더니 코에 들이대고 향부터 맡는다. 그리고는 잔에 따르려고 하자 선미가 그 병을 빼앗아 자기가 따라준다. 그리고 자신의 잔에도 따른다.

"애를 데리고 잘한다!"

백수아가 옆에 서서 그들의 동작을 물끄러미 내려다보다가 어이없는 표정을 지었다. 그녀는 몸매를 봐서는 술통째로 들고 마셔도 성차지 않을 것 같은데 유독 두려워한다.

"언니, 저 애 아니에요. 몇 달만 지나면 열아홉 살 성인이에요. 고3이죠. 학교에 늦게 입학해서 그렇지 다른 애들 같으면 곧 대학생이 될 나이라고요."

"대학생은 무슨. 내가 보기에는 빼도 박도 못할 미성년이구만. 아무튼 난 이런 잔인한 장소엔 가담할 생각이 없으니까 니들끼리 죽이든 살리든 알아서들 하세요."

백수아는 두 사람의 어리석은 행위에 기권한 듯 자리를 툭툭 털고 떠나 뚱기적거리며 방에서 나가 2층으로 올라갔다.

"저 뚱띠 말이 맞아. 나만 마실 테니 넌 마시지 마. 아직 학생이잖아."

"나 술 안 마셔요. 그냥 오빠 술 친구하느라 조금 마시는 거예요. 다른 곳에서는 술 냄새도 안 맡아요."

배선미는 뭐라고 해도 다 괜찮았다. 단지 오빠 앞에서 어린애 취급당하는 것만은 참을 수가 없었다. 내가 왜 앤가. 성장할 만큼 다 성장했다. 샤워하면서 거울에 가슴과 엉덩이를 비춰보아도 우한솔이나 설계영보다 크면 크지 작지 않았다. 그렇다고 옷을 벗고 보일 수도 없다. 허벅지도 성인 여자들 못지않게 굵다.

"알았어. 술은 나하고만 마시는 거야. 밖에서는 절대 안 돼."

"걱정 마요."

"그리고 저녁 먹고 내일 아침에는 천안으로 내려가. 언니가 알면 또 이 집에서도 못 살고 나가야 돼."

"언니가 어떻게 알아요. 그리고 나 월요일 아침 일찍 내려갈 거예요."

"너 주말에 또래들이랑 놀아야지 나랑 같이 있으면 어떡해."

"오빠랑 노는 게 제일 짱이에요."

"암튼. 너도 나처럼 제정신이 아니야. 그럼, 너 내일부터 운전이나 배우든지."

"운전? 그건 배워서 뭐 하는데요?"

"뭐든 배워두면 다 쓸 데가 있어. 특히 연기자가 되려면 더 그렇지."

"드라마요? 네. 배울게요. 오빠가 가르쳐 주면 배울 거예요."

거짓말이 아니었다. 이튿날, 토요일 아침이 되자 지병환은 술도 마시지 않고 선미를 차에 태우고 교외 한적한 곳으로 나갔다.

"여긴 차도 없어. 여기서 연습하자."

지병환은 선미가 시키는 대로 따라하지 못하자 운전 도중이나 대화 도중에 통증을 참느라 옆구리를 움켜잡고 이맛살을 자주 찌푸리는 차수가 잦아졌다. 덩달아 욕설도 늘어갔다. 온갖 욕설 끝에 드디어는 돌대가리라는 막말까지 나왔다.

"너 돌대가리야, 운전도 못 해?"

"몰라. 마상, 오빠 미워."

홧김에 다시는 안 쓴다던 10대들의 유행어까지 저도 모르게 입 밖으로 튀어나왔다. 선미는 핸들을 몇 번 손으로 두드린 후 차문을 열고 발딱 일어나 차에서 내렸다.

"배우든 말든 알아서 해. 배우가 되기 싫으면. 배우는 운전은 물론 승마, 무술 아는 것이 많을수록 캐스팅이 잘 된다는 걸 알잖아."

배선미는 발로 땅을 구르고 손으로 머리를 부비며 하늘을 우러러 억울함을 호소하다가 그 말에 문득 동작을 멈췄다. 선미의 꿈은 유명 배우가 되는 것이다. 유명 배우가 되려면 어떻게 해야 되는지를 드라마 피디인 오빠가 누구보다 잘 알 것이다. 돌대가리, 그런 소리 듣는다고 어디가 덧나기라도 하는가. 배우자. 오빠가 건강할 때. 선미는 애써 부글거리는 마음을 가라앉히고 다시 차에 올라 운전대를 잡았다.

"그래, 맞아. 나 돌대가리고 바보, 등신이야. 그래도 좋아. 오빠가 하라는 대로 할게."

그냥 홧김 때문인지 선미는 순간 말을 놓았다.

"돌대가리라선지 성깔도 돌이네."

다시 운전대를 잡고 주행 연습에 들어가자 또 오지게 욕설이 쏟아졌다. 선미는 뭐라 해도 꾹 참고 주말까지 오빠가 시키는 대로 주행 훈련을 반복했다. 그러나 정말 돌대가린지 운전 요령이 도저히 늘지 않는다.

월요일. 학교에 나온 선미는 우울증에 걸린 사람처럼 운전 실력이 늘지 않는 것 때문에 종일 침울한 기분에 잠겨있었다.

"선미야, 왜 그래, 무슨 일이 있어?"

그녀가 있는 곳이면 반드시 나타나는 정석이가 유령처럼 나타나 앞으로 다가와 물었다. 혹시 그 애한테 짧은 시간 내에 운전 실력을 제고할 비법이 없을까 하는 생각이 문득 들었다.

"요즘 운전을 배우고 싶은데 뜻대로 안 돼. 내 손으로 몰아보고 싶은데 마땅한 차도 없고."

"그것 때문이었어? 운전이라면 걱정하지 않아도 돼. 우리 외삼촌이 교내 학생 식당 셰픈데 집이 학교 근처에 있어 밤이면 차를 식당 앞에 주차해 놓고 퇴근하니까. 내가 키를 훔쳐 올게."

정석은 저녁에 정말 자동차 키를 가지고 나왔다. 선미는 그 차를 몰고 학교 운동장과 구내 도로를 이리저리 주행했다. 그렇게 수요일까지 매일 밤늦게까지 주행 연습을 했다. 목요일에는 드디어 학교 밖 도로로 몰고 나갔다.

"면허도 없는데 괜찮을까?"

"멀리 안 가면 돼. 학교 주변을 빙빙 돌면 되지."

거리는 짧아도 직진, 좌우 회전, 차선 변경 모든 운전 조작이 가능했다. 밤이어서 차들도 얼마 없다는 점이 도움이 되었다. 차들이 뜸할 때는 모르겠는데 차들이 운집한 곳에서는 차선 변경이 어려웠다.

"깜빡이를 켰으면 대담하게 들어가. 뒤의 차가 널 들어오라고 기다리잖아. 겁나하면 못 들어가."

정석이 독촉해서야 조심스레 차선 변경을 했다. 그러나 그것도 수십 번 반복되자 점차 익숙해지기 시작했다.

"넌 천재야. 며칠 사이에 완전히 운전 마스터했잖아."

정석이 엄지를 뽑아들었다. 천재는 무슨. 오빠는 날 돌대가리라고 했거든. 속으로 이렇게 생각했다. 그런데 이상하게도 천재라고 떠받드는 정석이보다 돌대가리라고 욕하는 오빠한테 더 정이 간다. 이번 주말에는 내가 돌대가리가 아니라는 걸 오빠한테 증명해 보여 놀래줘야지. 벌써부터 흐뭇해진다.

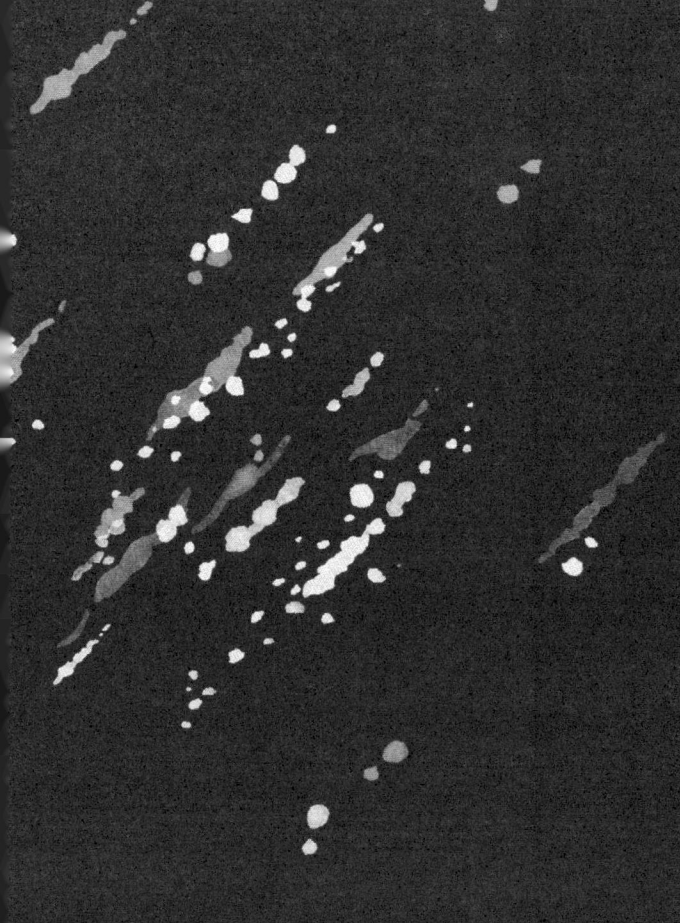

8장
결혼

1

배선주는 요즘 자신의 인생보다는 남의 인생에 관심이 기울었다. 대본을 쓸 글감도 없고 동생 선미도 천안으로 내려보냈으니 어느 정도 한가해진 덕분이기도 하다. 게다가 화분의 편백 나무를 마당에 옮겨 심어 물을 주고 햇빛을 보여야 하는 관리도 없어졌다. 나무는 화분을 통해 야생에 이식되며 어느 정도 잎이 말라들긴 했지만 요즘은 자연의 처절한 환경에 어느 정도 적응하며 소생하는 추세이다. 엄마, 아빠가 와서 보더라도 별로 걱정하지 않아도 될 정도로 회복세를 보이고 있어 다행이다.

요즘 문제로 대두한 것은 설계영이다. 그녀는 남종심의 느닷없는 등장으로 두 남자 사이에 끼어 양다리 연애를 할 수밖에 없는 딱한 처지가 되었다. 솔직히 설계영은 어느 남자에게도 빚을 진 건 없었다. 그러나 정이라는 건 그렇게 단칼에 잘라버릴 수 있는 것이 아니란 걸 배선주도 잘 알고 있다. 설계영과 천한생 사이에 연인들의 키스 같은 스킨십이 있은 것도 아니지만 애 아빠가 나타났으니 단마디로 절교하라고 권유할 수도 없었다. 설사 그게 가능하더라도 설계영은 그렇게 단호하게 말할 용기가 없는 여자다. 설계영은 이 불편한 삼각관계가 지속되다가 알아서 스스로 어떻게 되든 방관할 여자다. 그 결과는 설계영에게 불리할 것이 틀림없다. 그런 이유 때문에 배선주는 설계영의 사생활에 관심을 가지게 된 것이다. 그녀가 개입하지 않으면 설계영의 양다리 연애는 아무것도 해결되지 않을 것이기 때문이다. 누가 그녀더러 설계영의 친구가 되라고 했는가. 친구란 원래 그렇게 싱거운 사이다. 자신의 일을 제쳐놓고 친구의 걱정거리 때문에 고민하는 사이다. 술은 항상 사람의 사이를 연결해 주는 통로가 된다. 친구 사이는 더욱 그렇다. 술을 마셔야 친구 사이에도 속을 털어놓는다.

"언니, 그 남자 너무 좋더라. 땡 잡았어. 다른 생각 하지 말고 만난 김에 결혼해요."

"결혼? 천한생은 어쩌고?"

"어쩌긴. 정리해야지 원래 어정쩡한 관계였잖아."

"어정쩡하기는 그 남자도 마찬가지잖아."

"그게 왜 어정쩡해요? 같이 잤고 애기까지 가졌는데……. 결혼만 안 했을 뿐이지 남편이나 다를 바 없잖아요."

"자고 애기 가지면 남편인 거야? 사랑해야 남편이 아닌가?"

"그럼, 언닌 사랑하지도 않으면서 종심 씨랑 잔 거야?"

"우리가 사랑해서 잤다고? 나도 모르겠어, 그냥 술김인지 자고 싶었어."

"그냥이 뭐예요. 사랑은 아니더라도 적어도 무의식 상태에서라도 좋아했으니까 잔 거겠지. 언니가 말 못하겠으면 내가 대신 한생 씨 정리해 줄게요."

"정리라면? 그냥 열차 뒤 차량을 분리시키듯 떼어버리면 되는 거야? 그 사람한테는 감정이라는 게 없어?"

"몰라. 언니, 원래 이런 거 저런 거 다 따지며 사는 성격 아니잖아요. 언닌 그냥 굿이나 보고 때가 되면 떡이나 먹어요."

"그게 떡일지 돌일지 네가 어떻게 알아?"

"난 다 알아요. 기회가 왔을 때 잡아야지 안 그러면 언니 정말 미혼모 돼요."

설계영은 가타부타 태도 표시를 하지 않았다. 마치 자기 일이 아니라 남의 일처럼 시큰둥한 태도다. 말없이 술에만 집념한다. 애를 가지고 술을 마신다는 것도 예사롭지 않다. 어차피 마음의 상처를 받아야 할 거라면 뜸 들이고 에두를 것도 없을 것이다. 시간이 길수록 더 아프기 마련이다. 단도직입, 속전속결이 통증 해소의 유일한 지름길이다. 그리고 그 상처의 치유에는 술이 있다. 약이 육체의 상처를 아물게 한다면 술은 마음의 상처를 치유한다.

배선주는 말이 나온 김에 날을 잡아 어느 식당에서 설계영과 천한생을 불러 마주 앉았다.

"천 기자님, 이런 불쾌한 소식을 알려드리게 되어 죄송해요."

"괜찮습니다. 제가 반드시 들어야 할 소식이라면 뜸 들이지 말고 그냥 말씀하세요."

　배선주의 말에 천한생은 기자다운 직업적 예감이 들었는지 대뜸 정숙해진다. 그녀가 천한생과 할 말은 십중팔구는 설계영과 관련된 것이라는 걸 대뜸 눈치챘다. 배선주가 지금까지 설계영이 선임하지 않은 그녀의 대변인 역할을 자처해 왔기 때문이다.

　"언니를 임신시킨 남자가 찾아왔어요."

　그 말인즉 원래 남자가 나타났으니 당신은 알아서 설계영이한테서 떨어져 달라는 뜻이다. 바보, 천치가 아닌 이상 그 의미를 모를 사람은 없다. 하물며 천한생은 기자다. 천한생은 술잔을 들다 말고 놀란 표정으로 잠시 설계영을 바라보았다. 불길한 소식일 거라 짐작은 했지만 그 충격의 무게가 메가톤급인 모양이다. 단번에 얼굴색이 시커멓게 변했다.

　"야, 그걸 그렇게 아무렇지도 않게 말해버리면 어떡해?"

　설계영은 천한생과 시선이 마주치자 피하며 배선주를 나무랐다.

　"어차피 알게 될 거잖아요."

　설계영의 당황한 표정을 통해 사실임이 입증되자 천한생은 일단 손에 들었던 잔의 술을 쭉 마신다. 그 사이 머릿속으로 자신이 할 수 있는 멘트를 골라보고 있을 것이다. 미혼모 모자를 쓰게 된 설계영의 불안한 처지를 만회하기 위해 아빠를 자처하고 나섰던 구원투수 천한생이다. 그런데 친부가 등장했다니 그 희생은 무의미하게 되었다. 물러나서 자리를 인계하는 것이 당연할 것이다. 그러나 그러기에는 설계영과 너무 밀착되어 있었던 것도 간과할 수 없는 사실이다. 그가 친부가 나타나도 전 계영 씨를 잃을 수 없습니다, 하고 버텨도 설계영의 입장은 말할 것도 없고 배선주로서도 어쩔 도리가 없을 것이다. 천한생은 한동안 침묵 속에서 애꿎은 술잔만 기울이고 안주만 집는다. 마음이 착잡한 모양이다. 정이란 원래 들기는 쉬워도 떼기는 어려운 법이다. 배신감, 억울함, 아쉬움 같은 감정들 때문이다.

"계영 씨, 진짜 아빠가 나타났다니 다행입니다. 구설수는 면하게 되었군요."

천한생이 한 말은 축하도 질투도 비꼼도 아니고 '구설수 해소'다. 그건 물러선다는 의미도 버틴다는 소리도 아니다. 당연히 강력한 연적이고 라이벌일 텐데 승부욕 같은 것도 제로다. 이건 두고 보자는 일종의 지연 전술이다. 매달리지 않는 듯하면서도 손목을 잡아 쥐는 물귀신 작전이다. 취재원과 모호한 거리를 유지해야 하는 기자의 전형적인 수법이다.

"세상이 변해서 일처다부제가 없다는 사실이 아쉽네요."

배선주는 이것도 저것도 아닌 천한생의 태도에 배짱을 부리며 아예 단단한 쐐기를 하나 더 박아 넣었다.

설계영은 손으로 배선주의 어깨를 탁 치며 야, 했고 천한생은 허허 웃으며 새삼스러운 표현이네요, 한다. 여전히 태도는 보류한다. 이렇게 쉽게 내놓기는 물론 아쉬울 것이다. 그 이유가 상식이나 세상 이치이고 인간의 감정이다. 마음이 아니어서 쉽게 수락이 되지 않을 것이다. 시간이 필요할 것이다. 배선주는 오늘은 여기까지만 하기로 하고 진행을 멈췄다. 너무 강요하면 억한 감정이 생길 것이고 역으로 오기가 발동할 수도 있기 때문이다. 설계영은 공연히 천한생더러 이거 드세요, 저거 드세요, 하며 하지 않던 짓거리를 한다. 사람이 저렇게 물러 터지고 우유부단하다가는 천한생도 남종심도 둘 다 놓칠 수도 있다. 물론 그런다고 꿈쩍할 설계영이 아니지만 친구로서 그렇게 되기를 수수방관할 수도 없었다.

천한생에게 숙제를 내주었으니 문제는 그가 풀도록 맡겨두고 배선주는 다음 순서로 설계영에 대한 설득에 착수했다. 모든 과정은 그녀가 드라마 대본을 쓰듯이 했다. 설계영은 좀처럼 누구한테 설득당하지는 않지만 자신의 주장도 모호하다. 환경이 압박하면 모르는 척 묻어가는 스타일이다. 계획이 없는 사람들은 바람 따라 간다. 바람이 어디로 불면 어디로 간다. 그렇다고 마음에서 우러나거나 설득당한 결과는 아니다. 배선주는 지금 그 바람이 되어 설계영을 남종심을 향해 불어가게 할 것이다. 그런 인생이 낭만적인지 판타스틱한 건지 배선주는 모른다. 어쩌면 그것은 어리둥절하고 피동적이고 갈피를 잡을 수 없는 인생일 수도 있다. 아무튼 인생에는 정해진 공식이 없다고 하지 않는가. 꽃이면 된다. 어디 가 떨어지고 피어나든 꽃이기는 마찬가지다. 배선주는 그냥 바람의 방향만 잡아주면 된다. 친구니까. 어떻게 보면 설계영은 식물이고 배선주는 그 씨앗을 먹고 아무 곳에나 배설하든지 아니면 털에 묻혀 옮기는 동물 같은 존재라고나 할까.

"언니, 이제는 아무 생각도 하지 말고 남종심 씨랑 결혼해."

"야, 씨알이 먹히는 소릴 좀 해라. 나 비혼주의자라는 걸 네가 젤 잘 알면서 시끄럽게 왜 그래."

"그건 애를 가지기 전에나 하는 말이에요. 애를 가졌으면 아빠가 있어야 되고 아빠가 있으면 결혼하고 가족을 이뤄야 하잖아요."

"가족 같은 소리 하고 있네. 지랄하지 마. 나 결혼 안 해. 생각만 해도 숨이 막혀."

"애 아빠도 없이 혼외아를 출산하고 양육하는 게 더 숨 막힐 거라는 생각은 안 해요."

"혼외아?!"

온갖 단어들이 막 쏟아져 나왔다. 5천 년 인류 역사가 다듬어 낸 고약한 어휘다. 길가에 버려져 아무렇게나 뒹굴다가 배선주의 눈에 우연하게 발견된 것이다. 단어들은 자기가 있는 게 아니고 인생이 만들어 내는 모양이다. 그러면 아빠 없이 엄마한테서만 태어난 자식한테는 또 어떤 단어들이 만들어져 액세서리처럼 주렁주렁 매달릴까. 그리고 그 애는 마음에도 없는 그 단어들을 무겁게 몸에 달고 살아가야 하겠지. 그 단어를 달아준 엄마와 아빠를 원망하면서. 그리고 부모의 인생은 자식의 칼도마에 올라 여지없이 난탕질 될 것이다. 도덕의 칼과 상식의 도마에. 원망과 저주로 도막 날 것이다. 아, 저주로운 단어여!

배선주는 그런 무시무시하고 소름 끼치는 단어들을 거느리고 와 설계영을 위협했다. 그것은 언어의 강압적 표현의 세찬 바람이었다. 민들레 꽃잎을 마구 헤집고 휘몰아 가는 토네이도였다. 결국 몰아치는 언어의 회오리바람 앞에서 설계영은 입을 다물었다. 그렇다고 결코 승복 선언은 아니었다. 귀찮아서 잠시 바람을 피해 무아의 뒤에 몸을 숨겼을 따름이다. 정말 숨었다면 그건 체념이고 고민일 가능성도 없지 않다. 적어도 책임 회피와 외면일지도 모른다.

"잘 생각해 봐요. 진지하게."

묵묵부답이다. 이럴 때면 그녀는 취한다. 침묵은 취하기 전의 전주곡일 따름이다. 술에 취하는 것은 설계영이 풀기 어려운 인생의 난제와 민감한 갈등에서 도망가는 대피소기 때문이다. 그것 때문에 설계영은 더 자주 술을 찾게 된다. 알코올은 그녀에게 아무 질문도 하지 않는다. 아무것도 강요하지 않는다. 그녀의 현재 있는 그대로를 받아들인다. 그녀를 탓하지도 칭찬하지도 않는다. 그 평화로운 공간에서 그녀는 조용히 심리적 환부를 쓰다듬는다. 술 안에는 사색도 없고 복잡하고 골치 아픈 계획도 없고 호불호의 분별도 없다. 약속도 없고 맹서도 없고 책임도 의무도 없다. 설사 취중에 그런 게 있었더라도 술이 깨면 모두 물거품처럼 무효가 된다. 그냥 모든 것을 내려놓고 근심 걱정을 활활 날려 보낸다.

임무 아닌 임무를 완성한 배선주는 마음이 개운해졌다. 인생은 마치 바닥이 물렁물렁한 습지 위를 위태롭게 걸어가는 것 같다. 자꾸만 발이 빠지고 발목이 잠긴다. 한 발을 뽑아내면 다른 발이 빠진다. 요행 기어 나와서 조금 걸음을 옮기면 또 빠져버린다. 심할 때면 종아리가 다 잠기고 허벅지까지 빨려 들어간다. 그렇게 빠져 들다 보면 오래지 않아 죽을 것 같지만 하늘이 도와 구사일생으로 빠져나온다. 그런데 안타까운 것은 인생에는 마르고 반반한 꽃길도 있지만 대부분은 이런 습지 위를 통과해야 한다는 사실이다. 가다가 문득 아름답게 피어난 꽃송이를 보면 잠깐 행복에 취한다. 그러나 그 꽃은 계절이 바뀌면 금시 져버린다. 드라마 대본에 이런 세부를 반영할 수 없다는 사실이 안타깝다. 온통 사랑 타령이고 살인 광기다. 배선주부터도 그랬다. 드라마는 현실과 인생을 똑바로 바라본다기보다 안방 시청자의 입맛과 선호에 신경 쓴다. 그래서 현실은 헌신짝처럼 버려지는 현상이 흔하다. 이번에는 시청률 같은 데에 신경 쓰지 말고 흥행을 떠나 현실에 발을 붙이고 그것에 초점을 맞춘 대본을 쓰고 싶다. 예컨대 설계영의 인생 같은 거. 조난선의 죽음 같은 소재. 동생 선미와 말 대가리의 애매모호한 관계 같은 거. 될수록 허구는 배제한 상태에서 말이다. 다들 휘청거리며 산다. 너무 위태롭다. 물질적 삶에 지쳐서인지. 채워지지 않는 욕망 때문인지. 아무튼 그중 하나일 것이다. 특히 청춘의 인생이 더하다. 정치만 오만하게 거들먹거린다. 더러운 놈들이 깨끗한 척한다.

"넌 남의 걱정 그만 접고 선미나 잘 챙겨."

아주 오랜만에 술을 마시다 말고 설계영이 복수라도 하듯 한마디 쏜다.

"선미는 왜요? 말없이 천안에서 공부하는 애를."

"천안이 아닐걸."

"그럼 어딘데요?"

"지 피디 동창이라는 그 웹툰 작가 백수아한테서 선미 전화번호 알려달라고 전화 와서 알려줬어."

"선미 전화번호는 알아서 뭐 하는데요?"

"백수아네 1층에 지 피디가 사는데 그냥 선미 말만 한대. 선미를 데려오려고 하는 것 같던데."

"뭐라고요? 그걸 왜 이제야 알려줘요. 백수아네 집이 어디 있는데요?"

"나도 몰라. 물어보았으나 나한테 알려주지 않았어. 아마 지 피디가 알려주지 말라고 한 것 같아."

"그럼 얘가 또 말 대가리한테 갔구나! 미친년, 끝까지 날 애먹여."

배선주는 술잔을 내려놓고 휴대폰을 집어 들었다. 부모한테 맡겨놓아 그나마 걱정을 덜었다 방심했는데 불길한 사건이 또 터진 것이다. 저 말 대가리는 왜 자꾸만 공부하는 애를 불러들이는 거야. 개새끼! 죽으려면 혼자 조용히 죽지 왜 어린 내 동생을 끌어들여. 순장이라도 하려고. 그렇게 선미를 끌어들이고 싶으면 치료라도 받고 술, 담배라도 줄이든가. 정말 악연이야. 마귀를 만났어. 당장 죽을 놈이 나한테도 관심이 없고 영계는 좋은 줄 알아서, 개새끼!

"선미야, 너 지금 어디야?"

"집이지, 어디겠어."

"개소리! 누가 모르는 줄 알고. 너 또 그 말 대가리 아니 지 피디한테 갔다며?"

"헐, 깜놀! 난 오빠가 어디 이사 간지도 모르거든."

"개소리 집어치워! 계영 언니한테 다 들었어. 백수아네 집에 있잖아."

설계영이한테 전화한 적이 있는 선미는 들통난 줄 알고 말이 없다.

"미쳤어! 거긴 왜 또 가. 낼모레 죽을 사람한테 뭔 볼일이 있다고 가냐고."

"아, 짜증나. 정말 정뚝떨이야. 발냄새 난다고. 내가 어디 가든 언니가 뭔 상관이야. 언니 인생이나 제대로 살아."

"이년아, 너 거기서 당장 나와. 안 그러면 내 손에 죽을 줄 알아……."

선미 쪽에서 일방적으로 통화를 중단했다. 다시 걸었으나 받지 않는다.

"사람의 마음을 강다짐으로 돌릴 수 있다고 생각해? 나 말고."

설계영이 담담하게 한 방 날린다. 동생 하나 잡쥐지 못하면서 누구 인생에 끼어들어, 그런 의미다.

"됐어. 언닌 낄끼빠빠나 해. 언니 문제랑 선미 문제랑 같아? 언닌 딴생각하지 말고 빨리 상견례나 하고 결혼식을 올릴 준비나 해요. 애를 등에 업고 결혼식을 올릴 수도 없잖아요."

동생 일까지 겹쳐 화가 잔뜩 치민 배선주를 건드렸다가는 도리어 불리하게 될까 봐 설계영은 그냥 가볍게 웃어버리고 말았다.

배선주는 내친 김에 소극적이고 우유부단한 설계영을 한쪽으로 젖혀 놓고 자신이 직접 전면에 나서서 혼사를 밀고 나갔다. 설계영의 부모를 만나 상황을 설명한 뒤 그녀를 남종심과 함께 부모님 뵈러 억지로 들여보냈다. 배선주의 개입이 성공할 수 있었던 데는 남종심의 적극적인 호응이 한 몫을 했다. 다행히도 며칠 후에는 천한생도 자원하여 설계영을 만나 둘의 관계를 깔끔하게 정리해주었다. 설계영이 천한생과 갈라지면서 뜬금없이 그와 포옹하고 입에 키스까지 해 배선주를 놀라게 했지만 큰 문제는 될 게 없었다. 밀려나는 천한생의 상실감을 무엇으로라도 달래주려는 애교 정도라고 보면 탈이 없을 것이다. 남녀가 키스 한 번 없이 만나고 이별한다는 상황이 설계영의 무의식 속에라도 격에 맞는 의미를 부여해 주고 싶었을 것이다. 솔직히 그보다 한 단계 높은 걸 허락했다고 해도 사실 문제가 될 것은 없을 것이다. 하지만 웬일인지 거기까지 갈 흥미는 없었다.

    상견례는 원래 웨딩 3~6개월 전에 하는 것이지만 상황이 긴급한 만큼 배선주가 설계영의 부모를 설득해 며칠 후 급히 날짜를 잡도록 추진했다. 일정을 앞당기기 위해 주말을 기다릴 것도 없이 아예 평일로 정했다. 얼마 안 있으면 출산이 임박했기 때문이다. 상견례 자리에서도 설계영은 예비 신부로서 가족 소개를 해야 했지만 거절했다. 할 수 없이 설계영의 가족 정보를 적어서 남종심에게 건넸다. 그리고는 상견례에 들어가기 전에 배선주가 로비까지 따라 들어가서 설계영의 가족을 남종심에게 소개했다. 모든 절차와 과정을 압축 또는 약식화하여 단시간 내에 간편하게 진행해야만 했다. 다행히도 양가 부모들은 배선주의 제의에 대찬성이었다. 안 그래도 설계영의 부모는 딸의 비혼 주장에 늘 불안하던 차였다. 그런데 애까지 가지고 결혼을 한다니 더 바랄 것이 없었을 것이다. 게다가 사윗감도 마음에 들고 사돈어른들도 점잖고 사회적 신분도 보장된 분들이었으니 반대할 이유가 없었다. 단 한 사람 설계영만이 차마 싫다는 말은 못한 채 말없이 따라다녔다. 사실 그래도 잘생긴 신랑감이 싫지는 않았을 것이다.

2

　설계영은 마치 누군가에게 등을 떠밀려 강물에 빠진 느낌이었다. 대책 없이 허우적거리기만 했다. 아무리 버둥거려도 빠져나올 수가 없었다. 요행 기슭까지 헤어 나오면 그 누군가가 다시 그녀를 강물에 처넣는다. 사람들은 짜고 든 듯 모여들어 그녀를 결혼이라는 강물에 떠밀었다. 비단 배선주와 양가 부모들뿐이 아니었다. 지 피디와 방송국의 직장 동료들, 지인들은 물론이고 한때 그녀에게 남자로 다가왔던 천한생마저도 그 행렬에 끼었다. 모두들 이구동성으로 뱃속의 태아 때문이라고 이유를 달았다. 그러나 정작 태아는 아무 말도 없다. 자신의 존재와 엄마의 결혼과는 아무 상관도 없다는 듯 지독한 침묵만 지킨다. 자신과 관계된 일이라는데도 남의 일처럼 등한하다.

　어쩌면 인생이란 원래 이런 것인지도 모른다. 자신의 의지와는 별도로 삶은 주변의 의도가 파놓은 물길을 따라 흘러갈 수도 있다. 설계영에게 확실한 것은 조연출이라는 직업뿐이었다. 자신의 주관과 판단에 따라 장소를 섭외하면 그곳이 곧 드라마 촬영 장소가 되고 관광 명소가 된다. 전체 스태프가 그녀의 선택에 순종한다. 배우들은 그녀가 선정한 장소로 인해 빛나고 드라마는 시청률을 끌어올린다. 이번 '여경사' 드라마가 흥행에 성공한 데는 그녀의 주관 선택에 의해 선정된 장소의 역할도 부정할 수 없다. 설계영의 뜻을 따라주는 건 또 술이 있다. 술은 그녀를 배반하지 않는다. 항상 제자리에서 조용히 그녀가 오기를 기다려 준다. 그녀의 삶에 간섭하지 않는다. 술 때문에 실수하거나 이미지가 망가질 때는 있지만 그로 인해 인생이 수정되지는 않는다. 술은 잠시만 영혼의 기슭을 스쳐갈 뿐 금방 철회하여 원상 복귀를 보장해준다. 그런데 이런 결혼 같은 건 일단 하면 원상 복귀란 어불성설이다.

그나마 설계영이 배선주의 지휘에 말없이 끌려다닌 것은 신랑감 남종심이 싫지는 않았기 때문이었다. 그러나 싫지 않다고 꼭 결혼해야 한다는 의견에는 수긍이 되지 않는다. 좋으면 그냥 사귀면 된다. 오래 지내다 보면 싫어질 때도 있을 거니까. 그럼 그때 헤어지면 된다. 물론 결혼을 한다고 해서 이별하지 못한다는 법은 없다. 하지만 결혼을 했다가 갈라지는 것과 그냥 사귀다가 갈라지는 것은 완전히 다르다. 이혼은 가정의 파탄을 전제로 하지만 절교는 정만 떨어질 뿐이다. 법적이고 도덕적인 문제도 없다. 마음의 상처는 시간이 지나면, 술을 마시면 아물지만 법적, 도덕적 상흔은 영원이 남아서 인생의 그림자가 된다.

이제 와서 이런 생각을 한들 무슨 소용이 있는가. 오늘은 결혼식이다.

남종심이 찾아왔던 날부터 결혼식까지는 불과 보름도 걸리지 않았다. 벼락 치듯 눈 깜짝할 사이에 여기까지 달려왔다. 배선주의 픽션에 근거해 창작한 드라마 전개보다 더 광속이다. 이렇게 정상적인 혼사 과정을 압축해야만 했던 이유는 죄다 뱃속의 애 때문이다. 그런데 아이러니하게도 애는 엄마가 결혼하는 사실도 까맣게 모른 채 자궁 안에서 꼼지락거리며 한가하게 놀고 있다. 이렇게 면사포를 쓰고 사랑을 맹서하고 팡파르를 울려야 애한테 찬란한 미래가 열릴 것이라고 한다. 무슨 3류 드라마도 아니고. 개떡 같은 소리다. 나는 그러면 배 작가가 심심풀이로 쓴 드라마에 나오는 주인공인가…….

하객들이 수도 없이 웨딩홀로 모여들었다. 설계영은 내가 평소 이렇게 많은 사람들을 알고 지냈나 놀라울 지경이었다. 너나없이 설계영의 손을 잡고 결혼을 축하한다. 신부와 가장 가까운 척 과장된 쇼를 한다. 어떤 하객들은 베프나 된 듯이 그녀의 손을 잡고 기뻐했지만 계영은 그 사람을 어디서 봤던지 기억조차 나지 않는다. 이런 쇼를 하려고 결혼식을 하는지는 모르겠지만 갑자기 지루하게 느껴지며 그냥 확 드레스를 벗어던지고 허름한 아무 식당에나 들어가 소주나 까고 싶다. 등 뒤에서 질질 끌리는 드레스가 너무 불편하고 귀찮았다. 많은 손님들은 배선주가 대신 접대했다. 신부 대기실에는 우한솔도 와있었다. 배선미는 잠깐 인사만 했을 뿐 언니와 부딪치기 싫은지 어디론가 눈앞에서 사라졌다.

"언니, 조금만 기다려요. 나 잠깐 밖에 나갔다 올게요."

배선주가 설계영의 귓가에 대고 나직하게 속삭인다.

"다짜고짜 욕부터 하지 마. 사람들도 많은데 좋은 말로 타일러."

설계영은 선주가 동생을 혼내주러 간다는 걸 알고 미리 주의를 주었다.

대기실 문밖에서 키가 껑충한 지병환이 안을 향해 손을 흔든다. 손가락으로 V 자를 그려 보인다. 배선주는 살짝 목례만 하고 지병환의 옆을 지나갔다. 자꾸만 동생을 유혹해 들이는 말 대가리가 미울 것이다. 그러나 선주는 그게 지병환의 유혹 탓도 있겠지만 그보다도 선미가 좋아서 간다는 사실은 간과하고 있는 것 같다. 그러니까 배선주는 사람의 마음을 세간의 상식으로 길들이려고 앞뒤로 나대는 스타일이다. 마음이라는 게 세간의 상식으로 길들여지는 것이 아니라 억압된 것일 텐데도, 실은 인간의 심리는 그 마음을 가진 본인의 의지로도 길들이지 못하는 견고한 것이다. 마음은 마음의 주인도 모른다. 지금 생각에도 없는 결혼식에 끌려나온 설계영은 왜 이걸 해야 되는지도 모르면서 하고 있듯이. 어찌됐든, 빨리 행사가 끝나고 술이나 마시고 싶다. 술은 이 모든 것을 잊게 해준다. 술은 결혼을 모른다. 배선주를 모른다. 남종심을 모른다. 설계영도 모른다. 술은 술을 안다. 거기 빠지면 설계영도 없어지고 무해진다. 모든 것이 영이 된다.

설계영은 웨딩 헬퍼가 안내하는 대로 로봇처럼 움직였다. 팡파르가 울리고 카메라 셔터가 번쩍거리고 녹화가 시작되었다. 성의 없는 박수갈채와 영혼 없는 웃음소리와 감동 없는 환호성이 터져 나왔다. 아빠가 그녀의 옆에서 걸었고 신랑이 결혼 서약을 하고 맞절을 하고 만세를 불렀다. 그러나 설계영은 영혼은 어디론가 빠져나가고 몸만 돌아다니는 기분이다. 가끔은 이게 현실이 아니고 드라마를 촬영 중이 아닌가하는 착각이 들었다. 모든 연기자들은 지 피디의 지휘에 따라 일사불란하게 움직이고 촬영감독의 카메라는 주인공인 그녀와 남종심을 쫓는다. 그런데 오늘의 드라마 프로듀서는 지 피디가 아니라 배선주다. 만일 이것이 현실이 아니고 드라마라면 지금까지 진행된 모든 과정과 스토리는 허구일 것이다. 그래서 행사가 종료되면 전부가 무효 처리가 될 것이다. 연기자들은 각기 제 갈 곳으로 가고 그녀도 식당으로 가겠지. 거기서 배선주랑 남종심이랑 술을 마시고 깨끗하게 갈라질 것이다. 정말 그렇게 된다면 설계영은 이 일로 평생 어깨에 아내라는 무거운 멍에를 짊어지고 살지는 않을 것이다. 집을 거두고 남편 수발을 들고 끼니를 장만하고 세탁기를 돌리고 청소하고 쓰레기를 분류하지 않아도 될 것이다. 그냥 출근만 하고 피곤하면 점심 때까지 늘어지게 자고 무료할 때면 술을 마시면 된다. 그러나 이것이 현실이라면 그녀는 평생 동안 무거운 결혼 후유증에 시달려야만 한다. 그 고통의 대가로 그녀가 받을 수 있는 건 남자와의 섹스와 그 결과물인 자식뿐이다. 그럴 만한 가치가 있는가. 어쩌면 그나마 적성에 맞는 조연출 직업도 포기하고 집에 들어앉아 육아나 하고 집이나 거두는 전업 가정주부가 될지도 모른다.

아, 내가 도대체 무슨 짓을 한 거야, 내가 정말 선주가 파놓은 무덤 속으로 들어간 거야? 무덤을 판 선주는 아무 일도 없었다는 듯이 떠나버릴 것이고. 나를 혼자 버리고 도망치지 않는 건 술뿐이다.

설계영은 결혼식이 끝나자 뷔페에 들어가 친척들과 하객들에게 술을 따라야만 했다. 지금까지는 시큰둥했지만 술과 안주를 보자 그녀는 금시 활기를 찾았다. 아마도 그동안 영혼은 술에 가 숨어서 그녀가 오기를 기다렸던 모양이다. 그녀는 다른 사람들이 부어주는 축하주를 사양하지 않고 다 받아마셨다.

"괜찮겠어요? 내가 대신 흑기사할까요?"

남종심이 아니, 새신랑이, 남편이, 애 아빠가 그녀를 아니, 신부를, 아내를, 애 엄마를 걱정했다. 순식간에 그들은 수많은 이름을 가지게 되었다. 현란한 기표 놀이다. 라캉도 놀라겠다.

"나를 주는 술인데 왜 그쪽이 마시려고 해요?"

벌써 술기운이 오르기 시작한 설계영은 당신 누군데 남의 술 빼앗아 마시려고 해? 하는 시선으로 남종심을 아니꼽게 쳐다보았다. 아직도 그는 '그쪽' 아니면 '당신' 정도일 뿐이다.

"첫날인데 술 저그만치 마셔요."

배선주가 설계영의 손에서 술잔을 빼앗았다. 하라는 대로 결혼까지 했는데 이제는 술도 마시지 말란다. 내가 뭐 자기 아바타인줄 아나. 미친년! 욕하고 싶었지만 사람들의 눈치를 보지 않을 수 없다. 그들끼리는 술상에서 지랄, 씨발년, 못하는 소리가 없다.

술자리를 돌며 술을 붓던 설계영의 앞에 문득 지 피디의 모습이 나타났다. 그녀를 보자 지 피디는 의자에서 일어난다. 손에는 술을 받으려고 잔을 들고 있었다. 암 환자한테, 몇 개월 살지도 못하는 시한부 생명을 가진 중환자에게 술을 부어줘도 되는지 몰라 설계영은 잠시 주춤거렸다.

솔직히 그녀는 지 피디가 결혼식에 오지 못할 거라고 생각했었다.

"왜, 나한테 술 안 줄 거야? 나도 손님이야."

지병환은 그녀 앞에 잔을 들이밀었다. 죽을 사람이라는데 손은 자라등처럼 크고 넙적하다. 그러나 얼굴은 중환자들한테서만 보이는 병색이 완연하다.

"당연히 따라야죠. 누구시라고, 우리 지 피디님이신데."

설계영은 술병을 거꾸로 들고 잔에 따랐다. 술이 쪼록쪼록 쏟아진다. 맑고 투명하다. 이제 이 술이 지 피디의 몸속으로 흘러 들어가면 암세포가 젖을 것이고 알코올에 취해서 새끼를 칠 것이다. 그런걸 아는지 모르는지 지 피디는 술에 걸신들린 사람처럼 한 모금에 잔을 비우고는 병을 받아든다.

"나도 신랑, 신부의 백년해로를 축하해 축하주 한 잔을 따라야지."

술이 잔에 찰랑찰랑 넘쳤다. 떨어지는 술이 아까운 듯 지병환은 손바닥을 펼쳐 받아서는 혀로 핥아 흡수한다. 사람들이 이상하게 보든 말든 개의치 않는다. 보약이라도 그렇게 구차하게 핥아먹지는 않을 것이다. 설계영은 그 잔에 든 액체가 축하주여서 소중한 것이 아니라 그냥 술이어서 고마웠다. 사실 그녀도 넘쳐흘러 바닥에 떨어지는 술이 아까웠다. 이렇게 지 피디와 함께 술을 마시는 일도 몇 번 남지 않았다고 생각하니 갑자기 마음이 울컥해졌다. 그녀는 급히 술을 마시고 고개를 돌렸다. 사람은 왜 죽어야지? 벌써 내 곁에서 조난선이 떠나갔는데 이제 지 피디까지 떠나려고 준비한다.

말이 첫날밤이지 섹스도 할 수 없었다. 그녀의 복부에서 태아가 지켜보고 있기 때문이다. 아니, 실은 별로 그 일을 할 흥취가 없어서였다. 두 사람은 결국 설계영의 제안에 따라 호텔 보이한테 시켜 술을 사다가 마시기 시작했다.

"그날도 이렇게 술을 마시다가 애가 생겼는데 오늘도……."

남종심이 눈짓으로 설계영의 아랫배를 가리켰다. 둘은 결혼식까지 올렸지만 서로 사귄 과정이 얼마 되지 않아 부부 사이라기보다 아직도 남처럼 서먹서먹했다.

"그날엔 비가 왔었죠. 억수로. 양동이로 퍼붓듯이……."

설계영의 기억 속에 비가 떠오른 것은 그날 만일 비가 내리지 않았더라면 남종심을 만나지 못했을 것이며 그의 집에 들어가지도 않았을 거라는 생각 때문이었다. 우연한 비 때문에 술도 꽐라되도록 마셨던 것 같다. 그리고 술에 꽐라되지 않았더라면 생뚱맞은 섹스도 없었을 것이다. 그러고 보면 뱃속의 태아는 비가 만들고 술이 만들어 낸 우연의 산물이지 그들이 만든 것이 아니었다. 이렇게 설계영의 삶은 어처구니없게 비에도 흘러가고 술에도 흔들린다. 그렇게 흐르고 흔들리다보면 그녀도 모르는 사이에 인생이 엮어진다.

"오늘도 비가 내렸으면 좋았을 텐데 아쉽네요."

남종심이 어두운 창밖을 내다보며 혼잣말처럼 넋두리를 한다. 그가 바라는 것은 무엇인가? 비가 불러왔던 술도 앞에 있는데 술이 불러왔던 섹스만 아직 없다. 설마 애까지 임신한 신부한테서 섹스를 원하는 건 아니겠지. 까짓 해도 무방하다. 그러나 아직은 그걸 하고 싶을 정도로 술이 꽐라되지 않았다. 술이 섹스를 불러오려면 알코올에 꽐라가 돼야 한다. 마시다 보면 어떻게 될지는 그녀도 모른다. 그건 술만 안다. 그때는 설계영이 성추행이라고 신고만 하면 인생이 끝장날지도 모르는 상황에서도 남종심은 그녀를 깔고 배 위에 껑충 올라탔었다. 아무런 죄책감도 없이 마치 아내와 하듯이 마음 놓고 씩씩거리고 헐떡거리다가 제 풀에 사정까지 했었다. 그런데 오늘은 법적인 권리까지 손에 거머쥔 그가 구태여 기다릴 뭐가 더 있는가. 그냥 덮쳐들어 키스하고 젖가슴을 쓰다듬다가 옷을 벗기고 독이 시퍼렇게 오른 그걸 꺼내 휘두르면 된다.

"계영 씨, 우리 이제 부모가 될 터이니 내가 잘할게요."

잘한다고? 뭘 두고 하는 말인가? 돈 벌기, 마누라 금 방석에 앉히기 아니면 섹스. 그런 것 때문에 나랑 결혼했나. 바꿔놓고 그런 거라면 천한생도 남종심만 못하지 않을 것이다. 여자란, 아내란 별거 아니다. 인물이 반반하고 가슴이 뭉글뭉글하고 엉덩이가 탱탱하여 애를 잘 낳고 집안 살림 잘하고 육아 잘하면 어느 남자도 그런 아내한테 잘할 것이다. 그러니까 남자가 여자에게 잘한다는 말은 여자가 여자로서의 소임을 다 감안해서 한 말이라면 그가 왜 나한테 이렇게 헌신할 이유가 있는가. 그건 그대로 불공평이고 남녀 불평등이다.

술을 마시다가 먼저 남종심이 소파에 쓰러지더니 잠이 들었다. 주량이 설계영보다 약한 건지 피곤한 건지 그녀는 알 수 없었다. 그녀는 아직 이 남자에 대해 아무 것도 아는 것이 없다. 이름과 전화번호를 안 지도 얼마

되지 않는다. 박사 학위를 받고 어느 대학 강사가 된 사실만 안다. 나이를 알고 집 주소를 안다. 이 정도의 사적인 내막을 아는 사람은 수도 없이 많다. 그런데 정말 부부라면 이것 말고도 남자의 모든 걸 다 알아야 하는가. 왜, 어디에다 쓰려고? 남편 뒷수발을 하는 데 참고하려고? 설계영은 솔직히 아직 자신에 대해서도 다는 모른다. 뭘 욕망하는지, 원하는지, 하고 싶은지, 할 것인지를 모른 채 살고 있다. 확실히 아는 건 직업이 요구하는 범위뿐이다. 그것에 대해서라면 한 치의 오차도 없다. 면밀하고 꼼꼼하다.

야, 계영아. 너 오늘 조 작가하고 밀모해서 무슨 지랄을 한 거야!

스스로에게 물었다.

뭐, 결혼 생활이라는 것이 어떤 건지 한번 체험해 보는 것도 괜찮을 성싶다.

결혼식이 끝나자 배선주는 뷔페에서 식사를 마치고 부랴부랴 뺑소니 치려는 동생 선미의 덜미를 잡았다. 오늘은 일요일이니 필경 말 대가리가 도망간 백수아네 집에서 그랑 같이 결혼식에 왔을 것이다. 백수아네 집에 가기 전에 천안으로 내려보내기 위해서였다.

"너, 잠깐 일루 와봐."

배선주는 선미의 팔목을 잡고 밖으로 나와 골목으로 끌고 갔다.

"왜 또, 뭐뭐뭐?"

"너 또 말 대가리한테 갈 거지?"

"말 대가리 아니거든. 걸조거든. 오지랖 그만 좀 떨어."

"결조는 개뿔! 낼모레 죽을 사람 놓고 지랄하고 자빠졌네."

"헐, 언니도 인간이야? 그 말이 입에서 나와? 언니 그 대본 누구 덕에 대박 났는데? 다 오빠 덕이잖아. 은혜도 모르는 배은망덕도 유분수지."

"그건 그거고 이건 이거야. 내가 그것 때문에 욕하는 거 아냐. 자꾸만 어린 너를 꼬시니까 그러지."

"누가 꼬시는데? 오빤 아무 말도 안 했어. 심지어 나 모르게 집까지 이사 간 거 언니도 알잖아. 내가 찾아간 거라고. 욕하려면 날 욕해."

선미는 한마디도 밀리지 않고 당돌하게 대든다.

"이년이 정말 미쳤어!"

갑자기 뒷말이 궁해졌다. 선미의 말이 마디마디 옳았기 때문이다.

"개소리 작작하고 곧바로 천안으로 내려가."

"누가 안 내려간대. 지금 내려가려고 나오는 길이잖아. 갈비!"

"이제는 네가 콩으로 메주를 쑨다고 해도 못 믿겠어. 내 눈으로 지하철 타는 걸 확인해야겠어. 전철역으로 가자."

배선주는 거리에 나서자 지나가는 택시를 불렀다.

"타."

"언니 정말 싫어. 4차원 꼴통이야."

"똥 냄새 난다고 해도 좋아. 언니는 네가 수렁에 빠지는 걸 눈 뜨고 가만 놔둘 수 없어."

배선주는 지하철역 앞에 당도하자 택시에서 내려 선미가 열차에 탑승하는 걸 눈으로 확인하고서야 돌아섰다. 사실 이런다고 해서 모든 걱정거리가 해소된 건 아니다. 거미줄로 방귀 동이는 격이라는 걸 그녀도 알았다. 가다가 다음 역에서 내리면 그만이다. 그래도 사람인데 믿어보는 수밖에 다른 도리가 없었다. 솔직히 오늘 결혼식에 참석한 말 대가리의 창백하고 핼쑥한 모습을 보고 그녀도 놀랐다. 함께 드라마를 제작한 사람으로서 가슴이 아팠다. 한때는 설레기도 했던 남자가 죽음의 문턱에서 고통받는 모습에 가슴이 먹먹해졌다. 그러나 제발 저세상으로 내 동생만은 데리고 가지 말아주었으면 싶다. 거긴 한번 가면 두 번 다시 돌아오지 못하는 곳이다. 그리고 선미는 아직 그리로 가기에는 너무 어리다. 데리고 가지 않더라도 저렇게 겉프로 지내다가 어느 날 훌쩍 혼자 떠나가면 선미만 힘들어질 것이다. 배선주가 보기에도 말 대가리가 살날이 정말 며칠 남지 않아 보였다. 게다가 술, 담배라도 끊고 항암 치료라도 받았으면 조금이라도 더 살 수 있을 텐데 성한 사람보다도 더 줄기차게 술을 마시고 담배를 피운다. 이제 죽으려고 작정한 그를 누구도 제지할 수 없다.

9장
죽음의 파티

1

 배선미는 어제저녁 오빠와 같이 술을 마셨지만 제때에 기상했다. 오빠가 오늘 야외로 놀라가자고 했기 때문이다. 온밤 마음이 설레어 잠도 바로 자지 못했다. 오빠가 뜬금없이 날씨도 쌀쌀한 이 초겨울에 왜 야외로 나가 술을 마시자고 했는지 의도는 모르지만 선미는 오빠랑 같이 야외에 나간다는 그 자체가 즐거웠다.
 거실로 나와 보니 오빠 침실에는 문이 열려있다. 오빠가 벌써 일어나 주방에서 라면을 끓인다. 그녀도 오빠도 아침밥은 거창하게 챙기지 않는 편이었다.
 "오빠, 내가 할게요."
 "다 됐어."
 오빠는 라면을 끓이면서도 자주 손으로 옆구리를 움켜쥔다. 통증을 참느라 그럴 것이다. 그러나 선미가 하겠다고 해도 오빠는 절대 물러서지 않을 것을 알기에 선미는 일없이 창문 밖을 내다보았다. 하늘이 시커멓게 흐려있다. 그제까지는 티끌 한 점 없이 거울 같이 말쑥하던 하늘이 어제부터 서쪽에 구름이 끼기 시작했다. 저녁 무렵 그녀가 서울로 올라올 즈음에는 간수를 친 콩물에 순두부 덩이들이 생기듯이 뭉게구름들이 둥둥 떠다녔다. 그런데 자고 나자 그 구름덩이들이 시커먼 배때기를 드러내며 빈틈없이 온 하늘에 골고루 퍼져있다. 육중한 데다 시커멓게 독을 써서 당장이라도 풍선처럼 터지며 땅바닥에 와르르 쏟아져 내릴 것만 같다.

눈이 오려나?

조식을 먹으며 선미가 물었다.

"눈이 와도 가요?"

"어."

"어딜 가요?"

"비밀이야. 가보면 알아."

말하다가 오빠는 얼굴을 찌푸리더니 라면 그릇을 식탁 위에 내려놓는다. 선미는 아무 말도 안 했다. 가만 두는 게 도와주는 것이기 때문이다. 말하는 순간 오빠는 환자가 된다. 오빠는 환자가 되는 것을 제일 싫어한다. 백수아가 있었더라면 아파도 참고 먹어. 안 먹으면 죽어. 이러며 강제로 권했을 것이지만 그녀는 선미가 주말에 상경할 때면 아예 1층으로 내려오지 않았다. 친구 말보다 선미 말을 더 잘 듣는 걸 눈치챘기 때문이다.

간편한 식사가 끝난 후 오빠는 양복에 넥타이까지 매고 어엿한 정장 차림으로 거실에 나타났다. 바닥에 내려가서는 구두까지 신는다. 선미는 그런 오빠의 모습을 정말 오랜만에 보고 놀랐다.

"어딜 가는데 이렇게 멋진 차림이야?"

"너랑 가니까 좋아서 한번 멋 부리고 싶어졌어."

"나랑 가는 게 그렇게 설레? 크크루뻥뽕! 나도 오빠랑 놀러 간다니까 설레. 그런데 나만 꼴이 이게 뭐야."

"넌 이미 아프로디테야! 세상에서 가장 아름다워."

"정말?"

"정말."

"야. 신난다."

선미는 토끼처럼 깡충거리며 오빠 먼저 마당으로 나왔다.

"그런데 놀러 간다며 술이랑 안주랑은 안 가져가도 돼요?"

"가면 다 있으니까 걱정하지 않아도 돼."

오빠가 뒤늦게 집에서 나오며 빙그레 웃는다.

"오빠가 무슨 신선이라도 돼?"

긴 머리채를 살랑살랑 흔들며 퐁당퐁당 뛰어나와 차를 타려던 선미는 깜짝이야! 하며 돌아선다.

"잠시만, 휴대폰 집에 두고 나왔어요."

선미는 다시 집 안으로 들어갔다. 소파 위에서 휴대폰을 쥐고 돌아서던 그녀의 눈결에 문득 차탁 위에 뭔가 놓여있는 것을 우연히 발견했다. 국민은행 저금 통장 하나와 종이쪽지다. 선미는 얼른 쪽지를 집어 들고 펼쳐보았다.

뚱땡이 아가씨, 그동안 고마웠다.

얼마 되지 않지만 이걸로 심심할 때 술이나 사 마셔.

잘 살아라.

순간 선미는 목이 꽉 메어 오르며 눈물이 왈칵 치솟았다.

"선미야, 거기서 뭐해? 빨리 나오지 않고."

"네, 지금 나가요."

대답은 했지만 눈물이 나와 나갈 수가 없었다. 언젠가는 이날이 올 줄을 알고 있었다. 그러나 그게 오늘일 줄은 전혀 몰랐다. 휴지를 뽑아 눈물을 닦고 나가려고 했으나 눈물샘이 터진 듯 좀처럼 멈추지 않는다.

선미야, 울면 안 돼. 오늘은 울면 안 된다고. 오빠가 싫어한단 말이야. 오빠는 아무 병도 없는 정상인이야.

그녀는 다시 눈물을 닦고 마음을 다잡으며 심호흡을 한 후 방에서 나왔다. 그리고는 오빠를 향해 활짝 웃었다.

"목이 말라 물 좀 마시고 나왔어요."

"웃지 마."

"왜요, 미워요?"

"넌 웃을 때 너무 이뻐. 내가 환장하니까."

"오빤 날 칭찬할 때 젤 멋져부러."

선미는 조수석에 앉으려고 했지만 오빠가 반대편으로 데리고 갔다.

"오늘은 네가 운전해. 내가 좀 피곤해서."

선미는 가슴이 뭉클해졌다. 오빠가 이제는 운전도 불가능하구나 하는 생각 때문이었다. 그제야 오빠가 왜 욕설을 퍼부어 가며 그녀에게 운전을 가르쳤는지 그 이유를 알게 되었다. 오빠는 오늘을 다 예견하고 있었다.

"어디 가는데?"

"강원도 삼척."

"삼척, 내가 그렇게 먼 곳까지 장거리 운전이 가능할까?"

선미는 어정쩡한 채 핸들을 잡고 망연한 표정을 지었다.

"걱정하지 마. 내가 옆에 있잖아. 천천히 운전만 하면 돼. 점심 전에 도착하면 되니까."

오빠는 조수석에 앉았으나 벨트를 혼자 매지 못한다. 옆구리 통증 때문일 것이다. 선미는 모른 체하고 벨트를 대신 매주었다. 선미는 끝까지 오빠를 환자 취급하지 않을 것이다. 오빠는 아무 병도 없는 멋지고 건강한 남자다.

선미는 운전대에 앉아 긴장한 나머지 핸들을 손으로 꽉 부여잡고 발진하는 순간부터 운전 외에는 다른 아무것도 신경 쓸 여유가 없어졌다. 그녀의 눈에는 오로지 도로표지와 신호등밖에는 보이지 않았다. 혹시 스쳐가는 화물차나 도로 옆의 산에 시선을 던지면 그것들이 순식간에 괴물처럼 거대한 몸통을 거느리고 차를 향해 정면으로 돌진하는 느낌 때문에 전신에 땀까지 흥건히 내돋았다. 오빠가 옆에서 뭐라고 해도 말소리가 귀에 들리지 않았다. 운전 하는 내내 한 번도 오빠 쪽을 돌아보지 못했다. 돌아보는 순간 차가 가드레일을 들이박거나 골짜기 아래로 곤두박질할 것만 같은 불안감과 초조한 우려 때문이었다. 진땀이 송골송골 돋으며 운전대를 잡은 게 후회까지 되었다. 그러나 아픈 오빠에게 맡길 수도 없었다. 죽으나 사나 속초까지 터덜터덜 차를 끌고 도착해야만 했다. 그래서 그녀는 벙어리처럼 말없이 운전에만 몰두했다.

설상가상으로 차를 몰고 간신히 대관령에 올라서자 눈까지 내리기 시작했다. 시작하자마자 팝콘만큼 살찐 함박눈 송이들이 무더기로 쏟아졌다. 천천히, 느리게, 공중에서 하늘거리며 땅을 향해 떨어져 내린다. 그 여유작작한 강설 모습을 보자 선미는 저도 모르게 마음이 차분해지고 긴장이 스르르 풀리는 기분이 들었다. 나풀나풀 춤추는 눈꽃에 가려 시야가 줄어들면서 덩달아 담이 커지며 안정감마저 들었다.

그때 지병환이 차창을 열고 밖으로 손을 내밀며 감탄사를 터뜨렸다.

"오우, 마이 갓! 판타스틱! 죽음이 이렇게 낭만적이고 아름답다니!"

선미는 그제야 겨우 한마디 했다.

"뭐가 죽었다는 거예요? 눈밖에 없는데."

"네 눈에는 하늘이 앓는 게 안 보여? 하늘이 아파. 그래서 병든 구름이 눈이 되어 땅에 떨어져 죽고 있잖아."

"구름이 죽는다고요?"

"그래. 하늘이 영혼이라면 구름은 육체라고 할 수 있겠지. 육체란 영혼과 만난 지 오래되면 자연스레 늙고 병들기 마련이지. 그러면 저렇게 떨어져서 죽어야 영혼이 맑아지거든. 그러니까 다른 말로 하면 죽음은 영혼의 정화 작업이라고나 할까."

선미는 오빠가 무슨 말을 하는지 이해할 수가 없었다. 곰곰이 생각해 보자니 운전이 신경을 독점했다. 자신의 현재 상황을 하늘과 구름에 비유한 게 아닌가 하는 어렴풋한 느낌뿐이었다. 일단 목적지에 도착해서 다시 생각하도록 하자.

천신만고 끝에 속초에 도착했다.

"오빠, 나 운전하느라고 죽는 줄 알았잖아요."

배선미는 차에서 내리자 그제야 어깨에서 천 근 짐을 부린 것 같았다. 하늘에서는 이제는 뽀얗게 폭설을 쏟아붓고 있었다.

"우리 선미 오빠를 위해 애썼다."

지병환은 손으로 순식간에 눈에 덮인 선미의 머리를 쓰다듬어 주었다.

"이렇게 눈이 오는데 도대체 어디서 논다는 거야?"

"걱정도 팔자다. 일단 따라와 봐."

차를 눈 내리는 해변에 세워두고 병환은 앞장서서 바닷가 백사장으로 내려간다. 원래는 해수욕장인데 겨울인 데다 눈까지 내려선지 사람 그림자조차도 없다. 저 멀리 커피숍에나 행여 사람이 있는지는 몰라도 그 역시 두터운 눈발에 가려 윤곽만 희미하게 보일 따름이다.

저기 뭐가 있다고 내려가지, 이러며 선미는 병환의 뒤를 따라갔다. 눈은 하늘이 통째로 무너지는 것처럼 마구 폭탄을 퍼붓는다. 하늘에 있던 병든 구름 덩이들이 일시에 떨어지는 모양이다. 그런데 무섭고 두렵기는커녕 너무 환상적이다. 선미는 두 팔을 활짝 벌리고 하늘을 우러러 쏟아지는 수만 개의 눈꽃을 품에 그러안으려고 빙글빙글 사장 위에서 돌았다. 온천지가 물아일체가 된 느낌이다.

"저기 봐봐. 저게 뭔지 알아?"

지병환의 목소리에 선미는 돌기를 멈추고 그가 손으로 가리키는 쪽을 바라보았다. 눈발이 너무 굵고 나무숲처럼 빽빽하여 아무것도 보이지 않았다. 가시거리가 5미터도 안 된다. 그쪽으로 달려가 보았다.

"마이 갓!"

선미는 소스라치게 놀랐다. 바다와 면한 백사장 기슭에는 작은 배 한 척이 떠있었다.

"이게 뭐야! 어디서 생긴 건데? 이 배 어디서 난 거야?"

"게르바이슨 보트야. 오늘은 이 보트를 타고 눈 내리는 바다 위를 신나게 달리며 술을 마실 거야."

"정말! 이게 꿈이야 생시야! 나 지금 너무 좋아."

선미는 기쁜 김에 병환의 목에 동동 매달렸다.

두 사람은 배 위로 올라갔다. 선미에는 작은 엔진이 달려있고 바닥은 알루미늄을 깔았다. 바다낚시 보트라고 한다. 그런데 더욱 놀라운 것은 보트 위에 소주, 맥주, 와인, 양주와 마른안주들이 일체 준비되어 있다는 사실이었다.

지병환은 엔진을 작동시켰다. 그러자 보트는 미끄러지듯 해안을 떠나 바다 안으로 날아 들어가기 시작했다. 동굴 속처럼 깊숙한 눈 터널을 뚫고 신나게 달렸다. 그 경쾌한 모터소리, 새처럼 수면 위를 가볍게 비상하는 선체, 얼굴에 날아와 부딪치는 탐스러운 눈꽃 송이들……. 선미는 저도 모르게 두 손을 쳐들고 큰소리로 환성을 질렀다.

"야호, 이런 멋진 장면 난생처음이야!"

육지는 금방 눈 속에 잠겨 육안에서 감쪽같이 사라졌다. 주변은 망망 대해와 망망 설해뿐이다. 그 속에 단 두 사람 지병환과 배선미만 있다. 배를 한참 달려 바다 가운데로 들어온 지병환은 문득 엔진을 껐다.

"자, 이제 여기서 눈꽃의 축복을 받으며 우리 술을 마셔보자."

"좋아요. 소주부터 까요. 내가 딸게요. 잔 같은 것도 필요 없어요. 그냥 병나발을 불어요."

"구름의 죽음을 위하여!"

"구름이 죽은 시체 눈꽃을 위하여!"

두 사람은 술을 병째로 들고 맞부딪친 다음 거꾸로 쳐들고 꿀떡꿀떡 마셨다. 그 사이 두 사람의 몸은 완전히 눈사람이 되었다. 머리카락은 물론 눈썹에까지 눈송이가 하얗게 매달렸다. 둘은 그런 몰골을 마주보고 통쾌하게 웃었다.

술은 물이 아니다. 그런데 물보다도 더 잘 목구멍으로 넘어간다. 하늘에서 떨어진 눈꽃들이 술과 함께 꿀물처럼 입안으로 녹아들었다. 술을 마시면서 자주 얼굴의 눈을 털어내야 모습이 보였지만 누구도 적설을 제거하려고 하지 않았다. 눈과 입만 있으면 되었다. 폭설은 하늘과 바다 전체를 두껍게 덮어버렸다. 그야말로 죽음의 잔치다. 구름이 한번 요란하게 죽는다. 이제 눈 폭탄은 갈수록 광기를 부리며 좁은 그들 사이까지 두텁게 막으며 시야를 가리려고 한다. 그러면 그들은 한 뼘씩 더 무릎걸음으로 바싹 다가앉았다. 소주, 맥주, 와인, 양주를 닥치는 대로 터뜨려 마셨다. 그래도 불사신처럼 취하지 않는다.

그때 지병환이 배 한쪽 구석의 비닐 주머니 안에서 무언가를 뒤졌다.

"선미야, 이게 뭔지 알아?"

"뭔데요, 요술 방망이 같은 거?"

"비슷해. 갑자기 배 안에서 폭죽도 있고 풍선도 나오니까 요술인 셈이지."

"정말?!"

배선미는 박수까지 치며 일어섰다. 풍선에 입으로 바람을 불어 넣었다. 그걸 파라솔을 세우는 막대기를 뱃전에 꽂고 줄을 늘인 후 풍선들을 주렁주렁 달아맸다. 한쪽에 여섯 개씩 모두 12개다.

"이거 완전 축제 분위기잖아."

"그럼 이제 이 취선 위에서 불꽃놀이를 해야겠지."

"취선?"

"우리도 취했으니 당연히 배도 취해야지. 배가 취하면 뭐겠어. 취선 아니야."

"오빠, 오빠 이 말 꿈속에서 진작 나한테 해줬어."

"그래, 그럼 네 꿈이 오늘까지 이어진 거네. 오늘은 그 꿈을 깨야지."

지병환은 몸으로 눈을 가리고 라이터로 불을 붙여 담배를 입에 물었다. 한 손으로 눈을 가려야만 되었다. 그런데 선미가 그의 입에서 담배를 탁 빼앗아 가더니 자기가 빨아 연기를 마신다.

"야, 너 학생이라며 담배도 피워?"

"아니, 폭죽에 불을 붙이려고 그러는 거야."

먼저 작대기 폭죽에 불을 달았다. 피시식 연기가 나더니 휘이잉~ 뽀용하고 폭죽이 터진다. 거센 눈발 때문에 높이 솟지는 못했지만 선미는 즐거워 연신 깔깔거린다. 여러 가지 폭죽들이 골고루 있었다. 크기도 불꽃 모양도 각양각색이다. 연발 폭죽을 터뜨릴 때는 선미는 너무 좋아 발딱 일어서서 풍풍 뜀박질하며 박수까지 쳐댔다. 그 때문에 작은 보트라 선체가 기우뚱거렸지만 조금도 두려워하지 않았다. 그렇게 주머니 안의 폭죽을 다 터뜨리고서야 선미는 아쉬운 듯 지병환을 뒤돌아보았다. 그런데 웬일인지 지병환은 움직이지 않고 조각상처럼 눈 속에 가만히 앉아있다.

"오빠, 뭐해?"

선미는 쪼크리고 앉아 손으로 병환의 얼굴을 두툼하게 덮은 눈덩이를 쓸어내렸다. 병환은 웃고 있었다. 그러나 두 눈이 감겨있다.

"오빠, 피곤하구나. 그럼 잠시 여기 누워서 자."

선미는 알루미늄 바닥의 적설을 걷어내고 지병환을 반듯하게 눕혔다. 그리고는 일어나서 엔진이 안장된 곳으로 걸어갔다.

"취선이라며. 그럼 배도 기름이 아니라 술을 마셔야지. 꿈에서도 그랬어."

선미는 엔진의 기름을 뽑았다. 기름이 다 빠지자 뚜껑을 열고 술을 부어 넣었다. 가득 차서 넘쳐날 때까지 부었다.

"보트야, 너 지금부터 취선이야. 주인인 우리도 취했는데 너도 같이 취해야지. 그리고 이제부터 네가 가고 싶은 곳으로 맘대로 가도 돼."

돌아서서 지병환이 누운 옆으로 와 무릎을 꿇고 앉았다. 벌써 적설이 그의 몸과 얼굴을 다 덮어버렸다. 손으로 얼굴의 눈을 쓸어내렸다. 그리고 그 웃는 입술에 자신의 조그마한 입술을 가져다 댔다.

"오빠, 우리 이렇게 취선에서 편안하게 자자."

지병환의 옆에 나란히 누웠다. 모로 누워서 섬약한 팔로 지병환의 목을 그러안았다. 오른 다리를 병환의 가슴 위에 올려놓았다. 그리고 자신의 얼굴을 병환의 볼에 가져다 붙였다.

우리 오빠 자장자장.
잘도 잔다 자장자장.

배선미는 지병환의 목을 안은 손으로 그의 뒷머리를 가볍게 다독였다. 눈은 갈수록 더 세게 쏟아진다. 이제는 한 치 앞도 분간하기가 힘들다. 눈송이들이 밤알만큼 크다. 펑펑 쏟아져서는 두 사람이 몸을 덮고 또 덮었다.

두텁게, 두텁게…….

2

우한솔은 사람이 살다가 이런 괴상한 일에 봉착하게 될 줄은 꿈에도 생각하지 못했다. 나이도 아직 어리다. 그러나 약속을 지킬 수밖에 없었다. 인간 세상을 떠나 죽으러 가는 사람의 마지막 부탁을 거절할 수도 없었다. 그 부탁을 거절하려면 죽음에서 구해줘야 하지만 그녀는 그런 마법을 가지고 있지 않았다. 마법은 드라마나 영화에서밖에 통하지 않는다.

그것도 다른 사람의 부탁이 아니라 그녀를 연기자로 발탁해 준 지병환 피디의 간청이었다. 그 눈빛이 너무 절절했었다. 이것이 죽음으로 가는 사람을 죽도록 도와주는 명예롭지 못한 일이란 걸 알았지만, 그래서 이성은 제지해야 한다고 그녀에게 호소했지만 마음은 도리어 그의 간곡한 소원에 타협하고 말았다. 그가 시키는 대로, 그가 준 돈으로 보트를 구입했고 그걸 차로 운반하여 삼척 바다에 띄웠다. 그리고 배 안에 그가 열거한 여러 종류의 술과 안주, 풍선과 폭죽을 구입하여 준비해 두었다. 그것은 모르긴 해도 지 피디만의 죽음의 파티를 위한 준비물들일 것이다. 어떻게 사람이 살다가 죽겠다는 사람을 구해주지는 못할망정 죽도록 도와줄 수 있는가. 어리석은 자신을 꾸짖으면서도 모든 준비를 완료했다. 그런 다음 자신은 겨울이면 영업을 중단하는 해변 커피숍의 주인한테서 그곳을 하루 동안 임대했다.

"한솔 씨, 저녁 여섯 시 전에는 절대 바다로 찾으러 나오면 안 됩니다. 119에 알리되 반드시 여섯 시 후여야 합니다. 여섯 시가 훨씬 지나서 나와도 안 됩니다. 이는 한 사람의 생명이 죽느냐 사느냐 하는 중요한 문제이기 때문입니다. 반드시 시간을 엄격히 준수해야 합니다."

지병환의 당부를 듣고 우한솔은 그 '한 사람'이 배선미일 거라고 짐작했다. 그렇다면 선미가 지 피디와 함께 저 배를 타고 바다로 나갈 것이다. 선미 때문에라도 우한솔은 이 사실을 그녀의 언니인 배선주한테는 알려야 한다고 생각했다. 물론 약속을 지켜 여섯 시 전까지는 사실을 알려주지 않을 것이지만 미리 삼척에 오도록 연락하고 지 피디의 차에서 블랙박스 영상을 꺼내 배선주한테 먼저 보여줄 필요가 있을 거라고 생각했다. 그래도 사전에 마음의 준비를 해야 놀라서 혼수상태에 빠지는 불행한 일이 발생하지 않을 것이기 때문이다.

우한솔은 미리 그들의 자동차 블랙박스 제품 사이트로 들어가서 전용 플레이어를 다운받아 놓았다. 그래야 노트북으로 영상을 확인할 수 있기 때문이다. 그리고 배선주에게 전화를 걸었다.

"언니, 저 우한솔이에요. 이렇게 급히 전화를 드린 건 오늘 선미가 강원도 삼척 해변에 지 피디와 함께 온다고 해서 알려드리려고요. 다른 일이 없으면 한번 내려와 보세요."

"뭐라고, 삼척에 갔다고? 걔가 왜 거길 가요? 폭설까지 내리는데 무슨 일로 지 피디랑 거길 갔대요?"

"오시면 말씀드릴게요. 반드시 오후 다섯 시 전까지는 도착하셔야 합니다. 안 그러면 후회하실 거예요."

"이 미친년이 끝내 대형 사고를 치네! 알았어요. 곧바로 내려갈게요."

우한솔은 모든 준비가 끝나자 커피를 마시며 지 피디와 선미가 탄 차가 해변에 나타나기만을 기다렸다.

지 피디의 차는 점심시간이 지나서야 해변에 나타났다. 망원경으로 선미가 운전석에서 하차하는 걸 보니 초보 운전자여서 늦어졌음을 알 수 있었다. 폭설 특보가 내릴 만큼 눈이 아주 호되게 퍼붓고 있었다. 우한솔은 그들이 백사장 안으로 내려간 다음 몰래 지 피디의 차로 접근해 안에서 블랙박스를 수취했다. 다행히도 문은 잠겨있지 않아 수월했다. 그리고 얼마 뒤 눈 때문에 쌍안경으로도 세밀한 관찰은 불가능했지만 엔진이 가동되고 보트가 바다로 진입하는 소리가 모깃소리만큼 가늘게 들려왔다. 그녀는 강설이 펼치는 바다 속에 보트가 묻혀버린 쪽을 망연하게 바라보며 소리를 내어 중얼거렸다.

"지 피디님, 절 연기자로 키워주셔서 감사합니다. 부디 좋은 하늘나라로 가세요."

우한솔은 바다를 향해 공손하게 배꼽인사를 했다. 두 눈에서 저도 모르게 맑은 이슬이 주르륵 흘러내렸다. 사람이 간다고 날씨도 슬퍼 운다. 하얀 눈송이들이 지 피디의 황천길에 뿌려지는 애도의 조화 같다. 우한솔은 손바닥을 펴서 허공에 내밀었다. 그러자 순식간에 굵은 눈송이가 수없이 떨어졌다. 그걸 다시 거머쥐어 바다 쪽을 향해 던졌다. 지 피디가 가는 길에 꽃보라는 아니더라도 눈꽃이라도 뿌려주고 싶어서였다. 죽음을 막아주기는커녕 눈송이를 뿌려 전송하는 일밖에 해줄 것이 없다는 일이 서러웠다. 선미가 동행하지 않았다면 그녀가 전송하러 나갔을 것이다. 누구라도 아름답게 왔다가 아름답게 가는 지 피디님의 마지막 길을 전송은 해야 하지 않는가. 그런데 눈이 어느새 손바닥 안에서 녹으며 물이 돼 버린다. 눈물 같다. 아, 인생이 너무 허망한 거 아냐? 연기를 제대로 못한다고 자상하게 지도해 주던 일이 어제 같은데 벌써 저 하늘나라로 떠나가다니! 그렇듯 총망하고 털끝만 한 미련도 없이. 그러나 드라마가 뜻밖에도 흥행하자 다 배우들이 연기를 잘한 덕분이라며 공로를 슬쩍 우한솔에게 돌리던 지 피디님이 아니었던가.

선미야, 언니 몫까지 네가 대신 바래줘.

우한솔은 커피숍으로 돌아왔다. 온몸에 눈을 뒤집어 써 눈사람이 되었으나 털지 않았다. 눈으로라도 지 피디와 선미와 함께 하고 싶었다. 그리고 그들은 지금쯤 눈 내리는 바다에서 술을 마실 것이다. 우한솔은 준비해온 술병 뚜껑을 열고 술을 잔에 따랐다.

"잘 가요, 지 피디님. 사랑해요!"

밖의 바다를 면한 창유리에 대고 술잔을 든 후 쭈~욱 마셨다. 그리고 블랙박스 메모리를 노트북에 연결했다. 하늘과 구름, 죽음과 눈에 대한 지 피디의 말을 들으며 우한솔의 눈에는 또다시 눈물이 그들먹이 고였다. 콧날이 시큰해졌다. 그녀는 녹아서 물방울이 된 옷의 눈을 손으로 만져보았다. 구름은 죽어도 눈꽃이 되는데……. 하지만 이 눈꽃 역시 녹아서 액체가 되고 조금 뒤에는 말라서 흔적도 없이 공중으로 증발해 버릴 것이다. 지 피디도 그럴 것이다. 정말이지 남자친구를 떨어뜨려 놓고 오기를 잘했다 싶었다. 사람은 혼자 있고 싶을 때가 종종 있다. 그리고 마음은 항상 몸과 같이 다니는 것도 아니다. 때로는 심술궂게도 몸을 떠나 다른 데로 가버리기도 한다. 지금처럼. 어차피 남자친구가 와도 오늘은 마음이 그에게 있지 않을 것이다.

배선주는 네 시가 넘어서 도착했다. 눈을 함빡 뒤집어쓰고 집 안에 들어섰다. 들어서자마자 텅 빈, 우한솔 혼자서 적적하게 술잔을 기울이는 낯선 커피숍 안을 빙 둘러보았다.

"선미는?"

"언니, 일단 여기 앉으세요. 그리고 술부터 받아요."

배선주는 엉겁결에 우한솔이 건네는 술잔을 받아들긴 했으나 그녀가 권하는 자리에 엉덩이를 부리지는 않았다. 빨리 선미부터 만나보고 싶은 모양이다. 우한솔은 말없이 노트북의 블랙박스 영상을 켰다. 그러자 화면을 들여다보던 배선주가 말없이, 천천히, 아주 천천히 의자에 앉았다. 영상이 끝났는데도 아무 말도 없다. 그녀는 평소 화끈하던 성미와는 다르게 묵묵히 고개를 숙이더니 그대로 움직이지 않는다. 그때 휴대폰에 안전 문자가 도착했다.

강원도는 유례없는 폭설로 교통이 통제되고 있습니다. 열차나 버스도 당분간 운행이 중지되었음을 시민 여러분들에게 알려드립니다. 빠른 시일 내에 교통이 개통되도록 관련 부처들에서 최선을 다하고 있습니다.

"내가 올 때에도 열차가 중도에서 세 번이나 정차하고 제설 작업을 한 다음에야 운행을 재개했었는데……. 이 사람들은 지금 어디 가있는 거야?"
배선주는 그냥 고개를 떨어뜨린 채 혼잣말처럼 입속으로 중얼거렸다.
한편 우한솔은 정확하게 오후 5시 50분에 동해해양경찰서 삼척파출소에 구조 요청 전화를 걸었다. 그리고 자신의 차에 배선주를 태우고 삼척항으로 이동했다. 삼척항에 도착하자 그곳에는 이미 '연안구조정'이 출항 준비를 마치고 제보자가 도착하기를 기다리고 있었다. 하늘에 줄줄이 드리운 눈발은 시간이 갈수록 더 굵어졌다. 우한솔은 배선주를 안내하여 구조정에 탑승했다.
"지금 우리 어디로 가는 거예요?"
배선주는 구급대원이 주는 구명조끼를 받아 입으며 어리둥절한 시선으로 우한솔을 쳐다본다. 잠수부는 벌써 잠수복을 착복한 상태이고 항해사 두 명도 조타실에 앉아 출항 준비를 한다.

"가보면 아시게 돼요."

우한솔은 조타실로 들어가 항해사에게 삼척해수욕장 동쪽 방향으로 직진하여 200미터 심해 부근이라는 사건 발생 장소를 알려주었다. 그 위치는 지병환이 사전에 그녀에게 알려준 곳이었다. 우한솔의 말이 끝나기 바쁘게 구조정은 항만을 떠나 바다로 출항했다. 길이 14.4미터, 폭 4.6미터의 최신 구조정은 눈 폭탄이 시야를 가려 순항 속도 25kts를 내지 못한다. 마치 짙은 눈발에 파묻혀 그 속에서 빠져나오려고 허우적거리는 것처럼 느껴졌다. 구조정은 힘겹게 눈 속을 꿰뚫고 바다로 나가다가 드디어 목표물을 발견했다. 바다 가운데 폭포처럼 쏟아지는 눈발 속에 작은 눈 더미 하나가 떠있다. 눈 때문에 형태가 잘 보이지 않았지만 가까이로 접근하자 드디어 보트의 모습이 간신히 드러난다. 배 전체가 산더미 같은 적설에 덮여있었다. 배 위에 달아맨 풍선에도 눈이 얹혀있다.

"저게 뭐예요?"

배선주가 그제야 경악과 의아함의 표정으로 물었다.

"저 배 안의 눈 더미 밑에 지 피디님과 선미 양이 누워있어요."

"뭐뭐뭐…… 뭐라고요?! 말 대가리 아니, 지 피디와 선미가 왜 저 안에…….."

뜻밖에 눈앞에 벌어진 상황에 충격을 받은 듯 배선주는 두 손으로 머리를 부둥켜 쥐며 입을 딱 벌렸다.

그때 잠수부가 물속으로 들어가더니 수영을 해 보트에 접근했다. 어깨에 메고 간 예인줄을 보트에 연결한 후 다시 돌아와 배 위로 올라왔다.

구조정은 천천히 뱃머리를 돌려 항구를 향해 회항하기 시작했다.

"두 사람이 저 배 위에서 지 피디의 마지막 죽음의 파티를 벌였어요."

우한솔이 처량한 시선으로 구조정의 뒤에서 예인줄에 끌려오는 보트를 바라보며 말했다. 눈시울에 이슬이 찰랑거린다.

"그럼, 지 피디가…… 우리 선미도!!……."

그제야 상황 파악이 된 듯 배선주는 끌려오는 보트에서 시선을 떼지 못한다. 배 위의 풍선이 해풍에 흔들리며 위에 덮였던 눈이 어느새 다 떨어졌다. 그 위에 새로 눈이 떨어진다. 지병환도, 배선미도 두꺼운 적설에 깔려 모습은 보이지 않았다. 배는 그냥 하나의 커다란 눈 더미일 뿐이다. 저 눈 밑에 두 사람이 누워있다.

"지병환, 배선미, 너희들 제발 죽지 말고 살아있어라! 제발, 제발!"

배선주는 눈물을 줄줄 흘리며 두 손으로 가슴을 부여안고 소리 내어 중얼거렸다.

구조정이 항만에 입항하자 구조사들이 보트에 올라가 손으로 눈을 파헤쳤다. 권양기로 배를 부두에 들어 올린 후 구조자들을 대기하는 119에 신고 병원으로 이송해야 한다. 눈을 다 헤치자 드디어 보트 바닥에 누워있던 두 남녀가 모습을 드러냈다. 양복에 넥타이까지 맨 지병환은 하늘을 향해 반듯하게 누워있고 배선미는 그를 향해 모로 누워 목을 그러안은 채 오른 다리를 남자의 몸 위에 올려놓고 있다. 지 피디의 얼굴 표정은 굳어있지만 미소 짓고 있다. 구조대가 먼저 배선미를 지병환의 몸에서 떼어내려고 하자 구조정 위에서 관망하던 배선주가 갑자기 소리쳤다.

"잠깐만요. 두 사람을 떼내지 말고 잠시만 더 그대로 두세요."

"안 됩니다. 설사 생존 상황이라고 해도 저체온증으로 실신했을 가능성이 있기에 빨리 병원으로 이송해 응급처치를 받아야 소생이 가능합니다."

"알아요. 저도 안다고요. 그러나 이런 상황을 지속하고 싶은 제 동생의 소원이에요. 지 피디의 소원이라고요. 여기서 분리되면 두 사람이 다시는 함께……. 제발 빌어요. 단 5분만이라도."

배선주의 얼굴에서 눈물이 하염없이 줄줄 흘러내렸다. 우한솔도 낙루를 걷잡을 수 없어 고개를 쳐들고 눈 내리는 하늘을 쳐다보았다. 그러나 금시 주머니에서 휴대폰을 꺼냈다. 그리고 휴대폰으로 현장을 사진에 담았다. 지 피디의 생전의 당부를 회상할 때 필시 지병환만 죽고 선미는 아직 살아있을 것이다. 죽은 사람과 산 사람의 포옹! 세상 그 어디에서도 볼 수 없는 눈물겨우면서도 낭만적인 장면이다. 촬영해서 그녀도 볼 것이고 선미한테도 보여야 한다. 사진을 찍으면서 그녀는 생각했다. 죽음의 장면이 어떻게 이렇듯 낭만적이고 신비스럽고 아름다울 수가 있는가. 그러고 보니 사람이 살아서만 아름다운 것은 아닌 것 같다. 죽어서도 이렇게 아름다울 수가 있으니 말이다. 아니, 살았을 때보다 더 아름답다. 그 모습을 지켜보며 승조원들도 모두 눈시울을 적셨다. 묻지 않아도 감동의 눈물일 것이다. 펑펑 내리는 눈송이들이 사람들의 얼굴에 떨어지며 흐르는 눈물에 섞여 녹아내린다. 정말 이 눈이 육체인 구름이 죽은 거라면 지 피디의 육체가 분해되어 꽃보라로 날리는 건지도 모른다. 그러자 눈물이 강설처럼 세차게 쏟아졌다. 저들의 소원이 얼마나 가슴을 쳤으면 시간이 생명인 이 절체절명의 순간에도 배선주가 동생과 지 피디가 좀 더 안고 있도록 하기 위해 승조원들의 작업을 제지했겠는가. 인간에게 생명보다 더 중요한 것은 저 하찮아만 보이는 소원인지도 모른다. 그러나 소원이라는 것도 생명이 전제될 때만 생기는 것이다.

구조사들은 먼저 선미를 품에 안아서 부두로 올린 다음 두 사람이 지 피디를 맞들어 옮겼다. 사람을 들어내자 그 옆에서 빈 술병들과 먹다 남은 마른안주들이 나왔다. 거기에는 터친 폭죽 찌꺼기들까지 섞여있다.

"이게 다 뭐야? 이 사람들이 여길 죽으러 온 게 아니고 놀러왔던 거야? 그런데 왜 죽었지? 술에 취해 동사한 건가?"

"여기 엔진 안에는 기름이 아니라 술이 들어있어."

"술?! 그럼 이 배도 취했던 건가 봐."

구조사들이 주고받는 대화 내용이 폭설 때문에 모깃소리처럼 가늘게 들렸다.

두 사람을 119에 싣자 재빨리 삼척의료원을 향해 달렸다. 귀청을 찢는 119의 요란한 사이렌 소리도 폭설에 잠겨 낮게 울린다. 지 피디는 이미 숨이 끊어졌고 선미는 저체온증으로 실신 상태에 빠져있었다.

의료원에서는 이미 숨이 끊어진 지병환의 시신은 잠시 영안실로 옮겨 보관하고 숨이 붙어있는 선미는 응급실로 이송했다. 선미는 이튿날 아침에는 정신이 회복되었다. 눈을 뜨자마자 지병환부터 찾는다.

"오빠는? 여기가 어딘데요?"

"의료원이야. 너 저체온증으로 실신 상태에 처했다가 금방 정신이 들었어. 일단 흥분하지 말고 가만히 누워서 진정해."

언니인 배선주가 아무 말도 하지 않았기에 우한솔이 대신 응대했다.

"내가 왜 의료원에 있어요? 그리고 오빠는 어디 있냐고요? 내 옆에 누워있었는데……."

"진정해. 지 피디는 너보다 상황이 심해서 중환자실에 따로 있어. 아직도 실신 상태야."

"중환자실이 어딘데요? 난 거기 가봐야 돼요. 오빤 혼자 두면 안 돼요."

"중환자실에는 의료 일꾼들만 출입이 가능하고 일반인은 출입 금지야. 지 피디가 정신이 회복되면 그때 가보자."

배선주가 상반신을 일으키는 동생의 어깨를 눌러 다시 병상에 눕혔다.

"한솔 언니, 우리 언니 말 정말이에요?"

배선미가 우한솔을 보며 질문하자 그녀도 덩달아 거짓말을 하는 수밖에 없었다. 사실대로 말했다가는 무슨 일이 일어날지 모르기 때문이다. 그제야 선미는 안심이 되는지 베개를 베고 자리에 눕는다.

그날 오후에야 강원도 지역의 교통이 재개되었다. 지 피디의 시신은 운구차에 실어 운구하고 우한솔은 자기 차에 배선주 자매를 태우고 서울로 이동했다. 아직도 군데군데 제설 작업이 진행 중이어서 운행 속도가 완만했다. 지병환이 그녀에게 유서를 남기기를 장례식 같은 건 하지 말고 곧바로 화장해서 골회는 날려버리라고 했었다. 그런 다음 부모님께 사연을 전하라고도 했다. 구태여 서울로 갈 것도 없이 삼척동해공동화장장에서 화장하라고도 했다. 그래서 지금 가까운 삼척동해공동화장장으로 가는 길이다.

"우리 지금 어디 가요? 오빠는?"

"지 피디는 중환자라 앰뷸런스로 이동해. 서울의 병원으로 올라가는 길이야."

화장장에 도착할 때까지 거짓말로 동생을 속이는 배선주가 안쓰럽다. 위로라는 것도 웬만한 아픔에만 통하는 것이다.

그러나 언제까지고 선미를 속일 수는 없었다. 대문에 써 붙인 "화장장"이라는 간판을 보는 순간 선미는 소스라치게 놀라며 외쳤다.

"여긴 왜 들어가요? 누가 죽은 것도 아닌데."

누구도 대답하지 않았다. 할 말이 없었다. 응대하는 사람이 없자 선미는 어쩔 수 없는지 어리둥절한 표정을 지었다.

차가 정원에 정차하자 한 걸음 앞서 도착한 운구차가 마당에 서있다. 지병환의 관은 벌써 부려 안으로 들어간 모양이다. 세 사람은 말없이 건물 안으로 들어갔다. 무슨 영문인지 모른 채 선미도 그들의 뒤를 따랐다. 화장장 안에 들어서자 지병환의 시신을 담은 관이 막 벨트에 올려 화장로 입구를 향해 이동하는 것이 목격되었다.

"여긴 왜 들어왔어요? 그런데 저 관은 누구 거야?"

배선주가 두려움과 의아한 표정으로 굳어진 선미의 몸을 자기 가슴에 꼭 껴안았다.

"놀라지 마. 지 피디야."

"뭐뭐뭐, 뭐라고, 지 피디?! 오빠가 왜 저 안에 들어가!"

"운명했어."

"운명?!"

"죽었다고."

"죽었다고? 그게 무슨 말이야? 중환자라며?"

"네가 놀랄까 봐 언니가 거짓말 한 거야."

"아니야, 오빤 죽지 않았어! 당장 저 관 내려."

배선주와 우한솔은 관을 향해 무작정 돌진하는 선미의 허리를 끌어안고 팔을 잡아 제지했다.

"정신 차려. 죽은 사람인데 보내줘야잖아."

"아니야, 아니야, 아니야! 오빤 죽지 않았어. 피곤해서 잠시 잠들었을 뿐이야. 내 옆에 누워 잠들었다고. 내가 자장가를 불러서 재웠다고!"

선미는 빠져나가려고 몸부림을 쳤다. 발을 동동 굴렀다. 관을 잡으려고 팔을 길게 뻗었다.

관은 이제 뚜껑이 열린 화장로 안으로 머리 부분이 진입하고 있었다.

"이거 놔, 씨발년들아! 놓으라고. 나 오빠 화장로 안에서 꺼내야 돼. 오빠—."

배선미는 귀청이 찢어지도록 쇳소리 나게 바스러진 비명을 내질렀다. 배선주도 우한솔도 울면서 그녀를 틀어쥐고 있을 뿐 아무 말도 못했다. 인간의 죽음이 이토록 슬픈 건지를 오늘에야 알았다. 삶과 죽음의 사이에는 건널 수 없는 강이 있다는 것도 오늘 알았다. 그래서 선주는 삼척 부두에서 동생이 지병환을 몇 분이라도 더 안고 있도록 도와준 것이다. 거기서 갈라지면 다시는 지병환의 얼굴조차 볼 수 없기 때문이다.

3

사람이 죽었다.

그게 무슨 대순가. 누구나 죽는다. 오늘도 세상에는 많은 사람들이 죽어나갔을 것이다. 남자, 여자, 노인, 젊은이, 어린이들이 수도 없이 많을 것이다. 늙어 죽고 병들어 죽고 사고로 죽고 전쟁으로 죽고 자살하고. 그러니 사람 하나가 죽었다고 조금도 놀랍거나 슬픈 일이 아니다. 죽는 건 사람뿐이 아니다. 생명을 가진 많은 동식물들도 죽는다. 동물의 왕이라는 사자도 죽고 미물인 개미도 죽고 나무도 풀도 죽는다.

그러니 그게 무슨 큰일인가.

그러나 선미에게만은 죽음은 하늘이 무너지고 땅이 꺼지는 것처럼 애통한 일이다. 죽은 사람이 오빠이기 때문이다. 다른 사람들과 세상의 생명체들은 에누리 없이 다 죽어도 그녀는 모른다. 오빠만은 이 세상에서 가장 친근한 사람이다. 부모와 언니 다음으로 소중한 사람이다. 아니, 어쩌면 그들보다도 더 가까운 사람인지도 모른다. 세상 전부 같았기 때문이다. 왜 그런지는 모른다. 마음이 그랬다. 다 주고 싶고 다 가지고 싶었다. 자신 같고 아픈 자기 살점 같았다. 그런 그가, 오빠가 죽었다고 한다.

오빠는 하늘은 영혼이고 구름은 육체라고 했다. 하지만 그날의 구름은 모두 눈이 되어 쏟아지고 지금은 말쑥하게 없어졌다. 구름이야 또 생기겠지. 그러나 그 구름은 그냥 오빠의 육체는 아닐 것이다. 그 구름은 눈이 되어 죽었으니까 다시는 저 하늘에 나타나지 않을 것이다. 새로 생긴 구름은 다른 육체일 것이다. 하지만 오빠 구름은 사라졌지만 하늘은 여전히 저렇게 열려있다. 오빠의 정화된 영혼이 저 위에 있을 것이다. 어딘가에서 나를 내려다보고 있을 것이다. 성장통을 앓고 있는 나를.

배선미는 햇빛에 눈이 부신 줄도 모른 채 하늘을 오래도록 쳐다보았다. 맑고 화창하고 투명하다. 오빠의 마음 같다. 하늘에도 술이 있을까? 술을 마시려고 치료도 거부했던 오빠다. 저곳에는 육체가 없다니까 설령 술이 있다 해도 영혼으로 마실 것이다. 아니, 마신다는 동작은 육체의 행위니까 냄새를, 주향을 맡을 것이다. 그러면 나는 여기 아래에서 술 향기를 피워서 하늘나라로 올려 보내야지. 오빠가 향기를 누릴 수 있도록.

배선미는 급히 집으로 돌아왔다. 냉장고에서 소주병을 꺼내어 잔에 따랐다. 그 잔을 들고 다시 마당으로 나와 두 손에 받쳐서 공중에 높이 쳐들었다. 조금이라도 더 높이 고도를 올리려고 두 발끝을 직선으로 세웠다.

오빠, 술 향기 올라가?

사람들이 제사라는 걸 왜 지내는지 알 것 같았다. 이런 걸 자주 하다

보면 제례가 되고 애도 의식이 될 것이다. 그게 제사고. 그러나 선미는 고린내 나는 제사, 애도 의식 같은 걸 하고 싶지는 않았다.

그런데 선미는 문득 오늘에야 깨달았다. 자기한테는 오빠를 추억할 만한 아무것도 없다는 사실을. 오빠가 영원하다던 영혼조차 그 어디에도 없었다. 영혼이라던 하늘도 그대로고 마트에 가면 술도 많지만 오빠와는 아무 상관도 없다. 심지어는 사진 한 장, 주고받은 문자 한 줄도 없다. 모든 걸 다 걷어내고 깨끗하게 가버렸다. 골회라도 남겼어야 하는데 화장장에서 그녀가 정신 줄을 놓고 있는 사이 언니와 우한솔이 몽땅 바람에 날려버리고 말았다. 그럼 나더러 이제는 어떻게 살라고. 죄다 걷어갈 거면 나까지 함께 데리고 가든지. 야속하게 나만 버려두고 혼자만 훌쩍 떠나면 어떡해. 미워!

뭘 해야 할지도 모르겠다. 공부도 해야 하고 밥도 먹어야 하고 애들과 놀기도 해야 할 텐데. 그러나 그 모든 것이 순식간에 의미가 증발해 버렸다. 대학도 가고 시집도 가고 애도 낳아야 할 텐데 그 어느 것도 흥미가 없다. 예전에는 그런 것들이 인생을 견인하는 에너지라고 간주했었다. 애들이랑 어울려 놀고 게임하고 웹툰, 만화 보고…… 그런 게 사는 재미였다. 오빠 때문에 삶에 의미가 부여되었고 사는 이유가 생겼었다. 그런데 오빠 한 사람이 사라짐과 동시에 신기하게도 그 모든 것들은 안개처럼 사라져 버렸다. 손녀를 유난히 애지중지하던 외할머니가 돌아가셨을 때에도 선미는 입술이 갈라 터지지는 않았었다. 목구멍에서 겻불 냄새가 나지는 않았었다. 머리가 터질 것 같지는 않았었다. 가슴이 갈가리

찢기는 지독한 통증은 없었다. 그런데 오빠가 죽자 그 모든 증상들이 한꺼번에 마귀처럼 그녀를 덮쳤다. 물어뜯고 짓이기고 씹어댔다. 가슴 안쪽을 통째로 후벼간 듯 허전했다.

지금 이 순간 그녀가 할 수 있는 일은 술을 마시는 것뿐이었다. 열아홉이 한 달도 남지 않았다. 오빠가 왜 술을 선택하고 치료를 거부했는지 그 마음을 폐부로 느꼈다. 치료는 육체를 고치지 마음은 고치지 못한다. 마음의 병을 치료하려면 술을 마셔야 한다. 그것만으로 부족하면 담배를 피워야 한다. 청춘의 양 날개는 술과 담배인지도 모른다. 왜냐하면 이것들은 늙으면 못하니까.

뒷산으로 올라가자. 거기 나만의 아지트로 가서 혼술하며 오빠를 생각하자. 생각하면 소환되고 소환되면 부활한다. 적어도 오빠를 내 마음속에서만은 부활시키고 싶다. 생각하고 기억하는 사람이 있으면 죽지 않는다. 나는 내 마음의 크기가 우주보다 결코 작지 않다고 믿는다. 그러니 내 마음 속에는 키 큰 오빠의 체구도 어렵지 않게 들어온다. 들어와서 활개 치며 산다. 그가 왜 선미의 마음속에 들어와 사는지 선미 자신도 모른다. 그냥 들여놓고 싶다.

배선미는 동네 슈퍼에 가서 술과 안주를 샀다. 낼모레 열아홉이면 이제는 성인이다. 아빠 술 심부름이라고 거짓말을 할 필요도 없다. 내막을 아는 슈퍼 아주머니도 말없이 술과 육포, 과자를 계산해 준다. 비닐 봉투에 담아 들고 나오는데 휴대폰이 울린다. 우한솔이다.

"네, 언니."

"니네 집 어디냐? 나 지금 동네 입구야."

"언니가 우리 동네에 왔다고요? 웬일이야! 아무튼 직진해 들어오다가 슈퍼 앞을 지나면 그 뒷골목이에요. 산 밑에 홀로 있는 집."

"알았어."

전화가 끊겼다.

우한솔이 뭐 하러 왔지? 이 언니는 그냥 스쳐볼 여자가 아니다. 전번에 오빠와 삼척에 갔을 때에도 뒤에야 안 일이지만 보트도 그녀가 구입해서 바다에 띄워놓았고 술, 담배, 폭죽, 풍선도 그녀가 준비해 둔 것이었다. 얼핏 보기에도 나 다음에 오빠와 친한 사람임이 틀림없다. 드라마 쫑파티 때에도 오빠와 그녀 그리고 우한솔 셋이서 다른 식당에 도망쳐 술을 마셨었다. 그런 우한솔이 예고도 없이 이 시골까지 방문했다는 건 묻지 않아도 오빠와 연관된 일일 것이다. 오빠가 우한솔에게 나한테 전해줄 뭐라도 남긴 건 아닐까? 안 그래도 오빠의 흔적이 전무해서 전전긍긍하던 차다.

조금 뒤 골목길에 검은 제네시스 G90 승용차가 우아하게 미끄러져 들어왔다. 에쿠스를 보는 순간 선미는 손에 들고 있던 봉투를 땅바닥에 툭 떨어뜨렸다. 저 차는 뽑은 지 반년도 안 되는 오빠의 새 차였기 때문이다. 선미가 오빠한테서 운전을 배워 삼척으로 운전하고 갔던 차다. 그렇다면 지금 오빠가 저 차를 운전하고……. 그러나 차가 가까이 다가오자 운전석에 오빠가 아닌 우한솔이 앉아있는 모습을 보자 선미는 실망했다.

"왜, 지 피디님이 아니고 내라서 실망했어?"

"아니요. 오빠 차가 왜 여길 오나 해서요."

"어디 가는 길이야?"

"아니요. 심심해서 뒷산에 올라가 혼술하려던 참이에요."

"그래? 그럼 집에 들어갈 것도 없이 차라리 뒷산에 올라가자. 나도 밖이 좋아."

"언니한텐 누추하고 추울 텐데……."

"괜찮아. 파카 입었잖아."

우한솔이 차문을 열더니 안에서 가방을 꺼내 어깨에 멘다.

"어딘데? 앞장서."

배선미는 앞장서서 자신의 아지트를 향해 산을 오르기 시작했다. 두 사람은 목적지에 도착하자 양지 쪽의 마른 풀 위에 자리를 잡고 의좋게 나란히 앉았다. 겨울인데도 햇볕이 따스하다.

"여기가 경치가 좋구나. 네가 혼술하는 아지트?"

"네. 내 자유의 공간."

"학생이…… 하긴 금방 성인이 될 테니까."

"네."

선미는 우한솔을 보는 순간부터 자꾸만 목이 메고 설움이 북받쳤다. 오빠가 눈에 밟혔다. 눈 내리는 삼척 앞바다에서 둘이 보트 위에 앉아 술을 마시고 폭죽을 터뜨리던 기억이 새삼스럽다. 그 기억은 웬일인지 머릿속에 재생될 때마다 슬프기는커녕 오히려 즐거웠다. 그런데 오늘 우한솔이 나타나서인지 갑자기 가슴이 먹먹해진다. 불꽃놀이에 빠졌다가 오빠가 눈을 감은 걸 보고 잠든 줄 알았었다. 그래서 배 바닥에 눕히고 안아서 재워주었었다. 그때 죽은 줄 알았더라면 선미는 옷을 다 벗었을 것이다. 옷을 벗고 오빠 품에 안겨 같이 죽었을 것이다. 얼어서 죽더라도.

"또 피디님을 생각해?"

"네. 생각이 떠나지 않아요. 무슨 그림자 같아요. 그래서 술을 마셔보려고요."

"술을 마시면 더 생각나겠지."

"그런가요?"

한 사람이 각각 소주 한 병씩 들고 뚜껑을 열어 그대로 입에 대고 마셨다.

"이거 운치 있다. 병나발 부는 거."

우한솔이 과자를 집어 입안에 넣으며 웃었다.

"아마 산 때문에 그럴 거예요."

배선미는 또 삼척 바다를 회상했다. 그때는 눈 때문에 아니, 눈이 된 오빠 때문에 운치 있었다. 왜 즐겁고 행복한 시간은 금방 끝나버리는지 모르겠다. 선미는 그날 눈 내리는 바다의 보트 위에서 오빠랑 둘이서 술을 마시며 즐기던 시간이 영원하기를 얼마나 바랐는지 모른다. 그러나 그 행복은 꿈처럼 금시 허망하게 막을 내렸다.

"참, 선미야. 이 사진 봐."

우한솔이 휴대폰을 꺼내더니 사진을 클릭해서 선미에게 건넸다. 선미는 무망중에 휴대폰을 받아 사진에 눈길을 주었다. 사진을 보던 선미는 깜짝 놀랐다. 눈 쌓인 배 위에 나란히 누워있는 오빠와 자신의 모습이 찍혀있었기 때문이다. 오빠는 하늘을 쳐다보며 미소를 짓고 자신은 모로 누워 오빠를 껴안고 있다. 그 장면을 보자 저도 모르게 눈물이 왈칵 쏟아졌다.

"오빠!"

"네가 그 장면을 잊을 수 없을 거 같아 내가 찍었어."

"언니, 고마워요."

선미는 목이 메어 말이 나가지 않았다. 안 그래도 오빠가 그림자까지 말끔히 걷어가지고 떠나버린 것 같아 허전했었다. 이 사진이면 고독을 조금은 버텨낼 것 같았다.

잠깐 사이에 한 사람이 소주 한 병씩 비웠다. 또 새 병 두 개를 열었다.

"언니, 술 그렇게 많이 마셔도 돼요? 운전해야잖아요."

"괜찮아. 나 오늘은 지하철 타고 갈 거야."

"그럼 저 차는……."

"저 차는 네 거야."

"네? 그게 무슨……."

"차 땜에 왔어. 피디님이 저 차를 너한테 전하라고 했어. 그리고 지 피디님이 너한테 전하라던 물건 여기 또 하나 있어."

"네, 그게 뭔데요?"

우한솔은 메고 온 가방에서 박스 하나를 꺼내 선미에게 건네고는 자신은 술을 마신다. 박스는 부피도 크지 않았지만 의외로 중량도 가벼웠다. 오빠가 나한테 차를 선물로 남겼다는 것만으로도 과분한데 이 안엔 또 뭐가 들어있을지 궁금했다. 포장을 뜯자 안에는 정교하게 제작된 와인 잔 한 쌍이 은박지에 싼 채 우아하게 누워있다.

"이거 와인 잔 아니야?"

우한솔도 처음 본 듯 의아한 표정을 짓는다.

배선미는 은박지 안에서 와인 잔을 꺼냈다. 순간 그녀는 자신의 두 눈을 의심했다. 와인 잔 표면에 그녀와 오빠의 얼굴이 초상화로 그려져 있었기 때문이었다. 두 사람의 손에는 술잔이 들려있다. 그들은 망망대해 위에 떠있는 보트에 앉아 술을 마시고 있다.

"드로잉 커플 사진 와인 잔이잖아! 지 피디님이 세상을 뜨시기 전에 특별히 제작한 거 같아. 삼척 앞바다에 갈 걸 미리 예견하고. 드라마처럼 면밀하게 시나리오를 짜고 스토리를 구상했던 거야."

"오빠!"

배선미는 북받치는 설움을 억제할 길이 없어 목메어 부르며 와인 잔을 품에 꼭 껴안았다. 그녀의 두 눈에서 구슬 같은 액체가 두 볼을 타고 주르륵 흘러내렸다.

"밑에 쪽지도 있잖아."

우한솔이 박스 밑에 놓인 쪽지를 꺼내 울고 있는 선미에게 건네준다. 선미는 손등으로 대충 눈물을 훔치고 쪽지를 받아 펼쳐보았다. 쪽지에는 흘림체로 쓴 글 몇 줄이 얌전하게 가로누워 있다.

선미야.

마지막으로 네 이름을 불러보는구나.

오빠가 네 곁을 떠난다고 서러워하지 마.

오빠는 항상 네 곁에 있으니까.

등교, 하교할 때에도, 차에서도 너와 함께 할 거야.

네가 술친구가 필요할 땐 술잔이 되어 너랑 같이 마실 거야.

네가 항상 내 곁에 있어줬던 것처럼.

종이 위에 선미의 진주 같은 눈물방울이 뚝뚝 떨어졌다. 떨어져서 오빠가 쓴 글자들을 축축하게 적셨다.

"언니, 이걸 왜 이제야 나한테 가져왔어요.?"

"네가 받을 충격이 너무 클 것 같아서. 감당하지 못할까 봐 마음이 차분해지기를 기다린 거야."

"난 슬프지 않아요. 오빤 아무 데도 가지 않았으니까요. 그냥 내 옆에 있으니까요."

"그래, 나도 그렇게 생각해."

우한솔도 고개를 돌리며 몰래 눈물을 훔친다.

선미는 생각했다. 적어도 좋아하는 사람끼리는 같은 날에 태어나고 같은 날에 죽었으면 좋겠다고. 좋아하다가 한 사람이 덜컹 먼저 죽으면 남은 사람은 어떻게 살라고. 세상의 섭리가 너무 무정하다. 그것도 아니라면 죽어도 산 사람과 죽은 사람 사이에 영혼은 만날 수 있게 해주든가. 그런 조치도 없으면서 사람과 사람이 좋아하게 만든 건 또 무슨 고약한 심보람. 이런 불공평한 세상을 만든 누군가가 있다면 그게 사람이든 신이든 찾아가서 도리라도 따지련만. 만들어만 놓고는 자취를 감춰버렸다. 행복도 슬픔도 인간더러 알아서 감당하라고 떠맡긴 셈이다. 정 감당이 안 되면 이걸로 달래라고 술과 담배만 달랑 남기고는 영영 어디론가 멀리 도망가 버린 조물주가 야속하기 그지없다.

어느 순간 배선미는 갑자기 우한솔을 보기가 민망해졌다. 자신은 차에 커플 와인 잔까지 받았는데 오빠와 친분이 있는 우한솔은 아무것도 없다는 사실이 미안했다.

"언니, 차는 언니가 가져요."

"그걸 내가 왜 가져. 나한테도 차가 있는데."

"나만 이렇게 많이······."

"미안해하지 마. 나도 지 피디님한테서 선물 받았어."

우한솔이 가방 안에서 또 무언가를 꺼낸다. 테니스를 치는 라켓 한 쌍이다.

"피디님이랑 나랑 예전에 가끔씩 만나 테니스를 쳤거든. 난 테니스를 좋아하니까 이거 너무 좋아. 지 피디님은 정말 생각이 깊은 분이셔. 다정다감하고. 여기 봐. 자루에다 이름까지 새겼잖아."

우한솔이 내민 라켓 자루에는 "우한솔·지병환"이라고 금박으로 쓴 글자가 새겨져 있었다.

"언니, 나한테도 테니스를 가르쳐 주면 안 돼요?"

"왜 안 돼. 나야 오케이 콜이지. 네가 피디님을 계승해서 내 게임 라이

벌이 되어주면 나도 좋겠다."

"주말이면 언니한테 테니스 배우러 서울로 올라갈게요."

"그래, 이제 차도 생겼으니 서울 올라오기도 쉽잖아."

우한솔은 천안으로 지하철 타러 가고 선미는 차를 운전하여 집으로 돌아왔다. 면허를 따야겠다. 차가 공짜로 생겨서 좋은 것이 아니라 차에 밴 오빠의 체취를 맡고 손때를 만질 수 있어서 좋았다. 언니도 아직 차가 없다. 그리고 언니는 선미보다도 차가 더 필요하다. 그럼에도 선미는 이 차를 언니한테 양보하고 싶지 않았다. 죽을 때까지 이 차를 몰고 다닐 것이다. 그러면 이동할 때에도 오빠랑 함께할 수 있다. 술을 마실 때에는 와인 잔이 있어 함께할 수 있다. 오빠는 죽지 않았다. 살았을 때보다 더 살아있다. 살아서 선미와 함께한다. 세상의 생사 섭리가 그들을 갈라놓으려고 훼방해도 그들은 결코 갈라지지 않을 것이다. 세상의 상식을 비웃으며 영원히.

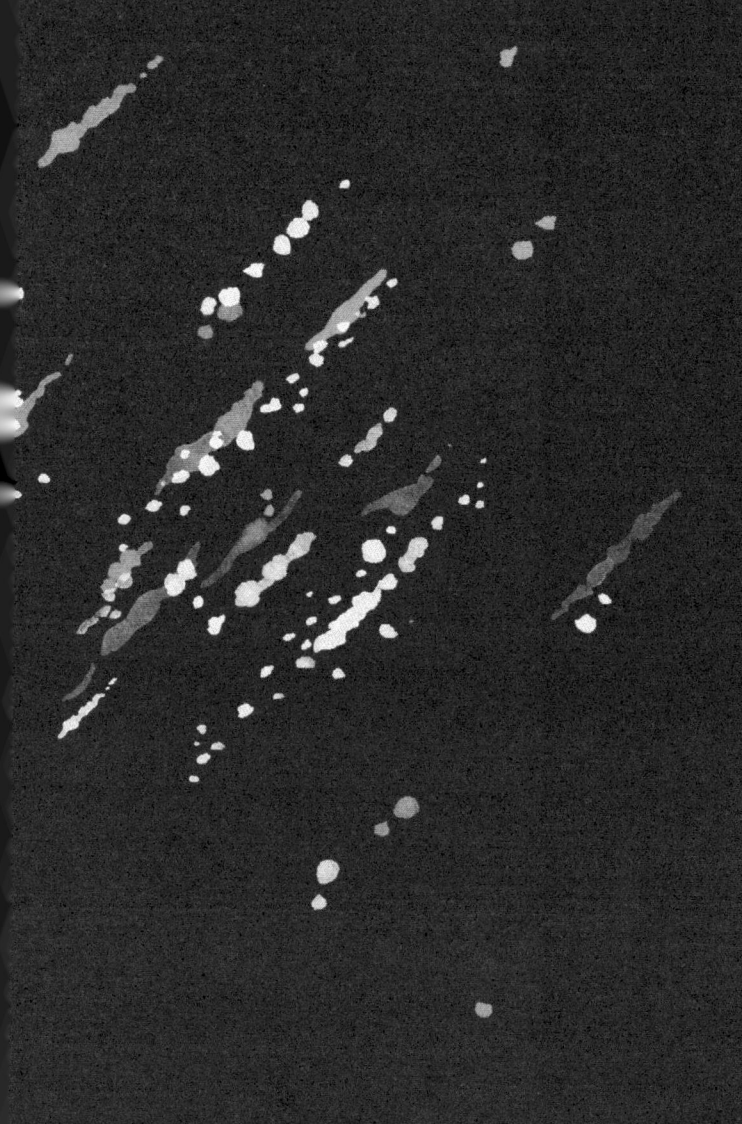

10장
대본 창작

삼척에서 돌아온 배선주는 꼬박 며칠 밤을 제대로 수면을 이루지 못했다. 자꾸만 눈 내리는 바다 위에 떠있던 보트와 눈에 덮인 말 대가리 아니, 지병환과 선미의 모습이 머릿속에서 언뜻거리며 사라지지 않았기 때문이다. 배 안에 두 사람이 나란히 누워있던 모습이며, 그 옆에 널린 술병, 안주, 폭죽들이 영화처럼 기억 속에 재생되었다. 온 천지를 뒤덮은 폭설 속에서 구조정의 예인줄에 끌려왔던 눈 쌓인 보트 위에 매달려 바람에 휘날리던 풍선의 모습이 마치 페스티벌 행사장 같았다. 멋지고 낭만적이면서도 동시에 처량하고 쓸쓸했다. 황홀하고 신성했다. 그 장면은 문자 그대로 죽음의 화려한 축제 현장이었다. 죽음이 삶을 초월하는 경이로운 화폭이었다. 그런 경이로운 장면의 주인공이 된 동생 선미가 다시 보였다. 갈라지라고 욕설만 퍼부었던 자신이 너무나 천박하고 용속해 보였다. 선미는 어린애가 아니었다. 술, 담배 끊고 식이요법을 하고 항암 치료를 받으라고 강요만 하던 언니를 부끄럽게 하는 흉금이 넓고 이해력이 풍부한 성인이었다. 그렇게 죽는 것이 병상에 앓아누워서 흥흥거리며 머리카락이 다 빠진 탈모 상에 앙상한 해골만 남은 구질구질한 모습으로 비참하게 숨이 끊어지는 환자의 죽음보다 훨씬 존엄하고 우아함을 선미는 알고 있었다.

그리고 자꾸만 시신을 들어 옮기던 구조사들이 주고받던 대화가 생각났다. 엔진 안에 기름이 아니라 술이 차있다고 하던 말이. 술을 먹고 취한 배, 그건 "취선"일 것이다.

취선, 취선!

자꾸만 이 두 글자가 머릿속을 소용돌이처럼 맴돌았다. 그 단어가 뭔가로 변할 것만 같은 느낌이 두뇌 속에서 꿈틀거렸다. 이 두 글자가 드라마의 제목이라면…….

도처에 안개가 자욱하다. 아무것도 선명하게 보이지 않는다. 그러나 신비하게도 그 형체와 윤곽은 보인다. 집들도 있는 것 같고 산과 강도 있는 것 같다. 하늘도 있고 구름도 있다.

어딘가에서, 아주 까마득한 곳에서 누군가가 대지로 훨훨 날아 내려왔다. 분명 사람인데 날개도 없다. 두 다리와 팔만 있는데 신기하게도 날아서 내려온다. 선주는 넋을 잃은 채 그 모습을 멍하니 쳐다보기만 했다.

그 사람이 아득한 공간을 날아와 문득 선주 앞에 와서 멈춰 섰다.

뜻밖에도 조난선이다.

난선아, 너 저승에서 오는 거야?

언니, 또 드라마를 쓸 거라며?

누가 그래 내가 드라마를 쓴다고?

다른 사람들은 몰라도 나는 알지. 제목이 '취선'이잖아.

취선?! 그런 단어는 생각한 적이 있다만…….

그 말 대가리가 주인공이잖아?

쓴다면 그렇겠지. 그러나 아직은…….

왜 말 대가리가 맘에 안 들어? 그 말 대가리 술만 잘 마시는 거 아니야. 사내답고 지혜롭고 예술적 재능도 출중한 남자야. 그 사람 술 좋아하는 거 너무 뭐라 하지 마. 문화 예술인 스타일이라서 그래. 예로부터 문인, 예술인과 술은 인연이 남다르거든. 아니, 그리고 말은 바른대로 젊은 이치고 술을 싫어하는 사람이 어디 있어. 싫어하면 젊은이가 아니지. 원래 청춘의 배는 술을 타고 흘러가는 거야. 그래서 이리저리 비틀거리겠지. 너도 술 좋아하잖아. 그러니까 '취선'이라는 드라마도 쓰려 하고.

말 대가리 죽었어. 아마 진작 언니가 있는 곳으로 갔을 텐데.

뭐라고, 말 대가리가 죽었다고? 그런데 왜 난 몰라. 어디 갔지? 언니, 그럼 오늘은 이만. 나 말 대가리 찾아봐야겠어. 내가 있는 곳이 워낙 커서 찾기가 쉽지 않거든.

땅바닥에 앉았던 비둘기가 푸르릉 하늘공중으로 날아오르듯이 조난선이 선 자리에서 훌쩍 위로 솟구치더니 허공중으로 떠올랐다. 공중에 잠시 멈추더니 고개를 숙여 아래를 내려다본다.

말 대가리 너무 욕하지 마. 내가 저승에 가서 생각해 보니 이승에 말 대가리만큼 좋은 사람도 드물더라. 나 술 마시고 말 대가리랑 섹스했다고 그를 아무 명분 없이 두둔하는 거 아니야.

난선아…….

배선주는 조난선을 부르다가 깨어났다. 이상한 꿈이다. 이건 하늘이 나더러 드라마 대본을 창작하라고 메시지를 내려준 건가? 죽은 조난선의 입을 통해서. 조난선이 말 대가리와 잤다는 사실도 오늘 금시초문이다. 이것도 계시라면 계시일 것이다. 그런데 설계영이 살짝 걸린다. "취선"을 소재로 대본을 쓰려면 그녀도 당연히 등장할 텐데 긍정 인물로 묘사하기에는 어딘가 어련무던하기 때문이다. 그래도 친군데 망가진 캐릭터로 부각할 수도 없는 노릇이다. 그러나 하늘의 계시까지 받은 마당에 나중에는 어떻게 되든 일단 시놉시스부터 작성하고 볼 판이다. 그러자면 주인공 격인 동생 선미부터 인터뷰해야 될 것 같다. 그냥 욕만 해서 언니를 신뢰하고 사실대로 진술해주지 않을지도 모르겠지만 시도는 해봐야 할 것이다. 부족한 부분은 상상으로 땜질하면 될 것이다. 어차피 예술은 허구의 산물이다.

배선주는 천안으로 내려가는 지하철 안에서 하나의 고민에 잠겼다. 드라마 캐릭터 설정 문제에서 난관에 봉착한 것이다. 암 환자임에도 술, 담배를 고집하고 식이요법과 항암 치료를 거부한 지병환의 캐릭터를 부정적 인물로 할 것인가, 긍정적인 인물로 할 것인가 하는 원초적인 갈등이었다. 사회 보편 상식에 따라 지병환을 부정적 캐릭터로 설정하는 순간 "취선"이라는 타이틀은 말할 것도 없고 배선미의 역할도 덩달아 악역이 될 수밖에 없다. 다행히도 자신과 백수아는 긍정적인 캐릭터로 살릴 수는 있지만 가장 중요한 클라이맥스인 눈 오는 바다 위에서의 죽음의 보트 만찬 장면 역시 부정적인 신으로 낙인찍힐 수밖에 없다. 그러나 이 드라마를 창작하고 싶었던 근본 취지는 바로 그 아름다운 죽음의 파티에서 받은 감동 때문인데 그것을 부정한다는 것은 전반 드라마를 뒤집어엎는 거나 다름없다. 그런데 그 장면을 살리려면 그녀와 백수아는 악역을 맡아야만 한다. 여기서 자존심은 물론 삶의 이유와 보편 상식에 어긋날 것 같은 스토리가 전개될 수밖에 없다는 시점에서 고민이 생겼다. 게다가 설계영의 인물 형상 또한 우유부단한 캐릭터라는 것이 마음에 걸렸다. 설계영은 자매 같은 친구다. 게다가 술과 담배 이미지의 부각에서도 상식과의 모순을 피할 수 없게 되었다. 아, 그놈의 상식이 내 수족을 꼼짝달싹 못하게 옭아매는구나!

그런 심적 부담을 안은 채 갈아탄 버스에서 내려 시골집 문 앞에 들어서니 뜻밖에도 마당에 지병환의 제네시스가 주차되어 있는 걸 보고 선주는 혼비백산했다.

"지 피디의 차가 왜 우리 집 마당에 와 서있지?"

배선주는 집 안에 들어가자마자 인사말도 생략한 채 그 이유부터 물었다. 그러자 선미가 대답하기도 전에 엄마가 말했다.

"선미 말이 아는 사람이 타라고 줬다는구나. 무슨 사람인데 저렇게 비

싼 차를 공짜로 준다냐?"

선미는 아무 말도 하지 않았지만 선주는 그 애의 태연스러운 표정을 보고 무슨 사연인지 알 것 같았다. 지병환이 죽으면서 선미에 대한 고마움을 잊지 못해 자신의 차를 부모나 형제가 아닌 그녀에게 유산을 남긴 것이리라. 이것은 아마도 선미의 선행에 따라온 당연한 혜택인지도 모른다. 그것이 선행인지는 아직도 불확실하지만 지금은 일단 그렇게 단정할 수밖에 없다.

언니가 나타나면 자기를 엄하게 길들이는 것에 습관된 듯 선미의 태도는 그녀가 집 안에 들어서자마자 어두웠다. 언니지만 오늘은 인터뷰하러 온 작가인 그녀에 대한 동생의 거부 반응은 바람직하지 않은 태도다. 사실대로 진술할 가능성이 거부감만큼 줄어들 것이기 때문이다. 그래서 민감한 자동차 화제는 이즈음에서 접고 보다 부드럽고 평화로운 분위기를 만들어 동생의 불쾌한 기분을 풀어줘야 한다.

"술 있어? 있으면 한잔 주라."

"넌 집에 들어서자마자 무슨 술부터 찾냐? 뱃속에 술 충이라도 든 사람처럼."

엄마는 오늘따라 큰딸의 파격 행동이 이상하다는 표정을 지었지만 선미는 언니의 뜻밖의 쇼에 호의인지 음모인지 몰라 긴가민가하며 의혹의 눈초리로 선주를 바라본다.

"뭘 봐, 한국 사람이 한국말을 못 알아들어? 술 가져오라고. 너도 마시고 싶으면 같이 마셔도 돼. 지하철이 느려 터져 스트레스 받아서 그래."

자식들이, 그것도 딸들이 애비 앞에서 건방지게 술타령을 하자 아버지는 모른 척하고 일어나 밖으로 나갔다. 전에 없던 불효를 하는 걸 보자 나름 그럴 만한 특별한 사정이 있을 거라 예측하고 자리를 피해준 것이다.

"뭐 잘못 먹었어? 학생이 술 마신다고 만날 때마다 욕했잖아. 그런데 갑자기 웬일이야?"

"너도 이제 다 컸잖아. 낼모레면 열아홉이니까 마셔도 돼."

"오케이 콜. 내가 금방 슈퍼 가서 술 사올게. 잠시만 기다려."

선미의 얼었던 경계심이 녹아서 다행이다. 이제 그 애와 술을 마시며 스스럼없는 가벼운 대화로 인터뷰를 진행하면 될 것이다. 선주는 살다가 동생을 인터뷰할 줄은 꿈에도 생각하지 못했다.

선미는 한참 지나서야 술과 안주를 사 들고 돌아왔다. 어디서 구했는지 치맥이다. 요즘은 시골서도 아무 때나 생각날 때 치맥을 마실 수 있는 모양이다.

"천안의 아는 치킨집에 배달시켰는데 오토바이로 금방 왔어."

"세상이 정말 변했다. 요즘은 도시나 시골이나 다른 게 없어."

엄마는 이것저것 있는 반찬을 상에 올려주고도 치맥이 탐탁지 않은 지 고기반찬을 만들려고 부엌으로 내려갔다가, 선주가 말려서야 겨우 올라왔다. 맥주에는 치킨인데 노인들은 아직도 치킨 맛을 못들인 모양이다. 그러니 어떻게 새파랗게 젊은 자식 세대의 마음을 이해하겠는가. 저런 게 바로 시간에 굳어버린 늙은 세대의 상식이다.

"술을 마시면서 심심하니까 너랑 지 피디 베프된 얘기나 해주면 안 되겠니?"

배선주는 지나가는 말처럼 슬쩍 한마디 던지며 닭다리 하나를 집어 동생에게 건넸다. 만나기만 하면 눈알을 부라리며 욕만 하던 언니의 느닷없는 행동에 선미는 의아해하면서도 이게 웬 떡이냐 하고 닭다리를 넙죽 받아 든다. 닭다리를 손에 들고는 잠시 자기 방으로 철수할까 말까 망설이다가 결국은 도로 앉는다.

"언니, 그건 왜 궁금한데? 혹시 그걸로 드라마라도 쓰려는 거야?"

그냥 조롱인지, 비꼼인지 추측인지는 몰라도 애가 머리는 확실히 비상하다.

"그래, 드라마 쓰려고 그런다, 왜. 그니까 언니한테 소상하게 말해봐."

배선주도 그 프레임을 받아 진담 반, 농담 반을 섞어 모호하게 말했다.

"정말이구나. 그럼 난 말 안 해."

"왜, 널 망가뜨린 모습으로 쓸까 봐? 걱정하지 말고 옛날처럼 니들이 잘 쓰는 그 10대들만의 줄임말로 사실대로 말해봐."

"싫어. 다른 사람이 쓴다면 모를까 언니가 쓰는 건 싫다고."

"걱정하지 말라니까. 널 부정적 인물로 그리지 않는다잖아."

"그 말 누가 믿어. 오빠와 갈라놓으려고 수단과 방법을 가리지 않은 게 누군데. 언니한테 오빠는 지성인이 아니라 그냥 말 대가리잖아. 그러니 오빠라고 긍정적 인물로 부각하겠어? 난 마구 짓밟고 망가뜨려도 괜찮지만 오빤 그러면 안 돼. 난 오빠를 배신할 수 없어. 그리고 나 이제 10대도 거의 마무리돼 가고 있어. 줄임말 같은 거 쓰지 않은 지 한참 됐거든. 기대하지 마."

"내가 네 앞에서 체면을 구기지만……. 그날 삼척 바다의 보트 위에 있는 니들을 목격하는 순간 감동받았어. 그래서 이 드라마 쓰려고 마음먹은 거니까 너희 얼굴에 먹칠하는 일은 절대로 없을 거야. 날 믿어도 돼."

"그 말 정말이야?"

"감동"이라는 말에, 언니의 얼굴에 묻어난 진심 어린 표정에 마음이 흔들렸는지 선미가 두 눈을 말똥말똥 뜨고 선주를 똑바로 쳐다본다. 혹시 얼굴 어느 구석에라도 '뺑끼' 같은 흔적을 발견할 수 없을까 세심하게 관찰하는 것만 같다.

"못 믿겠으면 니들이 하는 그거 해도 돼. 도장 찍고 카피하고 뭐 그런 거 있잖아."

선미는 손을 내밀어 언니와 그걸 하면서도 관찰을 멈추지 않는다.

"그럼 좋아. 내 증언을 들으려면 조건이 하나 있어. 그것부터 동의해야 말할 거야."

"무슨 조건, 다 말해봐."

"오빠를 긍정 인물로 선정하겠다니 그건 됐고. 언니와 백수아는 어떻게 할 거야? 두 사람을 긍정 인물로 설정하면 오빠와 나 그리고 우한솔은 자연스럽게 부정 인물로 단정될 수밖에 없을 거잖아. 그래, 좋아. 우한솔까지는 부정 인물로 삼아도 괜찮아. 양보할게. 그러나 언니는 반드시 부정 인물로 등장해야 돼. 이게 조건이야. 담보할 수 있겠어?"

"누구를 긍정, 부정인물로 자의적으로 분류할 게 아니라 사실 그대로 쓸 거야. 있는 그대로. 작가의 주관적 평가는 최대한 배제할 거야. 됐지?"

"있는 그대로 쓴다고? 차라리 그게 좋겠다. 그러면 됐어. 나도 있는 그대로 모든 걸 말해줄게. 그런데 나중에 드라마가 제작에 들어가면 오빠와 내 역은 누가 맡는데?"

"그건 작가인 내가 어떻게 알겠어. 프로듀서가 캐스팅할 건데. 그러나 시놉시스를 얼마 전에 프로듀서가 된 설계영 언니한테 줄 거야. 그 언니는 십중팔구는 너를 고딩 역으로 캐스팅할 걸로 예상돼. 지 피디 역은 나도 모르지. 그때 가서 봐야지. 아직 시놉시스도 작성되지 않은 원시 상태야. 골격도 없는 제로라고. 시놉시스가 나와도 설계영이 또 기획안을 작성하고 상부에서 허락이 떨어져야 돼. 그러니 애도 낳기 전에 포대기 걱정하지 말고 말해봐."

언니의 장황한 설명에 수긍이 가는지 선미는 드디어 이야기보따리를 풀기 시작했다. 이야기가 흥미진진해질수록 선주는 젊은이들의 삶에서 술이라는 존재가 얼마나 중요한가를 깨달았다. 술은 청춘을 이끄는 견인력이고 에너지 중의 하나이다. 어쩌면 술이 없으면 젊음도 없는지도 모른다. 젊음은 그 술 때문에 때로는 취해 비틀거리고 넘어지기도 한다. 넘어져서 상처를 입기도 한다. 실수도 하고 좌절도 겪는다. 그러나 그 술 때문에 다시 일어나고 상처를 치유한다. 낭만과 희망과 신심과 불요불굴의 용기를 얻는다…….

이야기가 끝나자 선미는 구들에서 일어나 방으로 들어갔다. 조금 후 와인 잔 두 개를 들고 나왔다.

"원래는 언니한테 욕먹을까 봐 보이지 않으려고 했는데 오늘 허심탄회하게 대화를 나누었으니까 공개하는 거야. 오빠가 나한테 남긴 선물이야."

와인 잔을 손에 받아 들고 그림을 보던 선주가 말했다.

"이거 삼척 바다의 그 배잖아."

"오빠는 죽지 않았어. 항상 내 곁에 있어."

"죽은 건 사실이잖아."

"아니야! 오빤 술과 함께 내 곁에 살아있어. 이 배가 인생이라면 젊은 이들은 그 위에서 술을 마시며 살아가는 거야. 술과 함께. 결국 술이 삶과 죽음을 연결해 주는 거야."

배선주는 시놉시스를 완성하자 설계영 신임 프로듀서에게 넘겼다. 설계영이 시놉시스를 한동안 들여다보더니 말은 하지 않고 얼굴에 씁쓸한 미소를 짓는다.

"언니, 캐릭터 맘에 안 들죠?"

"대화역에서 있었던 시시한 일들을 다 사실대로 쓰려고?"

"양심의 호소를 외면할 수 없어서요."

"이거 다른 사람 사생활 공개 아닌가?"

"그럼 어떡해요. 삭제할까요? 시놉시스는 그대로 두고 이담 대본 쓸 때 적당하게 조절할게요. 언니만 비하한 게 아니라 나도 엉망진창이 됐거든요."

"그러게. 조 작가도 홀랑 벗었네. 괜찮아 그대로 둬. 진실을 살려야 하니까. 우리는 그래도 죽지 않고 살아있다는 것에 고마워해야지."

"드라마의 성공을 위해서 우리가 희생돼야죠."

"드라마가 아니라도 지병환과 선미의 진심을 위해서라도 희생하는 게 당연하겠지."

결국 설계영은 시놉시스를 접수했다.

"어떻게 해서라도 허락이 떨어지도록 기획안을 신경 써서 작성해 볼게. 딱따구리가 자신을 부정 인물로 묘사하고 포인트를 술, 담배 미화에 둔 걸 문제 삼을지는 모르겠지만……."

"미화라기보다 술과 담배가 젊은이들의 삶과 얼마나 밀착되었는가를 보여주는 거잖아요. 그게 사실인데 왜 굳이 감춰야 하나요. 그래도 한사코 문제 삼으면 다른 방송사에 가서라도 이 드라마를 반드시 제작할 거예요. 혹시 딱따구리가 지병환의 죽음에 감동받고 심경의 변화가 일어나 허락할지도 모르죠. 되면 언니가 만드는 첫 드라마잖아요. 우리 두 사람의 첫 번째 합작품이고. 단지 부담이라면 뱃속의 그 애가……."

"아니, 괜찮아. 술도 마시는데 촬영을 못 하겠어."

"하여간 언니는 다른 건 몰라도 직업 정신이 투철한 건 인정해요."

운이 좋아선지 시놉시스가 좋아선지 아니면 기획안을 잘 작성해선지 이번에는 딱따구리도 군소리 한마디 없이 흔쾌하게 드라마 제작을 허락했다. 지병환의 드라마 성공과 신화 같은 죽음이 전설이 되어 딱따구리한테 영향을 미친 것인지도 모른다. 아니면 그녀 자신도 술이 없으면 무료함을 단 하루도 버틸 수 없는 사람이어서 공감대가 형성된 것인지도 모른다. 제작비도 쉽게 해결되어 설계영은 그 관성을 타고 스태프를 구성하고 배우를 섭외했다. 한편 배선주는 결정이 나기 바쁘게 본격적으로 대본 창작에 돌입했다.

배선미 역과 우한솔 역은 두말 할 것도 없이 이름만 바꿔서 본인들이 연기하기로 결정이 되었다. 문제는 지병환의 역할을 맡을 배우가 없다는 것이었다. 설계영이 캐스팅을 못해서가 아니라 배선미가 어느 배우의 이름을 입에 올려도 마음에 들어하지 않아서였다.

"네가 좋아하는 지 피디님보다 더 마음에 드는 남자가 어디 있겠어. 전 세계 남자들을 죄다 동원해도 대신할 사람이 없을 테지. 그럼 어떡할 거야? 상대 배우, 더구나 주인공을 물색하지 못하면 이 드라마 촬영은 불가능하니 이대로 제작을 접을 거야?"

배선주가 나서서 동생을 설득했다.

"드라마잖아. 상대 배우가 마음에 들지 않아도 참고 연기할 줄 아는 게 배우라는 직업이야. 그게 싫으면 연기 인생 접어야지."

프로듀서인 설계영도 거들었다.

"촬영만 끝나면 헤어질 텐데 그때까지만 참고 버텨."

우한솔도 설득에 가담했다.

결국 선미가 백기를 들고 말았다. 세상에는 똑 같은 사람은 없다. 드라마다. 현실이 아니다. 드라마 속 오빠다. 이렇게 마음속으로 자신을 위안하며 연기를 했다.

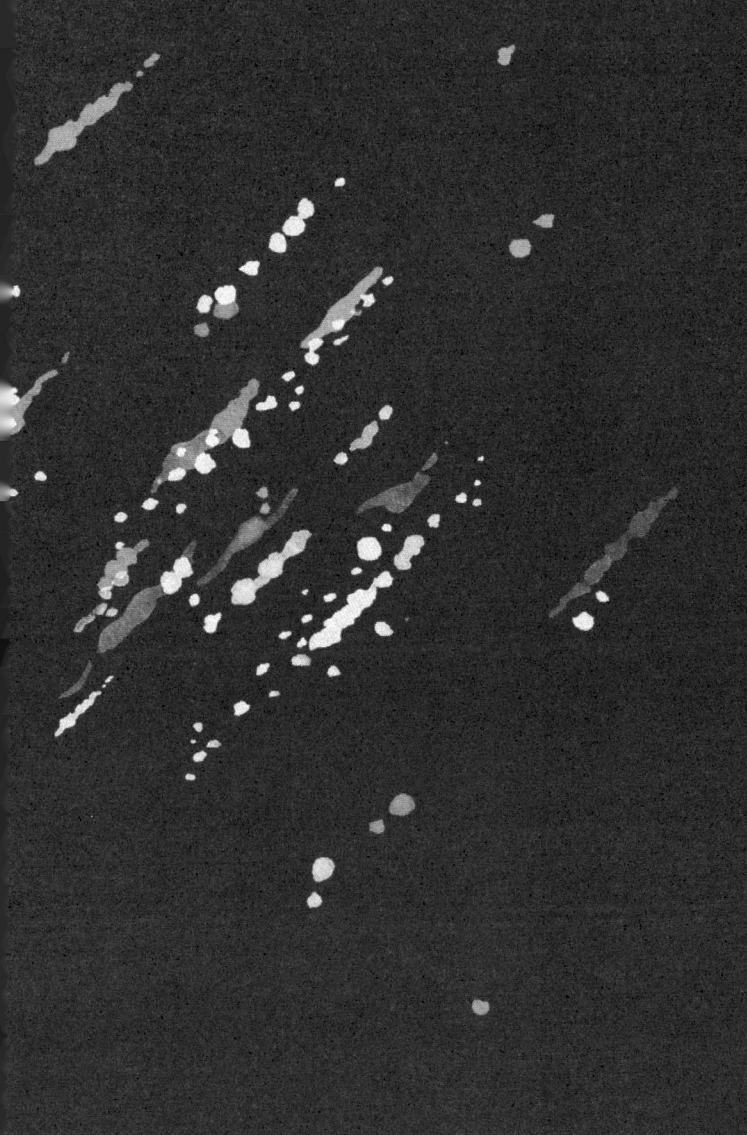

에필로그

에필로그

　제1회 지병환이 꿈꾸는 신의 촬영은 삼척 앞바다에서 오후 4시가 다 되어서야 끝났다. 배의 엔진에 휘발유 대신 술을 넣고 바다로 출항하는 장면, 바다에서 배가 술에 취해 비틀거리는 장면, 풍랑을 만나 이리저리 방황하는 장면을 몽환의 이미지로 잡아내기 위해 반복적인 촬영을 하느라 시간이 오래 걸린 것이다. 장기환(드라마의 주인공)의 역을 맡은 배우의 연기도 프로듀서인 설계영의 마음에 흡족하지 않아 수차 반복해야만 했다. 장기환의 상대 역인 배선미와 우한솔도 오늘은 촬영 일정이 없었지만 배우와 익숙해지기 위한 차원에서 촬영 팀과 함께했다. 특히 배선미는 지병환의 역을 맡은 배우가 마음에 들지 않았기에 그와 친숙해지기 위해서는 가급적 접촉을 많이 가져야 했다.

　오늘은 배선주도 대본 창작을 미루고 아침 일찍 촬영 팀을 따라 삼척으로 내려왔다. 이유는 단 하나였다. 해산달인 설계영이 김진웅에게 피디 역할을 넘기라고 권했으나 한사코 자신이 한다고 나섰기에 시름이 놓이지 않아서였다. 그녀가 프로듀서로서 직업 정신이 투철한 건 알겠는데 해산을 앞둔 임산부가 무리하는 건 도저히 납득이 되지 않았다. 설계영은 어떤 일도 진지하게 생각하지 않고 대충 대했지만 자신의 본업에 관한 일만큼은 항상 신중하게 접근했다. 더구나 이 드라마는 그녀가 피디로서 첫 드라마인 만큼 그에 대한 집착은 말할 것도 없을 것이다. 그러나 서울이나 실내 촬영도 아니고 지방 야외 촬영에 더구나 바다 한가운데라 위험천만한 작업이다. 만삭의 몸으로 의외로 무슨 사고가 발생할지 모른다. 그런 걱정 때문에 배선주는 창작도 미뤄놓고 이곳까지 동행했던 것이다. 조난선이 죽고 지병환까지 죽자 배선주는 살아남은 사람들의 소중함을 더욱 실감하게 되었다. 하지만 촬영은 별 탈 없이 무사하게 완료되었다.

촬영 팀은 모두 삼척항으로 돌아왔다. 촬영에 동원되었던 지병환의 보트도 '취선' 촬영 카메라와 피디, 스태프들이 탔던 전세 어선도 모두 항구로 귀환했다.

"모두들 수고하셨습니다. 내일은 서울에서 실내 촬영이 있습니다. 모두들 식당으로 갑시다."

설계영이 어선에서 내리는 촬영 팀을 향해 큰 소리로 외쳤다. 배선주는 배가 남산만 하게 부른 설계영을 부축하여 조심스럽게 배에서 하선했다. 삼척 시내에 들어가 저녁을 먹고 서울로 올라가야 한다. 연출 김진웅이 스태프를 휘동해 앞장서서 식당으로 이동했다.

그런데 설계영의 하선을 케어하느라 뒤졌던 배선주는 얼핏 어선의 선장실에 들어가는 선미와 우한솔을 발견했다. 설계영도 배선주의 시선을 묻어서 선장실을 돌아본다. 선미가 배 주인과 뭐라고 말했고 뒤이어 우한솔이 지갑에서 현금을 꺼내 선장에게 건넨다.

"선미와 우한솔이 저기서 뭐하는 거야?"

설계영이 의아한지 물었다.

"몰라요."

배선주는 머리를 가로저으며 설계영과 함께 식당으로 향해 걸어갔다. 배선주는 저들이 뭐하는지 짐작이 가는 데가 있었지만 아무 말도 하지 않았다.

식당에 들어왔으나, 배선주가 예측했던 대로 선미와 우한솔은 모습을 드러내지 않았다. 그들은 배에서 내려 식당이 아니라 생선 시장 쪽으로 걸어갔었다.

"언니, 여기 앉아요. 나 화장실 잠시 다녀올게요."

배선주는 식당에서 나와 부랴부랴 어시장으로 내려갔다. 선미와 우한솔이 생선 가게에서 도미와 광어회를 구입하고 있었다. 선미의 손에는 이미 술병 봉투도 들려있다. 선주는 이제는 확신했다. 그녀는 모퉁이를 돌아 슈퍼에서 술을 샀다. 그리고는 곧장 방금 하선한 어선을 향해 걸어갔다. 아니나 다를까 조금 뒤 선미와 우한솔이 생선회와 술을 사 들고 배 옆에 나타났다.

"언니, 여기서 뭐하세요, 식당에 가지 않고………."

우한솔이 먼저 그녀를 발견하고 놀란 표정을 지었다.

"아직도 나를 빼놓고 니들만 가만히 가려고? 이번만은 안 돼."

"언니, 우리가 어딜 가는지 알기나 해?"

선미가 미소를 지었다.

"니들 갈 데가 한 곳밖에 없잖아. 말 대…… 아니 지 피디랑 술을 마시던 저기 해수욕장 앞바다."

"알았으면 됐어요. 우리랑 같이 가요. 그런데 이건 뭐예요?"

"내 먹을 술은 사가야잖아."

세 여자는 웃으면서 어선을 탔다.

"다 왔어, 이제 출항해도 되겠지?"

늙은 선장이 창문밖에 비스듬히 얼굴을 내밀고 그녀들을 바라보며 물었다.

"네, 다 왔어요. 출항하세요."

"오케이."

선장의 커다란 머리통이 창안으로 쑥 들어가더니 우르릉! 하고 요란한 엔진 소리가 울렸다. 배가 바야흐로 바다를 향해 머리를 틀려는데 부두쪽에서 한 여자가 이쪽을 향해 외치는 소리가 들려왔다.

"아저씨, 잠시만요. 한 사람 더 있어요."

세 여자는 동시에 소리 나는 쪽으로 고개를 돌렸다. 놀랍게도 설계영이다. 부른 배 때문에 빨리 걷지도 못하고 뚱기적거리며 팔만 급하게 흔든다.

"언니."

"설 피디님."

"아저씨, 잠시만 멈추세요. 한 사람 또 있어요."

배가 멈췄다. 세 여자는 약속이나 한 듯이 일제히 배 아래로 달려 내려갔다.

"언니, 이 몸 가지고 어딜 간다고. 술도 마시지 못할 거면서."

배선주가 배를 타려는 설계영을 막으려고 했다.

"비켜! 나도 니들 속에 끼고 싶어. 이 드라마 지 피디 드라마잖아. 여기까지 왔다가 그곳에 안 가보고 그냥 돌아간다면 지 피디님한테 미안하잖아."

모두들 순간 숙연해졌다. 목이 메어 누구도 말을 못 했다. 말도 옳고 가보는 것도 당연한데 이 몸으로 어떻게. 저러다가 사고라도…….

"탈 거야 말 거야? 곧 날이 어두워질 텐데 왜들 이래……."

배 주인이 짜증을 내며 독촉했다. 돈은 받았으니 태워다 주긴 해야 할 텐데 날이 어두워지는 것이 걱정인 모양이다.

"네, 지금 곧 탈 거예요."

설계영이 누구도 도와주지 않자 스스로 배에 승선하려고 움을 움직였다. 그러자 선미가 먼저 나서서 계영의 팔을 잡아 부축한다. 뒤를 이어 우한솔도 거들었다. 배선주는 이래도 되는지 몰라 어정쩡한 기색으로 그들의 뒤를 따랐다. 넷 다 미친 여자들 같다. 어떻게 임신부까지 가담시킬 수 있지…….

배는 출발하자 얼마 안 되어 목적지에 도착했다. 선미가 눈물이 글썽한 시선으로 바다를 휘 둘러본다.

"여기 맞어?"

설계영이 손가락으로 바다 한가운데를 가리켰다. 선미는 감개무량하여 말이 나가지 않는지 고개만 끄덕인다. 아마도 속으로는 오빠, 선미 왔어요. 이러고 있을 것이다.

"그럼 우리도 여기서 한잔 까야지."

배선주는 어시장에서 사온 비닐 봉투를 풀었다. 우한솔은 비닐 봉투 안에서 회를 꺼내놓았다.

"나만 빈손으로 왔네."

설계영이 세 여자가 술과 안주를 꺼내자 겸연쩍은 듯 중얼거렸다.

"언니는 술 마시면 안 되잖아요. 임신한 몸이니까."

"술 안 할 거면 내가 여기까지 뭐 하러 굳이 따라와. 몇 잔만이라도 줘야지. 식당에 갔어도 마셨을 테니까."

간절한 눈빛에 주지 않을 수도 없었다.

모두들 말없이 술만 마셨다. 마시다가는 무심코 바다를 관망했다. 그 날처럼 눈이나 펑펑 내리지. 그러나 지금은 봄이다. 그럼 비라도 억수로 퍼붓던지. 그러나 하늘은 수정처럼 투명하고 말쑥하다. 잘 닦아놓은 거울 같다.

설계영은 모두가 바다에 집착하는 사이 몰래 술병을 가져다가 스스로 술을 잔에 따라 혼자 마셨다. 배선주는 곁눈으로 그걸 다 보았지만 모르는 척 눈감아 주었다. 말린다고 공손하게 그만둘 설계영이 아니다.

배 주인 아저씨가 선장실에서 나와 여자들한테로 다가왔다.

"날도 어두워지는데 왜들 여기서 술 파티를 벌이는 거야?"

"아저씨도 여기 와서 한잔하세요. 오늘은 다 취해야 되니까요."

"난 안 돼. 좀 있다 배를 몰아야 하니까."

"아저씨, 이 배 기름 다 빼버리고 대신 술을 넣어요."

선미가 취기가 잔뜩 오른 얼굴을 하고 뜬금없는 제안을 했다.

"왜, 그게 무슨 소리야. 죽고 싶어?"

"오늘은 사람도 취하고 배도 취해야 하니까요."

"배가 취한다고? 그건 무슨 허튼 소리야! 불길하게."

"'취선' 몰라요?"

"몰라. 취선이 뭔데?"

"술에 취한 배."

"점점 미친 소리하고 자빠졌네. 배가 취하면 니들도 다 죽어. 그러니까 모두 저그만큼만 마셔. 다들 취했어. 이제 30분만 더 시간을 줄 거야. 그리 알아."

아저씨는 말 같지 않은 소리에 화가 난 듯 짜증을 내며 다시 선장실로 들어가더니 쾅 소리 나도록 문을 닫아버린다.

"무슨 드라마를 촬영한다는 사람들이 저 따위야!"

조타실에서 혼자 중얼거리는 소리가 밖에까지 다 들렸다. 하지만 누구도 개의치 않았다. 드라마 자체가 제목부터 엄연하게 "취선"이다. 아니,

젊은이들의 인생 자체가 "취선"이라는 걸 60대의 노인이 알 턱이 없다.

그때 갑자기 설계영이 손으로 아랫배를 움켜잡더니 신음소리를 토해냈다. 통증이 심한 듯 얼굴까지 찌푸린다.

"언니, 왜 그래요, 배가 아파요?"

배선주가 잔을 들다말고 급히 설계영의 어깨를 부여잡았다.

"혹시 산통이 온 거 아니에요? 술을 마셔서 그런 건가. 이제는 술을 그만 마시세요. 큰 봉변이 일어나겠어요."

우한솔이 설계영 앞의 술병을 자신의 등 뒤에 감췄다.

"남의 술 왜 감춰? 얼른 가져와. 나도 마셔야지. 아~ 아랫배가 갑자기 왜 이래. 살이 갈가리 찢기는 것 같아."

설계영은 허리를 구부리며 더 심하게 얼굴을 찡그렸다. 그때 선미가 손으로 설계영의 치맛자락 아래 다리로 흘러내린 액체를 가리켰다.

"맞아요, 산통. 어떡하죠. 아저씨, 배를 빨리 부두로 몰아요."

"무슨 일이야, 갑자기."

바깥에서 벌어진 상황이 궁금한지 아저씨가 선장실에서 나왔다.

"스톱, 아저씨, 이쪽으로 오지 마세요! 언니가 출산해요. 오지 말라고요!"

우한솔이 다급하게 일어나 선장의 앞을 막아섰다. 그제야 상황이 파악된 아저씨는 흠칫하더니 황급히 돌아서서 허둥지둥 조타실로 되돌아갔다.

"내가 이럴 줄 알았어. 미친년들이 '취선' 어쩌고저쩌고 씨불여대더니 끝내 사고 쳤어."

배가 엔진이 작동하더니 부르릉 하고 기계 진동음이 들리기 시작했다. 우한솔은 119에 전화를 하고 선미는 웃옷을 벗어 바닥에 깔고 설계영을 그 위에 눕혔다. 벌써 양수가 터져 나왔다. 오히려 언니인 배선주는 뭐를 어떻게 해야 할 바를 몰라 허둥지둥했다.

"내 다리 사이에서 뭐가 나오려고 해. 선주야, 바보처럼 멍청하게 서서 뭐해? 엎드려서 내 다리 밑을 보라고."

설계영이 손으로 자신의 사타구니를 가리키며 입술을 악물고 전신에 젖 먹던 힘까지 다해 에너지를 하체에로 집중시킨다. 아마도 육신의 에너지가 갑절로 발동하고 하체로 긴급 수송되는 모양이다. 선주는 그제야 옷을 치켜들고 설계영의 사타구니를 들여다보았다. 무언가 거뭇하고 타원형 모양의 물체가 보이는 것 같았다.

"다리 벌려, 더. 아, 보인다. 좀 힘써봐. 세게, 더 세게. 그렇지."

배선주는 두 손으로 설계영의 두 다리를 활짝 벌렸다. 최대한 개방된 설계영의 극도로 팽창된 질 안에서 거짓말처럼 아기 머리가 밖으로 조금씩 밀려 나오기 시작했다. 그것을 보자 선주는 저도 모르게 흥분되었다.

그 순간 어선이 정말 취하기라도 한 듯이 선체를 마구 부르르 떨며 휘청거리더니 가까스로 정박했던 자리에서 이동하기 시작했다. 선장이 급한지, 배가 급한지 선체가 심하게 좌우로 머리를 젓기도 하고 뒤꼬리가 흔들리기도 하며 앞으로 조금씩 운항한다.

"저게, 아기 머리가 턱에 걸렸어. 안 나와. 언니 뭐 해? 맥을 버리지 말고 힘을 쓰라고!"

그때 선미가 회 그릇에 따라온 일회용 비닐장갑을 불쑥 내민다. 선주는 얼떨결에 장갑을 받아 손에 끼고 인간 세상을 향한 여행을 멈춘 아기의 머리를 조심스럽게 받아 쥐었다.

"당겨, 당겨. 밖으로 조금씩 당기라고!"

선미는 안타까운 나머지 주저하는 언니 뒤에서 발을 동동 구른다.

"이년아, 이게 무슨 무냐, 잡아당기면 뽑히게. 마구잡이로 당기면 애가 죽잖아. 목이 부러진다고."

"걸려도 죽잖아. 그러니까 조금씩이라도 나오도록 당기면……."

"선미 말이 맞아. 조심스럽게 당겨봐. 아, 나 죽는다. 내가 왜 애를 낳겠다고 했어. 이제 후회돼……. 에라, 이게 마지막 발악이다. 야앗!"

선주는 어쩔 수 없었다. 두려웠지만 손에 힘을 주어 아주 미세한 동작으로 밖으로 당겼다. 아니, 받아 안았다. 그러자 거짓말처럼 아니, 기적처럼 영아가 조금씩 미끄러져 나오기 시작했다.

"나온다, 나온다! 언니 조금만 더 힘써요. 더!"

배선미와 우한슬이 마치 축구 경기라도 응원하듯이 때로는 소리쳤다가 박수쳤다가 실망했다가 발을 구르다가…… 난리법석을 떨었다.

"이 미치고 창 빠진 년들아! 도대체 사람을 살리는 거야 잡는 거야?"

선장이 창밖으로 얼굴을 내밀고 고래고래 소리쳤다.

드디어 신생아의 몸통이 나오기 시작했다. 그러자 지금부터는 아주 쉽고 빠르게 종아리까지 빠져나오다가 털렁 하고 선주의 팔 위에 애가 떨어졌다. 남자애다.

응아!

신생아가 힘차게 출생의 고고성을 터뜨렸다.

배선미와 우한솔이 일제히 환성을 질렀다. 선주는 핏덩이를 안고 이리저리 주변을 둘러보다가 그냥 이빨로 탯줄을 물어뜯어 잘랐다. 갑자기 할머니의 말이 떠올랐던 것이다. 할머니 말이 엄마가 선주를 해산할 때 그랬다고 했었다. 여자들은 누가 시키지도 않았는데 저마다 웃옷을 벗었다. 모두들 브래지어만 착용했지만, 선장이 멀뚱멀뚱 내다보고 있었지만 누구도 부끄러운 줄을 몰랐다. 그 옷으로 갓난애를 꽁꽁 감쌌다. 아직 몸에 양수가 그대로 묻어있었다.

"미치고 환장한 년들! 똥 거지, 또라이 같은 년들!"

선장 아저씨가 벌쭉 웃으며 칭찬 대신 걸쭉한 욕설을 퍼붓는다.

맥을 버린 설계영이 애를 물끄러미 내려다보더니 겨우 한마디 뱉었다.

"네 이름은 취선이다. 남취선."

"그 이름 짱이다. 남취선!"

여자들은 한결같이 찬동했다. 누구도 애 아빠 남종심이나 시댁 부모가 이름을 짓지 않을까 하는 생각을 하는 사람은 없었다. 설사 그들이 다른 작명을 한다 하더라도 여자들은 이 애를 취선이라고 부를 것이다. 이 바다에 떴던 취선에서 지병환이 가고 다시 취선으로 돌아온 것이다. 그리고 여기서 '취선' 드라마를 촬영할 것이다.

"이모는 조카한테 아무것도 줄 게 없구나. 이거 술이야. 보이지? 소리라도 들리겠지?"

우한솔이 술병을 들고 갓난애 앞에 흔든다. 아직 눈도 뜨지 못했다.

이번에는 선미가 한 술 더 떠 술병 아가리를 갓난애의 콧구멍에 들이댄다.

"이건 술 향기야. 신도 좋아한다는 주향!"

그러자 선주가 술을 손가락 끝에 묻혀 "취선"의 이마에 점을 찍는다.

"술 세례다. 넌 술에서 태어나 술에서 살 거야."

그 상황을 내려다보던 선장이 크게 한탄한다.

"모두 미쳤어! 말세다, 말세! 당대 술 시인 이백도 아닌 계집들이 술에 대해 뭘 안다고 지랄이야, 지랄은."

그러더니 갑자기 축배의 노래를 부르기 시작했다.

Libiamo, libiamo ne' ieti calici

Che la belleza infiora

E la fuggevoi ora

S'inebvii a voluttà

마시자 마시자 이 밤에

꽃으로 장식된 잔을 들고

잠시 동안 환락에 취하도록

마시자 사랑을 돋우는

흥겨운 선율 속에

먼저 선주가 배 주인의 선창에 따라 노래를 부르기 시작했다.

그 다음 선미가 따라했다. 그 다음은 우한솔이, 또 다음에는 설계영이 따라 불렀다. 배는 노랫소리에 취한 듯 비틀거리며 물결을 하얗게 가르며 앞으로 달렸다. 술은 뭐 이태백만 마시라고 생긴 건가. 우리 젊은이들도 술을 마신다.

선주는 노래를 부르며 생각했다.

말 대가리의 영혼이 있다면 이 노랫소리를 들을 것이라고.

그리고 집 밖에 옮겨 심은 화분 속의 나무를 기억 속에 떠올렸다.

인생은 그 자체가 술에 취한 비틀거림이다.

청춘은 비틀거리며 삶을 만들어 간다.

작가의 말

취선醉船은 청춘과 술의 떼려야 뗄 수 없는 밀접한 관계에 서사의 초점을 맞춘 소설이다. 술은 자고로 젊음과 손잡고 나란히 인생의 파란만장한 노정을 함께 걸어가는 동행자이자 벗이다. 술은 삶의 가녀린 속살을 태풍처럼 무자비하게 유린하면서도 한편으로는 청춘을 사업에 취하고 사랑에 취하고 이상에 취하도록 휘몰아친다. 그 소용돌이 속에서 청춘은 흔들리고 비틀거리고 실수하면서 주기酒氣 하나로 인생의 역경을 극복하고 버텨나간다. 그래서 청춘은 안으로는 처절하고 비장하며 후회와 고뇌에 차있지만 밖으로는 낭만과 멋과 흥이 넘친다. 술은 청춘의 날개이면서 사족을 얽매는 쇠고랑이기도 하다. 날개로 인해 망망한 꿈의 하늘에서 맘껏 비상하며 쇠고랑 때문에 방랑의 회오리바람에 정처 없이 떠다닌다. 청춘을 모험과 도전의 시대라고 하면 위험과 좌절이 그림자처럼 동행할 수밖에 없을 것이다. 그것에 과감하게 맞설 수 있는 용기는 다름 아닌 술에서 취해진다. 세상의 검푸른 망망대해를 정처 없이 떠도는, 술에 취한 청춘의 배는 온갖 고초를 넘나들며 출렁이는 인생의 파란만장한 여정을 항해한다. 취선은 휘발유 대신 알코올을 연료로 하여 멀고도 간고한 미지의 세계를 향해 나아간다. 청춘의 돛배는 술 때문에 흔들리고 술 때문에 전진한다. 배는 흔들려야 비로소 나아갈 수 있다. 흔들림으로 치솟는 파도와 일렁거리는 격랑을 극복한다. 흔들리지 않으면 거센 파도에 휩쓸려 파선된다. 청춘도 그렇게 취해서 흔들거리며 세월의 모진 파도를 이겨나간다. 청춘의 꿈이 세월의 파도에 맞아 깨지고 부서지면 술에 취해 흔들리면서 아픔을 이겨내고 상처를 치유한다. 청춘은 그 흔들림 때문에 유치하지만 앞으로 나아가기에 비장하다. 술 때문에 좌절과 실수의 파도를 넘어 성공한다. 청춘의 아름다움과 낭만, 멋과 흥은 그 지점에서 탄생한다. 그런 연유로 술이 없는 청춘은 무미건조하고 기백이 없다.

술은 알코올의 마법으로 젊음의 고통을 희석시킨다. 고통과 실패와 좌절은 기억되는 순간 도전 정신은 무산된다. 알코올은 운명이 강요하는 치열한 부대낌과 세상과 충돌하는 인생의 고통과 애환을 술에 마취시켜 망각하게 함으로써 넘어진 청춘이 새로운 도전을 할 수 있게끔 일으켜주는 에너지이기도 하다. 결국 알코올은 신체 기관을 파괴하는 암약이면서도 정신적 스트레스를 조절하는 중책을 감당하는 셈이다. 청춘은 실패와 좌절의 아픔을 알코올에 불살라 버리고 다시 쓰러진 자신을 충전한다. 도전과 개척의 시대인 청춘은 어쩔 수 없이 좌절과 실패와 조우하게 되지만 그렇다고 그 타격으로 주저앉아서는 안 된다. 술은 그런 청춘이 직면한 수렁을 잠시나마 우회하여 새롭게 거듭날 수 있도록 통과시킨다. 불행과 고통을 알코올로 마취시켜 망각의 늪에 묻어버린다. 망각은 실패와 좌절의 고통을 잊고 다시 도전하도록 청춘을 유혹한다. 청춘은 정교한 인생의 설계도가 없이도 취선醉船처럼 좁고 구불구불한 이상의 해협을 지나 흘러가는 술처럼 즉흥적으로 삶의 궤적을 그리며 위업의 항만으로 접안한다. 그 궤적은 그래서 유치하지만 아름답고 찬란하며 낭만적이고 감동적이며 세월의 험난한 파도를 넘어 오매불망 꿈꾸던 신대륙을 발견하고 언젠가는 반드시 성공의 부두에 닻을 내리고야 말 것이다.

극한에 이른 소설 시장의 침체 국면에도 아랑곳하지 않고 한국 문학의 발전을 위해 또다시 출판을 흔쾌히 허락해 주신 윤석전 사장님께 다시 한번 숭고한 경의를 표한다. 아울러 좀 더 예쁘고 완벽한 도서를 제작하려고 애쓰신 편집부의 노고에도 고맙게 생각한다.

끝으로 지금 이 책을 펼치는 모든 독자에게 감사의 인사를 전한다.

서울에서
저자 장혜영

취선 醉船

초판 1쇄 발행일 2025년 8월 11일

지은이 장혜영

펴낸이 박영희
편 집 조은별
디자인 김수현
마케팅 김유미
인쇄·제본 제삼인쇄

펴낸곳 도서출판 어문학사
주 소 서울특별시 도봉구 해등로 357 나너울카운티 1층
대표전화 02-998-0094 **편집부1** 02-998-2267 **편집부2** 02-998-2269
홈페이지 www.amhbook.com
e-mail am@amhbook.com
등 록 2004년 7월 26일 제2009-2호

X(트위터) @with_amhbook
인스타그램 amhbook
페이스북 www.facebook.com/amhbook
블로그 blog.naver.com/amhbook

ISBN 979-11-6905-047-0(03810)
정 가 18,000원

이 책의 저작권은 지은이와 도서출판 어문학사가 소유합니다.
이 책은 대한민국 저작권법에 의해 보호받는 저작물이므로, 무단 전재와 무단 복제를 금합니다.

※잘못 만들어진 책은 교환해 드립니다.